バイロン

ドン・ジュアン

下

東中 稜代 訳

音羽書房鶴見書店

バイロン30歳（ヴェネツィア滞在中）。G. H. ハーローに倣ったE. スクリヴァンの版画。

凡例

一　バイロン『ドン・ジュアン』(*Don Juan*) の翻訳に使った底本は左記のものである。
Lord Byron: The Complete Poetical Works, ed. Jerome J. McGann, Volume V, *Don Juan*, 1986. これは以下のバイロン全集中の第五巻である。*Lord Byron: The Complete Poetical Works*, ed. Jerome J. McGann and Barry Weller, 7 vols, Oxford, Clarendon Press, 1980–93.

二　句読点やスペルなど、必要に応じて参考にした版。
Byron's "Don Juan", eds. Truman Guy Steffan and Willis W. Pratt, 4 vols, Austin and London, University of Texas Press, 1957–71.
Byron's Works: ottava rima poems, ed. with notes Peter Cochran, https://petercochran.wordpress.com/byron-2/byrons-works/ottava-rima-poems/.
Don Juan, ed. Leslie A. Marchand, Boston, Houghton Mifflin Company, 1958.
Lord Byron: Don Juan, eds. T. G. Steffan, E. Steffan and W. W. Pratt, Harmondsworth, Penguin Books, 1982.
The Works of Lord Byron: Poetry, ed. E. H. Coleridge, 7 vols. London, John Murray, 1898–1904.

三　注釈には左記の書籍も参考にした。
Byron's Letters and Journals, ed. Leslie A. Marchand, 13 vols, London, John Murray, 1973–94.
Lord Byron: The Complete Miscellaneous Prose, ed. Andrew Nicholson, Oxford, Clarendon Press, 1991.
The Works of Lord Byron: Letters and Journals, ed. R. E. Prothero, 6 vols. London, John Murray, 1898–1904.

四　参考にした『ドン・ジュアン』の既存の翻訳。
小川和夫訳『ドン・ジュアン』上下二巻（冨山房）一九九三。
Lord Byron: Don Juan, tr. Laurent Bury and Marc Porée, Gallimard, 2006. 仏訳。

五　聖書訳には『新共同訳』（日本聖書協会発行、二〇〇〇）を用いた。

六　シェイクスピアの作品については左記を参照した。幕、場そして行数はこれによる。
The Riverside Shakespeare, eds. G. Blakemore Evans, and J. J. M. Tobin, Boston, New York, Houghton Mifflin Company, 1997.　注において先人の訳を使った場合はその旨明記した。それ以外は訳者の訳である。

七　外国の固有名詞の日本語表記については、原則としてできるだけ原語の発音に近くなることを旨とした。但し、日本で通常習慣的に使われているものについては、そのまま踏襲した。例えばイヴやホメロスやヴィーナスなどである。表記について左記を参考にした。
トマス・ブルフィンチ著『ギリシア・ローマ神話』（大久保博訳）角川書店、昭和四五年。

呉茂一著『ギリシア神話』上下二巻、新潮文庫、昭和五四年。

『研究社新英和大辞典』*Kenkyusha's New English-Japanese Dictionary*, ed. Shigeru Takebayashi, Tokyo, Kenkyusha, 2002. Sixth edition.

八　底本に使った版には二種類の散文が付されている。まず第一巻と第二巻の間に「序文」がある。一八一八年末頃までに書かれたこの散文は、最初は「序文」として「献辞」の前に来るべく意図されたと推測されるが、未完に終わった。一八一九年刊行の『ドン・ジュアン』第一巻・二巻には掲載されなかった。初めて出版されたのは一九〇一年で、「凡例」三にある R. E. Prothero 編集の *Letters and Journals* に補遺として掲載された。未完に終わった理由は想像するしかないが、『ドン・ジュアン』全体に行き渡る、バイロンの政治的、文学的それに個人的な意向を考慮すると、興味深い文献である。本書では「序文」の訳を底本に倣って第一巻と第二巻の間に掲載した。次に第五巻の後に、「第六巻・七巻・八巻への序文」がある。これもそのまま三つの巻の序文として底本における位置に訳を載せた。「献辞」については、一八一九年の第一巻・二巻では省かれたが、一八三二年には出版された。「献辞」はこの作品の重要な部分なので、本書でも底本通り、第一巻の前に載せた。「序文」と「献辞」の両方を並べて掲載している版もある。

目次

上巻目次

ドン・ジュアン　下巻

第八巻

1

おお、血と轟音よ！　おお、血と傷よ！――
優しすぎる読者よ！　お考えのように、
これはただの下品な罵り言葉[1]、実に怪しからぬ響きだ、
その通り、だが、かくして栄光の夢の謎は解けるのだ、
わたしの真実を語る詩神が、彼女の主題である
このような事柄について、今、詳しく述べる時、
霊感を受けますように！　こんな事柄をマルス[2]、ベロナ[3]などと
好きなように呼べばよい――意味するところはただ戦争だ。

2

準備はすべて整った――砲火と剣と
それらを揮う恐ろしい隊形を組んだ兵士たちの。
軍隊は、巣穴から出てきた獅子のように、
殺戮せんとの勇気と気概を持って進軍した――
人間のヒュドラ[1]が沼地から出てきて
曲がりくねって進む道に破壊を吐き出す、
その頭は英雄で、それを切り落としても無駄だ、
たちどころにまた他の英雄の頭になるのだから。

1 「神の血」(God's blood) とか「神の傷」(God's wound) は罵りの言葉として用いられた。
2 古代ローマの軍神。
3 古代ローマの戦争の女神の名前。

1 九頭の蛇でヘラクレスに殺される。一つの頭を切るとその後に新しい二つの頭ができた（ギリシア神話）。

3

歴史は大まかにしか物事を捉えない。
しかし、かりに我々が詳細な点まで知り得て、
得失を天秤にかけたとしても、おそらく
戦争の価値は決して高まりはしないだろう、
過去の例が示すように、戦争はただ征服を促進するために、
ささいな浮きかすを求めて多大な金を浪費するものだから。
海なす血潮を流すことより、一滴の涙を
乾かすことの方に、より本物の名声がある。

4

なぜなのか——それは自分を称賛できるからだ。
ところがもう一方は、あらゆるけばけばしさ、
歓声、建立された橋やアーチ、国がくれる年金——
それもあまり残ってはいないだろうが——
より高位な肩書き、より高い身分[1]——これらは
「腐敗」に口をぽかんと開けさせ、目を見張らせるかもしれぬ、
しかし結局のところ、自由のための戦いは別にして、
これらすべては「殺人」の子の玩具のガラガラにすぎない。

1 腐敗した連中を指す。

5

このことは今もそうだが、これからもそうだろう。
レオニダス[1]とワシントン[2]は違っていた、
彼らの戦場はすべて神聖な土地で、
そこに息づくのは救われた国であり、滅びた世界ではない。
二人の名は耳に何と快く響くことか！
ただの勝者の名は卑屈な者や自惚れた者を
恐れさせ茫然とさせるが、彼らの名前は
未来が自由になるまでの合言葉となるだろう。

6

夜は暗かった、濃霧のため
砲火以外は何も見えなかった、それは
地平線に火の雲のようなアーチとなり、
ドナウ河の水にも同じ姿が映った――
鏡に映った地獄だ！　一斉射撃の咆哮、
長い大音声の轟音また轟音が響き、雷鳴以上に
耳を聾した。なぜなら天の閃光は憐れみを示し、
人を襲うことは稀だ――人間の閃光は無数の者を灰にする。

1 レオニダスについては七巻八二連と注参照。
2 ワシントンについては九巻六〇―六一連と注参照。

7

攻撃命令を受けた縦隊がロシア軍の砲台から、
数トワーズ[1]も進むか進まない内に、
怒り狂ったイスラム教徒がついに立ち上がり、
キリスト教徒の雷鳴に同じく大音声で答えた。
次に巨大な炎が大気と大地と川を抱擁し、それらは
強大な物音で揺れるかのようだった。その一方で
塁壁全体が炎を上げた、落ち着きのないタイタン[2]が
洞窟でしゃっくりする時のエトナ山のように。

8

まさにその瞬間、「アラー!」[1]の法外な叫び声が起こり、
「戦争」のもっとも致命的な兵器の轟音にも
負けぬ大音声で、果敢な挑戦を敵に投げつけた。
都市や川や岸が答えて、「アラー!」と反響し、
争いを包む雲が濃さを増す天蓋となって、
永遠なる名前の響きに震動する。聴け、
それはあらゆる音をさし貫く、
「アラー!　アラー!　フー!」と。

1 昔フランス語圏で用いられた長さの単位、二メートル弱。

2 ウラノス(天)とガイア(地)の間に生まれた巨人族の一人、エンケラドスのこと、ゼウスによってシチリアのエトナ山に閉じ込められた(ギリシア神話)。

1 「アラー・フーは本来イスラム教徒の関の声であり、彼らは最後の音節を長く延ばし、非常に荒々しい特別な効果を生む」(バイロン注一八二三)。

9

すべての縦隊はことごとく活動を開始した、
しかし、川側から攻撃された部隊の兵士たちは、
木の葉よりも激しく命を落とし始めた、彼らを
率いたのは、誰よりも勇敢に爆弾や弾丸に立ち向かった
「殺戮」の偉大な息子、アルセニエフ[1]だったが。
「殺戮は神の娘だ」（そうワーズワスは言う）[2]、
もし彼の言が真実なら、彼女はキリストの姉妹で、
今や聖地でしたのと同じ振舞をしたのだ。

10

リーニュ公[1]は膝を負傷した、
シャポー・ブラ伯爵[2]も帽子と頭の間に
弾を受けた、このことは間違いなく
彼の頭が貴族のものであることを証明する、
なぜなら帽子以外は無傷だったから。
事実、弾丸は正当なる嫡出の頭には
いかなる害も及ぼす気がなかった。
「灰は灰に」[3]——「鉛は鉛に」[4]でもいいのに。

1 ミハイル・アルセニエフは陸軍中将で川側からイスマイルを攻撃した。勝利の後、スヴォーロフとは異なり、略奪にも参加した。それゆえにバイロンは彼を殺戮者と呼んでいる。

2 ワーズワスの『オード、一八一五』（一八一六）中の一節に、「しかし清らかな意図を達成するための／汝のもっとも恐ろしい道具は／お互いを殺戮するために並んだ人間だ。／そう、殺戮は汝の娘なのだ！」（一〇六―〇九）とある。「汝」は神を指す。ワーズワスはこの箇所を後に訂正した。

1 このリーニュ公は七巻三三連でバイロンが触れているリーニュ公の息子。

2 この固有名詞はバイロンの造語。シャポーは帽子、ブラは腕の意。

3 『英国国教祈祷書』には「土は土に、灰は灰に、塵を塵に帰すべし」という文句がある。

4 「鉛」は弾丸と鈍い頭を意味しているようだ。

11

准将のマルコフ将軍も、数千の
呻く瀕死の兵士の真っ只中にいる
リーニュ公を、別の場所に移すことを主張した[1]――
身分の低い兵士たちは皆、身をよじらせ、
苦痛にひるみ、水を欲しがっても貰えなかった――
このように高位の者には憐れみを示すことができた
マルコフ准将も、自分の脚の骨を折ったなら、
同じ理由で、もっと憐れみを示すことを教えられただろう。

12

三百台の大砲が嘔吐剤を放り投げた、
三万の銃剣が血の混じった利尿剤を
作るために、霰のように丸薬を飛ばした、
人間よ！　汝には月極めの請求書がある。
汝の疫病、飢饉そして医者が、死番虫(しばんむし)[1]のように
我々の耳の中でカチカチ音をたてて、今もなお
過去現在未来の災難を伝える。しかしすべては
一つの戦場の真の描写には及ばないだろう。

1　マルコフ准将はエカテリーナ二世の外務大臣だった。

1　死番虫は甲虫の一種。木を食って穴をあける際に発するカチカチという音が死を予告すると信じられた。

13

そこには絶えず変化する苦痛がある、それは増殖し、
ついには、まさにその数そのものが人を冷酷にする、
なぜなら、どこに視線をやっても、
目に入る無限の苦悶ゆえにそうなる——
呻き声、塵の中を転げまわる様、
眼窩のなかで白一色にむいた目——これらは
お前たち数千人の戦列に与えられる報酬だ、その一方で、
残りの者はリボン飾りを胸に付けて貰えるかもしれぬ。

14

それでもわたしは「栄光」を愛す——
栄光は素晴らしいもの——考えてみよ、
老年になってお前のよき国王の費用で
養われることを。適度な年金は多数の賢者の
平静さを失わせる、そしてこの方がましなのだが、
英雄たちは詩人が歌うためにのみ作られる。
休職給の享受以外にも、かくして詩の中でいつまでも
戦争を続けられるゆえ、人類を抹殺する価値があるのだ。

15
すでに上陸した軍勢は右側の砲台を
奪うべく前進した。下流で上陸した
他の軍は、上陸が済むと、友軍と同じく
すぐに仕事にとりかかった。
擲弾兵だった彼らは、子供たちが
母親の胸に上るように、元気に一人ずつ
塹壕と矢来の上に登った、その様子はあたかも
閲兵を受けるかのように、非常に秩序正しかった。

16
これは見事だった、なぜなら砲火は非常に熱く、
もし真っ赤なヴェスヴィオ山[1]が溶岩の他に、
あらゆる類の砲撃や弾丸や地獄を装填していても、
これほど痛めつけることはなかっただろう。
士官の三分の一はたちどころに斃れた、
それは攻撃に従事する紳士方には
決して勝利の前兆にはならなかった。
狩猟の先導者が倒れると、猟犬は臭跡を見失うもの。

1 七九年に大噴火した、ナポリ東方の活火山（一二八一メートル）。

17
ここでわたしは全般的な状況を離れて
名声の道を進む我らが英雄の跡を辿ろう、
彼は個々に栄誉を勝ち取らねばならぬ。
なぜなら五万人の英雄はそれぞれ
一人ずつ、対句や哀悼の詩に
書いてもらう権利があるが、そうなれば
長ったらしい栄光の一覧表になり、
さらに悪いことには、話はもっと長くなってしまう。

18
だからより多くの英雄たちを官報に
委ねなければならぬ――それはきっと公平に
戦死者を扱ったことだろう。彼らは眠りについて
名を残す、塹壕や畑、あるいは肉体が
魂の妨げになるのを最後に感じた場所がどこであれ。
急送公文書で名前を正しく綴ってもらった者は
大変な幸せ者、死んで「グローヴ」と印刷された者を
知っているが、正しくは「グローズ」だった。[1]

1 「事実。ウォータールー官報を見よ。あの時ある友人にこう言ったのを思い出す――これが名声というもの！ある男が戦死した、名前はグローズ(Grose)だが印刷ではグローヴ(Grove)となっている――わたしはこの戦死者と同じ時に大学にいた。とても気持ちのいい頭のいい奴で、ウィットと陽気さと酒席の歌ゆえに、人は彼と一緒にいたがった」(バイロン注一八二三)。

19
ジュアンとジョンソンはある部隊に入り、
全力で戦った、今まで通ったことのない道の
ことは分からず、どこへ行くのかはなおさら
推測できなかった。彼らはただ前進を続けた、
死者を踏みつけ、発砲し、突き刺し、
斬りつけ、汗をかき、体を火照らせて進んだ、
しかしやみくもに戦ったお陰で、自分たち二人だけで
一つの輝かしい広報全体を独占した。

20
かくのごとく彼らは何千の死者や瀕死の者たちの、
血のぬかるみに足をとられて進んだ——時には
二ヤード前進し、皆が懸命になって
到達せんとしている、目につかぬ隅に近づいた。
別の時には、至近距離からの発砲に撃退され、
天からではなく、あたかも地獄から雨が降るように
砲火が浴びせられ、彼らは傷ついた戦友の上に
躓いて仰向きにひっくり返り、血糊の中でもがくのだった。

21

これはジュアンにとっては初陣であった、
夜毎の召集や冷たい暗闇の中の沈黙の行進は
凱旋門の下を行く時と違って、勇気で
体が熱く燃えることはなく、体を震わせ、
欠伸をし、夜明けを願うかのように、
ものうい雲に一瞥をくれたりしたが
（それは空を固める糊のように分厚かった）、
それでも彼が逃亡することはなかった。

22

確かに逃亡はできなかった。逃げたとしてどうなるのだ、
彼とさほど変りなく、あるいは同様のひどい初陣を
経験した英雄は今までにもいたし、今もいる。
フリードリヒ大王[1]はモルウィッツからお逃げ遊ばした、
それは最初にして最後のことだった。なぜなら
追剥ぎや鷹や花嫁のように、大抵の人間は
激しい戦いを一度経験すると、新たな策略に慣れて
金や政治のために悪魔のように戦うもの。

1 プロイセン王、フリードリヒ二世（一七一二―八六）は、モルウィッツの戦い（一七四一）で、オーストリアの騎兵隊によって敗走させられた。

23

ジュアンは、エリン[1]が呼ぶ、その崇高な古代ゲール語、
アイルランド語、あるいは古代カルタゴ語で――
（ローマであれギリシアであれ、古代北欧風の
ものであれ、すべてを決める「時」を決定する
古物研究家は断言する、パット[2]の言語は
ハンニバル[3]と同じ風土で起こり、ディドー[4]の使った
アルファベット、すなわちテュロス[5]の衣をまとう、と。
これはどの考えに劣らず合理的で、一国主義的ではない）――

1　アイルランドの古名。
2　アイルランド人の愛称。彼らの守護聖人の聖パトリックに由来。
3　（二四七―？一八三 BC）カルタゴの将軍。第二ポエニ戦争中ピレネー山脈とアルプスを越えてイタリアに攻め入った。
4　カルタゴの伝説上の女王。『アエネーイス』によれば、アエネーアースに恋をするが、彼が去った後自殺する。
5　古代フェニキアの港市。染料で有名。カルタゴではテュロスの染料で服を染めた。

24

そう、彼はエリンの呼ぶ「根っからいい奴」[1]で、
衝動そのもの、歌って生きるような奴だった。
「喜びの気持ち」（もしこの文句が間違いなら）に、
「興奮状態」に浸かり切っており、
後で、人の命を奪わざるを得なくなっても、
戦闘や攻囲やその類の喜びに、
いつも群れ集まる結構な仲間と一緒だったので、
彼も同じく喜んで自由な時間を使った。

1　原語は 'broth of a boy' で、口語的なアイルランド語の表現。

25

しかしいつも悪意はなかった、彼が戦争したり
愛したとしたら、いわゆる「最善の意図」で
そうしたのだった、それはあらゆる人間の
「切り札」となり、試練の時に持ち出される。
政治家、英雄、売春婦そして法律家——
彼らは自らの目論見を追求されると、
それぞれの攻撃を受け流す、「善意だった」と言って。
「そんな意図で地獄は舗装されている」[1]とは残念なことだ。

1 「ポルトガルの諺によれば、地獄はよき意図で舗装されている」(バイロン、一八二三)。ジェームズ・ボズウェルの『サミュエル・ジョンソン伝』にも同様の文句がある。善意で意図されたことでも結果は地獄ということがある、の意。

26

最近わたしは疑いを持ち始めた、
地獄の舗道は——そんな風に舗装されているなら——
昨今はすっかり磨り減ってしまったのではないかと、
それは「善き意図」が救った多数のせいではなく、
あの昔の善意なしで下界へ行く
無数の者によって、そうなったのではないかと。
この昔の善意がかつては、ペル・メル街[1]そっくりな
あの地獄の通りの硫黄を、削って滑らかにしていたのだが。

1 ロンドンの街路で、トラファルガー広場からセント・ジェームズ宮殿に至る。賭博場やクラブが多数あった。賭博場は地獄と呼ばれた。

27

恐ろしい進行の中で勇士たちの運命を
しばしば分ける妙な巡り合わせで、
ジュアンは、多くの激しい銃撃戦の後、
友軍が退却して、一人きりになったのを知って、
突然、大いに当惑してしまった。
それは新婚一年目のちょうど終りに
運命の潮流の向きが妙な変化をして、
貞節至極の妻が誠実な夫のそばを離れる[1]ようなものだ。

1 バイロンの妻は、結婚後一年にならない時に、生まれたばかりの娘を連れて彼のもとを去った。

28

その成り行きは、わたしには分からない――
大半の者が戦死したか負傷したか、
そして、残りの者は方向転換したのだろう。
それはカエサルをも仰天させた状況で、
勇気が漲っていた彼の全軍が
かくなる状況にあるのを目にして、
彼は盾を手に取り、ローマ兵たちを
ふたたび戦場に呼び集めねばならなかった。[1]

1 プルタルコス『カエサル伝』二〇編参照。

29

ジュアンは掴むべき盾を持たず、
カエサルではなくて、立派な若者であり、
何ゆえに戦うかも知らず、こんな苦境に
立ち至ったので、一瞬止まった、もっと長く
そうすべきだったかもしれぬ。それから——ロバのように
（驚くなかれ、優しい読者よ、偉大なホメロスは
この直喩がアイアース[1]に十分だと思ったので、ジュアンは
新たな直喩よりこの方がいいと思うかもしれない）——

30

そこでロバのように頑固にジュアンは我が道を行き、
さらに不思議なことには、決して振り返らなかった。
しかし、争いを見るのを嫌う者の目を
眩ませるほどの火が、丘陵の上の太陽のように、
前方に煌めくのを見て、彼はよろめきつつ進み、
そこへ行く道を見つけようとした、それは
彼自身の弱い腕と力で部隊を助けるためだった、
部隊の大部分は死体となっていた。

1 アイアースはトロイ戦争におけるギリシア軍の英雄。ホメロスはアイアースをロバのように頑固だとした（『イーリアス』一一巻五五八行以下参照）。

31

自身の軍団の指揮官も、そしてすっかり
消え去った軍団さえも目にせずに——（なにゆえに
そうなったのかさっぱり分からぬ！　わたしは、
歴史における不名誉に見えるすべてのことを、
説明できないが、少なくとも我々は認めてもよいだろう、
すなわち栄光を求める一介の青二才が、
前方を見て、彼の軍団のことについては、
一顧だにしないことは、別に驚くことでないと）——

32

指揮官も指揮される者も目にせず、
若い相続人のように独りで我が道を歩むべく
残されたジュアンは自由になった——
どこへ行くのかは知らなかったが——
旅人が沼地や藪に鬼火を追うように、
あるいは座礁した船乗りが、もっとも近い
小屋に赴くように、そんな風に彼は名誉と鼻に従って、
もっとも激しい砲火が敵の多さを告げる所に突進した。

33
彼はどこにいるかも知らず、気にもしなかった、
なぜなら目が眩み、忙しなく、血管には稲妻が
満ちているかのようだった――彼の精気は
活発な頭脳を持つ者はみなそうだが、今の時間を生きた。
もっとも激しい銃火が見聞きされる所、
喧しい大砲がもっとも耳障りな軋みを鳴らす所、そこへ
突進した。その間、大地と大気は、修道士ベーコン[1]よ、
汝の慈悲深い発見によって、嘆かわしくも揺れ動いた。

34
彼が突進して行くと、ラシー将軍配下の、
これまで第二縦隊であった部隊に
偶然出会ったのだが、それは今では
小さくなっていた、分厚い本が
(はるかにかさの低い)英雄的行為の
優雅な抜粋本になるかのようだった。厳粛な面持ちで
彼は残された者の中に位置を占めた。なおも彼らは
雄々しい顔を崩さず、斜堤に向かって銃を向けていた。

1 火薬はロジャー・ベーコン(?一二一四―九二)によって発明された、との注をバイロンは一八二三年の版に付している。ベーコンはフランシスコ会神学者・哲学者・自然科学者。

35

まさにこの危急時にジョンソンも来た、
彼は「退却していた」、この文句は
男たちが「破滅」の顎を通過して
悪魔のねぐらに入るよりは、逃げ出す時に使われるもの。
だがジョンソンは利口な奴で、いつ、いかに、
「肉を好きなだけ切り分ける」ことを知っており、
決して逃げなかった、例外は、逃げることが
勇猛な類の狡猾さにほかならない時だった。

36

だからドン・ジュアンを除いて、彼の軍団の
すべての者が死ぬか、死にかけている時、
青二才のジュアンだけは純粋な勇気ゆえに
危険を知らず、逃げることは夢にも考えなかった。
自らの力に頼る「無邪気」のように、「無知」は
無頓着な体力や活力でその信奉者を包むもの——
ジョンソンは「死の谷の陰」[1]で風邪を引く者を
元気付けるために、少し退却したのだった。

1 現世における苦難を指す。「死の陰の谷を行くときもわたしは災いを恐れない」（『詩編』二三章四節）。

37

そこでは、稜堡、砲台、胸壁、防壁、窓枠、
そして家から雨のように降る発砲からは、ジュアンは
少々守られていた、なにせキリスト教徒の兵隊に
取り囲まれたこの広大な都市には、今のところ
猛烈な合戦をしない箇所は一つもなかった――
ジュアンは多くの追撃兵を見つけた、
彼らは自分たちが砲撃した獲物の
抵抗にあって、皆散り散りばらばらだった。

38

この兵士たちにジュアンは呼びかけた、
すると不思議なことに、呼びかけに応じて、
「茫漠たる深淵の亡霊たち」[1]とは異なり、
彼らはやって来た、いくら叫んでも、亡霊たちは
居場所を離れはしない、そうホットスパーは言うのだが。
兵士たちが来た理由は、弾丸や爆弾から尻込みすることへの
躊躇と恥辱、それにあのおかしな衝動だった、それは
戦争や宗教の場合、家畜のように、率いる者に人を従わせる。

1 グレンダワーの「なんなら奈落の底から、悪霊どもを呼び出すこともできる!」の言葉に、ホットスパーは応える、「なに、そんなことなら、おれにだってできる。誰にだってできる。だが、それよりもだ、呼び出してみて、果して出るかな?」(シェイクスピア『ヘンリー四世第一部』三幕一場五三―五五行、中野好夫訳)。

39
まこと、彼は立派な奴だった、ジョンソンは。
名前はアイアースやアキレスほど響きはよくないが、
日の下で彼に似た人物には、そう易々とは
会えないだろう。[1] モンスーンが（数カ月間は
常に変わることはない）、安定した息づかいで
吹くのとまったく同じく、彼は静かに殺すことができた。
表情や顔色や筋肉を変えることは滅多になく、
騒がずに人殺しに多忙を極めることができた。

40
だから、彼が逃げる時は、考えた末のことだった、
それは、そんな風にして、いわれのない不安を
取り除いて欲しい者たちが背後にいることを
知っていたからで、この不安はガスのように
英雄の腹を悩ますものだ。[1] 彼らの瞼は頻繁に
閉じられるが、英雄のすべてが盲目ではない。
差し迫った死に行き当たった時は
ただ一息つくために、少し退却するのだ。

1 「立派な人間だった、どの点からみても、二度とあんな人には会えないだろう」（『ハムレット』一幕二場一八七―八八行、三神勲訳）。ハムレットが父王について述べる箇所。

1 バイロンは消化不良に悩まされた。

41

しかしジョンソンが逃げたのは、
先に言ったように、多くの他の兵士を連れて
戻ってくるためだった、ハムレットの言う、[1]
怖い通路、少し霞がかった境界へ戻るためだった。
だがジャック[2]には、これはごく些細な心配事で、
彼の魂は（死者に用いた電気療法のように）、
電線と同じように生者に作用し、
彼らをもっとも激しい砲火の中へ引き戻した。

42

いやはや、彼らは最初は恐ろしさのあまり
逃げ出そうと思ったことを、再度経験した、
名誉について、そして連隊を満たす
あの不滅なるもののすべて（兵士を頑強にさせる
日毎のシリング、すなわち給金もある）に関して
人の言うすべてにかかわらず、逃げ出そうと思った——
彼らは戻ってみると前とまったく同じ歓迎を受けた、
ある者は思ったし、他の者は知った、地獄の到来を。

1 バイロンはハムレットの次の言葉を思い描いていたと思われる、「ただ死後のある不安、いったんその境を越えて行った旅人がまだ誰一人戻ってきたためしのない、あの未知の国への不安があればこそ、おれたちの決心もにぶるのだ」（『ハムレット』三幕一場七七―七九行、三神勲訳）。

2 ジョンソンのこと。ジャックはジョンの愛称。八巻九七連参照。

43
彼らは次々と倒れた、雹に打たれた収穫物のように、
大鎌に切られる草[1]、小鎌に刈られる麦のように、
それは古い陳腐な真理を証明した、人の命とは、
人が獲得しようと努める他のどんな恵みとも同じく、
脆いことを。トルコの砲撃は彼らを穀竿（からさお）のように、
または強いボクサーのように打ちのめして苦境に陥らせた、
そしてもっとも勇敢な兵士たちが
撃鉄を起こす前に、頭を打ち砕かれた。

44
もっとも近い稜堡の横檣（おうしょう）と側面の背後から
トルコ人は猛烈に発砲してきた、そして
強風が泡を一掃するように全兵卒を吹き飛ばした。
しかし天のみが知る、町や国家や世界を
なぎ倒す運命が、巡り回る悪ふざけでこう命じた、
すなわち硝煙漂うこのお祭り騒ぎの中で、
ジョンソンと敗走しなかった少数の者が、
塁壁の奥の斜面に到達するようにと。

1 「彼らは草のように瞬く間に枯れる。青草のようにすぐにしおれる」（『詩編』三七章二節）。

45

最初は一人、二人、次に五人、六人、そして
一ダースの兵士たちがすばやくよじ登った、
今や一か八かの状態で、瀝青か松脂のように
炎が上から下から浴びせかけられた。
だから誰が最善の選択をしたのかは
誰も言えないだろう、胸壁に雄々しい顔を
最初に見せた紳士たちなのか、あるいは
まだ待つ方がより勇敢だと考えた者たちなのか。

46

しかしよじ登った者は、偶然か手抜かりによって、
彼らの前進が好都合であったことを知った、
ギリシアかトルコのクーホルン[1]の無知が
矢来の柵を設けたが、オランダやフランスの砦に
見たとしたら、不可思議に思えるやり方だった——
（これらの砦も我らがジブラルタルには及ばないが）——
ちょうど今述べた胸壁の真ん中に
これらの矢来はきちんとおかれていた、

1 メノン・フォン・クーホルン男爵（一六四一—一七〇四）はオランダの軍事技術者。

47
その結果、両側に九歩か十歩ほどの空間が
残され、そこに何とか進軍する余地があった。
それは、我らが兵士には、少なくとも生き残った者
すべてにとっては、まことに好都合で、
かくしてまた戦列を整えて戦うことができた。
さらに戦うのを助けたのは、彼らが
矢来を蹴って壊すことができたことで、
それは草の葉ほどの高さしかなかった。

48
先陣を切った者たちの中で——先陣を切った者とは、
わたしは言わない、なぜならこんな機会の優先争いは、
同盟国のみならず友人たちの間でも、
しばしばひどい争いを引き起こすもの。
ウェリントンはワーテルローで敗れたと言って、
ジョン・ブルの偏見に満ちた忍耐心を、実際にあえて
試練にさらすようなイギリス人は豪胆に違いない——
もっともプロイセン人もそう言うが——

49
もしブリュヒャー、ビューローそしてグナイゼナウが[1]、
その他に「アウ」や「オウ」の付く名前の者が、
どれほどいたかは知らないが、かりに彼らが遅れずに
やってきて、腹を空かせた虎のように戦って、今まで
戦ってきた連中に、畏敬の念を抱かせなかったら、
ウェリントン公爵は勲章を見せることはなく、
また年金を受け取ることもなかっただろう、
歴史上、彼の年金ほど手厚いものはない。

50
しかしどうでもよい――「神よ、王を護り給え！」
そして王たちを！　もし神の加護がなければ
人間はもはや護らないだろう――わたしは
小鳥が歌うのを聞く思いがする、そのうちに
民（たみ）の方が強くなるだろう、と歌うのを。
駄馬でさえも落ち着きをなくすもの、馬具が
体に食い込み、早馬の通例の経験を越えて痛む時には[1]――
群衆もついにはヨブ[2]を真似するのに嫌気がさすもの、

1　ブリュヒャー（一七四二―一八一九）、ビューロー（一七四二―一八一九）、そしてグナイゼナウ（一七六〇―一八三九）の三人のプロイセンの将軍は、ワーテルローの戦いで、ウェリントンを助けて連合軍の勝利を決定づけた。

1　「脛に傷もつ馬は勝手に跳ねろ、こっちの背中に傷はつかぬ」（『ハムレット』三幕二場二四二―四三行、三神勲訳）。

2　旧約聖書『ヨブ記』に出てくる、神の下す試錬にひたすら耐える人物。

51
始めは愚痴をこぼし、次に悪態をつき、それから
ダビデ[1]のように巨人に向けて滑らかな石を投げる。
遂には武器を手にする、絶望的になって、
人の心が柔軟性を失う時に掴むような武器を。
すると主導権争いになる——またそうなるかは
疑わしい、できれば「馬鹿な！」と、
切に言いたいところだ、もしも革命のみが地球を
地獄の汚染から救える、とわたしが気付かなかったならば。

52
しかし話を続けると——イスマイルの城壁を
乗り越えた者の中で、我らがドン・ジュアンは
一番ではなく、先陣の一人だったと言おう、
あたかもそんな場面で育まれた様子だったが——
だがこんな場面は彼には初めてで、大方の兵士にとっても
そうであっただろうと思いたい。人の心を徹底して貫く
栄光への渇望が彼に染み込んでいた——もっとも彼は
気のよい男で、顔が女性的であるように、心も温かかった。

1 ダビデ（？—？九七〇 BC）第二代イスラエル王。ペリシテ人の巨人ゴリアテを倒した。

53

彼はこんなところにいたのだ——子供の時分から
女の胸の上で子供のように感じたその彼が。
他の点では大人であることは明白だったが、
彼にとっては女の胸にいれば楽園だった。
ルソー[1]が愛に疑いを抱く女性に指し示す、
厄介なあの試験に耐えることさえできた、
「お前の腕を離れる時の恋人を注視せよ」という試験に。
しかしジュアンは女の腕に魅力がある限り、決して離れなかった、

1 ルソー『ジュリー、または新エロイーズ』一部書簡五五。

54

ただ、運命、波、風、あるいは同じことだが、
近い親戚[1]に屈服させられる時は別だ。
しかし彼はここにいた！——そこでは人間を繋ぐ
すべての絆が剣と砲火に屈しなければならぬ。
肉体さえも精神そのものである者でさえ、
いかに高邁なる者をも服従させる運命や状況により、
ここに放り投げられると、時と場所に駆り立てられて、
競争で拍車をかけられた純血種の馬のように突進した。

1 例えばハイディの父などを指すか。

55
かくして彼の血も抵抗に出会うと沸き立った、
五本の柵の障害や、二重の支柱と横木の門の前で
猟犬の血が沸き立つように、そこでは
イギリスの若者の命は体重にかかっている、
もっとも軽い者が一番安全なのだ。離れておれば
彼は残酷さを嫌った、血が熱くなるまでは、
誰も血を好まぬように——そうなっても、
彼の血は時には重苦しい呻き声に凍りつくのだった。

56
追い詰められていたラシー将軍は、
横隊を組む数百名の若者が、
今ちょうど月から落ちてきたかのように、
時宜よく援軍としてやって来るのを見て、
すぐそばにいたジュアンに感謝の気持ちと、
まもなくこの都市を占領する希望を伝えた、それは、
ジュアンを（ピストル[1]の言う）「卑しい悪党」[2]ではなく、
若いリヴォニア[3]人だと、見なしたからだ、

1 『ヘンリー四世・二部』の登場人物。
2 『ヘンリー六世・二部』四幕一場一三四行。
3 リヴォニアはバルト海に面した地方。もとロシアの一州で、今はラトビア共和国とエストニア共和国の一部。

57

ジュアンはドイツ語で話しかけられたが、
彼のドイツ語の知識はサンスクリット語と
同程度だったので、自分を指揮する将軍に
会釈をして応じた。その理由は、この男が
青黒い打撲傷を受け、綬章と星型勲章と記章を身に付け、
血だらけの剣を手にし、感謝の意を
表すような口調で話しかけるので、
彼を将校だと認めたからだ。

58

共通の言語を話さない二人の男の間で
短い言葉が交わされた。その上、戦う時と、
町を占領する時には、対話する間にも、
多くの悲鳴が鳴り響き、耳に一言が響く前に
多くの悪事が犯され、恐怖の物音が
教会の鐘のように、嘆息や唸り、呻きや喚き、
そして祈りと調和して鳴り響くのだ、
そんな時には大した会話はありえないもの。

59

だから二つの長い八行連句[1]で述べたことは
すべてわずか一分の間に起こった。
しかしそのほんの一分の間に、すべての罪が
その中に入り込もうと、工夫を凝らした。
騒音でかき消されて、砲声さえも
沈黙した、なぜなら人間の苦悶の声が
辺り一面に響く中で、雷鳴と同じように
ヒワの声も聞こえる程だった。

60

町は侵入された。おお、永遠よ！――
「神は田園を造り、人は町を造った」、
クーパー[1]はそう言う――わたしも彼と同じ意見に
なりかけている、ローマ、バビロン、ティルス[2]、
カルタゴ、ニネベ[3]、人が知る、そして知らない
多くの城壁が、地に落ちるのを見るとそうなる。
現在と過去についてとくと考えると、
ついには森が我々の家になると考え始める。

1 『ドン・ジュアン』で用いられる詩形は一連八行からなる。

1 ウィリアム・クーパー（一七三一―一八〇〇）『課業』一巻七四九行。

2 ティルスは古代フェニキアの都市。アレキサンダー大王によって滅ぼされた。

3 ニネベは古代アッシリアの首都。メディア人とバビロニア人に滅ぼされた。

61

生と死においてもっとも幸運だったとされる
人殺しスラ[1]を除いて、すべての人間の中で、
我々の顔を見て語りかける偉大な名前の中で、
ケンタッキーの森の住人、ブーン[2]将軍は
どこの人間に比べても、もっとも幸せだった。
なぜなら彼が殺したのは熊や雄鹿だけ、
老年期には孤独で生き生きした無害な日々を、
もっとも深い迷路の荒野で楽しく過ごしたから。

62

「罪悪」は彼に近づかなかった――「罪悪」は
「孤独」の子ではない。「健康」は彼を避けなかった――
なぜなら「健康」が住むのは人が滅多に来ない荒野であり、
人がそこで「健康」を求めず、生よりも死を
選ぶとするなら、そんな連中は許してやれ、
彼らは習慣上、都市の檻に閉じ込められて、
自身の心が憎悪するものに騙されているのだから――今わたしが
問題にしている事例では、ブーンは狩をして九十歳まで生きた、

1 （一三八―七八BC）ローマの将軍で政治家。数千、数万の敵を殺害した。
2 ダニエル・ブーン（一七三四―一八二〇）はアメリカの辺境開拓者。特にケンタッキーの開拓で知られる。

63

さらに不思議なことには、ブーンは名を残した、
人が無益にも多数の人間を殺して、手に入れる名声を、
有名であるだけではなく、それなしでは、「栄光」も
単なる酒場の歌にすぎぬ、あのよき名を残した——
それは誠実で静かで、恥とは正反対のもの、
憎しみも妬みも悪で染めることのできないもの。
彼は活動的な隠者で、年を取っても「自然」の子、
あるいは野育ちの「ロスの男」[1]だった。

64

愛する森の中に人家が建った時には、
彼が同国人さえも避けたというのは事実——
彼は何百マイルも離れた所に移った、そこでは
家がより少なく、より多くの安楽があった。
文明の不便さとは、人は文明を喜べないし、
またそれで喜ばせることもできないことだ。
しかし彼が個々の人間と会った時には、
何人にも劣らず親切だった。

1 ジョン・カール（一六三七—一七二四）のこと。ヘリフォード州のロスの裕福な地所を相続し、その地に早く隠棲した。慈善活動と質素な生き方で有名。

65

彼はまったくの一人ではなかった、周りには
狩する森の子らの一族が育った。
彼らの若くて未だ目覚めぬ世界は常に新らしく、
剣も悲しみも、皺のないその世界の顔に、
一つの痕跡も残さず、「自然」や人間の顔に
渋面が見られることはなかった。
自由に生まれた森は自由な彼らを見て、
その自由を保ち、奔流や樹木のように爽やかなままにした。

66

発育を抑える都市の住人、青白い矮小なる者より、
彼らは丈高く強健で足が速かった、理由は彼らの思いが
心労や利益の餌食にならなかったからで、
緑の森が彼らの分け前だった。
白髪になっても気が滅入ることもなく、
歪曲された「流行」を猿真似することもなかった。
素朴だったが野蛮ではなく、ライフルは正確に
的を射たが、決して些細なことには使われなかった。

67
彼らの日々には「活動」があり、眠りには
「休息」があり、「陽気」が労苦の侍女だった。
彼らの数は多すぎもせず、少なすぎもしなかった。
「堕落」が彼らの心をその土壌にもしなかった。
刺激的な「欲望」や足かせとなる「栄光の輝き」が、
この自由な森の住人たちと獲物を分かちはしなかった。
溜息をつかぬこれら森の人たちの住む
人里離れた場所は、静謐であり憂鬱ではなかった。

68
自然についてはこれで十分――多様性を求めて
次は、文明よ！　汝の大いなる喜びの数々と、
大いなる社会の甘美な結果に戻ろう、
戦争、疫病、専制者の成す荒廃、
君主のもたらす災い、悪名への渇望、
糧食を求める兵士に殺される無数の人々、
六十歳のエカテリーナの閨房を飾っているような各場面、
そしてその閨房をさらに和ませる、イスマイルの嵐へと戻ろう。

69

町は侵入された、まず一つの縦隊が
見事な流血の道を作った——そして次の縦隊も。
血煙をあげる銃剣と煌く刀が、偃月刀（えんげつとう）[1]と
音をたてて衝突し、遠くでは母親と赤子が
悲鳴を上げて、天を責める声が聞こえた——
近くでは硫黄の雲が「朝」と「人」を
息苦しくさせ始めた、そこでは逆上したトルコ人が
彼らの町を譲るまいと、一歩一歩なおも戦っている。

70

クトゥーゾフ[1]は後になって、
（霜と雪の助けを借りて）大胆にも血の道を進む
ナポレオンを撃退したあの男だったが、
今回は彼自身が撃退されることとなった。
こいつは陽気な奴で味方や敵を前にしても、
生死や勝利がかかわっていても、
等しく冗談を飛ばすことができた、
しかしここでは彼の冗談は効き目を失ったようだった、

1 昔アラビア人やペルシャ人が使った新月形の刀。

1 ミハイル・クトゥーゾフ将軍（一七四三—一八一三）は一八一二年、スモレンスクでナポレオン軍を破った。

71

なぜなら彼は自ら溝に飛び込んだが、
その後から何人もの擲弾兵が急いで続き、
彼らの血は水溜りの嵩を大いに増したのだが、
彼は胸壁が現われる所へよじ上った、
しかし彼の計略はそれ以上進まなかった
(他の戦死者の中ではリボピエール将軍の死は
大いに惜しまれたが)、なぜならイスラム兵が
彼らを皆、ふたたび溝に投げ入れたからだ。

72

はぐれ兵士たちがどこへ上陸したのかも
知らぬまま、流れに運ばれてある地点に着き、
そこでは理解力を失い、夢の中にいるように
あちこちさ迷い、ついには夜明けが広がって、
目には門のように見える所に達する——
もしそんな兵士らがいなかったとしたら、
偉大にして陽気なクトゥーゾフは、彼の縦隊の四分の三が
留まっている所に、横たわっていたかもしれない。

73

塁壁のまわりをよじ登るこれらの兵士たちは
この「城塞の高台」を奪った後に、クトゥーゾフの
最後の望みの決死隊が、カメレオンのように
恐れの色合いをかすかに帯びたその時に、
「キリア」と呼ばれる門を、狼狽する英雄たちの群れに
開けてやった、臆病そうに近くに立っていた彼らは
凍ったばかりの泥の中に、滑って膝まで浸かっていたが、
今ではそれは溶けて人の血の沼と化していた。

74

「コザック」たちは、お好みなら「コサック」でもいい[1]——
（わたしは正字法のことをあまり自慢しない、
統計や用兵、政治や地理学の事実について
ひどい間違いを犯さぬ限りは気にしない）——
そのコザックたちは、馬上の戦いに慣れていて、
砦の地形学の大した愛好家でもなく、
指揮官が気に入るままに命令する所で
戦うのが常だったが——皆ずたずたに寸断された。

1 原語の綴りは'Kozacks'と'Cossaques'。コサック族については七巻一四連注1参照。

75
彼らの縦列はトルコ軍の轟く砲撃を
受けたが、それでも胸壁に辿りついた、
そして、これ以上妨害を受けることなく
町を略奪できると当然思った。
しかし勇者に起こることだが、彼らはしくじった——
始めトルコ軍は慌てて逃げる振りをした、
それは二つの稜堡の隅に彼らを誘い込むためで、
そこから、これらあざ笑うキリスト教徒に向って打って出た。

76
かくして尻尾[1]を捕まえられ——そのことは兵士にも
司教にも致命的なのだが——これらのコサック兵は
夜が明ける頃にはまったく孤立し、
定められた命の期間が短いことを知った——
しかし彼らは震え戦くことなく死んだ、
そして山なす自らの死体を梯子として残し、
その上をイエススコイ中佐は、
ポーランドの勇敢な大隊とともに進軍した——

1 「尻尾」（原語はtail）には「尻」の意味があり、ここではアイルランドのクロハー教区の司教パーシー・ジョスリンが男色の廉で告発されたことも指している。

77

この勇敢な男は出会ったすべてのトルコ人を殺した、
しかし自分の番が来て、イスラム教徒に殺されたので、
トルコ人を食う[1]ことはできなかった、彼らは抵抗もせず、
自分たちの町が燃えるのを見る気はなかった。
城壁は破られたが、どちらの軍隊が
嘆きの種を持つことになるのか、賭は五分五分だった、
一歩も譲らない、一撃には一撃の戦いだった、
それは両陣営とも退却も怯みもしなかったからだ。

78

もう一つの縦隊も大被害を蒙った。
ここで歴史家[1]とともに述べておこう、
最大の栄光を手にして行進するはずの部隊には
ほんの少しだけ弾薬筒を持たせるがいい。
光る銃剣を打ち交わして事を進め、
皆が急がねばならない時に、
彼らは生きようとして、時には
愚かにも遠くから発砲するだけだから。

1「あいつは殺した者をみな食うと思う」（『ヘンリー五世』三幕七場九二行）。

1 キャステルノのこと。「第六巻、七巻、八巻への序文」注2参照。

79

メクノップ将軍の部下たちは（将軍なきまま、
というのは、ちょうどその時、援護態勢が悪かったため、
しばらく前に将軍は戦死していた）、
死を吐き出す胸壁を、今一度敢えて
上ろうとした男たちとついに合流した。
トルコ軍の抵抗は壮烈だったが、
彼らは稜堡を奪い取った、軍司令官（セラスキア）[1]は
多大な犠牲を払ってこれを防御したのだが。

80

ジュアンとジョンソン、そして最前線の
義勇兵たちが、彼に助命を提案したが、
それはトルコ軍の将軍に似つかわしくなく、
少なくともこの勇敢なタタール人には
ふさわしくなかった。祖国の涙に値する、
荒々しい部類の軍の殉教者として、
彼は死んだ。彼を捕虜にすることを
欲した、あるイギリス海軍の士官もまた殺された、

1 陸軍大臣でもある。

81
彼の申し出に対する答えはただ
ピストルの弾であり、彼はそれで死んだ。
そこで残りの者はこれ以上、手をゆるめず
鋼鉄と鉛で激しく攻撃を始めた――有難い金属で
こんな折にはもっとも需要があり、
一人たりとも容赦されなかった――
三千人のイスラム教徒がここで死に、
十六の銃剣が軍司令官（セラスキア）を突き刺した。

82
町は占領された――部分毎にだったが――
死神は流血に酔い、どの通りでも必死の思いで
最後まで戦わない者はいなかった、彼らの心臓は
まもなく打つのをやめる、守らんとする者のために。
ここで「戦争」は更にもっと破壊的な「自然」の中に、
自分自身の破壊的な「技」を忘れてしまった。
「殺戮」の熱が太陽に煮立つナイルの泥のように、
あらゆる「罪」の怪異な形をしたものを生み出した。

83

あるロシアの将校が積み重なった死体の上を、
軍人らしい歩みで進んでいると、あたかも
蛇に踵を強く咬まれたかのごとく感じた、
イヴは人類の子孫にその牙の痛さを教えた。
彼は、蹴り、悪態をつき、身を捩り、血を流したが無駄だった、
そして腹を空かせた狼のように唸って助けを呼んだ――
歯は満足していつまでも食らいついて離さなかった、
それは昔の話にある、ずるい蛇[1]がするのと同じだった。

84

自分の体の上に敵の足を感じた
死にかけのイスラム教徒はそれを掴み、
いとも鋭敏なる、まさに腱に噛み付いた――
(古代のミューズや現代の才子が
アキレスよ、お前に因んで名付けた部分だ)、そして
噛み切ったので歯が合わさり、命をかけても
離さなかった、なぜなら(しかしこれは嘘の話だが)
切り落とされた頭が生きた足から離れなかったとのこと。

1 「お前と女、お前の子孫と女の子孫の間にわたしは敵意を置く。彼はお前の頭を砕き、お前は彼のかかとを砕く」(『創世記』三章一五節)。「お前」は蛇を指す。

85
いずれにしろ、きっとロシアの将校は
一生びっこになっただろう。なぜなら
このトルコ人の歯は串よりもしっかり齧(かじ)り付き、
このロシア人を病弱者や障害者の仲間にしたのだから。
連隊の外科医は、この患者を癒すことができず、
おそらくは執念深い敵の頭以上に
非難されるべきだろう、あの頭は切り落とされても、
なおかつ足を離そうとはしないほどだったが。

86
とはいえ事実は事実——真実を伝える詩人は
できるかぎり虚構から逃れるのが務め、
なぜなら韻文を散文よりも、真実の束縛から
より自由にするというのは能のないこと、
もっとも時には詩語と呼ばれるものを求め、
あの途方もない虚偽への欲望を求める市場に
適合させるというのなら話は別だ、その虚偽を
サタンは生き餌のように使って人の魂を釣り上げる。

87
都市は占領されたが、まだ明け渡されてはいない！――、
その通り！　剣を捨てたイスラム教徒は誰もいなかった。
ドナウ川の流れが町の城壁のそばをうねるように
血が溢れ出ようとも。しかし死や敵への恐怖を
少しでも認める言葉も行為もなかった。
前進するロシア人が勝利の叫び声を
轟かせても無駄だった――最後の敵の呻き声が、
ロシア人自身の呻き声によってこだまするのだから。

88
銃剣は突き刺し、サーベルは切り裂く、
人命はいたるところで浪費される、
それは年が暮れる頃に深紅の木の葉が旋回し、
裸になった森の木々が侘しい風に頭を垂れて
呻くのに似る。かくして人の住む「都市」が嘆く、
もっとも立派で美しい者を奪われ、裸にされて。
それでも「都市」は大きな恐ろしい破片となって倒れる、
千度の冬に耐えた樫の木が吹き倒されるように。

89
これは恐ろしい話だ——しかしいつの時も、
恐怖を与えるのはわたしの性格ではない。
なぜなら我々人間の運命は色とりどり、
良いもの悪いものがあり、もっと悪いものもあり、
同じように憂鬱な楽しみに満ち溢れているので、
一種類だけの話をすれば眠気を誘うことだろう——
敵や味方の気に障っても障らなくても、
わたしは諸君の世界をあるがままに描く。

90
多くの悪事の中に見られる一つの善行は
「とてもすがすがしい」[1]、甘美で偽善的で
気の抜けた結構な流儀に満ちた、
今の時代の気取った文句を使えば。
善行はこの詩を少しは潤すかもしれぬ、
今のところ、この詩は少し焼けただれている、
それは叙事詩を豊かで稀有なるものにする
征服の炎とその結果のためなのだ。

1 「この批評の中で、君の友人が——誰だかわかるだろう——こっぴどく攻撃されていたので、流行りの言葉を使えば、すっかり〈すがすがしい〉気分になったよ。何と快い言葉だろう。」（バイロンの諷刺詩『青踏（ブルー）』（一八一五）対話一、二四—二六行、『EURO』五号より）。

91

虐殺された数千の男たちの横たわる
占領された稜堡の上に、空しくも避難を
求めてここへ来て殺された、まだ体の暖かい
女たちがいた、優しい心をした者なら
この光景に胸が萎えて震えたことだろう——
その一方、五月のように美しい十歳の少女が
身を屈めて、どきどきする小さな胸を、
血だらけの安息に眠る死体の中に隠そうとしていた。

92

目と武器をぎらぎらさせて、コサックの悪党が二人、
この子供を追いかけた、彼らに比べたら
シベリアの荒野にさ迷うもっとも凶暴な獣も、
宝石のように純粋で磨かれた感情を持っている——
熊は文明的で、狼は穏やかだ。最終的には、
このことで誰を責めるべきなのか、
彼らの本性か、それともあらゆる手管を用いて、
臣民に破壊を教える彼らの君主たちなのか。

93

彼らのサーベルが小さな頭の上で光った、
彼女の金髪は恐怖でもつれて逆立った、
その顔は死者の中に突っ込まれ、隠れていた、
まさにその時ジュアンが、この哀れな光景を
一目見て、言ったことをそのままを
わたしは伝えない、「上品な耳」[1]を喜ばせないだろうから。
しかし彼のしたことは彼らの背中を襲うことで、
コサックに言い聞かせるもっとも手早い方法だった。

94

彼は一人の尻を切り裂き、もう一人の肩を裂き、
彼らを追い払った。二人は凶暴な喚き声を上げ、
当然の報いの傷をくっつけてくれる外科医を求め、
意図を挫かれ、怒りと痛みの悲鳴を上げた。
ジュアンは冷静になって一つ一つ、
青白い血塗られた頬を引っくり返しながら、
一瞬遅ければ、彼女の墓になったであろう
死体の山から、彼の小さな捕虜を持ち上げた。

1 「優しい主任司祭は決して上品な耳には地獄という言葉を言わない」(ポープ『倫理的エッセイ第四書簡』一五〇行)。

95
彼女は死者と同じほど冷たかった、顔を流れる
細い一条の血はこの子も、彼女の種族と同じ
運命を辿っただろうことを告げていた。
なぜなら母親を打ち倒したまさにその一撃が
この子の額を傷つけ、深紅の痕跡を残していた、
それは彼女にとって一番大事な者との最後の繋がりだった。
しかしそれ以外は無傷で、彼女は大きな目を開け、
ジュアンを激しい驚きの目で見つめた。

96
まさにこの瞬間、二人が目を見張って
お互いを見つめ合っていた時、ジュアンの表情には、
痛み、喜び、望みそして恐れが、混ざり合っていた、
助ける喜びと、庇護する者にふりかかる心配が。
一方、彼女は幼子の恐怖で釘付けになり、
放心状態にあるかのようにねめつけていた、
その顔は純で、透き通り、青白かった、しかし輝いていた、
それは光に照らされた雪花石膏の壷のようだった――

97

そこにジョン・ジョンソンが来た（わたしはジャックとは
言うまい、なぜなら今まで語ってきたような
都市の攻撃という偉大な場合には、そんな呼び名は
下品で興ざめとなり、陳腐すぎるだろう）、
そこにジョンソンが来た、背後に何百人も引き連れて、
彼は叫んだ――「ジュアン！　ジュアン！　進め！
覚悟はいいか、俺はモスクワ全部を賭けてもいい、
お前と俺は聖ジョージの頸章（カラー）[1]をものにするのだ。

98

「トルコの軍司令官（セラスキア）は頭を強打されて殺されたが、
石の稜堡はまだそのままだ、内側では
年寄りのパシャが数百名の死体の中に座り、
敵と味方の砲撃の騒音の中で、まったく静かに
パイプを吸っている。話によると、我が方の戦死者は
すでに背丈に届くほど積み重なって、砲台のそばに
横たわっているとのことだ、しかし砲撃はやまず、
一斉射撃の葡萄弾が葡萄畑のように散らばっているよ。

1　ロシア陸軍の勲章（バイロン注）。このような勲章はロシアにはない。

99
「だから俺と一緒に行こう！」――しかしジュアンは答えた、
「この子を見て下さい――僕が助けたのです――この子の命を
運に任せることはできません、どこか安全な片隅を教えて下さい、
この子がこれほど怯えたり、悲しまなくてもいい所を、
そうなれば行動をともにします！」――そこでジョンソンは
周りを見回して、肩をすくめ、自分の袖と黒い絹の
首巻きを引っ張り、答えた、「君のいう通りだ、
可哀想に！　どうしたらいいんだ、さっぱり分からん」

100
ジュアンは言った――「するべきことが何であれ、
この子の命が僕たちのよりずっと安全と思えるまでは、
僕はこの子のそばを離れません」――ジョンソンは言った、
「どちらの命も保証はできない、しかし少なくとも
君は名誉の戦死を遂げることはできる」――
ジュアンは答えた――「少なくとも、耐えねばならぬことは
僕は辛抱します、でもこの子は見捨てません、
この子には親がいません、だから僕の子なのです」

101

ジョンソンは言った――「ジュアンよ、俺たちには
時間がない、この子はかわいい――とてもかわいい――
こんな目を見たことがない――だがよく聴けよ、
選ぶのだ、名声か人情か、誇りか憐れみかを、
聴け！　轟きがすごく激しくなってきたぞ！
町が略奪される時にはどんな言い訳も役に立たない、
お前なしで進軍するのは気が進まない、
しかし、畜生、最初の取り分に遅れをとるぞ」

102

しかしジュアンの決意は不動だった、
自分なりに彼を愛していたジョンソンは、
もっとも略奪する気がないと思えた者たちを、
部下の中から手際よく選んだ。
そして誓って言った、もしもこの子供に
危害が及べば、次の日にはお前たちを
撃ち殺す。しかし無事に引き渡したら、
皆に最低五十ルーブルと、略奪に加えて、

103
手当てはすべて仲間と公平に分ける、
と告げた――そこでジュアンは轟音の中を
進軍することに同意した、
一歩進む毎に隊列はまばらになった。
それでも残った者たちは強い思いで突進した――
それは当然で、彼らは利得の望みで熱くなっていた、
これは毎日あらゆるところで起こること――
どんな英雄も半分の俸給[1]で十分だとは思わない。

104
これこそが勝利、これこそが人間なのだ！
少なくとも我々がそう呼ぶ者の九割はそうだ――神は
我々が人間と判断する半分の者には、別の名前を
つけるかもしれぬ、さもなければ神のやり方は奇妙だ。
しかし主題に戻ると、勇敢なタタール人の汗（カーン）は――
または「スルタン」、記録作者[1]はこの首長をこう呼ぶ
（わたしはこの拙い韻文ではこの散文作者の
言う通りにするが）――彼はどういうわけか一切屈服する気はなく、

1 将校の年金は俸給の半分であった。

1 キャステルノのこと。

105
五人の勇敢な息子たちを両脇に従え（これが
「一夫多妻主義」なるもの、大量の勇士を産み落とし、
誰もあの偽りの罪、重婚で告訴されない）、
勇気が小枝一つにでもくっついておれば、町が奪われたとは
信じなかった――わたしが描くのはプリアモスの息子[1]、
ペレウス[2]やジュピター[3]の息子のことなのか、
いや、その誰でもない――善良で、質素で穏健な
一人の老人だ、彼は五人の息子たちと先頭で戦った。

106
彼を捕えることが主眼だった。真に勇敢な者たちは、
勇者が圧倒されて不利な立場にある時には、
心動かされ、守り、助けたいという気になる――
彼らは野獣と半神の混ざり合った者たちで――
今は覆いかぶさる波のように荒れ狂うかと思うと、
次には憐れみの情に打たれる、それはまさに
頑健な樹木が時に夏の風にそよぐように、
憐憫の情が残酷な心に息を吹きかけるのだ。

1 プリアモス（トロイ王）の息子とは勇者ヘクトールのこと。
2 ペレウスの息子とはギリシア軍の英雄アキレスのこと。
3 ジュピターの息子とはヘラクレスのことで、大力で有名な英雄。

107
しかし彼は捕えられる気はなく、すべての
降伏の申し出に対して、四方八方のキリスト教徒を
切り倒すことで答え、ベンデル[1]における
スウェーデンのカール王のように頑固だった。
五人の勇敢な息子も父に劣らず敵に挑んだ、
そこでロシア人たちの憐れみの情も優しさを失ってきた、
なぜなら、憐れみは地上の忍耐力のように、
ささいな挑発ですり減る美徳なのだから。

108
ジョンソンとジュアンは、彼らの知る
あらゆるオリエントの言い回しを使って、
これほどにも死に物狂いの敵を助けても、
自分たちが弁明ができるように、後生だから、
戦いの手を緩めて欲しいと懇願した――それにもかかわらず
彼はどんどん斬り倒した、懐疑主義者と論争する
神学博士のように。そして罵りながら、
赤子が乳母を叩くように、自分の味方二人に打ちかかった。

1 現在はウクライナのベンダリーで、当時はオスマン帝国の支配下にあった地。カール一二世はポルタヴァの戦い（一七〇九）でロシアに敗れ、この地の近くに来たが、トルコ軍と勇敢に戦い捕えられた。

109
それどころか、ジュアンとジョンソンの二人を
かすり傷だが、傷つけた、そこでジュアンは
溜息をつき、ジョンソンは悪態をつきつつ、
この怒れるスルタン閣下に滅茶苦茶に
襲いかかった、まわりの者はすべて
このように強情な不信心者に激しい怒りを覚え、
彼と息子たちに雨のように攻撃を浴びせたが、
彼らは雨を吸い込んでも、なお乾いたままの

110
砂原のように抵抗した。ついに彼らは滅んだ——
二番目の息子は銃弾で打ち倒された、
三番目はサーベルで斬られた、五人すべての中で
最愛の四番目は銃剣で死ぬ運命に遭った。
キリスト教徒の母親に育てられた五番目の息子は
不具だったゆえに、疎んじられ、虐待されなどしたが、
勇猛果敢に最後まで戦って死んだ、それは
自分をもうけたことを恥じた父を救うためだった。

111

長男は御しえない真のタタール人で、
マホメットの選ぶ殉教者の誰にも劣らず
キリスト教徒を激しく軽蔑していた、
緑の衣に身を包んだ黒い瞳の娘たち[1]だけを
彼は思い浮かべた、天国にいる彼女たちは地上で
助命を乞わない者の寝床を整える。一度目にすると、
この天女（ファリ）たちは、他のきれいな女たちと同様
その容貌の力で、何でも好き勝手をするもの。

1 天国における信仰深い美しい処女で、天国に入った人々に仕える。

112

彼女たちが天上でこの若い汗（カーン）[1]に喜んで何をしたのか、
わたしは知らないし、あえて推測もしない。
しかし彼女たちはきっと屈強な老齢の英雄よりも、
立派な若者を好むだろうし、そうせざるをえない。
確かにこのことが理由で、我々が
戦場となった凄惨な荒野をよく見ると、
荒々しい日焼けした古強者一人に対し、一万人の
血まみれの端麗な伊達男を見つけるのだろう。

1 イスラム諸国などの支配者・高官の尊称。

113
諸君らの天女（ファリ）たちにも生来の楽しみがある、
結婚したての夫たちを刈り取ることだ、
それも婚礼の「時間」が踊りを終わる前、
悲しい二度目の月が再び薄れる前、
あるいはものうい「後悔」が、時々夫を
独身に戻りたいと侘しく考えさせる前のことだ。
このように諸君の天女（ファリ）は（おそらく）
命儚い花から即座に果実を得ようとする。

114
かくして若い汗（カーン）は天女（ファリ）たちの姿を思い浮かべ、
四人の若い妻の魅力のことは考えず、
天上での初夜に勇敢に猛進した。
つまりは、我々のよりよい信仰がいかに嘲ろうとも、
これら黒い瞳の乙女たちはイスラム教徒を戦わせる、
あたかも天は一つで、他には一切ないかのごとく——
一方、天国と地獄について我々が聞くすべてが
まことなら、少なくとも六つか七つの天がなければならぬ。

115
この幻影が彼の目に、これほどまで完全に
煌いたので、まさに槍が心臓を突き刺した時、
彼は「アラー！」と叫び、神秘のヴェールの
取り払われた天国を見た、何も覆うものなき
光り輝く永遠が、絶えざる曙光のように
彼の魂を射るのを見た――そこには
一つの官能的な炎の中にいる予言者、天女（ファリ）、
天使そして聖人がいた――かくして彼は死んだ、

116
しかしその顔には天上的な恍惚感があった、
愛すべき老汗（カーン）は、天女（ファリ）の姿を見なくなって久しく、
あるいは彼のまわりで杉のように堂々と栄える
彼の一族以外は、何も見ることはなかった――
その彼が、彼の最後の英雄が土を飾り、
切り倒された木のように土になったのを見た時、
一瞬戦いを止め、殺された息子に、
最初にして最後の一瞥をくれた。

117
彼が剣を落とすのを見た兵士たちは、
以前のように、「消え失せろ」[1]と言わなければ
今一度助命を許すかのように、攻撃を止めた。
彼らの小休止も素振りにも、彼は気をとめなかった、
心のたがは外れ、葦のように震えた（今までは
震えることはなかったが）、彼は死んだ子供たちを
見下ろした、そして感じた――人生は終わったが――
自分が一人ぼっちになってしまったことを。

118
しかしそれは束の間の怖じ気だった――
彼は飛び上がり、自分の胸をロシアの剣に投げかけた、
蛾が羽を灯りにぶつけて死ぬように、
無頓着に身を投げた。そしてより致命的な傷を
受けるように、息子たちを突き刺した銃剣に
身を押し付けた。そして息子たちに
おぼろげな一瞥を投げかけて、
一つの大きな傷に、自らの魂を即座に送り込んだ。

1『マクベス』一幕三場六行。

119
まことに不思議なことだ――殺戮の人生において
女や老人でも容赦することのなかった、
荒々しくも非情な兵士たちが、この老人が突き刺され、
面前で、彼の子供らの近くに横たわると、
自らが倒した者の勇壮な行為に感動して、
一瞬心がほだされた。戦いで真っ赤に
充血した目から涙は流れなかった、しかし彼らは
命に対するかくの如き決然たる軽蔑を尊敬した。

120
しかし石の稜堡からはまだ砲撃が続いた、そこでは
最高位のパシャが冷静に持ち場を維持していた。
彼はロシア軍を二十回ほども退却させ、
すべての軍勢の攻撃を挫いた。
ついに彼は敢えて身を低くして尋ねた、
町の他の部分が占領されたか否かを。
そして占領されたと聞かされると、
リバスの降伏勧告に答えるよう地方長官（ベイ）を遣った。

121

その間、彼は足を組んですこぶる沈着に
焼き付くされた廃墟の中で、小さな絨毯の上に座り、
煙草を吸っていた――トロイにおいてさえ、
周囲にはそんな光景は見られなかった――
それでも武人の剛毅さで周りを見て、何事も
彼の厳しい哲学を悩ますことはないようだった。
静かに顎鬚を撫ぜながら、パイプから芳香ある風を吐き出した、
あたかも尻尾[1]の数と同じく命が三つあるかのように。

122

都市は占領された――彼が自らを、あるいは稜堡を
譲り渡すかどうかは、今ではさしたる事ではなかった、
彼の頑強な勇気は未来の盾ではなかった。
イスマイルはもはや存在しない！　三日月の
銀の弓は沈み、深紅の十字架が戦場に煌めいたが、
その赤は贖罪の血糊ではなかった、
燃える街路の赤い輝きは、水に映る月光のように、
血の中に、殺戮の海に、反映するのだった。

1 パシャの地位は軍旗にある馬の尻尾の数で示された。三つの尻尾が最高位を表していた。

123
心を怯ます不謹慎なことのすべて、
体が犯す悪のすべて、我々が読み、聞き、
夢にみる苦痛のすべて、悪魔の気が狂ったら、
やるだろうすべて、ペンの表現する最悪のものさえ
しのぐすべて、地獄を満たす者すべて、
地獄のように悲惨な者すべて——自己の力を
悪用するただの人間ども——そのすべてがここで
（過去もこれからもそうだが）解き放たれたのだった。

124
たとえ束の間のわずかな憐れみが、
そこここで示され、より気高い心が
血塗られた制約を破り、可愛い子供か年寄りか、
無力な者の一人か二人を助けたとしても、それは
一つの破滅した都市において何だというのか、
そこでは千もの愛、絆そして務めが育つのに。
ロンドン子（コクニー）よ！　パリのダンディーよ！　ちょっと考えよ、
戦争とは何と偽善的な気晴らしかということを。

125

考えよ、官報を読む喜びは、あらゆる死の苦しみと
罪業によって手に入るということを。もしこのようなことで、
お前たちが心を動かさぬなら、忘る勿れ、そんな運命が
いずれお前たちを見舞うかもしれぬということを。
当分は、税金、カースルレイ[1]そして負債が
説教や詩歌と同じほどいいヒントになる。
お前たち自身の心を読み、アイルランドの昨今の話を読め、
それからウェルズリーの[2]栄光でその国の「飢餓」を太らせよ。

1 カースルレイについては「献辞」一二連以下参照。

2 ウェルズリーはウェリントンと弟のウェズリー侯爵を指す。一八二二年のアイルランド大飢饉の折には、侯爵は私財を投じたが、バイロンはこのことには触れていない。兄弟はともにアイルランドの地主でもあった。

126

自国と王を愛してやまない
愛国的な国民には、それでもまだ
もっとも崇高な歓喜の主題がある——
ミューズたちよ、汝らの光り輝く翼に乗せて
その主題を運べ、「荒廃」という強大な蝗がどれほど
緑の野原を裸にし、収穫物にくっついても、
やせた「飢饉」はけっして王座には近づかない——
アイルランドが飢えても、偉大なジョージの目方は二十ストーン[1]だ。

1 ジョージ四世は太っていた。一ストーンは一四ポンド(六・三キロ)、二〇ストーンは一二六キロになる。

127

しかしわたしのテーマを終りにしたい、
イスマイルは終わった——幸薄き町よ！
遠くではドナウ川の上に数々の塔が燃えて煌き、
顔を赤らめた川の水が赤々と流れた。
恐ろしい鬨の声と、それより甲高い悲鳴が
まだ聞こえていた、しかし轟音は弱くなった。
城壁に詰めていた四万人の中で
数百人が息をしていた——残りはすべて沈黙していた！

128

それでも一点において、この時の
ロシアの軍隊を褒める価値がある、
昨今、大いに流行っている美徳なので、
敬意を表するのにふさわしい。
この話題は微妙なので、わたしの語句もそうなる——
おそらくは、季節は寒く、真冬の駐屯が長く、
休息や食料が欠如していたために、
彼らは慎んだのだろう——凌辱はほとんどなかった。

129
彼らは大いに殺し、それ以上に略奪し、
別の点でも、あちこちで同じほど冒涜的行為が
起こったことだろう——しかしあの堕落した国民、
フランス人が町を急襲して奪う時ほど
度を越しはしなかった、理由としては、わたしには
寒冷な気候と同情の念以外は見当がつかない。
四百人ほど以外のすべての女性は、
戦い前と同じく、ほとんど純潔のままだった。

130
おかしな間違いも暗闇で起こった、
それはランプの欠如か、趣向の欠如を示すものだった——
確かに硝煙がひどくて、彼らは敵味方を
区別できないほどだった——さらに
そんなことは慌てると起こるもの、もっとも
高齢者の純潔を守る閃光があれば、
滅多に起こらないが——しかしそれぞれ七十歳の
六人の老嬢（オールドミス）が、別々の擲弾兵（てきだんへい）に花を散らされた。

131
しかし全体としては彼らの克己心は強く、
それゆえ「独身の幸せ」[1]という不便な状態を
感じていた者たちには失望感が残った、
色褪せてきた淑女ぶる者たちは、
それぞれ（このような苦難を背負うのは
彼女らの過失ではなく、ただ運命のせいだから）
床入りの出費と不安はなくてすむ、
あのローマ風のサビニ[2]の婚礼がいいと考えた。

132
豊満な中年の女たちの声もまた
喧騒の中に聞こえた（四十歳の未亡人たちは
長らく籠に入れられた小鳥だった）、
「どうして凌辱は始まらなかったの！」と。
しかし流血と略奪が猛威を振るっている間は、
余分な罪を犯す暇はほとんどなかった。
彼女たちが逃れたかどうかは、闇の中に
隠れたまま――逃れたことをわたしは望むだけだが。

1 『夏の夜の夢』一幕一場七六行に出てくる言葉。

2 紀元前三世紀頃ローマ人に征服された民族。ローマの兵士はサビニの女を暴力的に誘拐した。

133
今やスヴォーロフは征服者だった――
仕事上、ティムール[1]やジンギスカン[2]に匹敵した。
眼下にあるモスクや街路が藁のように燃え上がり、
砲撃の轟音がほとんど鎮まらないうちに、
彼は血塗られた手で最初の戦況報告を書いた、
これが彼の言った通りの言葉だ――
「神と女帝に栄光あれ！（永遠なる権力者たち!!
このような名前が混ざるとは！）「イスマイルは我々のもの」

134
手やペンが剣の後をなぞった言葉のなかで、
「メネ、メネ、テケル、ウパルシン」[1]以来、
わたしには、これはもっとも恐ろしい言葉だと思われる、
天よ、助け給え！ わたしには牧師の資質はないに等しい、
ダニエルが読んだのは神の速記で、
厳しくも崇高だった。予言者は諸国の運命について
笑劇を書いたのではない――しかしこの機知に富んだロシア人は
炎上する都市についてネロ[2]のように押韻詩[3]を書くことができた。

1 （一三三六？―一四〇五）中央アジアの征服者。ティムール帝国を建設した。

2 （一一六二？―一二二七）モンゴル帝国の始祖。アジアの大部分とヨーロッパ東部を征服した。

1 「25 さて、書かれた文字はこうです。メネ、メネ、そして、テケル、パルシン。26 意味はこうです、メネは数えるということで、すなわち、神はあなたの治世を数えて、それを終わらせられたのです。27 テケルは、量を計ることで、すなわち、あなたは秤にかけられ、不足と見られました。28 パルシンは、分けるということで、すなわち、あなたの王国は二分されて、メデアとペルシアに与えられるのです」（『ダニエル書』五章二五―二八節）。

2 スエトニスによれば、ネロはローマに火を付け、燃えるのに感嘆しながら、自分の詩を朗読したという（『ネロ伝』三八章）。

3 「ロシア語の原文では ‘Slava bogu!/slava vam!/Krepost Vzala, y iä tam.―’、一種のカプレットである、彼は詩人だったから」（バイロン注一八二三）。

135

彼はこの極北のメロディー[1]を書き、しかるべく
悲鳴と呻き声を伴奏として言葉に合わせた、
それを歌う者はないだろうが、誰も忘れはしない——
なぜならわたしは可能なら石たち[2]に教えたい、
この世の専制者に対して立ち上がることを。我々が
今なお王座に屈従するなど決して言わせてはならない。
しかし汝ら——我らの子供の子供たちよ！　世界が
自由になる前の、事の真相を我々がいかに伝えたかを考えよ！

1　「北国のロシアの」という意味か。

2　「もしかりに私がブルータスで、ブルータスがアントニーであれば、そのアントニーは諸君の胸に怒りの火を点じ、シーザーの傷口の一つ一つに舌を与えて語らせ、ローマの石という石も暴動に立ちあがることだろう。」（『ジュリアス・シーザー』三幕二場二二六—二三〇行、小田島雄志訳）。一巻二三五連注1参照。

136

その時代は我々のものではなく、汝らのもの、
汝らの大いなる喜びに満ちた至福の時代には、
今起こっているようなことが実際あったとは
信じ難いだろうから、汝らのために書こうと思った。
しかしこんなことの記憶さえも滅びるがいい！——
しかしもし記憶されるなら、やはりこんなことは、
遠い昔の野蛮人以上に軽蔑せよ、彼らは
剝き出しの手足に色を塗ったが[1]、血糊は使わなかった。

1　バイロンはピクト族やスコット族を指している。ローマ人は彼らが体に色を塗ったと伝えている。

137

王座やそこに座った者について、
歴史家が語るのを、お前たちが聞く時、
今我々がマンモスの骨[1]を見つめて、古代のいつの時代に
そんなものを見ることができたのか、あるいは
エジプトの石に描かれた象形文字[2]を見つめて
（未来への快い謎だが）、ピラミッドの
本当の目的として、一体何が隠されているのか、
などと推測するように、お前たちに不思議がって欲しい。

1 一七九九―一八〇一年にロシア北方の海岸で完全に保存されたマンモスの死体が見つかった。
2 バイロンは一七九九年にナポレオンに随行した考古学者が発見したロゼッタ・ストーンのことを指していると思われる。そこには象形文字が刻まれている。

138

読者よ！　わたしは約束を守った――少なくとも
第一巻で約束したことに限っては。これまで
愛、嵐、旅そして戦争のスケッチをお見せした――
認めて欲しいことは、すべて正確そのものだということ、
それに叙事詩だ、もし飾らぬ真実が問題にならなければ。
わたしは先駆者たちに比べて、大幅に
誇張を抑えた。無頓着にわたしは歌う、
しかし時々はフォイボス[1]が弦を貸し与えてくれ、

1 太陽神としてのアポロの名前。アポロは詩や音楽を司る神（ギリシア神話）。

139

それを使ってわたしはハープを弾き、フィドルを鳴らし、
文句も言う。この壮大な詩的な謎に満ちた主人公に
さらに起こったこと、起こることについては
その中にお伝えしよう、かりそめにもそうするならば。
しかし今は途中で話の腰を折る。わたしは
イスマイルの頑強な城壁を砲撃するのに疲れ果てた。
一方ジュアンはペテルスブルク全体が
待ち構えていた戦況報告を携えて送り出された。

140

この特別な名誉が授与されたのは
彼が勇気と博愛精神をもって行動したからだ――
後者を人が好むのは、虚栄心が生み出す
残忍性から一息つける時間がある時だ。
彼が「殺戮」の激しい狂気の中で、幼い捕虜を
救ったことで、いくばくかの喝采を受けた――
わたしは思う、彼にとっては彼女の安全の方が、
手にした新しいヴラジーミル勲章[1]よりも嬉しかったと。

1 エカテリーナ二世が一七八二年に制定した勲章。七七五―七六行に出てくる。

141

イスラム教徒の孤児は守護者とともに行った、
彼女は家庭も家もなく、頼る者もいなかったから。
彼女の友は皆、ヘクトールの悲しい家族のように
戦場であるいは城壁のそばで滅んだ。
彼女の誕生地そのものが、かつて存在したものの
幻影でしかなかった。そこでは勤行時報係が祈りに
招集する声も、もはや聞こえなかった——ジュアンは
嘆き悲しみ、彼女を守る誓いを立て、その誓いを守った。

第九巻

1

おお、ウェリントン！（それとも「ヴィラントン」[1]か――
なぜなら「名声」は英雄的な音節を二様に響かせるから。
フランスはお前の偉大な名前を征服することすらできず、
駄洒落でこの滑稽な語句にしてしまった――
勝っても負けてもフランスは同様に笑うだろう）――
お前は多額の年金と大称賛を得た。
お前の得た栄光をあえて否定する者がいれば
全人類が立ち上がり、大音声を響かせる、「否！（ネイ）」[2]と。

2

わたしは思わぬ、お前がマリネ事件でキネャード[1]を
立派に遇したとは――それどころか、お前のやり方は卑劣で、
他の事と同じく、ウェストミンスターの古い寺院の
お前の墓[2]の前で、口にするのはふさわしくないだろう。
その他については、詳しく述べる価値はない、
そんなお話は意地悪な年寄り女のお茶の時間にふさわしい。
しかし男としての年齢は急ぎ足でゼロに近づくが、
実のところ、閣下はまだほんの若い英雄[3]にすぎない。

1 ウェリントン (Wellington) をフランス語読みすると、ヴィラントン (Vilain-ton) となり、「不愉快な物腰、趣味」という意味になる。バイロンはこの駄洒落を用いたフランスの詩人、ド・ベランジュの文句を知っていたらしい。

2 ナポレオン配下の一番の元帥、ミシェル・ネイにかけている。

1 チャールズ・キネャード卿はバイロンの友人ダグラス・キネャードの兄で、ナポレオンの同調者。彼はマリネという男からウェリントン暗殺の陰謀を聞いた。実際一八一八年に、ウェリントンは命を狙われた。キネャード卿は、マリネは起訴を免れるものと理解して、襲撃者を特定させるために、パリに連れて行った。しかしフランス政府はマリネを逮捕し裁判にかけた。無罪になったが、このことでキネャード卿とウェリントンの関係は悪化した。

2 ウェリントンはセントポール大聖堂に埋葬された。

3 女たらしのウェリントンの精力が強かったことを言っている。

3

イギリスはお前に多くを負うが（そして支払い[1]もするが）、
ヨーロッパははるかにもっとお前のお陰を受けている、
お前は「正当性」の松葉杖を修繕した[2]——
以前ほど十分に確かな支えではないが。
スペイン人、フランス人そしてオランダ人[3]は
お前が強力に体制を元へ戻すのを見、そして感じた。
ワーテルロー[4]のせいで世界がお前に借りができた——
（詩人たちにはもっと上手にお前のことを歌って欲しい。）

4

お前は「最高の人殺し」[1]——ぎょっとするな、この文句は
シェイクスピアのもの、ここで用いても間違いではない——
戦争は「正義」によって神聖化されなければ
脳味噌を撒き散らし、喉笛を切り裂く術なのだ。
お前が高潔な役割を一度でも果たしたかどうかは
世界の支配者たちではなく、世界が決める、
お前とその追随者を除いて、ワーテルローで
誰が得をしたのか、それが分かれば嬉しいものだ。

1 ウェリントンは一八一四年に公爵の爵位と五〇万ポンドを授与された。
2 君主制を立て直したことを指す。
3 スペインとフランスとオランダの君主制が復権した。
4 ワーテルローの戦いについて多くの詩が書かれた。スコットは『ワーテルローの戦場』（*The Field of Waterloo*, 1815）を書き、サウジーは『ワーテルローへの詩人の巡礼』（*The Poet's Pilgrimage to Waterloo*, 1816）を書いた。それらはすべて、バイロンの扱いとは異なり、ウェリントンを礼賛するものだった。

1 ダンカン王の殺害者に対するマクベスの文句（『マクベス』三幕四場一六行）。

5

わたしはお世辞など言わぬ——お前はお世辞で腹一杯[1]だ、
それが好きだとも聞いている——特に不思議でもない、
生涯を攻撃と砲撃で暮らしてきた者は
ついには雷鳴に少しは飽きるかもしれぬ。
そんな奴は、諷刺よりも称賛を多く飲み込むので、
あらゆる幸運なしくじり[2]を褒められるのを好むのだろう。
「諸国の救世主」——まだ救出されてはいない——とか、
「ヨーロッパの解放者」——いまだ隷属状態にある——などと呼ばれて。

6

これで終りだ。さあ、ブラジルの皇子が
進呈した皿[1]から食事をすればよい、
そして門前にいる見張りに、贅沢な食事の
一切れか二切れを届けてやればよい、
この男は戦ったが、最近はいい食事をしていない。
国民もいささか飢えを感じていると、人は言う——
勿論、お前には配給を受ける権利がある、
しかしどうか少しは国民に返して欲しい。

1 「おれは恐怖で腹一杯だ」(『マクベス』五幕五場一三行)。

2 ワーテルローの戦いではウェリントン軍が退却しようとしていた時に、偶然、プロイセンの陸軍元帥、ブリュヒャー(一七四二—一八一九)の軍隊が到着して英軍を助けた。

1 一八〇八年、ポルトガルの摂政(後のジョアン六世)はナポレオンに侵略された時、ブラジルに逃げた。彼は一八一五年にウェリントンに豪華な銀の飾り台や銀の食器を贈った。

7

わたしは非難するつもりはない――我が公爵閣下よ、
貴殿のような偉大な方は非難を超越している。
キンキナトゥス[1]の高邁なローマ人のやり方は
現代史とはほとんど結びつきがない、
もっともアイルランド人の貴殿はじゃがいもが
大好きだが、自ら指示して我が物にする必要[2]はない。
サビーニ[3]の農場用に五十万ポンドはかなり高額だ！――
確かなことは、わたしは貴殿に悪意を抱いてはいない。

8

大人物はつねに大報酬を軽んじてきた、
エパミノンダス[1]はテーベを救って死に、
葬儀の費用さえ残さなかった。ジョージ・ワシントン[2]が
受け取ったのは感謝のみで、他には自国の解放という
一点の曇りもない栄光があるだけだった
(それを手にする者は稀にしかいない)。ピット[3]にも
矜持があった、彼は高潔な国務大臣として、
報酬なしで、大英帝国を没落させたことで高名だ。

1 (?五一九―?四三九BC) ローマの政治家・将軍。ローマが不穏な時代に二度田舎の生活から呼び寄せられて独裁官になった。危機が過ぎるとまた元の生活に戻った。

2 「ローマ人の流儀に従い、／死神が誇らしく思うようにこの身をゆだねよう。」(『アントニーとクレオパトラ』四幕一五場八七―八八、小田島雄志訳)。クレオパトラが自殺について語る台詞。

3 ホラティウスはマイケナスからサビーニの農場を贈られた。マイケナス(七〇―八BC)はローマの政治家でホラティウスやウェルギリスの後援者。

1 エパミノンダス(?四一八―三六二BC)はギリシアのテーベの将軍・政治家。スパルタを破った時の指揮官だったが、死んだ時には葬式代は公費で賄われた。

2 ジョージ・ワシントン(一七三二―九九)は質素な暮らしで有名だった。

3 ウィリアム・ピット(小ピット、一七五九―一八〇六)は一〇年間首相を務めた。彼の負債を救済するため、ロンドン市が一〇万ポンドの援助を申し出たが、彼は受け取りを断った。

9

ナポレオンを除いて、そんな機会を持った者、あるいは
その機会をあれほど濫用した者は決していなかった。
お前は崩壊したヨーロッパを専制者の同盟から解放し、
あらゆる場所で祝福されたかもしれなかったのに。
はてさて——お前の名声とは一体何なのか。ミューズは
お前を歌にするのか。はてさて——群衆の最初の空しい叫び声は
終わったのか。行け、お前の疲弊した国の叫びの中に
それを聞け！　世界を見よ！　そしてお前の勝利を呪え！

10

これらの新しい巻は武勲に触れるので
お世辞を言わぬミューズは、お前のために、
官報では読めない真理の数々を書いて下さる、
しかし真理は語らねばならぬ——賄賂なしで。
国民の流血と負債で肥える金目当ての連中には、
このことを教え込むべき時だ。
お前は偉大なことをしたが、心は偉大ではなかったので
もっとも偉大なものを放っておいた——そして人類も。

11

死神は笑う——さあ、されこうべを見て瞑想せよ、
人はそれをよすがに、過ぎし世を隠す未知なるものを
心に描く、それは落日に似て、別の場所では、
なおも、より明るい夜明けをもたらすかもしれぬ——
死神はお前たちを泣かせるものすべてを笑う——
万人のこの絶え間なき恐怖を見つめよ、「脅かす棘」[1]が
人生を恐怖に変える、まだ莢(さや)に納まっていようとも！
よく見よ、唇なき口が息もせずににやりと笑うのを。

1 「死よ、お前の勝利はどこにあるのか。死よ、お前のとげはどこにあるのか」（『コリントの使徒への手紙 一』一五章五五節）。

12

よく見よ！　されこうべが、今の汝の姿のすべてを
嘲笑するのを！　しかしそれはかつて汝の今ある姿だった、
それは耳から耳まで大口を開けて笑いはしない——今では
いわゆる肉の閂はない。道化師は聞くのをやめて久しいが、
死神はなおも笑っている[1]、近くにあろうと遠くにあろうと、
あいつは人間からあのマントを剥ぎ取る（仕立屋のものに比べて
はるかにもっと有難いもの）、白、黒、赤褐色をした
肉体を包む皮膚を——死んだ骨がにやりと笑うだろう。

1 「死神という道化師めが支配権を握っており／王の威光をばかにし、王の栄華を嘲笑っておるのだ」（『リチャード二世』三幕二場一六二—六三行、小田島雄志訳）。

13

「死」はこのように笑う――悲しい浮かれ騒ぎだ、
それでも確かにそうなのだ。こんな例があるというのに
どうして「生」は自分の目上の者[1]と一緒に
満足しないのか、大海の泡のように日毎消え去る
些細な物を笑いながら踏み潰すことに。
その大海すらも永遠の洪水よりはるかに小さい、
その洪水は光線のように太陽たちをむさぼり食う――
原子のように世界を――時間のように年々(としどし)を。

14

「生きるか死ぬか！　それが問題だ」[1]と、
今まさに流行りのシェイクスピアは言う。
わたしはアレクサンダーでもヘファイスティオン[2]でもなく、
「抽象的な」名声には大した情熱を抱いたことはない。
わたしはむしろボナパルトの癌[3]より、
健全な消化の方が欲しい――もしよき胃袋なしで
五十の勝利を得て、恥辱あるいは名声に
突き進んだとしても――名声とはいかなるものだろう。

1　死神のこと。

1　『ハムレット』三幕一節五五行。
2　アレクサンダー大王（三五六―一二三ＢＣ）の腹心の友。
3　癌はナポレオンの死因の一つとされている。

15

「オオ　ドゥーラ　イーリア　メッソールム！」[1]——
「おお、汝ら刈り手の強靱なる内臓よ！」——と
わたしは翻訳する、消化不良が何なのかをよく知る者に
大きな恩恵になるから——消化不良とはステュクス川[2]全体を
小さな肝臓に流すあの内蔵の運命だ。
農夫の流す汗は仕える貴族の地所に匹敵する、
農夫はパンのために骨を折る——地主は高い地代で苦しめる、
もっともよく眠る者がもっとも満足する者かもしれぬ。

16

「生きるか死ぬか」——決める前に
存在とは何かが分かれば嬉しい。
確かに我々は遠く広く思弁を巡らし、
*見える*がゆえに、*すべて*を見通すと考える。
わたしとしては、生と死のどちらの側にも与(くみ)しない、
両方が一度でも一致するのを見るまでは。
わたしは時に考える、「生」は「死」であると、
「生」が単なる呼吸するだけのものであるよりは。[1]

1 ホラティウス『叙情詩(エポード)』三巻四編。強力な臭いのにんにくに関する詩。

2 黄泉の国の川。死者は渡し守のカロンの舟でこの川を渡り死者の国に入る（ギリシア神話）。

1 「生の後には死がくるが、生きている時は死ぬ過程にある」という趣旨のことをモンテーニュは言っている（『随想録』六五）。

17
「わたしは何を知っているのか」、これは
モンテーニュ[1]と初期の懐疑主義者たちの座右銘だった、
人間の達成するものはすべて疑わしいというのは、
彼らのもっとも好む立場の一つだった。
確実と言えるものはない、それは
「人間の状況」のいかなるものより確かなことだ。
この世で我々が何をしているのか、ほとんど知ることが
ないので、わたしは疑う、疑い自体が疑わしいのではないかと。

18
ピュロン[1]のように思弁の海を漂うのは、
おそらく楽しい航海になるだろう。しかし
もし揚げた帆が船を転覆させたらどうなるのだ、
いわゆる賢者は航海術をあまり知らない。
思想の深淵を長く泳ぐと人は疲れるもの、
岸のごく近くの静かな浅瀬で、
人は屈んできれいな貝殻を集めるが、
そこが月並みな泳ぎ手には最善だ。

1（一五三三—九二）フランスの思想家・モラリスト。『随想録』（一五八〇、一五八八）。

1（?三六五—?二七五 BC）ギリシアの哲学者で懐疑論者。

19

「だが天は」とキャシオが言う、「皆の上にある――
だからこのことはもういい――祈ろう！」[1]
我々には救うべき魂がある、イヴの過ちと
アダムの堕落が、魚や獣や鳥の他に人類すべてを
墓に投げ込んで以来そうなったのだ、「雀が落ちるのも
特別な神の摂理」[2]だ、もっともいかなる罪を
雀が犯したのか、我々には分からない、
イヴが愚かにも探し求めたあの木[3]に止まったのだろう。

1 「神は天に在ってすべてをごらんになっとるんだぞ。したがってだな、救われるやつもおるし、救われんやつもおる」（『オセロ』二幕三場一〇二―〇四行、小田島雄志訳）。

2 「雀一羽落ちるのも特別な神の配剤」（『ハムレット』五幕二場二一九―二〇行）。

3 禁断の木の実のなる木。

20

おお、汝ら不滅の神々よ！　神々の系譜とは何ぞや。
おお、汝いとも滅びやすき人間よ！　博愛とは何ぞや。
おお、過去も現在も在る世界よ！　天地創造とは何ぞや。
わたしのことを人間嫌いだと非難した者たちがいる、
しかし彼らが意味することは、この机の素材の
マホガニーと同じくわたしには分からない――
「狼狂」[1]なら分かる、なぜなら変身せずとも
人は一寸としたきっかけで狼になるのだから。

1 自分が狼になったと信じる病気。

21
しかしわたしは、特に不親切をしたことのない
モーセ[1]やメランヒトン[2]のように、
人間の中でもっとも穏やかでおとなしい――
（時には肉体と精神の性（さが）に従うのを慎むことは
できないが）わたしには常に人を助けたい
気持ちはあった――どうして彼らはわたしを
人間嫌いと呼ぶのか、それはわたしが憎むのではなく
彼らがわたしを憎むからだ――ここで一息入れよう。

22
さて我らの良き詩を先に進めてもいい頃だ、
これがとても良い詩だとわたしは思っているからで、
本体だけでなく、前置きの部分もそうだ、
今は両方ともほとんど理解されていないが――
そのうちに「真理」はもっとも崇高な態度で、
彼らに己が姿を見せることだろう。
それまでは、わたしは彼女の美と追放を
喜んで共にすることに満足せねばならぬ。

1 「モーセと言う人はこの地上のだれにもまさって謙遜であった。」（『民数記』一二章三節）
2 （一四九七―一五六〇）一六世紀のドイツの宗教改革者、フィリップ・シュヴァルツェルトのこと。敬虔さと慎みで知られていた。

23

我らが英雄は（優しい読者よ！　諸君の英雄だと信じるが）――
不滅のピョートル[1]の、洗練された無骨者たちの住む
首都[2]へと向かう途中に残しておいたが、
この者たちは常に機知よりも勇気があることを示した。
今やそこにある強力な帝国は多くの追従を――
ヴォルテールの追従[3]をさえ誘うのを知っている、
これは残念なことだ。わたしの考えでは、絶対独裁者は
野蛮人ではなく、それよりもはるかにひどいものだ。

24

わたしは戦う、少なくとも言葉で（そして――
もし機会あらば――行動で）、思想と戦う者たちと――
そして思想の敵の中でもっとも粗野なる者は、
今も昔も専制君主とおべっか使いだ。
誰が勝つのかは分からない、もしもわたしに
そんな予知能力があったとしても、それはあらゆる国の
あらゆる専制政治に対する、わたしの明白な、心に誓った、
この紛れもない憎悪には何の障害にもならないだろう。

1　ロシア皇帝ピョートル一世（一六七二―一七二五）。ピョートル大帝のこと。

2　サンクトペテルブルク。一七〇三年ピョートル大帝が建都、ロシア帝国の首都（一七一二―一九一七）。

3　エカテリーナ二世へのヴォルテールの書簡は彼女への讃美を含んでいる。

25

わたしは民衆にお世辞を言っているのではない、
わたしがいなくとも、すべての尖塔を引き下ろし、
その代わりに何か適当な物を立てる
民衆煽動家と不信心者は数多くいる、
彼らがかなり粗雑なキリスト教の教義のように、
懐疑主義を蒔いて地獄を刈り入れるかどうか、
わたしには分からない——望むことは、人々が王と暴徒の
両方から自由でいることだ——わたしからも諸君からも。

26

その結果、わたしはどの党派にも属さないので
あらゆる党派を怒らせる——でも構わぬ！
わたしの言葉は、順風を受けて進もうと
する場合よりも、少なくとも誠実で本物だ。
何も得るもののない者は策を弄しない、
縛ることも縛られることも望まぬ者は、
常に自由に物が言える、わたしもそうする、
そして「隷属の身分」のジャッカル[1]の叫びには賛同しない。

1 ジャッカルには手下、下働きの意がある。

27

これこそ適切な直喩だ、このジャッカルは――
わたしはエフェソスの廃墟[1]で、夜にジャッカルが
唸るのを聞いた、権力の卑しい御用商人、
あの金目当ての一味がそうするように、
彼らは残り物を求めてうろつき、彼らの主人たちが皆、
攻撃する獲物の匂いをかぐ。しかし憐れなジャッカルは
(勇敢なライオンの抜け目ない調達者[2]なので)、
蜘蛛の用命に応じる昆虫のごとき人間ほどは卑劣ではない。

1 エフェソスは小アジア西部の古都。世界七不思議の一つで、アルテミスの神殿の所在地。バイロンは一八一〇年にエフェソスを訪問し、ジャッカルの唸り声を聞いた。

2 ライオンの狩りを助けると考えられていた時代があった。

28

腕を上げさえすればよい！　蜘蛛の巣を払えるだろう、
巣なしでは、蜘蛛の毒も爪も役に立たない。
わたしの言うことに留意せよ――よき国民よ！
(いや、諸国民よ)、休むことなく進め！
日々、タランチュラ[1]の巣は増えていき、
ついにお前たちは共通の大義を持つだろう、
スペインの蠅[2]とアッティカの蜂[3]を除いて、[4]
誰もまだ自由のために強く刺してはいない。

1 イタリア南部地方にすむ毒グモで、舞踏病を引き起こすと思われていた。

2 スペインの蠅とはツチハンミョウ科のカブトムシ。

3 アテネ郊外の山、ヒュメトスの蜜蜂は有名だった。

4 スペインのフェルディナンド七世に対する反乱とギリシアのトルコに対する反乱を指す。

29

我々は、最近の殺戮で光彩を放ったドン・ジュアンを、
急送公文書を携えて行くままにしておいたが、
その文書ではあたかも血が水であるかのように語られていた。
そして沈黙した都市の上に、藁屋根のように分厚く
横たわる死体は、ただ美しいエカテリーナの気晴らしに
媚びるだけのためだった——彼女は国同士の争いを
闘鶏試合のように眺めた、そしてその戦いで、
自分の雄鶏が岩のように突っ立つのを好んだ。[1]

30

ジュアンはロシアの幌付きそりに乗って進んだ
(ばねの付かない種類のいまわしい馬車で、
でこぼこ道ではまともな骨は一本も残しはしない)、
栄光と騎士道、王や勲章、そして
自分のしたことすべてについて熟考しながら——
また駅馬にペガサスの翼があればと願いながら——
あるいは少なくとも駅馬車に羽があれば、と願った、
旅人が悪路を行く時にはそうなのだ。

1 エカテリーナの男好きを示している。

31
激しく揺れる度に——幾度となく揺れたが——
常に彼は世話する少女に目をやった、
あたかも、轍や固い石や美しい「自然」の手腕に、
あまねく委ねられたこれらひどい公道では、
自分ほどには、少女に難儀が及ばないことを願うかのように。
「自然」は舗装工ではないし、自分の運河に
平底の荷船が行くのを許さない、そこでは神が
海と陸、漁業と農業、その両方を一手に引き受けている。

32
少なくとも神は地代を払わず、我々がかつて
「農業をやる紳士」[1]と呼んでいた者たちの
第一番目になる最上の権利を持つ——この種族は
今ではすっかり古びてしまった、最近、借地料が
入らないのがその理由で、「紳士方」は惨めな状態にあり、
「農夫たち」はケレス[2]が没落するのを救えない。ケレスは
ボナパルトとともに失脚した——皇帝らが燕麦とともに
没落するのを見る時、何と不思議な考えが起こることか。

1 農場の収入で暮らす地主。

2 農業の女神（ローマ神話）。二巻一六九連注1参照。

33

しかしジュアンは虐殺から救い出したかわいい子供に
目を向けた——何という戦勝記念であることか！
おお！　汝ら、あの便秘症のペルシャの支配者、
ナディール・シャー[1]のように、血で汚された
記念碑の建立者たちよ。この男はヒンドスタン[2]を荒地にし、
ムガール人[3]たちに、苦しみを癒す一杯のコーヒーも
与えないほどだったが、殺害された——この罪人は！
こいつはもはや夕食も消化できなくなっていた——

34

おお、汝ら！　我ら！　彼！　あるいは彼女！
よく考えよ、一つの命が救われたら、特にそれが
若くてかわいければ、人間の肉体という肥やしから生まれる
もっとも青々とした月桂樹よりも、はるかに優しい気持ちに
させるものを思い出させるのだ。その月桂樹があらゆる賛辞で
語られ歌われ、飾りたてられていても、
すべての竪琴で称えられても。体の中で心が
讃辞のコーラスに加わらないと、「名声」は騒音にすぎない。

1 ペルシャ王になったナディール・シャー（一六八八—一七四七）は、アフガン人を破り、ペルシャからトルコ人を追い出し、ロシアにカスピ海周辺の州を放棄させた。またバーレインとオマーンを征服し、インドに侵略した。後年、常軌を逸した残虐な行為に走り、最後は暗殺された。

2 インドのデカン高原北部のペルシャ語名。

3 一六世紀のバーブルを始祖とするインドのイスラム王朝（一五二六—一八五七）の民。

35

おお、汝ら光り輝く多作なる大作家たちよ！
汝ら、日毎ペンを走らせる無数の物書きよ！
汝らの小冊子や書物や新聞は我々を啓発する！
汝らは政府から賄賂を貰って、国債が
我々を消耗させていないことを証明するのか――
あるいは無骨な踵で「宮廷人の霜焼け」[1]を
荒々しく踏みつけ、国民の半分の飢餓の様子を活字にして、
大衆に大受けして、飯の種にしているのか――

1 「ここ三年というもの、おれは気がついていたんだが、だんだん世の中がとんがってきて、百姓の爪先が紳士のかかとの凍傷を突っつきそうな様子だな」（『ハムレット』五幕一場一三九―四一行、三神勲訳）。

36

おお、汝ら大作家たちよ！――「コレトイウ理由ハナイガ」[1]――
何を言おうとしたのか、わたしは忘れてしまった、
これは、時にわたしより偉い賢者たちの運命なのだ――
それは兵舎や宮殿や田舎家に住む者の怒りのすべてを
和らげるべく意図されたものだったが、
きっと誰にも顧みられなかったことだろう、
だからわたしの忠告が失われても慰めになる、
それは間違いなく非常に貴重なものだったが。

1 原語はフランス語。

37
だがもうよい——それはいつの日か「過去の世界」の
他の遺物とともに発見されるであろう、
その時には、この世界は「過去のもの」となって、
それまでに存在したあらゆる世界のように、
土に埋もれ、逆さまになり、歪み、皺になり、ねじ曲がり、
焼かれ、炒められ、燃やされ、裏返しにされ、水に浸かる、
そして、まずカオスから放り出され、次にまたそこへと
放り投げられ、我々の上に覆いかぶさる上層となる。

38
キュヴィエ[1]はそう言っている——そして新たな創造物が
ふたたび生まれるだろう、我々の昔の衝撃から
起き上がって、破壊されて、空なる疑いの中に
残された何か神秘的な古代の種族が
現れるだろう、我々が今、タイタン族[2]や巨人、
背の高さが何マイルはなくとも、
数百フィートもある奴や、マンモスや
翼ある鰐について抱く様々な考えのように。

1 ジョルジュ・キュヴィエ（一七六九—一八三二）は、世界は人類の創造の前に、何度も破壊されたと考えた。

2 ウラノス（天）とガイア（地）を父母とする巨人族。オリンポスの神々と戦って敗れる（ギリシア神話）。

39

考えてみよ、ジョージ四世[1]が掘り起こされることを！
その時の新東方世界の新しい住人は、どこでそんな動物が
夕食を摂ることができたのか不思議がるだろう！
（なぜなら彼ら自身は最小になっているだろうから。
世界でさえも、頻繁に子を産みすぎると流産する、
そしてすべての新しい創造物は
材料を使いすぎたために小さくなった――
人間はどこかの巨大な大地の、埋葬地の蛆虫にすぎない。）

40

いかい、いかに――どこかできたての楽園から
追放されたばかりのこれら若い人間たちには、
映るのだろう、彼らは耕し、掘り起こし、汗を流し、
向きを変え、植え、取り入れ、紡ぎ、挽きそして
種を蒔く用意をし、ついにはすべての術がもたらされる、
特に戦争と課税の術が――わたしは言う、いかに
これらの遺物は彼らの目に映るのだろう、
新しい博物館の怪物に見えるのだろうか。

1 彼は肥満体だった。

41

しかしわたしは形而上学的になりすぎるきらいがある、
「時代の関節は外れている」[1]――わたしの関節も。
わたしはすっかり忘れている、この詩はただ滑稽で、
かなり無味乾燥な事柄へと逸れて行くことを。
わたしは次に何を言うのか決して決めない、これは
あまりに詩的すぎると見なす。何ゆえに、
何の目的で、書くのかを人は知るべきだ。だが注でも本文でも、
どんな語が次に来るのか、わたしには皆目分からない。

42

そんな風にわたしは漫然と書き続ける、時には
語り手となり、次は瞑想する――さて今は語り手になる時だ。
ジュアンを餌食む馬と一緒にしておいた――
さあ、今は大急ぎで前進しよう。
彼の旅について詳しくは述べない、
最近は旅行記が多すぎる、だから想像して欲しい、
ペテルスブルクにいる彼を。想像して欲しい、
絵に描かれた雪のあの快適な首都を。

1 『ハムレット』一幕五場一八八行。

43
想像して欲しい、立派な制服の彼を。
深紅のコートに黒の見返し、
込み合った部屋の三角帽の上で
波打つ長い羽飾り、嵐に震える新しい帆のようだ、
それに、黄色のカシミア製だと推測される
半ズボンが黄水晶のように輝く、白い靴下は
絞りたての固まらないミルクのように、
脚の上に引っ張られ、均整のとれた脚が絹を引き立たせる。

44
想像して欲しい、剣をそばにおき、帽子を手にし、
若さと名声と軍の仕立屋で飾られた彼を――
仕立屋とは偉大な魔術師、その杖の命令で
美が飛び出し、「自然」自身が青ざめる、
「人工」が仕事をもっと見事にするのを見るからだ
（「人工」が看守のように男の手足を束縛しない場合だが）――
あたかも石柱の上に据えられたかのような彼を見よ！
砲兵隊中尉に変身した愛（クピド）[1]さながらだ。

1 愛の神クピドのこと。英語ではキューピッド（ローマ神話）。

45

愛(クピド)の眼帯[1]は滑り落ちてスカーフとなった。
翼は収まって肩章となり、矢筒は
縮まって鞘となり、矢は体の横で
鋭さは変わらぬ小さな剣に、
弓は三角帽へと変化した。しかしあまりにも
「愛」に酷似しているので、プシュケー[2]がジュアンを
クピドと見間違えることがなかったなら、
(同じく愚かなへまをやる)妻たちよりも利口だろう。

1 クピドの目は覆われていた。

2 プシュケーとクピドは恋仲だった。

46

宮廷人は凝視し、貴婦人は囁いた、そして
女帝は微笑んだ。一番のお気に入りは眉をひそめた——
ちょうどその時、誰が目をかけられていたのか、
わたしはすっかり忘れてしまった、それは女帝閣下が
初めて独身で即位した時以来、あの困難な命令を
順番に受けた者たちの数が多すぎたからだ。
しかし彼らの大半は神経質な六フィートの男たちで、
すべてパタゴニア人[1]を嫉妬させるに十分だった。

1 六巻二八連注3参照。

47

ジュアンはまったく異なり、ほっそりとした痩せ形、
はにかみ屋で、鬚も生えていなかった。それでいて
手足の動きには何かがあり、目には
それ以上のものがあり、彼が熾天使（セラビム）[1]のように
見えても、妖精の服の下には男が潜んでいる、
そんな感じを表しているようであった。
それに、時に女帝は少年を愛することがあり
ちょうどきれいな顔のランスコイ[2]を埋葬したばかりだった。

48

それゆえ、イエルモロフやモモノフ[1]や
スケルバトフやその他の「オフ」や「オン」が、
陛下の胸（大して強固ではない）に、
新しい炎を入れる余地があることを
恐れたのは無理もない。それはあの「高官の地位」
（そのような身分にある者の言葉を使うのだが）を
保持する者の顔に（滑らかでもざらざらでも）、
暗い影を十分投げかけるものだった。

1 天使の九階級中最上級の天使で、しばしば六つの翼を持ち童顔をした人の姿で表現される。

2 エカテリーナ大帝は彼を溺愛した（バイロン注）。

1 イエルモロフとモモノフはエカテリーナの愛人だった。モモノフすぐに六〇歳のエカテリーナに飽きて、スケルバトフ王女と結婚した。

49
おお、優しい女性たちよ！　この外交用語の
真の意味を知りたいなら、
アイルランドのロンドンデリー公爵[1]に頼んで、
彼の用いる品詞を見せて貰えばよい。一列に並ぶ
あの風変わりな単語の連なりの不思議な展開の中に、
おそらくあなた方は何か奇妙な無意味を探り出すだろう、
あの弱々しい冗長な言葉の収穫の唯一の落穂を。
それは誰もが理解することなく、従う言葉なのだ。[2]

50
あの嘆かわしい説明しがたい猛獣なしに——
あのスフィンクスなしに、わたしは自分の立場を
説明できると思う、こいつの言葉はいつも不確かだ、
毎日、彼自身の行為がその謎を解かないかぎりは——
あの奇怪な謎の象形文字だ——血と水を噴出させる
あの長い樋（とい）、鉛のように重いカースルレイは！
ここで一つの逸話について話さねばならぬが、
幸いあまり長くもないし、重要でもない。

1 ロバート・ステュワード・カースルレイのこと。アイルランド生まれの英国の政治家。彼は英語を効果的に使えなかった。「献辞」一三連参照。

2 これはあの人物の自殺するずっと前に書かれた（バイロン注）。

51

イギリスの淑女がイタリアの淑女に尋ねた、
ある女たちが大事にするあの奇妙なもの、
既婚の美人のまわりをうろうろする、
随身の騎士（キャヴァリア・セルヴェンテ）[1]と呼ばれる者の実際の職務は
何なのか——その技で彫像に血を通わせる（ああ、
残念だがまさにその通り）ピュグマリオン[2]のような男は。
彼の職務を明らかにするように迫られた淑女は言った——
「ご婦人よ、どうぞ想像なさって下さいな」と。

52

わたしは女帝のお気に入りの男の状況については、
こんな風に読者が想像するのを嘆願する、
もっとも控え目な、既婚夫人にふさわしい解釈を嘆願する。
その位は高かった、身分上はそうではなくとも、
実際にはこの国の最高位で、他の誰かが
自分の地位に就くのではないかと疑うと、間違いなく胸が痛んだ。
そして新しい一対の肩、それもかなり広い肩の男が
現れる毎に、株は上がり、株主の地位も上がった。

1 社会が公認する既婚婦人の恋人。バイロンが滞在したヴェネツィアでは普通の習慣だった。
2 彫刻が巧みなキプロスの王。自作の象牙の乙女像に恋をする。彼の祈りに応えて、愛と美の女神のアフロディーテはこれに生命を吹き込んだ（ギリシア神話）。

53

わたしは言った、ジュアンはとてもきれいな少年だと、
そして、お決まりの毛深くなる年齢を越えても、
まだ少年らしい風采を持ち続けていた、
この年齢になると顎ひげや口ひげなどが
優しいパリス風の容貌を破滅させるもの、そのパリスが
古代のトロイを転覆させ、[1]民法博士会館を設立した[2]――
わたしは離婚の歴史をよく調べた、それは多彩なものだったが、
イリオン[3]の受けた損害を、記録上の最初のものと呼んでいる。

54

あらゆるものを愛したエカテリーナは
（例外は夫で、彼は行くべき所に行った）[1]、
（華奢な女性が嫌う）巨漢の紳士たちを崇拝することで
よく知られていたが、少しばかり優しい気持ちもあった。
彼女がもっとも愛したのはランスコイで、
彼の死をいたく嘆き、彼女に多くの涙を
流させるほどの愛人だったが、
並みの大きさの近衛騎兵にすぎなかった。

1 トロイの王子パリスはスパルタ王メネラウスの妃ヘレネーを誘拐し、その結果ギリシアとトロイの戦争を招き、トロイは滅亡した（ギリシア神話）。
2 遺書や結婚許可書の他に離婚問題が扱われた。
3 トロイのギリシア語名。

1 夫のピョートル三世は一七六二年に暗殺された。

55

おお、汝、あらゆる「戦争」の「恐ロシキ原因」[1]よ――
汝、生と死の入口よ――汝、名状し難きものよ！
そこは我々の出口そして入り口――すべての魂が
いかに汝の尽きざる泉に浸されるかについて、[2]
わたしが立ち止まって熟考するのももっともだ、
「知恵」がその枝から最初の果実がもぎとられるのを見て以来、
いかに人が「堕落シタ」のか、わたしには分からない、しかし
「ソレ以来」、「汝」は男の起き伏し[3]を極めて明白に処理してきた。

56

汝を「戦争の最悪の原因」と呼ぶ者もいるが、わたしは
汝が最善の原因だと主張する、なぜなら結局、
我々は汝から出でて、汝へ行くからだ。どうして
汝を手に入れるために城壁を砲撃しないでおこうか、
世界を荒廃させずにおこうか。汝が大小の世界を
人で満たすことは誰も否定できないゆえに。
汝がいてもいなくても、すべては行き詰まる、あるいは
そうなるだろう、汝、「生」の乾いた「陸」にある「海よ」！

1 「ヘレネーの時代以前、女陰はもっとも恐ろしい戦争の原因だった」（ホラティウス『諷刺詩』一巻三編一〇六―一〇七行）。

2 二―四行は性的な含意。

3 ペニスの勃起と萎凋（いちょう）を指す。

57

戦争の、平和の、それとも何であれ、
あの重大「原因」であったエカテリーナは
その原因の大縮図だった（戦争は在るものすべての
原因だから、これかあれか好きなものを選んで欲しい）——
このエカテリーナは、よく聞いて欲しいのだが、
きれいな伝令を見て大喜びした、彼の羽飾りには
「勝利」が座り[1]、急送公文書を手に、彼が跪くのを見ると、
彼女はしばし動きを止め、開封するのを忘れた。

58

それから第一に女帝であることを思い出し、
女であることもすっかり忘れず（このことは
この偉大な全体の少なくとも四分の三は占めていた）、
書簡を破って開けた、その様子は彼女の顔付きの
一つ一つを窺う宮廷を困惑させたが、ついには
女帝の笑みがこの日が好天であることを示した。
その顔はかなり大きかったが気高く、
目は美しく、口は優雅だった。

1「幸運と勝利が閣下の兜の上に宿りますように」『リチャード三世』（五幕三場七九行）。

59

大きな喜び、いや数々の喜びが彼女のものだった、
第一の喜びは都市の征服だった――三万人が殺された。
栄光と勝利が彼女の表情に突然溢れ出した、
東インドの太陽が大海原に昇るように。
これらは一瞬、彼女の野心の渇きを癒した――
そのようにアラビアの砂漠は夏の雨を吸い込む、
空しいことだ！――渇きを癒されぬ砂に雨が降るように、
血は「野心」の手を洗うのに役立つだけだ。

60

彼女の次の楽しみはもっと気紛れだった。
彼女は無分別なスヴォーロフの押韻詩に微笑んだ、
彼は殺害した数千人についての公報全体を、
退屈なロシアの対句に放り込んだのだ。
三番目の喜びはまさに女性的なもので、
君主と呼ばれる者たちが殺戮を最善だと考え、
将軍たちがそれを冗談にする時に、
我々の血管を自然に駆け巡る震えを止めるに十分だった、

61

最初の二つの感情は滞りなく完全に流れ、
まず彼女の目を、それから口を生き生きさせた、
長い日照りの後でたっぷり水をもらった花のように、
宮廷全体の雰囲気がたちどころに優しくなった。
しかし新しい急送文書を見るのと同じほど、
若者を見つめることの好きな陛下が、
足元にいる中尉を優しい眼差しで
ちらっと見た時、宮廷中が警戒した。

62

怒った時の彼女は、いくぶん大きく、活力に満ち、
残酷なのだが、喜んだ時の彼女は、ばら色に熟れて
みずみずしく、萎れないうちは
見続けたいものに似て、見事な風情があった。
人が彼女に貸し与えた色目の一つ一つに
利子をつけて払い戻し、自分の方は、見るとすぐ、
キューピッドの請求書を全額、厳しく取り立て、
相手が割引することを許さないのが常だった。

63
彼女にあっては、後者は時には便利なのだが、
あまり必要ではなかった。なぜなら人[1]が言うには、
彼女は美しく、荒々しいが、情け深く見え、
いつもお気に入りには優しすぎるのだった。
一度彼女の私室の領域に入ったら、
お前たちの「幸運」はジャイルズ[2]の言うように、
「男を膨らませる」[3]見込みがあった、なぜなら彼女は
すべての国の女を未亡人にしようとしたが、男は個人として好んだ。

64
男は何と不思議なものか！　何と女はそれ以上に
不思議なものか！　その頭は何たる旋風なのか、
彼女の他の部分すべては何と深さと危険に満ちた
渦巻きであることか！　妻であれ、未亡人であれ、娘であれ、
母であれ、女は風のように心を変えることができる。
女の言ったこと、成したことが何であろうと、
これから言い、成すだろうことに比べると些細なもの——
記録上、最古のものにして、なお新しい！

1　六二連にある「喜んだ時の彼女」を指す。

2　「彼の幸運は彼を膨らませる見込みがある／あいつは身分と結婚したのだ」（フィリップ・マッシンジャー『古い借金を払う新しい方法』五幕一場一一八—一一九行）。これはサー・ジャイルズ・オーヴァーリーチの台詞。

3　性的な意味あり。

65

おお、エカテリーナ！（と言うのも、
すべての間投詞の中で「おお！」も「ああ！」も
愛と戦いにおいて、汝に当然権利があるからだ）
飛翔しながらぶつかり合う人間の想念の関係は
何と奇妙なものか！　ちょうど今、「汝の想念」は
異なる部分に分けられ、汝をすっかり喜ばせた、
第一にイスマイルの征服が、第二に新たな騎士たちの
新たな輝かしい誕生が、第三に急送公文書をお前に運んだ男が。

66

シェイクスピアは「天にキスする丘に
降り立ったばかりの伝令メルクリウス」[1]について語るが、
若い伝令がじっとひざまずいている間、
そのような空想が女王陛下の頭をよぎった。中尉にとって
登る丘がかなり高く見えるというのは確かにそのとおり、
しかし技術のお陰でシンプロン峠[2]も平坦になった、
そして神の祝福に「若さ」と「健やかさ」が伴えば、
すべてのキスは「天上のキス」となる。

1　「天にキスする丘に降り立ったばかりの伝令メリクリウス」（『ハムレット』三幕四場五八―五九行）。ハムレットは父王ハムレットについて語っている。

2　バイロンは一八一六年一〇月にシンプロン峠を越えてイタリアに入った。ナポレオンによって道路は改善されていた。

67

女王陛下は見下ろし、若者は見上げた——
そこで二人は恋に落ちた——彼女は彼の顔に、
優雅さに、そして何か分からないものに惚れた、
なぜならキューピッドの杯は最初の一飲みで、
すぐ酔わせる精妙なるアヘン剤、別名「黒い滴り（ブラック・ドロップ）」[1]で、
グラスを何度も満杯にするという卑しい処置なしで、
たちどころに人を酔わせる。というのも恋する目は
すべての命の泉を飲み干して（涙を除いて）、涸らしてしまう。

1 阿片と酢を元にした薬。

68

一方彼の方は、たとえ恋に落ちなかったとしても
同じく抑え難い情熱、すなわち自己愛に落ちた——
これは、我々自身を超えるような「もの」、
たとえば大流行りの歌手や踊り子、あるいは
公爵夫人、皇女そして皇后などが、大勢の中から
特別な一人に、大いなる憧れを、性急ではあっても、
「はっきり示して下さる」（これはポープの言葉[1]）時には、
我々自身は誰にも劣らない、と信じ込ませるものなのだ。

1 「わたしは身を落として皇帝の妃にもなりはしない」（ポープ『エロイーザからアベラールへ』八七行）。原文は'deigns to prove'で、バイロンはこの文句の意味を少し変えて使っている。

69

その上、彼はあらゆる年代の女性を同等に扱う、
あの楽しい年頃だった[1]——そんな頃には
我々はライオンの巣穴のダニエル[2]のように大胆で、
相手が誰であろうとあまり気にしない、
それゆえ我々は生来の太陽を、たまたまその時
そばを流れているかもしれぬ海に鎮めて、
黄昏をもたらすことができる、それはちょうど太陽(ソル)[3]の熱が、
塩の海、すなわちテティス[4]の膝で冷まされるようなもの。

70

エカテリーナは(これだけは彼女のために
言わねばならぬ)大胆でむごたらしいが、[1]
彼女の一時的な情熱は人を大いに嬉しがらせるもの、
なぜならそれぞれ恋人は愛の意匠にしたがって、
作り上げられた一種の君主に似て、指輪はなくとも、
すべての点で女帝の夫のように見えた——
この指輪は婚姻のもっとも由々しい部分で、
針を抜き取り、蜜を残しておくようなものだった。

1 この連は若者の性欲のことについてのもの。
2 『ダニエル書』六章一—二四節。
3 太陽神で、ギリシア神話のヘリオスに当たる(ローマ神話)。
4 海の精。ペレウスの妻で、アキレスの母(ギリシア神話)。

1 「あくまでむごたらしく、大胆に、思い切ってふるまえ」(『マクベス』四幕一場七九行)。

71

このことに、彼女の女盛りと青い目あるいは
灰色の目を付け加えると――（魂が籠っていると
灰色の目はとてもいい、いや他の色よりいい、
最善の例が示しているように、例えば、
ナポレオンやメアリー（スコットランド女王）の目が
その色に並外れた輝きを添えている。
パラス[1]もこの色がよいと認めている、彼女は
黒や青の瞳で見つめるには賢すぎるが）――

72

彼女の優しい笑み、当時の堂々たる容姿、
ふくよかな体、尊大にして恩に着せるような態度、
大柄な男より少年を好むこと（メッサリナ[1]さえも
年金を出したであろう男たちよりも）、
今やみずみずしい力に溢れる人生の盛り、
そして言う必要のないその他余分のもの――
これらすべて、これらのどれかは、青二才を
大いに自惚れさせることの十分な説明になる。

1 アテーネーのこと、戦争と知恵の女神（ギリシア神話）。

1 （?―四八）はローマの皇帝クラウディウスの好色な妻。

73

それで十分だ、なぜなら愛は虚栄なのだから、
始まりも終りも自己本位なもの、
もっとも愛が単なる狂気なら話は別で、
その時は、狂おしい魂は、美の脆い空虚さに
溶け込もうと努めるもの、そしてその空虚さに
情熱自身が頼っている風に見える、
だから愛を宇宙の原動力とする、
異教徒の哲学者[1]たちがいるのだ。

1 ルクレティウスは『事物の本性について』において、愛が生きとし生ける者に生命を与える、と言う。

74

それに加えてプラトニックな愛、神の愛、
情緒の愛そして貞節な夫婦愛——
(わたしは愛（ラヴ）を鳩（ダヴ）と韻[1]を踏ませねばならぬ、
韻は理性に逆らって詩を進行させる古き良き蒸気船——
理性は押韻とけっして親密なことはなく、
いつも意味を重んじて、音をよくしようとはしなかった)——
これらすべての愛と主張されるものの他に、
「言葉」が「五感」と名付ける他のものもある——

1 原語では'love'と'dove'。

75
それは、我々の肉体のあの動き、
あの増進のこと、それはすべての肉体に
砂堀り場から出て女神と交わることを切望させる、
始めのうちは、きっと女性は皆女神なのだ。
あの瞬間の何と美しいことか！　あの熱病の
何と奇妙なこと、その後には我々の感覚の
けだるい敗走が訪れるとは！　すべては
何と不思議なやり方なのだろう、魂を土でくるむとは！

76
もっとも高邁な愛はプラトン的愛だ、
始める時も終わる時も。次に偉大なのは
教会法上の愛と呼ばれるもので、それは
牧師が世話を引き受けるからだ。
我々の年代記において、あらゆるキリスト教国で
栄えていると記されるべき第三番目の種類は、
貞淑な既婚夫人が偽装結婚[1]と呼べるものを、
自分たちの他の絆に付け加える場合のことだ。

1 偽装結婚とは随身の騎士（キャヴァリア・セルヴェンテ）との関係を指す。この巻の五一連参照。

77

さて、分析はしないでおこう——我々の話自身に
話して貰わねばならぬ。君主は魅せられた、
ジュアンは彼女の愛あるいは欲情でのぼせ上がった——
わたしは一度書いた語を立ち止まって変更はできない、
この二つの語は土なる肉体とよく混じり合っているので、
片方を名指しすれば、どちらをも言い当てるかもしれぬ、
だがそんな事柄においては、ロシアの偉大な女帝も
名もないお針子同然の振舞をした。

78

宮廷中が融けて一つの囁きが広がった、
すべての唇がすべての耳にあてがわれた！
その光景を見て年輩の貴婦人の皺は増えた、
若者たちはお互いを横目で見た、
舌足らずのきれいな娘たちは皆、
それについて話をして微笑んだ、
しかし控えていた常備軍の曇った目の
一つ一つには、ライバルとしての涙が浮かんだ。

79

あらゆる列強のあらゆる大使は尋ねた、
ほんの数時間で出世の見込みを示した、
このまったくの新参の若者は誰なのか、
これはあまりに早すぎる（人生は束の間にすぎないが）と。
すでに彼らはルーブルの銀の雨が
正貨に可能な早さで、彼の宝石箱の上に
降り注ぐのを見た、その他にも見た、
種々の勲章と数千人の小作人[1]の贈り物を。

80

エカテリーナは気前がよかった——そのような女性は
皆そうだ。愛は、心と、心に至るすべての道を
開くあの偉大なるもの、公道が大きくても小さくても、
道が近くても遠くても、上でも下でも[1]——
愛は——（エカテリーナは戦争に対する呪うべき嗜好があり、
最善の妻ではなかった、クリュタイムネストラ[2]を
そう呼ぶなら話は別だが。もっとも二人が足枷を
引きずるより、一人が死ぬ方がよいのかもしれぬが）[3]——

1 ロシアの地所は常に農奴の数によって評価された（バイロンの原稿の注）。

1 三—四行にかけて性的な意味合いあり。
2 アガメムノンの妻、アイギストスと姦通し、共謀して夫を殺したが、息子のオレステスによって、アイギストスとともに殺された（ギリシア神話）。
3 バイロンは結婚を批判している。

81

愛はエカテリーナの各々の恋人の身代を作ってやった。
我らが国の「半ば純潔な」エリザベス[1]とは異なっていた、
彼女の貪欲さはあらゆる支払いをしつこく求めた、
もし大嘘つきの歴史が真実を語るとしてだが。
お気に入りを処刑したゆえに[2]、悲しみは
彼女の老い先を短くしたかもしれないが、
彼女の下劣で曖昧な恋愛遊戯、そしてその吝嗇（りんしょく）ぶりは、
彼女が女性であり、女王であることに泥を塗るものだ。

82

接見が終わると、女帝の周りの円が崩れて
ざわめきが起こり、あらゆる国の大使たちは
あたかも押し合いを始めるかのように、
若者のところに行って、お祝いの言葉を述べた。
また貴婦人たちの柔らかい絹服がさらさらと
音をたてるのが聞こえた、彼女たちの慰みの一つは
美しい顔について思い巡らすことで、
高い身分に至る顔については特にそうなのだ。

1 エリザベス一世（一五三三—一六〇三）。
2 エセックス伯爵は一六〇一年に反乱を起こし、その結果処刑された。

83

ジュアンはなぜなのかは知らぬままに
皆の注目の的になったことを知り、
いとも優雅なお辞儀をして質問に答えた、
あたかも愛想よい政治家に生まれてきたかのように。
控え目だが、そのゆったりとした額には
生来の「紳士」が表われていた。寡黙だったが
口を開けば要領を得ていた。その態度は
幟（のぼり）のように、漂う魅力を彼の上に放っていた。

84

女王陛下の命令により、我々の若いジュアンは
任務につく者たちの愛想よい配慮に
委ねられた。全世界が親切に見えた
（最初に見つめる時はそう見えるもの、このことを
若者が忘れなければ、誤った行動はしないだろう）、
その時その場にいたプロタソフ嬢[1]も優しく見えた、
彼女はその神秘的な任務に因んで、「お試し役（レプルヴァーズ）」と
名付けられた、これはミューズには不可解な言葉だ。

1 アンナ・プロタソフ（一七四四―一八二六）は、エカテリーナの筆頭の侍女で真偽の程はともかく、女帝の寝室に行く男を試す女だったと言われている。

85

そこで卑しい任務に縛られて、
彼女とともに引き下がった——わたしもそうしよう、
わたしのペガサスが地面との接触に飽きるまで。
我々はちょうど「天がキスする丘」に降り立った、
そこは高すぎてわたしの頭はぐるぐる回り、
空想はすべて風車のように旋回する。
それはわたしの神経と頭に対する合図で、
どこか緑の小道で静かに馬を歩ませよということだ。

第十巻

1

ニュートンが林檎の落ちるのを見た時、
彼は瞑想からはっと覚めて発見した――
と言われている（こう言うのも、わたしは、生きている間は、
いかなる賢者の信条や計算の請け合いはしないからだが）――
地球が「引力」と呼ばれるごく自然な旋回をしながら
回転することの証明方法を発見した、と。
彼はアダム以来、落下[1]すなわち林檎の問題と
取り組むことのできた唯一の人間である。

2

この話が本当なら、人間は林檎で落ちて、林檎で
立ち上がった。サー・アイザック・ニュートンは、
当時は未舗装だった星々の間に公道があることを
明らかにできたが、彼のこの方法は
人間の苦悩を相殺するもの、と考えねばならぬ。
なぜなら、それ以後、不滅の人類は
あらゆる種類の機械工学のことで感情が熱くなり、
まもなく蒸気機関は人を月に連れて行くであろうから。

1 落下（fall）にはキリスト教でいう堕落の意味もある。イヴは禁断の果実を食べて楽園から追放された。

3

なにゆえのこの前置きか――そりゃ、たった今
このささいな一枚の紙を取り上げた時に、
わたしの胸が輝かしい熱を帯び、
内なる霊が飛び跳ねたからだ。
望遠鏡で星を発見し、蒸気の力で
颪に向かって航海する者たちに比べたら、
はるかに劣っていることは分っているが、
自分も同じことを詩でやってみたい。

4

わたしは颪に向かって航海した、今もそうだ。
しかしわたしの望遠鏡では、星がよく見えないことは
分かっている、それでも、少なくともありふれた岸を
避けて、陸の見えないはるか沖へ出て、
「永遠の大洋」を滑って行こうとした。小型で軽装だが、
それでも航海に適したわたしの軽舟を、大波の轟きも
怯ませはしなかった。そしてこの軽舟は、大きな船が
転覆したところでも、多くのボートのように漂うかもしれない。

5

我々は英雄ジュアンを寵愛の花の盛りの中に
残してきたが、彼はまだ頬を赤らめることを知らなかった——
わたしのミューズたちは（いざとなれば、わたしには
一人以上のミューズがいる）、あつかましくも奥の私室へと
ジュアンについて行くことは決してしないが、
これだけ言っておけば十分だ、「運命の女神」の見たジュアンは、
青春、活力、美の盛りにいたが、「楽しみ」の翼を
一瞬の間に切り取る諸々の物もたくさんあったのだ。

6

しかし翼はまもなく生えて、巣を離れる、
『詩編』の作者は言う、「おお！　我に鳩の羽
ありせば、飛び去り平安を得るものを！」[1]と。
青春時代や恋を思い起こす者——
今では白髪となり、胸の思いは萎れ、
中風を患った「空想」は、かすんだ目の領域を超えて
彷徨うこともない——そんな者も、咳込む祖父ではなく、
溜息をつく息子のようになりたいと願うものだ。

1　『詩編』五五章七—九節。

7

しかし溜息はおさまり、涙は（未亡人の涙でさえ）引いてゆき、
夏のアルノ川[1]のように、浅瀬となる、
流れはとても狭くなり、深く黄色い川の氾濫を
起こしそうな、冬の川岸に恥をかかせるほどだ！
数カ月でこんな違いが生ずる。悲しみは
決して休耕田にはならぬ豊かな畑だと思われるが、
確かに畑には休みはない――変わるのは鋤を引く少年たちだけ、
彼らは喜びの種を蒔くために新しい土を鋤く。

8

しかし溜息が去ると咳が来る――時には
溜息が終わる前に来る。なぜならしばしば
穏やかな湖のような額が皺で波立つ前に、
人生の太陽が十時に届く前に、溜息が咳をもたらす。
そして夏の一日が終わる直前の
束の間の熱病のような紅潮が、土なる存在[1]には
純粋すぎると見える頬を染める間、無数の者が
燃え、愛し、望み、死ぬ――何と幸せなことか！――

1 バイロンがピサで住んでいた館「カーザ・ランフランキ」はアルノ川に面していた。ここで『ドン・ジュアン』六―九巻を書いたバイロンは一八二二年九月にピサを離れた。

1 死ぬと土になる肉体のこと。

9

しかしジュアンはそれほど早く死ぬ運命になかった。
我々は彼を、月の寵愛[1]あるいは貴婦人たちの空想の
思い描く栄光の中心に残してきた――
それはむしろ移ろいやすいものだが、
真白い息を吐く十二月が必ず
やって来るからといって、誰が六月を
軽蔑するだろうか。人は冬の日々に備えて
暖かさを蓄えるために、陽光の愛を強く求めるべきなのだ。

1 次の一〇連の注2を参照。

10

その上、彼には若い娘よりも中年女性の心を
惹き付ける資質があった。後者は物事の是非を
弁えているが、羽が生え揃ったばかりの雛鳥ときたら、
詩で歌われている程度の愛しか知らない、
あるいは、「愛」が生まれ出る天空の幻の中で
夢見るものしか知らない（空想は人を欺くものなのだ）。
太陽[1]や年齢[2]で女性を判断する者がいるが、
わたしは月でいとしい者の年を決めるべきだと思う。

1 太陽は年の意味。
2 月経を指す。年輩の女性の方により
判断力がある、との意味か。

11

その理由は、月は変わりやすく、純潔だから。[1]
すぐに粗(あら)を見つける、どれほど疑い深い人たちが
このことでわたしを非難しても、これ以外
他に理由があるとは思えない。そんな非難は公正ではなく、
「こんな人たちの気質や趣向」[2]をよく見せるものではない、
この表現は我が友ジェフリーが大いに気取って書いたもの。
しかし、わたしは彼を許す、彼もきっと自分自身を
許すだろう――さもなければ、わたしが許さねばならぬ。[3]

1 月は満ち欠けするが、月の女神ダイアナは純潔である。

2 フランシス・ジェフリー（一七七三―一八五八）は、バイロンがサウジーを酷評したことについて、「それは…高貴な著者の気質や趣向の名誉になるものではない」（『エディンバラ・リヴュー』三六号・一八二二年二月）と書いた。

3 この巻の一六連注1を参照。

12

新たに味方になった仇敵はずっと味方のままで
あるべきだ――それは名誉に関わる問題だ。
憎しみへの回帰の償いになるものをわたしは知らぬ、
いかに憎しみが百の手足を伸ばしても、
わたしは、ニンニクを避けるように
憎しみを避け、その手足から逃れたい。
昔の恋人や新妻[1]は不倶戴天の敵になる――
改心した敵は彼女らの仲間になってはならない。

1 「新妻」はバイロンの妻を指すか。

13

そんなことは最悪の背信になるだろう——転向者も、
あの虚偽の権化の、言い逃れのうまいサウジーでさえも、
ふたたび「改心者（レネゲイド）[1]」の仲間にはならないだろう、
仲間を見放したサウジーは、桂冠詩人の豚小屋に入った。
正直者は、アイスランドからバルバドスに至るまで、
カレドン[2]にあってもイタリアにおいても、
風向き次第で意見を変えることなく、人気を失うと
すぐに人を苦しめるようなことはしないだろう。

14

法律家と批評家[1]は、ただ文学と人生の
卑しい面を見るだけで、文学と人生の
二重の[2]争いの谷[3]をうろつく者たちによって
すべてはあらわになるが、口にしないことは多い。
一方、普通の人間は無知のまま年をとるが、
法律家の訴訟事件摘要書は外科医のメスのように
問題の内容のすべてを、そして同時に
消化の過程のすべてを、解剖する。

1 「改革者、あるいは改心した者。『ウェイヴァリー』のブラッドウォーダイン男爵がこの語の典拠である」（バイロン注一八二三）。ここでは急進的な左翼の意味もあるか。

2 カレドニア（スコットランド）のこと。

1 ジェフリーは文人であり法律家だった。

2 「二重の」は法律と批評を指す。

3 「争いの谷」は聖書の「涙の谷」の響きがあるか。

15

法律の箒(ブルーム)[1]は道徳上の煙突掃除夫だ、
だから彼自身あんなにも汚れている、
絶え間ない煤が、シャツを着替えても
隠せない程の濃い色を付ける。彼は暗い所を
こそこそ歩きする者の黒い汚点を身に付けている、
少なくとも三十人中二九人は汚点を付けている――
「君」[2]はそうではない、わたしは知っている。
カエサルが衣(ローブ)を纏ったように、君は法服(ガウン)を纏っている。

16

我々のすべてのささいな争い、少なくともわたしのは
すべて終わった、親愛なるジェフリー[1]よ、
君はかつてもっとも恐るべき敵だった(詩と批評が結託して、
下界にいる我々を操り人形にするかぎりにおいて)。
さあ「懐かしい昔(オールド・ラング・ザイン)!」[2]に乾杯だ。
わたしは君のことは知らない、君の顔を決して
知ることはないだろう――しかし全体的には君の振舞は
とても高潔だった、わたしは衷心よりそれを認めよう。

1 英語で箒はブルーム(broom)だが、ここではバイロンの敵、ヘンリー・ブルーム(Brougham)も指している。彼はバイロンの処女作『怠惰の時』を酷評した(『エディンバラ・リヴュー』一八〇九)。

2 「君」はジェフリーを指す。

1 バイロンは『怠惰の時』(一八〇七)の酷評をジェフリーが『エディンバラ・リヴュー』に書いたと思い、『イングランドの詩人とスコットランドの批評家』の中で彼を攻撃した。しかしジェフリーは後のバイロンの作品を好意的に扱ったので、バイロンの態度は変わった。

2 これはスコットランド語。

17

「懐かしい昔（オールド・ラング・ザイン）！」という文句をわたしが使っても、
それは君に向って言うのではない――そのことはわたしには
それだけ残念なことだ、なぜなら君の誇り高い都市[1]に住む
誰にもまして（スコットを除き）、君と酒を酌み交わしたいからだ。
しかしどういうわけか――学童の泣き言に響くかもしれぬが、
わたしは偉ぶったり才気走ったりするつもりはない――
しかしわたしの生まれの半分はスコットランド[2]、
育ちは全部そう、だから胸が一杯になって頭が働かなくなる――

18

「懐かしい昔（オールド・ラング・ザイン）」が一つ残らずスコットランドを
連れてくる――格子縞、ヘヤー・バンド、青い丘、
澄んだ流れ、ディー川、ドン川[1]、バルグーニー橋[2]の「黒い壁」、
わたしの少年の感情すべて、「その時夢に見た」ものについての
もっと優しい夢のすべて、それらはバンコーの子孫[3]のように、
棺の覆いに包まれている――わたしの子供時代が
自分のこの子供っぽさを帯びて、漂い通り過ぎていくようだ、
でもわたしは構わない――それは「懐かしい昔（オールド・ラング・ザイン）」の一瞥なのだ。

1 エディンバラのこと。

2 バイロンの母親はスコットランドの貴族、ゴードン家の出身だった。

1 ディー川とドン川はそれぞれアバディーンの南と北を流れて海に注ぐ。ドン川には一つのアーチからなるバルグーニー橋がかかっている。

2 「アバディーン旧市街近くの、一つのアーチからなるドン川の橋は、鮭の住む黒くて深い流れの上にかかる。それはわたしの記憶では昨日のような気がする」（バイロン、一八二三）。

3 スコットランドの王たち（殺されたバンコーの子孫）がマクベスの前に次々と現われる（『マクベス』四巻一場一一二―一二四行）。

19

諸君も記憶するように、激怒と詩心にかられて
わたしが若くてまだ巻き毛だった時代に、
怒りと機知を示すべく、スコットランド人に毒づいた、
あれは感情的で、不機嫌な行為だったことを認めねばならぬ。
しかしあのような感情の迸りに身を任せても無駄なこと、
溌剌とした若い時代の感情を消すことはできない。
わたしは自分の血の中のスコットランド人を
「傷つけたが殺さなかった」[1]、そして「山と水」のこの国[2]を愛する。

20

ドン・ジュアンは現実あるいは想像上の人物だ——
と言うのも両者には大して違いはないからで、
人の考えることは存在する、かつて考えた者が
考えたことに比べて今は現実性がなくなったとしても。
なぜなら精神は決して消滅することはできず、肉体に対して
強く訴えかけるから。それでも、いわゆる永遠の淵に立って
凝視しても、彼方のものと同様ここにあるものも
分からぬというのは、まったく当惑させることだ——

1 『マクベス』三幕二場一三行。「わたしは蛇を傷つけたが殺さなかった」。「傷つけた」はシェイクスピアの原語ではscotchedである。

2 「ヒースと生い茂る森の国／山と水の国」（スコット『最後の吟遊詩人の唄』六巻二節三—四行）。

21

ドン・ジュアンはきわめて洗練されたロシア人になった――
「いかにして」か、それは言わない、「なにゆえに」か、
言う必要はない、出会う誘惑がいかに些細であろうと、
その強い衝撃に耐えうる精神を持つ青年は少ない。
しかし今の「彼の精神」は、君主の名誉ある臀部のために、
皺を伸ばされたクッションのように広げられ、
陽気な乙女たち、踊り、酒盛りそして現金(キャシュ)が、
氷を「楽園」に、冬を陽光溢れるものにした。

22

女帝の寵愛は快いものだった。
務めはやや厳しくなったが、
この年代の若者はその点では
うまくやってのけて当然だ。
彼は今や緑なす木のように育ち、
恋、戦争あるいは野心については有能だった、
これらは幸運な信奉者に報いるものだが、
老年の倦怠が訪れると、貨幣の方を好む者もいる。

23

予想されたことだろうが、ドン・ジュアンは
この頃、若さと危険な手本に魅せられて、
少々放蕩がすぎたのではないか、と心配される。
これは悲しいことで、我々の新鮮な感情を
踏みつけるだけではなく――脆き人間性の
あらゆる類の救い難い実例が関係して――
間違いなく我々を利己的にし、
我々の魂を貝のように閉ざしてしまう。

24

これはやり過ごそう。また不釣合いな男女の
情事によくある成り行きもやり過ごそう、
悲しや、若い中尉と老いてはいないい女王の
不釣り合いな情事の成り行きについては。
だが彼女は、可愛い十七歳の時の王位の威厳に
すっかり包まれていた時ほど若くはないのだ。
君主が支配できるのは物であって、本質ではない、
皺(忌々しい民主主義者たち)はおもねることはしない。

25
君主の君主たる「死神」は、人間すべての
偉大なグラックスで[1]、彼の農地改革法により、
ご馳走を食べ、喧嘩し、笑いどよめき、
飲んで浮かれる者の広大な地所を、一様に
草むす小区画[2]にしてしまい（取り入れには
腐乱を待たねばならぬ）、今まで一平方フィートの土地も
所有したことのない哀れな奴らと同じ境遇にしてしまう——
「死神」は改革者、これは誰もが認めねばならぬ。

26
彼（「死神」ならぬジュアン）は、黒いふわふわの
熊の毛皮をまとうこの陽気な土地で、無駄で性急で、
けばけばしくぎらぎら煌めく生を生き急いだ——
（わたしは手厳しいことを言うのは嫌いだが）
熊の毛皮は、事態が混乱すると、
ロシアの王家の娼婦よりバビロンの娼婦[1]にふさわしい
「見事な紫の亜麻布」を通して、時には覗いて見える——
そして深紅の外見の効力を殺いでしまう。

1 ティベリウス・グラックス（一六三—一三三ＢＣ）はローマの護民官。大地主の財産を貧困層のために使おうとして失敗、暗殺された。
2 墓のこと。

1 バビロンの娼婦は紫と深紅の服をまとっていた。「女は紫と赤の衣を着て、金と宝石と真珠で身を飾り…」（『ヨハネの黙示録』一七章四節）。

27

こんな状況を、我々は描写しない、
風聞や記憶に頼ればできなくはないだろうが。
しかしわたしはダンテの怖い「薄暗い森」[1]に近づいた、
あの恐ろしい昼夜平分時に、一生のあの憎むべき区分、
あの中間地点にある家に、あの荒々しい小屋に近づいた。
そこから賢明な旅人は人生の悲しい早馬を
老年の侘しい辺境へと、慎重に駆り立てる、
そして若い時代を振り返り、一滴、涙を流す――

1 六巻七五連注1参照。この部分を書いている時、バイロンは三四歳だった。

28

わたしは描写しない――すなわち描写なしで
すますことができるなら。わたしは熟考しない――
すなわち思考から逃れられるなら。思考は乳房に
くらいつく子犬のように、この奇妙な迷路の深淵の中で
わたしから離れない、海藻が岩にしがみつくように、
あるいは恋する者のキスが唇の最初の一口を
飲み干すように――しかし今言ったように、
わたしは哲学をしない、読んでもらいたいのだ。

29

ジュアンは宮廷に言い寄らず、言い寄ったのは
宮廷の方だった、これは滅多にあることではなく、
若さと伝えられた彼の勇気、そして競走馬のように
彼の示した高貴な血にも負うところが大きかった。
またそれは、赤い雲が太陽を縁取るように
光り輝く彼の美しさを際立たせた、これ見よがしの
一つ一つの服のせいもあった、しかし
最大の理由は、年輩の女と彼の地位[1]のせいだった。

30

彼はスペインに手紙を出した——近親者は、
彼が立派に出世の道を歩み、従兄弟たちにも
地位を見つけてくれそうな様子であることを読んで、
受け取ったその日に返事を出した。
何人かは移住の準備をし、アイスクリームを
食べながら、こう言うのが洩れ聞こえた、
一寸した毛皮の外套を余分に着たら、
気候はマドリッドもモスクワも同じことだ、と。

1 「地位」の原語はpostだが、「杭」や「支柱」の意にとると卑猥な意味にもなる。

31

母親のドニャ・イネスは、ジュアンが、
資産がかなり減ってきている銀行から、
金を引き出すことなく、出費を大いに
頼り甲斐のある金づるに任せたことも知った――
彼女は返事した、「気ままな若い時代が憧れる
様々な快楽を、お前が通り抜けたのを知って
母として喜んでいます。人が分別あることを示す
唯一の徴は、出費を削るのを学ぶことなのですから。

32

「わたしはお前のことを神様に委ねます、
同じく神の御子と御母上にも。そして
ギリシア正教には気を付けるように、
カトリック教徒の目には変に映りますから。
でも嫌う気持ちを表には出さぬように、
外国ではいい印象を与えませんから。そして知らせますが、
わたしは再婚して、お前には小さな弟が生まれました。
また何よりも、女帝の母性愛を称賛します。

33

「若者たちを贔屓にされる女帝をいくら称賛しても
称賛しきれません。陛下の年齢、そしてもっと
いいことには、お国や寒い気候が（時々の）
スキャンダルをすべて抑えてしまいましたから――
スペインでなら少しはお困りになったかもしれませんが、
寒暖計が十度、五度、一度、あるいは零度[1]まで
下がる所では、川の氷より先に美徳が融けるなどとは、
わたしにはとても信じられません」

34

ああ、「偽善」よ！　汝の讃美歌をうたう
四十人の牧師力[1]があればいいのだが。
汝が声高に自慢しても実行しない、美徳の数々を
称える讃歌ありせば。おお、天使たちのラッパありせば！
あるいは、なつかしい伯母[2]のラッパ型補聴器ありせば、
伯母は、眼鏡はかすんで見にくくなったが、
聖書を読めなくなってしまった時にも、
補聴器のかすかな伝言で、静かな慰めを得たのだ。

1　数字の表記は華氏。

1　この表現は四〇馬力（forty-horse-power）から来ている。バイロンはこれをもじって、四〇人の牧師力（forty-parson power）と言っている。

2　どの伯母を指しているのか不詳。海軍副司令官の祖父の娘、ソファイアか、この巻を書いていた頃の一八二二年六月に亡くなった、フランシス・バイロン夫人（父の兄弟の妻）のどちらかを指している。

35
哀れにも伯母は、少なくとも偽善者ではなく、
神に選ばれた者の名簿にある誰に劣ることもなく、
誠実に生きて天国に行った。この名簿は、
最後の審判の日に、土地台帳と言ってよい、
天国の土地自由保有権を分け与えるもので、
征服王ウィリアムが部下の騎士たちに
報いた種類のもの、彼は他人の財産を配分して、
六万人[1]の新しい騎士の相続不動産にした。

36
わたしは不平を言えない、先祖のアーニーズや
ラダルファス[1]がそこに載っているから――
四八の荘園は（記憶に大して誤りがなければ）
ビリー[2]の軍旗に従った報酬だった。
皮なめし工さながら、サクソン人の土地(ハイド)[3]を剥ぐのは、
わたしには公正だとはとても思えない。
しかし彼らは農産物で教会を建立したので、
土地をうまく使った、と言っても間違いではないだろう。

1 最近の説によれば、征服王ウィリアムに同行したのは五千人よりも少なかったということである。

1 バイロンの祖先は征服王ウィリアムに従ってイングランドに来たが、先祖にアーニーズやラダルファスがいたかどうかは不詳。
2 ウィリアムの愛称。
3 一ハイド（hyde）は古い土地面積の単位で約六〇―一二〇エーカー（二四―四九ヘクタール）。hideには皮の意もあるから、サクソン人の命を奪ったことも指している。

37

優しいジュアンはわが世の春を謳歌した、時に
彼は「含羞草（おじぎそう）[1]」と呼ばれる植物だと感じたが、
これは触れると縮む、君主が詩を見ると縮むように、
ただしサウジーが供することのできる類の詩[2]は例外だが。
おそらくジュアンは、厳寒の地にあって、
五月祭（メーデー）[3]の前に、ネバ川[4]の氷が融けるような地帯が
恋しかったのだろう、おそらくは、務めに反して、
女帝の巨大な腕の中で、美人に憧れて溜息をついたのだろう、

38

おそらく——いや、「おそらく」は抜きにして、
我々は新旧の原因を探す必要はない。
害虫は萎れた姿の者をさらに荒らすのみならず、
もっとも美しく若々しい頬にも巣食うもの。
気苦労は家政婦のように、毎週勘定書きを
持ってくる、いかに我々が騒ぎ立てようとも
支払わねばならぬ。六日間は順調に経過しても
七日目には憂鬱症、つまり借金取りがやってくる。

1 シェリーの詩『含羞草（おじぎそう）』（一八二〇）に触れたもの。シェリーの詩ではこの植物は寒さで萎れる。含羞草にはペニスの意味もある。

2 当時桂冠詩人であったサウジーは王の喜ぶ詩を書いた。

3 古くから五月一日に行われた春の祭。野に出て春の一日を楽しんだ。

4 ネバ川はロシア連邦北西部のラドガ湖に発し、サンクトペテルブルクを貫流してフィンランド湾に注ぐ。

39

理由は分からないが、彼は病気になった、
女帝は驚き慌てた、彼女の医師は
（ピョートルを診察した医者と同じ者）[1]
激しい脈拍がいかに早くて元気でも、
それは死を予告し、また熱病の徴候を
示していると診断した。そのことで
宮廷の者みながひどく困惑し、
女王陛下は衝撃を受け、薬は倍増された。

1 エカテリーナ二世は夫のピョートル三世を一七〇三年に殺害したと言われている。

40

皆ひそひそと囁き合った、噂は様々だった、
ポチョムキンに毒を盛られたと言う者がいた。
知ったかぶりで、腫瘍、極度の疲労、
あるいは同種の疾患について語る者もいた。
血液の親戚だとすぐに主張する
体液[1]の混ざり具合によるもの、と言う者もいた、
また他の者は進んでこう主張した、
「この前の戦（いくさ）からくる疲労にすぎない」と。

1 体液とは中世の生理学でいう、血液、粘液、黒胆汁と黄胆汁のこと。その配合の割合で人間の気質が決定されると考えられた。

41

しかし多くの処方箋の一つは以下の通りだ、
「硝酸ナトリウム六ドラム、[1]最上のマンナ半ドラム、
熱湯一オンス半、飲用センナ液二ドラム
（ここで医者が来て瀉血をした）、
「合成粉末とイペカク三錠」
（ジュアンが止めさせなかったら、
さらに増えただろう）、それに
「日ニ三度ノ硫化カリウムノ錠剤服用」[2]

1 一ドラムは約一・八グラム。
2 処方箋は下剤と嘔吐と発汗作用を促す。

42

かくして医者たちは「医術ニ従ッテ」
我々を治し、あるいは終わらせる。しかし
我々は健康時には冷笑するが、病気になると
嘲笑する気もなくなり、医者を呼んで診てもらう。
鍬や鶴嘴で塞がれる、あの「大イニ嘆キ悲シム
地ノ割レ目」[1]が近づく一方で、我々は
レーテー川[2]を愛想よく漂うことはしないで、
穏やかなベイリーや優しいアバネシー[3]を悩ますのだ。

1 墓のこと。
2 黄泉の国を流れる忘却の川（ギリシア神話）。
3 マシュー・ベイリー（一七六一―一八二三）もジョン・アバネシー（一七六四―一八三一）はともに医者で率直な物の言い方で知られていた。

43

ジュアンはこの世を立ち退けとの
この最初の警告に意義を唱えた。
「死」によって追い出される危険があったが、
若さと体力が彼を支え、医者たちに新しい療法へと
向かわせた。しかしまだ容態は不安定で、
健康色は衰弱した頬にかすかに煌くだけで、
医師団を困惑させるようだった――
彼らは言った、ジュアンは旅に出るべきだと。

44

彼らは言った、太陽の輝く国で生まれた者が
花を咲かせるにはこの気候は寒すぎる、と。
この意見は貞淑なエカテリーナの顔を少し険しくした、
始めのうちは寵児を失いたくなかった。
しかし彼の目映いばかりの目がかすみ、
羽を切られた鷲の目のように、生気を失うのを見た時、
彼を使節として派遣することを決心した、
ただ彼の身分にふさわしい形はとらせて。

45
ちょうどその頃、イギリスとロシア両国の
内閣の間で一種の審議が進行中だった、
それはある種の交渉あるいは協議で、
それにつきもののあらゆる言い逃れで維持され、
大国はそんなやり方でこんな問題を押し進める。
それは何かバルチック海の航行、そして皮革や鯨油や
獣脂に関するもの、そしてイギリス人が自らの
「占有物留保(ウティ・ポシデティス)[1]」と見なす海洋の権利についてであった。

46
そこで寵愛する者には、気前よく
身支度をしてやるエカテリーナは、ジュアンに
この秘密の任務を授けた、それは王家の光輝さを
誇示するとともに、彼の貢献に報いるためだった。
次の日、ジュアンは彼女の両手にキスをし、
いかに事を処するかの指示を受け、
あらゆる類の贈り物と名誉を身に帯びた、
それは贈与者の眼識がいかに大きいかを示していた。

1 国際法における現有状態維持の原則。

47
しかし彼女は幸運だった、幸運がすべてだ。
女王の場合は概して統治はうまくいく。
そこで我々は「幸運」とは何ぞや、と訝ることになる。
しかし話を続けると、彼女の年齢は下り坂にあり、
十代の時苛立ったように、更年期が彼女を苛々させた。
体面上いかなる不満も口にはできなかったが、
ジュアンの出発に大いに悲しみ苦しみ、
しばらくは適当な後継者を見つけられなかった。

48
しかし慰め役の「時」はいつかはやってくる、
二十四時間が経ち、ジュアンの後釜を狙う
その倍の数の候補者がいたので、エカテリーナは
次の晩は静かに眠ることができた——
彼女が性急にまた相手を決めるつもりだった
わけではなく、その数の多さに困惑したのでもなく、
いつも慎重に選んで、その場所を
空けておき、彼らを競い合わせたのである。

49
この名誉ある高位が空席状態にある間、
読者よ、一日か二日の間、我々の主人公とともに、
彼をペテルスブルクから軽やかに運んだ
あの最高のバルーシュ型馬車[1]に乗って欲しい。
かつて光栄にも、この美しいツァーの皇后が
専制者の紋章を誇示していたこの馬車は（それは
新イフィゲネイア[2]としてタウリス[3]に行った時のこと[4]）、
彼女のお気に入りに与えられ、今は彼のお気に入りを乗せていた。

1 四人乗りの四輪馬車。
2 イフィゲネイアはアガメムノンの娘。彼が女神アルテミスの怒りを解くために彼女を生け贄にしようとした時、女神は彼女を雲に乗せ、タウリ族の住むクリミア半島へ連れて行って巫女にしたという（ギリシア神話）。
3 ギリシアでは、クリミアはタウリスと呼ばれた。
4 「女帝はクリミアへ皇帝ヨセフに伴われて行った、その年は忘れた」（バイロン注）。これは一七八七年のことだった。

50
すべてジュアンの個人的なお気に入りで、
ブルドッグとブルフィンチ[1]とオコジョ[2]だった。
（深遠な賢者が真の原因を決めたらいいが）
大抵の人が単に害獣とみなす、生きた動物に対して
彼にはある種の好みあるいは弱みがあった。[3]
六十歳のオールド・ミスでさえ猫や鳥に対して、
ジュアンほどの愛着を見せなかった、
彼は年寄りでも娘でもなかったのだが――

1 ヨーロッパウソのこと。
2 アーミンに同じ。
3 バイロンも動物好きだった。

51

今述べた動物たちはそれぞれの居場所にいた。
他の馬車には従僕や秘書がいた。
しかし彼のそばには小さなリーラが座っていた、
彼女はイスマイルの広域な殺戮において、
ジュアンがコッサク人たちのサーベルを受け流した時を
生き延びた娘だった。わたしの気紛れなミューズは
歌の調子を変えるが、ジュアンの救った
この少女のことを忘れはしない——純粋な生ける真珠を。

52

かわいそうな子よ！　彼女は従順でかわいくて、
あの優しいまじめな性格をしていた、それは
生者の中にあって稀なるものだった、
「偉大なキュヴィエよ！」[1]、汝の古色蒼然たるマンモスの中で
化石の人間が稀なように。人間すべてが間違いなく
誤りを犯す、この抗しがたい世界と争うには、
彼女は無知ゆえに準備ができていなかった。
しかしまだほんの十歳だった、だから平静だった、
なぜ、なにゆえにそうなのか、彼女には分からなかったが。

1 キュヴィエについては九巻三八連と注1参照。

53

ドン・ジュアンは彼女を愛し、彼女は彼を愛した、
兄弟、父親、姉妹そして娘の愛とも違ったものだった。
どんな愛だったのか、わたしは正確には言えない、
彼は親の気持ちを感じるほど年を重ねては
いなかった、そして兄弟愛と呼ばれる
別種の愛も彼の胸を動かすことはできなかった――
なぜなら彼には姉妹がいなかったから、
ああ、もしいたなら、どれほど恋しく思ったことだろう！[1]

54

それは官能的ではなおさらなかった、なぜなら
彼は（酸が不活発なアルカリを刺激するように、
自分の血管の潮の流れを揺り動かすために
すっぱい果実を好む）年寄りの放蕩者ではなかったから。
その上、（我々を支配する星の影響で確かに起こることだが）
彼の若さはもっとも貞潔なものとは言えなかったが、
あらゆる感情の底にはもっとも純粋な
プラトニズムがあった――彼はそれを忘れていただけだ。

1 この連では異母姉のオーガスタ・リーへの愛を扱っているようだ。

55

今この時は誘惑の危険はなかった、
彼は自ら救い出した孤児を愛した、それは
愛国者が（時に）祖国を愛するようなものだ。
誇りに感じたのは、自分のお陰で彼女が
奴隷にされなかったことだった――そして自分と教会が
手を尽くして彼女の魂の救済の道を敷いてやれると感じた。
しかしここで書き入れるべき奇妙なことが一つある、
この小さなトルコ人は改宗を拒んだのである。

56

あのような変化と恐怖と殺戮の場面を経験した後も、
宗教という刻印を維持するのは確かに不思議だった。
三人の主教が罪について教えたが、
彼女は聖水に強い嫌悪感を示した。
また懺悔にたいする情熱も皆無だった。
懺悔すべきことは何もなかったのだろう――もういい、
原因が何であれ、教会はほとんど理解できなかった――
彼女はなおもマホメットが予言者であると主張した。

57

実際、彼女が我慢できるキリスト教徒は
ジュアンだけで、かつては家族と友達で
あった者の替わりに、彼を選んだようだった。
彼は当然自分が保護する者を愛した、
かくして二人はかなり奇妙な一対（ペア）を形成した。
まだうら若い後見人と被後見人とは、国も年齢も
血統においても関係がなかった。
しかしこの絆の欠乏が二人の絆をより優しいものにした。

58

彼らはポーランド、そして岩塩の鉱山と
鉄のくびき[1]で名高いワルシャワを旅した。
またクルランド[2]を通った、そこはあの有名な笑劇の場、
公爵たちが野暮な「ビロン」[3]の名をもらった所[4]だ。
そこは現代の軍神が、セイレン[5]である「名声」に導かれ、
モスクワ[6]に行進した時に見たのと同じ風景だ！
その結果、一カ月の厳寒によって、二十年間の征服と
精鋭の近衛連隊を失うことになった。

1 鉄のくびきはポーランドに対するロシアの戦争と、ポーランド分割を指す。「敵はあなたに鉄の首枷をはめ、ついに滅びに至らせる」（『申命記』二八章四八節）。

2 バルト海に臨む旧公国。一七九五年にロシア領となった。

3 エルネスト・ビレンはポーランドのクルランド公国の庶民の出だったが、クルランド公爵の未亡人、アンナ（一七三〇年にロシアの女帝）に寵愛され、クルランド公爵となり首相にもなった。

4 女帝アンナ（ロシアのアンナ）の時代に、彼女の寵臣のビレン(Biren)はフランスの「ビロン」(Biron)の名前と紋章を採用した。その家族は今もイギリスの家族とともに現存している。その名前のクルランドの娘たちが今もいて、その一人（S公爵夫人）に、連合軍の祝福された年（一八一四）にイングランドで会った記憶がある。イギリスのサマセット公爵夫人が彼女に同名の人として紹介してくれた（バイロン原注）。脚韻から判断すると「ビレン(Biren)」を作者は「バイロン」と発音させている。

5 シチリア島近くの小島に住む、上半身女、下半身鳥の姿をした海の精。

59

これを竜頭蛇尾のように思わないで欲しい――
「おお！　我が近衛隊よ！　我が古参の近衛隊よ！」――
あの「土より成る神」[1]は叫んだ。頚動脈を切った
カースルレイ[2]の足下に強力な雷神が倒れるのを考えてみよ！
悲しいかな、あの栄光が雪で冷却してしまうとは。
しかしポーランドを通過する時に、暖かくなりたければ、
コシューシコ[3]の名前がある、それはヘクラ[4]の炎のように、
氷の中に火をまき散らすことだろう。

60

ポーランドから彼らはプロイセン本土と
首都のケーニヒスベルクを通過した、
ここの誇りは鉄や鉛や銅の鉱脈のほかには、
最近は「偉大なカント教授」だった。
哲学のことは、タバコ詰め器ほども
気にしないジュアンは、ドイツへの難儀な旅を続けた、
この国の少々遅れた無数の民衆には
諸侯たちがいて、騎乗御者より以上に拍車をかける。

美声によって島の近くを通った船人を誘惑し、難破させたといわれる（ギリシア神話）。
6 ナポレオンのロシア遠征を指す。

1 ナポレオンのこと。
2 カースルレイは既出。例えば冒頭の「献辞」の一一連以降参照。
3 （一七四六―一八一七）ポーランドの愛国者・将軍。
4 ヘクラはアイスランドの火山。

61

そこからベルリンやドレスデンなどを通過して
彼は城多きライン川に到着した——
汝ら栄光のゴシック風の景観よ！　汝らはいかに強く
すべての人の空想力を刺激することか、わたしの空想力とて
例外ではない。灰色の城壁、緑の廃墟、そして
錆びた通行料取立て門は、わたしの魂をして
現在と過去の世界の間の境界線を通過させ、
半ば酩酊させて、茫漠たる境界の上を彷徨させる。

62

しかしジュアンはマンハイムやボンを
急いで通過した。ドラッヘンフェルス[1]は、
永遠に去った良き封建時代の亡霊のように
眉をひそめて、これらの地を見下ろすが、
それについて、今わたしには講義する時間はない。
そこから彼はケルンの方へ運ばれた。この都市は
一万一千の処女の骨[2]を見学者に見せてくれる、
それは人類が知った中では最大の数だ。

1　ボンの近く、ライン川沿いにある城。

2　「聖ウスルラと一万一千人の処女は一八一六年にも存在した。きっと今もそうだろう」（バイロン注）。実際はローマ時代の墓地の遺骨で人数は定かではない。

63

そこからオランダのハーグとヘルフーツライスへ、
オランダ船と掘割りのある水の国へと向かった。
そこでは柏槇（ビャクシン）[1]が最高の汁を絞り出し、
貧者には、冨の代わりの泡立つ代用品[2]になる。
議会や賢者はその使用を非難した——
しかしよき政府が大衆から気付け薬を取り上げるのは
残酷と言う他はない、その気付け薬はあまりにしばしば、
政府が大衆に残した衣服、肉、燃料のすべての替わりなのだから。

64

ここから彼は出帆した、帆をなびかせて
自由の民の住む島へと向かった、その方向へ
せっかちな風が半ば強風となって吹いた。
浪は高く激しく打ちつけ、舳先は海中に浸かった、
船酔いした乗客の顔は青ざめた。しかし
ジュアンはそれまでの航海で、当然のことながら
経験を積んできたので、通り過ぎる軽舟を見つめ、
イギリスの断崖に最初の一瞥をくれるべく立っていた。

1 ビャクシンはジンに香りをつける。
2 ジンのこと。

65

ついに崖が浮かび上がった、青い海の縁に沿う
白壁のように。ドン・ジュアンは感じた――
アルビオン[1]の白亜の帯を初めて見る時には
異国の青年でも少し心に強く感じるものを――
それは自分が高慢な小売商人[2]の中にいるという
一種の誇りの感情だ。彼らは極地から極地へ、
全世界で、彼らの商品や布告を厳しく押しつけ、
浪にさえ通行料を支払わせたのだ。

1 グレート・ブリテン島の古名。後にはイングランドの意に用いられた。
2 アダム・スミスは「小売商人の国」（『富国論』四巻七章）という文句を作ったが、ナポレオンはそれをイギリス人に使った。

66

地球のあの場所を愛する大した理由はわたしにはない。
そこにはもっとも高邁になれたかもしれぬ国民がいる。
わたしはそこでは誕生以外の恩恵を受けてはいないが、
その衰えゆく名声とかつての真価には、
悔恨と崇敬の入り混じったものを感じる。
七年間[1]（流刑では通常の年限）の不在は
古い恨みを穏やかなものにする、
特に祖国が落ちぶれていく時には。

1 正確には、バイロンは一八一六年四月にイギリスを離れ、約六年半後の一八二一年九月から一〇月にかけてこの巻を書いていた。

67

ああ、この国が十分に、本当に、知ってさえいたら、
この国の偉大な名声が今や至る所でいかに嫌悪されているかを。
この国が胸をはだけて剣に突きさされるのを、
どれほど世界中が喜んで願っているかを。
どれほどすべての国がこの国を最悪の敵、
最悪の敵よりも悪い敵、すなわち、かつては崇敬した味方だったが、
今は裏切られたと見なしているかを。この国は自由を
人類に差し出したが、今は精神までも鎖に繋ごうとする――

68

この国は自慢するのか、自らが自由だと威張るのか、
第一番の奴隷にすぎぬこの国が。諸国の民は
牢獄にいる――しかし看守は、何者なのか。
看守も同じく差し錠とかんぬきの犠牲者だ。
囚人に対して鍵を回す哀れな権限が
自由だというのか。鎖に繋がれている者たち、
その者らと同じく、鎖を監視する奴も
大地と大空を楽しむことからはほど遠い。

69

ドン・ジュアンはアルビオンの最初の美しさを見た――
いとしくも割高なドーヴァーよ！[1]　汝の崖、
港そしてホテルよ、あらゆる微妙な関税を課す税関よ、
呼び鈴が鳴る毎に殺気立つウェイターよ、
汝の定期船よ、すべての乗客は皆、
陸あるいは海上に住む者にとって略奪品となる。そして
最後に言うが、大事なことは、心得のない外国人にとって、
汝の長い長い勘定書きには割引は一切ない。

70

ジュアンは無頓着で若くて気前よく、
ルーブル、ダイアモンド、現金そして信用状を
たっぷり持っており、毎週の請求書の数に大して
制限をもうけなかった。彼は支払ったが、この請求書には
少し目を見張った――（彼の執事長、賢く鋭いギリシア人が
彼の前で恐ろしく長い巻物の足し算をして読み上げた）、
しかし疑いもなく、滅多に晴れずとも、大気は只で
吸うのは自由[1]だから、息を吸うだけでも有難いものだ。

1 原語は 'dear'。ここでは「いとしい」と「割高」の両義がある。

1 原語は 'free' で、イギリスは自由の国という意味と、「無料」の意をかけている。

71

さあ、馬を走らせよ！　カンタベリー行きだ！
小石をドシンドシン踏みしめ、水溜りをパチャパチャ進め。[1]
万歳！　早馬の何と楽しく素早く進むことか。
遅いドイツとは違う、あの国では乗客を
埋葬しに行くかのように、泥道をよたよた進む。
それに、あいつらは休憩して「シュナップス」[2]で一杯やる――
あきれた奴らだ、「悪党(フントスフォット)め」とか「こん畜生(フェルフルクテル)」[3]などと
怒鳴りつけて、稲妻が避雷針に当たるのと同じで、平気の平左だ。

1 「彼らは馬を走らせた、陸をドシンドシン！／海をパチャパチャ！いわせて」（スコットのバラッド『ウィリアムとヘレン』四七連）。五三連と五七連にも同様の表現がある。
2 オランダのジンに似た強い蒸留酒。
3 いずれもドイツ語の悪態語。

72

さて、カイエンヌペパー[1]がカレーを引き立たせるように、
全速力で行くことほど、血を沸き立たせ
人を元気付けるものはない。向かう方向は
関係なくただ急げばよく、単に急ぐという
価値のためなのだ。なぜならこれほど
忙しくする理由はあまりなく、
より大きな理由は、旅の大事な目的地に
到達する喜びだ――それは馬車で行くことなのだ。

1 トウガラシの赤い実を干して粉末にした香辛料。

73

彼らはカンタベリーで大聖堂を見た、
黒太子エドワード[1]の兜とベケット[2]の血の染みた石は、
いつものように教会吏員によって示された、
いつもの風変わりで無関心な調子で——優しい読者よ！
ここにもお前にとっての「栄光」なるものがある、
すべては錆びた兜と、ソーダやマグネシウムに
半分溶けた、疑わしい骨になって終わる、
これらが人類という、あの苦い飲み物を形成するのだ。

1 エドワード三世の息子のエドワード（一三三〇—七六）はフランスでの戦争で武勲を立てた。後年、彼の鎧の色から「黒太子」と呼ばれた。
2 トマス・ベケット（？—一一一八—七〇）はカンタベリー大司教。ヘンリー二世の教会政策に反対して寺院内で殺された。

74

ジュアンの受けた影響は、勿論、崇高なものだった、
彼は、「時」以外には屈しない兜を見た時、
無数のクレシー[1]の空気を吸った。
あの大胆な聖職者の墓[2]さえ畏怖の念を起こした、彼は君王を
乗り越えんとする当時では大胆な試みで命を落とした、
王たちは、今は、殺戮の前に、少なくとも法を
無視してはならない。小さなリーラはじっと見つめ、
そして尋ねた、なぜこんな建物ができたのかと、

1 クレシーはフランス北部の地、一三六四年エドワード三世のイングランド軍がフランス軍に大勝した。「黒太子」はここで初陣を飾った。
2 トマス・ベケットの墓。

75

「神の家」だと告げられ、神はいい家にお住まいだ、
と彼女は言ったが、ただ不思議に思うのだった、
どうして自分の家に、不信心者である
残忍なナザレ人[1]を住まわせるのか、彼らは
真の信者を育てた土地の聖堂を破壊したのに、と——
幼い彼女の額は悲しみで曇っていた、
それはマホメットがこんな高貴なモスクを
真珠のように豚に放り投げたから[2]だった。

76

進め、進め！　庭園さながらに手入れされた
牧場を通って、ホップと作物豊かな楽園を通って。
ここより暑くても、強い酒をあまり飲まない国々を
長年旅した詩人にとって、緑の野原があれば
あのより崇高な構図の風景が無くても、
許すことができる、ブドウ畑、オリーブ畑、
断崖、氷河、火山、オレンジ、そして
氷菓を混ぜ合わせてできる光景がなくても。

1　キリスト教徒のこと。キリストはナザレで生まれた。

2　「神聖なものを犬に与えてはならず、また、真珠を豚に投げてはならない」（『マタイによる福音書』七章六節）。

77

一杯のビールがあればと思う時――
でも嘆きはすまい！　御者たちよ、進め
活発な若者たちが素早く拍車をかけて疾走すると、
ジュアンは数百万の自由民のこの公道を讃美した。
ここは、あらゆる点で外国人にも自国民にも
もっとも魅力的な国だ、愚かな奴らは例外で、
彼らはこの大事な時に「無駄な抵抗をして」[1]
その労苦の報いに新たな刺し傷を受けるだけなのだ。[2]

78

公道とは何と愉快なものなのだろう！
とても滑らかで平坦、そして何という大地の削り方か、
大きな翼を揺り動かす、大空の鷲すら
これほど滑らかには飛びはしない。
フェアトン[1]の時代にそんな道が切り開かれていたら、
太陽神は息子に言ったことだろう、ヨークの郵便馬車で
お前の熱望を満足させよと――しかし前進し続けると
「魅惑ノ泉カラ何カ苦イ一滴」[2]――通行料だ！

1「とげのついた棒をけると、ひどい目に遭う」（『使徒言行録』二六章一四節）から生まれた慣用句。元は牛が付き棒をけることを言う。

2 ピーター・コクラン氏の注によれば、イギリスの急進派を指すとのこと。

1 太陽神ヘリオスの息子のフェアトンは父から借りた日輪の車の操作を誤り、地球に接近しすぎて大火事を起こしそうになったので、ゼウスは雷で彼を殺した（ギリシア神話）。

2 ルクレティウス（?九六―?五五BC）『事物の本性について』四巻一一三三行。

79

ああ、支払いは何であれ、何と苦痛を与えるものか。
命を奪え、妻を奪え、人の財布以外の何でも奪え。
マキャヴェリ[1]が紫衣を纏う王たちに示すように、
財布を奪うことは国民の呪いを買う最短の道だ。
人は、誰もが大事にする、いとしい黄金を
要求する者を憎むほどには、殺人者を憎みはしない――
男の家族を殺してみよ、彼はそれに耐えるかもしれぬ、
しかし彼のズボンのポケットに手を突っ込むのはやめよ。

80

あのフィレンツェ人[1]はこう言った、「汝ら君主よ、
教師の言うことに耳を傾けよ」と。ジュアンは
ちょうど陽が衰えて暗くなる頃、高い丘の上を
運ばれていた。その丘は、高慢あるいは軽蔑の念で
大都市の方向を見ていた――血管にコクニー[2]気質を
少しでも持つ者よ、お前たちが事態をよく取るか
悪く取るかに応じて、微笑むか嘆くかにすればよい――
大胆なブリトン人たちよ、我々は今やシューターズ・ヒル[3]にいる！

1 「特に君主は人の財産に手を出すべきではない、なぜなら人は家督の損失よりも、父の死のことをよりすぐに忘れるものだ」（『君主論』一七章）。

1 マキャヴェリはフィレンツェ生まれ。

2 ロンドン子。

3 ロンドンからドーヴァーに向かう途中にある丘。一八世紀には追いはぎがよく出た。

81

日は沈んだ、半ば収まっていない火山から
上ってくるかのように、煙が立ち上った、[1]
「悪魔の客間」[2]と呼ぶのにふさわしい空間の上に立ち上った、
あの驚くべき場所をそう表現した者がいる。[3]
しかしジュアンは感じた、祖国に近づいたのではなく、
この民族の一員ではないけれども、
この地を崇敬する者の一人のように感じた、
地球の半分を殺害し、残りの半分を痛めつけた、[4]
実の息子たちの母なる大地の一人のように。

1 「ソドムとゴモラ、および低地一帯を見下ろすと、炉の煙にように地面から煙が立ち上っていた」（『創世記』一九章二八節）。
2 民間伝承で、火山の噴火口は地獄に繋がっているとされた。
3 スモレット『ロデリック・ランダム』一八章に「ロンドンは悪魔の客間だ」という表現がある（アンドルー・ニコルソンの注）。
4 「インドとアメリカ」（バイロン注一八二三）。インドとアメリカに対する大英帝国の侵略を指す。

82

煉瓦と煙と群なす船舶の巨大な塊、
汚れて薄黒いが、ここかしこ視界の及ぶ限り、
まさに滑るように進む帆船が目に入る、
するとすぐにマストの森の中に消える。
石炭の作る天蓋[1]を通して、爪先立って
覗いている雑然たる尖塔の数々、
巨大な灰褐色のキューポラ、[2]道化の頭上の
道化師帽の冠――これがロンドン市だ！

1 スモッグのこと
2 セント・ポール大寺院のことか。

83

しかしジュアンにはそうは見えなかった、
彼には、煙の一筋一筋が錬金術師の竈の
魔法の蒸気にしか見えなかった、そしてそこから
世界の富[1]（大量の税金と書類）が現れた。
陰鬱な雲の数々は町の上に頸木（くびき）のように
アーチ型になり、太陽をか細い蝋燭のように消してしまう、
これらの雲は自然の大気に他ならず、ジュアンには
きわめて健康的に見えた、めったに澄むことはなかったが。

1 アダム・スミス『国富論』をもじっている。

84

彼は休憩した——わたしもそうしよう、
一斉射撃の前の水兵たちがそうするように。
我が優しき国民よ、まもなく旧交を暖めよう。
少なくともわたしは諸君に真理を告げる
努力をする、諸君は真理であるがゆえに真理として
受け入れようとはしないだろうが——男のフライ夫人[1]になって
柔らかい箒で、わたしは諸君の家の広間を掃除して
壁から蜘蛛の巣の一つや二つを払い除けよう。

1 エリザベス・フライ（一七八〇―一八四五）はクエーカー教徒で、監獄を訪れ、囚人の待遇を改善するのに大きな力を発揮した。

85

おお、フライ夫人よ！　なぜニューゲイト[1]へ行くのか、
なぜ哀れな悪党に説教するのか、なにゆえに
カールトンや[2]、その他の館から始めないのか。
凝り固まった帝国の罪に手を付けてみないのか。
一般国民を改心させることは不条理で、
戯言で、単なる人類愛的騒音だ、
彼らの目上の者を改善しないかぎりは――はてさて、
あなたにはもっと宗教心があると思ったのに、フライ夫人よ。

86

あいつらに六〇歳にもなった者[1]は良識を持つべきだと、
教えてやれ、あいつらの旅行熱や軽騎兵やハイランド[2]の衣装への
熱を冷ましてやれ。言ってやれ、青春は一度去れば
二度と戻らず、金を払って言わせた万歳は
国難を救わないと。サー・ウィリアム・カーティス[3]は
退屈な奴だと教えてやれ、退屈極まりない者にも退屈すぎると――
白髪頭のハル[4]のお伴の愚鈍なフォールスタッフだと、
鈴がまったく鳴らなくなった道化だと――

1 ロンドンのシティにあった有名な監獄。一九〇二年に取り壊された。

2 カールトン・ハウスはジョージ四世（一八二〇年即位）が摂政の時代の館だった。

1 ジョージ四世は一八二二年に六〇歳だった。

2 ジョージ四世は一八二二年にエディンバラに行った。彼の体格はキルトに似合わなかった。

3 （一七五二―一八二九）ロンドン市長で下院議員。ジョージ四世に同行してエディンバラへ行き、同じく似合わないキルトをまとった。

4 ハルはジョージ四世、フォールスタッフはカーティスを指す。皇太子のハル（後のヘンリー五世）はフォールスタッフの遊び仲間。『ヘンリー四世』一部、二部参照。

87

あいつらに言ってやれ、たぶん遅すぎるが、
放埒でむくみ、飽満に倦んだ人生の領域で、
甲斐なくも偉い振りをすること、それは
善きことではないと。こう述べよ、最良の王たちは
できるかぎり華美を避けた、そう言ってやれ――
しかし、君たちは言おうとはしないし、そしてわたしは
今はもう十分喋った。しかしそのうちにぺちゃくちゃ喋るだろう、
ロンスヴォーの戦いにおけるローランの角笛[1]のように。

1　『ローランの歌』によれば、七七八年にフランク王国の王のシャルルマーニュ（七六八―八一四）はスペインに侵入したが、ピレネー山脈のロンセスヴァレス（ロンズヴォー）で敗北を喫し、ローランはそのとき角笛を吹いて援軍を求めたが、あまりに強く吹きすぎてこめかみが破れて死んだ。

第十一巻

1

バークリー主教が[1]「物質（マター）は存在しない」と言い、そのことを
証明した時――彼の言ったことは「大事なこと（マター）」ではなかった、
人は言う、どんなに霊妙な頭脳の持主にとっても
彼の体系は難解すぎて、打ち壊そうとしても無駄だ、と。
だが誰が信じるものか！　わたしは喜んで
すべての物質を砕いて、石か鉛か金剛石にしたい、
それはこの世界が精神であることを見つけるため、
頭を戴きながら戴いていない、と言うためだ。

2

宇宙（ユニヴァース）をあまねく（ユニヴァーサル）存在する自己と考え、
すべては観念で――すべては我々自身だとするのは、
何と崇高な発見だったことか！　わたしは世界を賭けて言う
（世界が何であろうと）、この考えは分裂を生まないと。
おお、「懐疑」よ！――もし汝が「懐疑」なら（そう取る者もいるが、
わたしは大いに疑う）――汝、真理の光線の唯一のプリズムよ、
わたしの精神の一飲みを、天上のブランデーを、
損なわないでくれ――我々の頭はとても耐えられなくとも。

1 ジョージ・バークリー（一六八五―一七五三）はアイルランドの聖職者・哲学者。『人知原理論』（一七一〇）の中で、物質に対する精神の優位性を説いた。

3

なぜなら時折訪れてくるのが、（あの最高に
「精妙なエァリエル」[1] ではなく）消化不良で、
それが別の類の問題で、我々の精神の飛翔を妨げる。
結局、わたしの精神を悩ますことは、人間は
目を休め得る場所が見当たらないことで、
いつも種別や性別、存在や星々、そして
この不可思議な驚異の世界（これは最悪の場合、
一つの光輝あるしくじりだが）、それは混乱状態にあるのだ[2]――

4

もし世界が偶然なら、あるいは聖書の言う通りなら
なおよい――世界がそのように判明すると困るので、
我々は聖書の文句について何も言うまい、
そんな危険を冒すことを無礼と考える人がいるからだ。
彼らは正しい、我々の日々はあまりに短く、
誰も決して決められないことについて論争する時間はない、
いつかは皆がいとも明白に知ることについて――あるいは
少なくとも、嘘をつき続けるか、黙って横たわるであろう[1]。

1 エァリエルは空気の精で、自由に空を飛び回る（シェイクスピア『テンペスト』五幕一場九五行）。

2 物質の大きな影響力について述べている。

1 原文は lie still。嘘をつき続ける意と、黙って横になる（死ぬ）意がある。

5

だからわたしは形而上学上(メタフィジカル)な議論はやめる、
それは意味の無いことだ。わたしが、
在るものは在ると同意すれば、
それが実に明快でとても公正だと言おう。
事実、わたしは最近肺結核(シジカル)になったが、
その理由は分からない――おそらくは
空気のせいだろう。しかし病気の衝撃を受けると、
わたしは普段よりもずっと正統的になる。

6

病気の最初の攻撃は即座に神の存在を証明した
(しかしそのことを疑ったことはない、悪魔の存在も)。
次の攻撃は聖処女の神秘の処女性を証明した。
三番目の攻撃は例の悪の起源を証明した。
四番目はすぐに三位一体全体を、議論の
余地のないほど確たるものにした、だからわたしは
敬虔にも三位ではなく四位一体であればと願った、
それだけもっと強く信じるために。

7

話に戻ると――アクロポリスに立って
アッティカ[1]を見下ろした者、あるいは
絵画的なコンスタンティノープルへ航海した者、
ティンブクトゥ[2]を見た者、小さな目をした人の住む
中国の陶器の首都で茶を飲んだ者、あるいは
ニネベ[3]のレンガの中に座った者、そういう者は
初めて見たロンドンの光景を、何とも思わぬかもしれぬ――
しかし一年後にどう思うのか尋ねて見るがいい。

8

ドン・ジュアンは馬車を降りてシューターズ・ヒルに出た、
時は日没、場所は善と悪の入り交じる谷間を見通す
まさにあの下り坂、そこではロンドンの
街路が活動の真っ盛りで沸き立っている。
一方、まわりのすべては穏やかで静かだった、
彼が聞いたのは、車輪の旋回軸のキーキー鳴る音と、
蜜蜂のように沸き立つ町々の忙しげな騒音だけ、
それは浮き滓を浮かべて煮えたぎっていた――

1 ギリシア東南部、アテネ周辺の地方。
2 西アフリカのマリ中部、ニジェール川付近の町。想像しうるもっとも遠い町と考えられた。
3 古代アッシリア帝国の首都。廃墟はイラク北部にある。八巻六〇連参照。

9

さて、瞑想に耽るドン・ジュアンは
馬車の後ろを歩いて頂きを越え、かくも偉大な国家に
驚嘆するあまり我を忘れ、その驚嘆に身を任せた、
そうせざるをえなかったからだ。
「ここには」と、彼は叫んだ、「『自由』が選んだ場所がある、
ここで民の声が鳴り響き、拷問台も牢獄も尋問も
その声を葬ることはできない。復活がその声を
待っている、新しい会議や選挙の一つ一つが。

10

「ここには貞節な妻、清らかな人生がある、
ここでは気に入った額を払うだけでよい。
物の値段が高ければ、それは人が年収を知らせるために、
現金を浪費するのが大好きというだけのことだ。
ここでは法律は不可侵、誰も旅人に
罠を仕掛けない、公道はみな安全、
ここでは」――彼はナイフで瞑想を中断させられた、
「畜生め！　金を出せ、さもなきゃ命を！」という声で。

11

このような自由に生まれた民の言葉が、
待ち伏せていた四人の追いはぎから発せられた、
彼らは、ジュアンが馬車の後ろをぶらぶらするのを
見つけて、手際のよい若者さながら、偵察するのに
好都合な時を捉まえたのだった、
こんな時に道をぶらぶらする不注意な紳士は、
この富裕なる島国ではズボンばかりか
命をも失う破目になる、戦う気なら話は別だが。

12

英語をまったく解しないジュアンは
彼らの合言葉「畜生！」[1]だけは分かったが、
それさえ滅多に耳にしなかったので、時には
彼らの「サラーム」[2]、つまり「神の恵みを！」[3]の
意味だと思った。そう考えるのも不思議ではない、
なぜならわたしは（不幸なことには）
半ばイングランド人だが、彼らがこの言葉なしで
「神の恵みを」を願うのを聞いたことはないのだ。

1　英語では「畜生！」は「God damn!」。
2　サラーム、額手礼（体をかがめ右手の手のひらを額に当てて行うイスラム教徒の敬礼）。
3　「神の恵みを！」は「God be with you!」となる。

13

だがジュアンは彼らの仕草をすぐ理解した、
幾分怒りっぽくてせっかちだったので、
服から小さなピストルを取り出し、
襲撃者の一人の腹に発砲した、
男は牡牛が牧場で転がるように倒れ、
生まれついた泥の中でもがいて、
そばにいた手下か腹心に向かって叫んだ、
「おお、ジャック！　やられた、このフランス野郎に！」

14

するとジャックと仲間たちは大急ぎで逃げ去り、
今まで遠くに散っていたジュアンの供の者たちは、
やって来て、彼のこんな行為に目を丸くし、
いつもながらの遅きに失した助けを申し出た。
ジュアンは、先ほどまでの月の寵児[1]の血管が、
命を注ぎ出すかのように、血を流すのを見た、
彼は包帯やリント布[2]の用意をするよう、叫んで立ち、
あれほど急いで火打石を使わねばよかったと思った。

1 追いはぎのこと。「おれたちは月の女神ダイアナ様お気に入りの狩人、夜の紳士だ」（『ヘンリー四世、第一部』一幕二場二五—二六行、小田島雄志訳）。

2 包帯用のリネンのこと。

15

「おそらく」と彼は考えた、「この国の習慣では
こんな風に外国人を歓迎するのだろう。
今となって思い出すのは、宿屋の主人も同じで、
違いは、抜き身の剣や恥知らずな横柄さの替わりに、
お辞儀をして強奪するだけということ。
しかしどうすればいいだろう。呻いているのに
このままこいつを道に捨ててはおけない、
だから抱えてやれ、わたしも手を貸すから」

16

しかし彼らがこの立派な務めを果たす前に
瀕死の男は叫んだ、「待ってくれ！　俺は罰を受けた！
おお、ジンが一杯欲しい！　獲物を取り損ねてしまった――
ここで死なせてくれ！」、命の火は彼の心臓で
小さくなっていき、致命傷から血の滴りが
黒く濁って落ち、呼吸が困難になってきた――
彼は腫れる喉からハンカチをほどいて、
「これをサルに！」と叫んだ――そして息絶えた。

17

血の滴りで汚れたネクタイはジュアンの
足元に落ちた。なぜ自分の前に投げられたのか
はっきりとは分からなかったし、この男の別れの言葉も
理解できなかった。哀れトムは、かつては
粋な町の盗人で根っからのならず者、
本物の伊達男、完全な洒落男、全くの気紛れ男、
しかしとうとうすっかり破滅してしまった、
まずはポケットに穴が空き、次に体がそうなった。

18

ドン・ジュアンはその場の事情が
許す限り、最善を尽くした、そして
「検死官の検死」の許しが出ると、
すぐに首都への旅を続けた――
到着後十二時間というほんの短い間に
自己防衛とはいえ、自由の民を殺す羽目に
なるとは、少々酷なことだと考えながら――
このことは彼を瞑想的にした。

19

彼は偉大な男をこの世から切り離してしまった、
生前は勇ましく騒動を起こした男だった。
誰がトムのように喧嘩の先頭に立ち、隠れ家で酒を飲み、
劇場で客を押しのけることができただろう。
誰が間抜け野郎を騙し、誰が（警察裁判所の禁止にも
かかわらず）大声で馬上強盗を働くことができたか。
黒い瞳のサル（奴の情婦）と戯れる時のトムほど
いかした男、めかしてスマートで、抜け目ない奴はいただろうか。

20

しかしもうトムはいない——だからもうトムの話は終り。
英雄は死なねばならぬ、そして神の祝福を受けて、
大抵は遠からずして死ぬものだ——
万歳！　テムズ川よ、万歳！　汝の川縁（かわべり）を
ジュアンの馬車が雷鳴のように進んで、
迷うことのない道を進む、ケニングトンや
その他すべて、トン[1]の付く所を通って。すると
我々自身もいますぐロンドンにいたい、と願うもの——

1 トン（ton）には町の外に上流社会の意味もある。

21

木がないのでグローヴと呼ばれる所を抜けて
(光が無いことからルクス[1]から生まれたように)、
楽しませることは何もなく、大して登ることもない
マウント・プレザント[2]と名づけられた景観をいくつも抜け、
気軽に埃を迎え入れる、「貸間あり」とドアに記した、
レンガ造りのいくつもの小さな箱の間を通り抜け、
イヴも大して犠牲を払わないで手放すであろう、
ごく控え目に「パラダイス」と呼ばれる通り(ロウ)を抜けて――

22

乗合馬車や荷車や渋滞する公道、動き回る車輪、
どよめきと混乱の喧噪を通り抜けると、ここでは
酒場が一パイントの「パール」[1]で誘い、
そこでは幻想のように郵便馬車が飛んで行く。
そこでは散髪屋の巻き毛の鬘を載せた鬘台が
窓に置かれ、ここではランプの点灯夫の注ぐ油が
ゆっくりと燃えて、まわりのガラスを明滅させる、
(その時代にはまだガス灯はなかったから)――

1 ラテン語のルクスには光と深い森の二つの意味がある。木がないのにグローヴ(木立)とはこれいかに、という洒落。
2 マウント・プレザントは「楽しい山」の意だが、別に眺めがよい山がある訳ではない。グローヴ(Grove)やロウ(Row)のついた通りはよくある。

1 ジン入りの熱いビール。

23

あれやこれや、さらにもっと多くを通り抜けて、
旅人は強大なバビロン[1]に近づく。
近づく方法には、馬、馬車あるいは乗合馬車の
違いはあっても、例外はわずか、すべての道は
同じに見える。わたしはもっと話せるが、
案内書（ガイドブック）の権限を侵害したくはない。太陽が
沈んでからしばらく経っていた、そして一行が
橋[2]を渡った時には、夜は黄昏時の尾根を越える頃だった。

24

あれはかなりいいもの、テムズの穏やかな水音は――
それは一瞬だが、自らの良さを擁護する――
もっとも雑多な罵り声でほとんど聞こえない。
ウェストミンスターのもっと整然と光る灯火、
舗道の広さ、「名声」が亡霊のような住人になっている
あの社[1]――亡霊の青白い光は月光の形を帯びて
大寺院の上に浮かぶ――これらが相まって
ここをアルビオンの島の聖なる部分にしている。

1　古代バビロニアの首都、バビロンのような、華美で種々の悪徳のはびこるロンドンのこと。

2　ウェストミンスター・ブリッジのこと。

1　ウェストミンスター大寺院を指す。その一角にはポエッツ・コーナーがあり、偉大な詩人や文学者の墓や記念碑がある。

25

ドルイドの森[1]は消えてなくなった——それだけ結構なことだ、
ストーン・ヘンジ[2]はまだある——でも一体あれは何だ——
だが精神病院（ベドラム）[3]はまだ存在し、訪問しても噛み付かれないよう、
狂人には賢明にも足かせが付けられている。
王座裁判所監獄も多数の債権者を収容し、彼らに適した所だ。
マンション・ハウス[4]も（からかう人もいるが）、
わたしには、いかめしいが堂々たる建物に見える、
しかしながら、寺院（アビー）[5]の価値はこれらすべてに匹敵する。

26

チャーリング・クロスやペル・メル通り、
そしてその他の通りへ続く照明の列も、
大陸の照明に比べると、浮き滓のそばの
金のような煌きがある、大陸の都市は
夜に決して光り輝いてはくれない、
フランスはまだ街灯を灯す国ではなかった、
そしてそうなった時——彼らは灯心の代わりに
新発明のランタンに、悪人をぶら下げて回転させた。[1]

1 古代ケルト族の祭司。予言者・詩人・裁判官・魔法使いなどでもあった。
2 ソールズベリー平原にある巨大な環状列石。
3 ベツレヘム聖メアリー教会のこと、一五四七年に精神病院となった。
4 ロンドン市長の公邸。
5 アビーとはウェストミンスター寺院のこと。

1 一七八九年のフランス革命時には街灯柱に吊るされて処刑された貴族たちがいた。

27
街路に吊るされた紳士たちの列は
人類に光明を与えるかもしれない、
田舎の邸宅を燃やしてできた大篝火のように。
しかし昔のやり方が視力の弱い者には最善で、
新しいやり方は敷布に映る燐光のように見える、
精神にとっての一種の鬼火のようなもの、
それは確かに人を惑わせ怖がらせるが、
人に光明を与えるには、より穏やかに燃えねばならぬ。

28
しかしロンドンの照明はとてもいいので、
たとえディオゲネス[1]が彼の求める正直者をまた探し始めて、
この巨大な都市に増殖し、はびこる様々な子孫の中に、
そんな人間を見つけなかったとしても、
未発見の宝物に出くわすことができなかったのは
ランプがなかったから、とは言えないだろう。このわたしも
人生の旅において、そんな人間を見つけようと大いに務めたが、
分かったことは、この世はただ一人の弁護士[2]だということだ。

1 (?四一二―三二三BC)ギリシアのキニク学派の哲学者。贅沢を拒否した。

2 経験上、弁護士は正直者ではない、とバイロンは言っている。

29

石畳の上をがたがたと進んでペル・メルを超え、
群衆と馬車の間を通り抜けると、往来がまばらになり、
夜の帳が降りる頃、どんどんと叩かれたドア・ノッカーが、
借金取りには長らく閉ざされたドアの魔法を解いて、
少人数の一行を早い夕食に招き入れる頃——
我らが罪多き若い外交官、ジュアンは自らの道を進み、
いくつかのホテルとセント・ジェームズ宮殿、
そしてセント・ジェームズ「地獄」[1]を通り過ぎた。

30

彼らはホテルに着いた、正面玄関から
よい身なりの召使たちが流れ出てきた、
周りには群衆、そしていつものように
大勢の売春婦が立っていた、彼女たちは
日が暮れると上品なロンドンに溢れる。
重宝だが不道徳な彼女たちは、マルサスのように
結婚を奨励するのには役に立つ[1]——
しかし今やジュアンは彼の馬車から降り立ち、

1　地獄とは賭博場のこと。

1　売春婦のお陰で、夫婦間の交渉が減り、その分子供の数が減る。それゆえ結婚は非難されず、むしろ奨励になる、という意味か。

31

もっとも素晴らしいホテルの一つに入った、
特に外国人にはそうだ——特に寵愛、あるいは
幸運に恵まれて、偉くなった者にはそうだ、
彼らは勘定書きの細部について高いとは考えない。
そこには多くの外交使節が滞在したし、今も滞在している
（数多くの外交上の失われた嘘の巣窟だ）、
それから彼らは名の通った広場へと居を移し、
真鍮に刻んだ名前を派手に扉に飾るのだ。

32

ジュアンの帯びた微妙な任務は
公には重要だが、内密にすべきもので、
派遣の任務をしかるべき厳密さで
指し示す肩書きはなかった。
知られていたことは、秘密の任務で外国の高官が
名誉にも我が国に来訪した、ということだけだった。
若くてハンサムで、洗練されたこの高官は
彼の仕えた女王を夢中にさせた、と人は（こそこそ）言った。

33

彼の不思議な冒険の噂や、戦いや恋の噂が
先回りしていた。空想的な頭の持主は
色々思い描くことが得意で、
とりわけイギリス女性の頭は
さまよって、脇道に逸れやすく、
落ち着いた理性との協定を破るものだから、
彼は自分が大変な人気者になっているのに気付いた、
我が国の思慮深い人々にとって、人気は情熱の役目を果たす。

34

この人たちに情熱がないとは言わない、まったく
その逆だ、でも彼らの情熱は頭にある。
しかし結果は、あたかも胸で
行動を起こしたかのように光り輝くので、
実際のところ、女性の妄想を生む場所が
どこであろうと、大した意味はない。
妄想が目指す所[1]へ無事連れて行ってくれるなら、
辿る道は頭でも胸でも何ら構いはしない。

1 「目指す所」は淫らな冗談か。

35
ジュアンはしかるべき場所でしかるべき役人に、
すべてのロシアの信任状を差し出した。
彼は可能法[1]で事を決める者たちによって、
しかるべき渋面で受け入れられた。
彼らはすべすべした顔のハンサムな若造を見て
思った（国家の職務でもっとも重要なことだが）、
鷹が森の歌鳥に突然襲いかかるように、
この若造をたやすく扱うことができると。

36
彼らは年寄りがやるように判断を誤った、
それについてはそのうちに話そう。もし話さないなら、
それは政治家とその裏表のある態度について、
我々が高い評価を与えていないからだろう。
彼らは嘘で生きているが、大胆には嘘をつけない。
さてわたしが女について大いに好むところは、
彼女たちが嘘しか言えない点だ、しかしあまりに
うまくやるので、真実すら虚偽に見えてしまう。

1 可能法は文法上の言葉。may, might, can, could などを使って能力または可能性を表す。ここでは、物事をはっきり決めず、曖昧にしておくこと。

37

つまるところ、嘘とは何なのか。それは
仮面を被った真にすぎない。わたしは
歴史家、英雄、法律家そして僧侶たちに挑む、
嘘の色づけなしの事実があるなら言えと。
真の「真実」の影が少しでもあると、
人は年代記、啓示、詩歌、そして予言書を
閉じるだろう——予言に、語られる出来事の
数年前の日付が付してあれば話は別だが。

38

すべての嘘つきと嘘に称賛あれ！　今、誰がわたしの
優しい詩神（ミューズ）を、人間嫌いだと責められようか。
詩神は世界の「讃美の歌（テ・デウム）[1]」を鳴り響かせ、彼女の額は
讃美しない者のために赤面する——しかし溜息をつくのは
無駄なこと。さあ、大方の他の者のようにお辞儀をして、
「緑のアイルランド」のよき例に倣って、
閣下の手や足やその他どの部分でもキスしよう、[2]
今やシャムロック[3]を身につける意味はなくなった[4]ようだ。

1　神の賛歌。英国国教会では朝の祈りで歌われる。
2　ジョージ四世がダブリンで盛大に迎えられたことを皮肉っている。
3　クローバーの類の三つ葉の植物でアイルランドの国花。
4　アイルランド人がジョージ四世を大歓迎したことに、バイロンは異を唱えている。

39

ドン・ジュアンは拝謁を受けた、
彼の服と物腰は皆の称賛を引き起こした——
どちらへの称賛が大きかったのか、少なかったのか
わたしは知らない。とてつもなく大きなダイアモンドは
大いに人目を惹いた、皆が知ったことだが、それは
キャサリンが「酩酊」（愛かブランディの熱い発酵）の勢いで、
彼に賜ったということだった、そして
本当のところ、それは受けるに足る報酬だった。

40

大臣やその部下は、心定まらぬ王の
信任状付きの外交官には、
王の意図する謎がすっかり読み取れるまでは、
丁重に当たらねばならないが、
大臣らの他に、他の書記たち——邪（よこしま）な腐敗の
流れ込む、幾分汚れた役所のあの泉、
つまり事務局（ハウス・オヴ・オフィス）[1]の者たち——その彼らでさえ
報酬を貰っているゆえに、十分無作法にはなれなかった。

1 ハウス・オヴ・オフィスには「便所」の意もあり。

41

横柄さゆえに、彼らが雇われていることは
疑いない、なぜならそれが陸軍省あるいは
平和省での彼らの毎日の仕事だから。
疑うなら、どうか隣にいる人に訊いてほしい、
パスポートやその他自由を阻むものを
申請した時に（苦痛で退屈なことだが）、
税金で産まれた富が産み落としたこの輩（やから）が、
抱き犬（ラップ・ドッグ）のように、礼儀知らずの下司野郎でなかったかどうか。

42

しかしジュアンはいとも丁重（アンプレスマン）[1]に遇された、
このような洗練された文句を、わたしは隣国から
借用せねばならない、そこではチェスの駒のように、
喜びや悲しみに対する決まり手がある、
単に話す時だけでなく、活字にする時も。
島国の人間は大陸の人間に比べて
もっと直接的で徹底している——あたかも海のお陰で
（ビリングズゲイト[2]を見よ）舌さえより自由になったかのように。

1　フランス語。三行目のchessman（チェスの駒）と韻を踏ますために、この語が使われた。

2　テムズ河畔にあった魚市場、野卑な言葉遣いで有名。

43

しかしイギリスの「畜生(ダミー)」はかなりアッティカ風[1]だ、
例の大陸(コンティネンタル)の罵り言葉はただ猥褻(インコンティネント)で、
貴族的な人なら名指しはしないものにくっつける、
だからさすがのわたしもこのテーマに関して
引用はしない。そんなことをすれば慇懃さ(ポリテス)に反抗して、
面と向って侮辱するような響きがあるから——
しかし「畜生(ダミー)」[2]は大胆すぎるが、かなり霊妙だ——
プラトン的冒瀆で、悪態の魂なのだ。

44

あけすけな無作法は自国で経験できるが、
真のあるいは偽りの礼儀作法のためなら
（今ではこれさえ稀だが）、青い海と白い泡を
渡らねばならぬ。真の礼儀は国に置いてくるものの象徴
（滅多にないが）——偽りの礼儀はフランスで
出会うものの象徴だ、しかし今は一般的な話題について
多弁を弄する時ではない。詩は「三一致」[1]の法則に
従わねばならない、このわたしの詩のように。

1 純粋で簡潔なこと。

2 「畜生」は原語では、damme で damn me の省略形。damn（地獄に落とす）できるのは神だけで人間はできない。だからプラトン的（理想的）冒涜とも言えるのだろう。

1 勿論、バイロンはアリストテレスの言う「三一致」の法則に従っていない。劇作においては、筋の統一（脇道にそれない）、場所の統一（一箇所に限る）そして時の統一（一日のうちに起こる事件に限る）を指す。一巻一二〇連注2参照。

45
上流社会——その意味するところは
都市の西の端、すなわち最悪なる端の部分と、
そこに住む四千人ばかりの人間で、彼らは
非常に賢くウイットに富むように
育てられることは決してなく、人が寝ている時に
起きていて、宇宙を憐れんで見下している——
その社会で、ジュアンは正真正銘の貴族として
身分のある者たちから大いに歓迎された。

(都市の西の端 ウエスト・エンド[1]、最悪なる端 ワースト・エンド)

46
彼は独身だった、それは処女と人妻の
両方にとって大事なことで、
前者は結婚の希望を膨らます。
(愛や誇りをしっかり守ろうとしなければ)
後者にとっても重要なものになる。
肋骨[1]は既婚の伊達男の脇腹に刺さった棘で、
慎みを必要とし、恐ろしい罪を倍化しがちだ——
さらに悪いことには、災難も倍になる。

1 ロンドンのザ・シティの西側にある高級なショッピング街として有名。国会議事堂、大公園、高級ホテルや劇場などを含む。

1 イヴのこと。イヴはアダムの肋骨から生まれた(『創世記』二章二一節)。

47

しかしジュアンは独身だった——才芸と才能と
愛情の持主だった。彼は踊り、歌い、
モーツアルトのいとも優しいメロディのように
感傷をそそる風情があった。「感情の爆発や激発」[1]なしに、
ふさわしい時に、悲しくなり、また陽気にも
なることができた。まだ若造だったが
世間を知っていた——その世間は奇妙な光景を呈し、
人が書くのとは大いに異なるもの。

1「感情の爆発か激発」『マクベス』(三幕四場六二行)。

48

美しい乙女たちは彼を見て顔を赤らめた、
既婚婦人の頬の赤らみはもう少し長持ちした、
これら二つの商品はともにテムズ河沿い住んでいる、
自然に塗られたものと人工的に塗られたものが。[1]
若さと白色顔料は、ジュアンの心に対して、
どんな紳士も断わりきれない通常の権利を要求した。
娘たちは彼の衣装を称え、敬虔な母親たちは
彼の収入や兄弟の有無を尋ねた。

1 若い娘と年配の女を指す。

49
社交界の季節を通じて、「付けで衣装を調える令嬢」に
衣服を用立てする婦人服商たちは、ハネムーンの
最後のキスの力が衰え、三日月の煌きに
なってしまう前に、払って貰おうと算段して考えた、
すなわち、金持ちの外国人が社交界へ初登場する
こんな機会を決して見過ごしてはならないと——
彼らは高額な信用貸しをしたので、
未来の花婿たちは悪態をつき、溜息をつき、支払った。

50
あの優しい種族である青踏派(ブルー)[1]は、ソネットに
溜息をつき、最新の評論誌のページを用いて
彼女たちの頭の中やボンネットの中の裏打ち[2]をするが、
最高のブルーの色合いに包まれて進み出た、
彼女らは下手なフランス語やスペイン語を話し、
最近の作家について彼に少しばかり助言を求めた。
ロシア語とカスティーリャ語[3]のどちらが優しく響くか、
旅の途中にトロイを見たかどうか、尋ねた。

1 四巻一〇九—一一二連参照。

2 帽子の詰め物のことを言う。

3 スペインのカスティーリャ地方で話される言葉、標準スペイン語。

51

少々浅薄なジュアンは、文学については
偉大なドローキャンサー[1]ではないので、
この学ある特別な既婚婦人審査会の
審問を受けたが、ほとんど答えられなかった。
彼は戦争や愛、あるいは公の任務、そして
踊り手としてたゆまぬ精進をしたので、
ヒッポクレーネー[2]の泉の縁（ふち）から離れていた、
そして今、その泉が緑にあらず青であると知った。

52

しかしながら、彼は控えめな自信と
静かな確信で、運に任せて答えた、
それは彼の博学な文学談義に重みを与え、
永続性のある議論として受け取られた。
あの天才のミス・アラミンタ・スミス[1]は
（十六歳で『狂乱のヘラクレス』[2]を
同じく狂乱の英語に訳した）、最高の表情で
彼の言い草を備忘録に書き写した。

1 バッキンガム公爵の笑劇、『リハーサル』（一六七一）に登場する大言壮語する人物。

2 ヒッポクレーネー。ミューズに捧げられたヘリコン山の泉で、詩的霊感の源泉とされた（ギリシア神話）。

1 アラミンタ・スミスは不詳。ブルー・ストッキングの誰かをモデルにしたのだろうか。

2 『狂乱のヘラクレス』はセネカ（?-四BC—AD六五）の悲劇。

53

ジュアンは数カ国語ができた――当然のことだが――
そして早晩、巧みにそれらを口にしたので、
すべての才媛からも名声を守ることができた、
彼女たちは彼が詩作しないことをなおも残念がったが。
欠けていたのは、彼の資質（彼女らにとっては）を
崇高へと高める、この必要条件だけだった。
フィッツ・フリスキー卿夫人とマヴィア・マニッシュ嬢は
彼にスペイン語で歌って欲しいと強く願った。

54

しかしながら、ジュアンは結構うまくやり、
すべての文学グループに、志ある者として
入会を許された。そして大きな集会や
小さなパーティで、バンコー[1]の鏡のように、
一万人の現存の著者が通り過ぎるのを見た、
彼らの数は平均してそんなところだった。
また、すべてのくだらない雑誌が示してくれる
それぞれの八十人の「現存する最高の詩人」も見た。

1 一巻二連注3、十巻一八連注3参照。

55

十年も経てば「現存する最高の詩人」は
ボクシングのチャンピオンのように
この権利の防衛あるいは証明を求められる、
もっともこれは想像上のことなのだが。
このわたしでも——まったく知らなかったし、
フールスキャップ[1]の臣民の王になることなど
求めなかったが——かなりの間、
詩歌の王国の大ナポレオンと見なされていた。

56

だが「ジュアン」はわたしのモスコー[1]で、「ファリエーロ」[2]は
ライプチヒだった、「カイン」はモン・サン・ジャンのようだ、
愚者たちの美しき同盟（ラ・ベル・アリアンス）は地に落ちたが、
ライオンが斃れた今は、ふたたび蘇るかもしれぬ。
しかしわたしは少なくとも我が英雄のように斃れよう。
まったく統治しないか、あるいは「君主」のようには
統治しないでおこう。はたまたどこか看守（ターンキー）のいる孤島へ行こう、
転向者（ターンコート）サウジーをロウ[3]のようにわたしの看守にして。

1 フールスキャップは道化師のことだが、道化師の透かし模様が入っていた筆記用や印刷用の紙を指す。ここではそんな紙を使う詩人のことを言っている。

1 この連ではナポレオンの戦績とバイロン自身の詩人としての経歴を比較対照している。「ジュアン」は『ドン・ジュアン』のこと。ナポレオンは一八一二年モスコー遠征で大敗し、一八一三年一〇月、ライプチヒの戦いで敗北した。「モン・サン・ジャン」はワーテルローの戦場にあった農家。「美しき同盟（ラ・ベル・アリアンス）」もワーテルローの農家の名前だが、同時に神聖同盟をも指す。

2 『マリーノ・ファリエーロ』（一八二一）と『カイン』（一八二一）はともに戯曲で、前者の上演は失敗し、後者はキリ

57

サー・ウォルターがわたしの前に君臨した、
ムアとキャンベル[1]が前と後にいた、
しかし今ではミューズたちは以前より信心深くなり、
ほとんど、あるいはすっかり牧師になった詩人たちと、
シオンの丘[2]をさまよわねばならぬ。ペガサスは
カンビセス・クローリー師[3]を乗せて、詩編に似た
アンブル[4]で進む、彼はこの栄光の馬に竹馬を履かせる
現代の旗持ちピストルだ――「この柄にかけて」[5]そうだ。

58

それでも彼は同じ葡萄畑で、重労働に
従事するあのわざとらしい農夫[1]に勝る、
葡萄は彼に酢の報酬しかもたらさないのに――
詩の世界のあの中性化された退屈なドルース[2]、
男でも詩人でもないあの黒いスポーラス[3]、
一行一行を耕すあの詩歌の雄牛[4]、
カンビセスの咆哮するローマ人[5]は、少なくとも
キベレの僧侶[6]の喚きたてるヘブライ人たちよりはましだ。

スト教を冒涜するものとして非難を浴びた。

3 サー・ハドソン・ロウはナポレオンが流されたセント・ヘレナ島の総督だった。

1 これら三人の詩人については『献辞』七連参照。

2 エルサレムの丘。ダヴィデは王宮や神殿を建てた。本来詩人はギリシアのパルナソス山をさまよう者。

3 ジョージ・クローリー（一七八〇―一八六〇）は牧師で作家。カンビセスはニックネーム、シェイクスピア『ヘンリー四世一部』（二幕四場三八七行）でフォールスタッフが持ち出す人物で、トマス・プレストン（一五三七―九八）の戯曲『カンビセス』に登場する、大袈裟に感情を表す人物。

4 側対歩（左右交互に片側の両足を同時に上げて四拍子でゆっくり進む歩き方）。

5 『ヘンリー四世一部』二幕四場二〇六行。この台詞を言うのはピストルではなくてフォールスタッフである。

1 牧師のヘンリー・ハート・ミルマン（一七九一―一八六八）を指す。

2 ドルースはテレンティウス（?―一九〇

59
それからわたしの優しいユーフュイーズ[1]がいる、
彼は一種の道徳的なわたしの振りをしているとのこと。
「道徳的」と「わたし」の両方に、あるいは
どちらか一方になるのが困難であると、いずれ分かるだろう。
コールリッジが支配するという人たちもいる、
ワーズワスには支持者がいる、二、三人は。そして
あの太い低い声のボイオティア人[2]「サヴェッジ・ランドー」[3]は、
ならず者サウジー、雄の鵞鳥を、白鳥だと思っている。

60
ジョン・キーツは一篇の批評[1]で殺された、
明瞭ではなくとも、何か偉大なものを
期待させていたちょうどその時に——
彼は近頃、ギリシア語を使わずに、いかにも
神々が話したであろうように、語る工夫をした。[2]
かわいそうに！　彼の運命は不幸せなものだった——
不思議なことだ、精神が、あの激しく燃える粒子[3]が、
一つの記事で吹き消されてしまうとは。

—?‐一五九 BC）の喜劇『宦官』に出てくるぼけた宦官。

3　ネロのお気に入りで、ネロは彼を去勢し結婚した。ポープは『アーバスノットへの書簡詩』の中で、ハーヴィー卿をスポーラスと呼んだ。

4　オックスフォード大学の詩学の教授に任命されたヘンリー・ミルマンのこと。牛は愚鈍を表わす。

5　ジョージ・クローリーの戯曲（『カンビセス』）に出てくる言葉。

6　ミルマンのこと。キベレはシリアの女神で、その僧侶は宦官であった。

1　ブライアン・ウォラー・プロクター（一七八七—一八七四）を指す。彼は『ドン・ジュアン』に似せた『モンティーリャのディエゴ』（一八二〇）を書いた。「ユーフュイーズ」にはジョン・リリー（?‐一五五四—一六〇六）の小説『ユーフュイーズ』（一五七八—八〇）が背後にある。

2　古代ギリシアでは、アテネ人はボイオティア人を愚鈍だと考えていた。

3　（一七七五—一八六四）詩人・随筆家。サウジーの作品を褒めた。バイロンは『審判の夢』の中で、サウジーとランドーの関係を否定的に扱っている。

61

誰も手に入れないものを簒奪せんとする現在と過去の
似非詩人のリストを作れば、それは長くなるだろう――
少なくとも征服者が誰なのか誰にも分からないだろう――
時が最後の報酬を与える前に、征服者の燃え尽きた頭脳と
しなびた遺体の上には長い草が生えるだろう。
予言させてもらうなら、わたしは彼らの成功の可能性は
きわめて低いと見なす――数が多すぎる、あの三〇人の
似非専制者[1]のように、あの時、ローマの年代記は汚れただけだった。

62

現代の文学状況は下降期の帝国で、
皇帝の親衛隊[1]が事を取り仕切るようなもの――それは
「クリスマム[2]を集める」[3]人がするような「怖い仕事」だ、
吸血鬼を甘言でなだめる時と同じ気持ちで
不遜な兵士をなだめすかして、へつらわねばならぬ。
さて、わたしがひとたび故国にいて、いい諷刺が書けたら、
あのトルコの近衛騎兵（イエニチェリ）のような連中と決戦を試みて[4]、
知的戦争が如何なるものかを教えてやろうと思う。

1 ジョン・ウィルソン・クローカーが『クォータリー・リヴュー』（一九号、一八一八年四月発行）掲載のキーツ批判の記事を指す。キーツは一八二一年二月二三日に、ローマで死んだ。もっとも酷評が原因で死んだという事実はなく、単なる噂にすぎなかったが、バイロンとシェリーはそう考えることを選んだ。

2 キーツの『ハイピァリアン』を指している。

3 ホラティウス「肉体ハソレ自身トトモニ精神モ引キズリ下ロシ、天上ノ精神ノ断片ヲ大地ニシッカリ括リツケル」（『諷刺詩』二巻二編七九行）。

1 三〇人程のローマの将軍がガリエヌス時代（二五三―六八）に反乱し、荒廃をもたらしたことを指す。

1 第一八代ローマ皇帝、ペルティナクスを暗殺し（一九三年）、最高の入札者に帝国を売った。出典はギボン『ローマ帝国の衰亡史』第六章。

2 ヨーロッパ産セリ科クリスマム族の草本。海岸の岩間に生える。

3 『リア王』四幕六場一五行。

4 『ヴェニスの商人』二幕二場三八行。『ハムレット』三幕四場一一九五行。

63

わたしは彼らの脇を迂回する計略の
一つ二つは知っていると思う――しかし
そんな些細な事を心配する必要はないだろう。
確かにわたしには必要な不機嫌さがない。
生来の気質は厳格さからは程遠く、
わたしのミューズの最悪の叱責でさえ微笑みだ、
そして、今様の簡単な会釈をして消え去る、
決して諸君たちを傷つけはしないことを確信して。

64

わたしは我がジュアンを、致命的な危険に、すなわち
現存の詩人と青鞜派の女性の間に、置いたままにしておいたが、
彼は少しだけ得をして、あのひどい不毛な地域を通り抜けた。
その内に疲れが来て、ひどい仕打ちを受ける前に、
特に臆病でもなく、特に弱々しくもなく
そこを離れた。それ以後は当代の上流人士の中で
よりきらびやかな部類に加わることとなった、
太陽の本物の息子、蒸気ではなく光として。

65

朝は仕事をして過ごした――吟味すれば、
すべての仕事と同じで、労多くして功少なく、
倦怠につながるもの、人間の着る服の中で、
もっとも汚染された、ケンタウロス・ネッソスの服[1]で、
我々をソファに意気消沈して横たわらせ、
あらゆる類の労苦に対する強い嫌悪感を
優しくも恐ろしげに語らせる、祖国のための労苦は
例外だが――祖国は変りはしない、よくなってもいい頃なのだが。

1 ヘラクレスはネッソスを殺したが、服に染みこんだネッソスの血で、焼け死んだ。ネッソスはケンタウルスで、ヘラクレスの妻を犯そうとして彼の毒矢を射られて死んだ（ギリシア神話）。

66

午後は訪問や昼食会やボクシングで、
そしてぶらぶらして過ごした。黄昏時には
「公園（パーク）」と呼ばれる野菜の大樽のまわりに
馬を走らせる。そこには蜜蜂が少しでも
むしゃむしゃできるほどの果物や花もない。
しかし結局、そこが、上流社会の女性が、
新鮮な空気と少しでも知り合いになれる、
唯一の「四阿（あずまや）」[1]（ムアの言葉を借りれば）なのだ。

1 ムアの「恋人よ、我のもとに来たれ、宵の明星が／汝をわが四阿へ誘うべし」という一節のことか。

67

それから正装、正餐、かくして世界が目覚める！
するとランプが輝き、車輪が旋回し、
唸り声をたてて、馬具を付けた彗星のごとく、
煌く馬車が街路や広場を疾走する。すると床には
白墨で絵が画かれ、花飾りが張り巡らされる。[1]
するとドアの真鍮が雷のような音をたて、
一千人の幸せな少数者に開かれる、
「代用金箔（オルモル）[2]」でできた下界の楽園が。

1 摂政時代（一八一一―二〇）にはチョークで描かれた凝った絵で床を飾ることが流行った。

2 家具に金箔のブロンズの装飾品を使うことが、摂政時代には流行った。

68

そこには気高い女主人が立ち、お辞儀を
三千回してもくずおれない。そこでは
娘たちに考えることを教える唯一のダンス、すなわち
「ワルツ」[1]が、まさにその欠点ゆえに人を夢中にさせる。
客間、部屋、広間には、人が溢れて入り切らず、
階段を一度に一インチずつ進むことを
運命付けられた、王家の公爵や令夫人の間にあって、
遅れて到着した者は長らく待たされる。

1 ワルツは体が接触するゆえに、始めは不道徳だと見なされた。バイロンには『ワルツ』という短い詩がある。

69

この社交界の連中を見回した後で、部屋の片隅、
つまりドアの近くや、婦人の私室から離れたところに、
居場所を見つけた者は三重に幸せ[1]だ、そこに彼は
小さな「ジャック・ホーナー」[2]のように
じっと身を置いて、バベルの塔[3]に似た言語の混乱を
駆け巡るままにし、回りを眺める、哀悼者や
嘲笑者のように、賛同者や単なる傍観者のように、
そして夜が更けてくると少し欠伸をする。

70

しかしこうなるには時間がかかるもの、
ドン・ジュアンのように積極的な役割を果たす者は、
宝石と羽飾りと真珠と絹の衣服からなる
あの煌く海の中を、気を付けて進み、
自分のいるべき場所と見なす所へ行かねばならぬ。
ワルツの優しいメロディに溶けてしまうか、
心得ある者が整然とカドリール[1]を踊る所へ、
流麗なる巧みさで、さらに得意げに跳ねて行くかだ。

1 「血潮を抑えて処女として人生を送る者は三重に幸せなり」(『夏の夜の夢』一幕一場七四—七五行)。
2 童謡の主人公であるジャック・ホーナーは肉パイのなかの杏をつまみ出す。
3 バベルの塔については『創世記』一一章一—九節参照。

1 二組または四組のカップルが方形に向き合って踊る、一八—一九世紀ヨーロッパの社交ダンス。

71

あるいは、踊らずに、女相続人や
隣人の花嫁に、より高い望みを抱くのなら、
注意するがいい、追い求める対象を
あまりにも明白に、見破られないように。
気のはやる無数の紳士たちは性急さを
しばしば後悔する、内省的であることで
名高い国民の間では、焦りはへまな案内人になる、
彼らは用意周到に愚かな真似をするのが好きだ。

72

しかしもしも弄する策があるなら、夕食時には
隣に座れ。先を越されたら、向いに座って秋波を送れ――
おお、汝ら甘美なる瞬間よ！　汝らは常に
頭の中心を占める一種の感傷的な小鬼だ、
それはいつまでも「記憶」のしりがいに座り続ける、
かつて流行したが、今では消えてしまった快楽の亡霊だ！
優しい心の持主が、一つの舞踏会を揺るがせる
望みと恐れの興亡を語るのは難しいもの。

73
しかしこのような用心の指針は、
普通の人間にだけ関わることで、彼らは
追い求め、気を付け、警戒せねばならぬ。
彼らの計画は、一言多いか少ないかでくつがえる。
少なからぬ者が、あるいは多くの者（時には
そんな数にもなる）が、特に新参なら、物腰が品よく、
あるいは知恵、無知、機知や戦争ゆえの名声や肩書きがあれば、
何をしても許される、最近まではそうだった。

74
我らが主人公は、ヒーローとして、若く美しく、
高貴で金持ちで高名で外国人だったので、
他の奴隷たちと同じく、有名人を取り巻く
多くの危険から逃れるようになる前に、
勿論、身代金を払わなければならない。
ある者は、詩や「浪費と破滅」[1]のこと、
醜さと病気のことを、「労苦と災難」[2]だと言う——
彼らには若い貴族の生活を知って欲しいものだ。

1 フィールディング『グラブ街のオペラ』（一七三一）三幕二行。
2 「労苦と災難を二倍に、二倍にせよ」（『マクベス』四幕一場一〇行）。

75

彼らは若くても若さの意味を知らぬ――先走って
若さを使い切ってしまう。美しいが衰弱し、
金持ちだが一文無し、精気は一千もの腕の中で浪耗される。
現金（キャッシュ）はユダヤ人から来て、富はユダヤ人のもとへ行く。
専制者仲間と護民官仲間[1]の間で、
夜毎、両院において票が分配される。
投票、晩餐、飲酒、賭博そして女郎買いをした後で、
一族の地下納骨所はもう一人の当主を迎える。

76

ヤングは叫ぶ、「八十歳になれば、世界はいずこに、
生まれた時の世界はいずこに」[1]、悲しいかな！
八年前の世界はいずこに、それは確かに存在した――
わたしは探すが、それは消えた、「ガラスの球」[2]は！
沈黙する変化が煌く塊を溶かす前に、ひびが入り、
砕け、消える、ちゃんと見つめさえしないうちに。
政治家、将軍、雄弁家、愛国者、王と女王
そしてダンディー、すべては風の翼に運ばれて消えた。

1 トーリー党とウイッグ党を指す。

1 詩人エドワード・ヤング（一六八三―一七六五）は八〇歳になる直前『諦観』（一七六二）を出版し、この詩句にある考えを述べた。

2 「多彩なガラスのドームのような人生」（シェリー『アドネイス』五二行）。

77

大ナポレオンはいずこに、神のみぞ知る、
卑劣なカースルレイはいずこに、悪魔のみぞ知る、
グラッタン[1]、カラン[2]、シェリダン[3]、
法廷や上院を魅了した者たちはいずこに。
悲しみ一杯のあの不幸せな女王[4]は、そして
イギリス諸島全土でこよなく愛された女王の娘[5]は。
殉教した聖人たち、すなわちあの利率五パーセントの債権[6]は
いずこに、おお、一体全体、地代[7]はどこに行ったのか。

78

ブラメル[1]はいずこに、破滅した。ロング・ポール・ウェレズリー[2]は
いずこに、破産した。ウィットブレッド[3]は、ロミリー[4]は、
ジョージ三世[5]はいずこに、彼の遺言はいずこに。
(その謎はすぐには解けぬ)。ファム四世[6]、我々の王家の鳥は
いずこに。スコットランドへ行ったらしい、
ソーニー[7]にバイオリンを弾いてもらうために、
「掻いてくれたら掻いてあげる」——忠誠心から王の痒みを
掻くという場面が、六カ月かけて生み出されていたのだ。

1 ヘンリー・グラッタン(一七四六―一八二〇)はアイルランドの政治家。
2 ジョン・フィルポット・カラン(一七五〇―一八一七)は有名な法律家。
3 リチャード・ブリンズリー・シェリダン(一七五一―一八一七)はアイルランドの政治家・劇作家。
4 ジョージ四世の妃、キャロラインは王と疎遠になり、一八二一年に死んだ。
5 ジョージ四世とキャロライン女王の娘、シャーロット王女は一八一七年に死んだ。
6 利息をもたらさない国債を指す。
7 ナポレオン敗北の後、地代は下落した。

1 ジョージ・ブラメル(一七七八―一八四〇)はダンディーの代表。債権者を逃れて一八一九年にフランスへ行った。
2 (一七八八―一八五七)。ウェリントンの甥で浪費家だった。
3 サミュエル・ウィットブレッド(一七五八―一八一五)はウィッグ党の政治家で一八一五年に自殺した。
4 サミュエル・ロミリー(既出)は一八一八年に死んだ妻の後を追い自殺した。
5 ジョージ三世は一八二〇年に死んだ。彼はドイツ語と英語の二つの遺書を残

79
この卿何がしはいずこに、あの卿夫人はいずこに、
令夫人やご令嬢方は今いずこに。
古びたオペラハットのように捨て置かれる者、
結婚し、離婚し、再婚する者たち（これは
最近しばしば実行される進化の一種だ）、
ダブリンの歓声[1]は、ロンドンの罵りは、いずこ、
グレンヴィル家[2]の者たちはいずこに。いつも通りに
転向した我が仲間のウィッグ党は、まさに前と同じ所[3]にいる。

80
キャロライン[1]やフランシス[2]のような夫人たち[3]はいずこに。
離婚したか、そんなところだ。社交界のパーティや
ダンス・パーティのリストを載せる、まこと華々しい汝ら年代史よ——
馬車の壊れた羽目板や、すべて奇想天外な流行を
唯一記録する、汝『モーニング・ポスト』[4]よ——
語れ、いかなる流れがあの水路を今満たしているのかを。
ある者は死に、ある者は逃げ、大陸で落ちぶれる者もいる、
それはこの時節、一人の小作人さえいなくなったほどだから。

した。

6 ジョージ四世は一八二二年にスコットランドへ行った。ファムは想像上の鳥。

7 ソーニーはスコットランド人の代名詞。一七世紀に肉食の廉で逮捕されエディンバラ城で処刑されたソーニー・ビーン家の人たちに端を発する。

1 ジョージ四世は一八二一年にダブリンに行った。

2 ジョージ・グレンヴィル（一七一二—七〇）はピットを支持し、次に反対した。彼の息子のウィリアム・ウィンダム（一七五九—一八三四）は、最初はリベラルだったが、右派のトーリー党員になった。

3 バイロンがイギリスを離れた一八一六年にはウィッグ党は野党だったが、この作品を書いていた一八二二年にも依然としてそうだった。

1 バイロンと関係を持ったキャロライン・ラム夫人を指す。

2 バイロンの友人ウェダーバーン・ウェブスターの夫人フランシスを指す。バイロンとプラトニックな関係をもった。

3 キャロラインもフランシスもウェリントン公爵と浮名を流した。

81
かつては注意深い公爵を狙った女たち[1]は、
その弟たちとついには懇ろになった。
詐欺師の針に食いついた女相続人もいる。
妻になった娘、ただの母親になった者もいる。
他には、新鮮で優雅な表情を失った者もいる、
つまりは、この一連の変化が困惑させるのだ、
このことには何の不思議もないのだが、
不思議なのは、これら通常の変化の尋常ならざる早さだ。

82
人生七十年というなかれ！　七年の間に、
天が下、君主からもっとも卑しい個人に
至るまで、わたしは並みの一世紀に
十分見合うほどの変化を見てきた。
何も続きはしないことを知っていたが、
今では変化でさえもあまりに変化しすぎる、
刷新されることもなく。人類の間では恒久的なものは
何もない、例外は政権につけないホイッグ党だけだ。

4 『モーニング・ポスト』はれっきとしたウィッグ党の新聞だが、社交界のゴシップも載せた。

1 フランシス夫人とウェリントン公爵との関係を指す。

83

わたしは見た、ジュピターそのものに見えた
ナポレオンがサトゥルヌス[1]に縮小するのを。ある公爵[2]が
（誰でもいいが）その愚鈍な表情よりも、さらに愚鈍な政治家に
なるのを見た、そんなことがありうるとしての話だが。
だがわたしは、「出帆旗」[3]を掲げて新たなテーマに向かって
出航してもいい時期だ――わたしは見たことがある――
見て震えた――王が嘲笑されて、次には愛撫される[4]のを。
しかしどちらが最善だったかを、決める気はない。

84

わたしは一文無しの地主を見た――
ジョハナ・サウスコット[1]を見た――わたしは
下院が税金[2]を取るための策略と化すのを見た――
亡き妃のあの悲しい出来事[3]を見た――
わたしは道化帽の代わりに王冠を被る者を見た――
会議が卑劣の限りを尽くす[4]のを見た――わたしは
諸国民が過重な荷物を積まれた驢馬のように、
重荷を――上層階級のことだが――振りほどく[5]のを見た。

1 農耕の神。ジュピター以前に天地を支配したとされる（ローマ神話）。
2 ウェリントンのこと。
3 ブルー・ピーターと言われる出帆を示す旗。
4 ジョージ四世は、王になる前に妻のキャロラインを離婚しようとし、王になっていた一八二一年にも同じことをした。しかし一八二一年にアイルランドを訪問した時はこびへつらわれた。

1 ジョハナ・サウスコット（?一七五〇―一八一四）は神の子シャイロを身籠もっていると主張したが、実は水腫でそれが原因で死んだ。三巻九五連参照。
2 戦債を払うためのもの。一一巻七七連注参照。
3 一一巻七七連参照。
4 一八一六年のウイーン会議か、一八二二年のヴェローナ会議を指す。いずれも反動的な政策を採択した。
5 スペイン、メキシコそして南米における反乱を指す。

85

わたしは群小詩人や偉大な散文家[1]を見た、
いつ終わるともしれぬ——永遠ではない——演説家[2]——を見た、
わたしは国債が家屋敷と対立する[3]のを見た——
田舎紳士がキーキーと不満を言うのを見た——
わたしは人々が馬上の奴隷によって、砂のように
踏みつけられる[4]のを見た——モルト・ウイスキーを
ジョン・ブルが「薄い酒」[5]に換えるのを見た——
わたしはジョンが自分を阿呆だと半ば見抜いたのを見た。

86

しかし「今日を楽しめ」[1]、ジュアン、「今日を楽しめ！」
明日は同じく陽気で移ろいやすい別の種族が現れ、
同じハルピュイア[2]に貪り食われる。
「人生は下手な役者」[3]、それなら「悪党たちよ！
芝居を最後まで演じよ」[4]、そして目を光らして
注意しろ、なすことにではなく、言うことに。
偽善者になれ、用心するのだ、
見かけ通りの者にはなるな、常に、**見るもの**になれ。

85

1 例えばサウジーを指すか。散文家（プローザー）には退屈な書き手という意味もある。
2 カースルレイを指すか。八巻一二五連参照。
3 七七連注6参照。
4 一八一九年マンチェスターのセント・ピーター広場で、急進派の集会に騎兵隊が襲いかかったピータールー虐殺を指すか。
5 税金を避けるために、醸造者がビールを薄めた。「薄い酒」(thin potations)という表現は『ヘンリー四世・二部』四幕三場一二四行にある。

86

1 ホラティウス「今日の収穫を刈り入れよ、明日にはできるだけ望みをかけるな」『オード』一巻一一編八行。
2 顔と体が女で鳥の翼と爪をもった強欲な怪物（ギリシア神話）。
3 『マクベス』五幕五場二四行。
4 『ヘンリー四世・一部』二幕四場四八四行。

87

しかし我々の主人公に起こったことを、
他の巻で如何に語ればよいのか、道徳的な国だと
自慢するのが、世評かつ虚偽であるこの国において。
しかしわたしは手を止める――なぜなら
『アトランティス』[1]ごときものを書くのを軽蔑するから。
しかし同時にこう理解するのも悪くない、
君たちは道徳的な国民ではない、そして君たちはそのことを
承知している、誠実すぎる詩人の助けを借りずとも。

88

わたしはジュアンが見て経験したことを、
テーマとしよう、きちんとした礼儀を弁えて、
しかるべき制約を勿論忘れることなく。
覚えておいて欲しい、この作品が虚構にすぎぬことを、
わたしが家族や自分のことは詠わないことを、
もっとも、どの作家も言い回しをほんの少し変えるだけで、
決して意図しなかったことを仄めかしてしまうのだ。このことを
ゆめ疑うなかれ――わたしが話せば、仄めかさず、はっきり言う。

1 メアリー・マンリー夫人は『新アトランティス、または上流人士たちの秘密の回想と振舞について』（一七〇九）の中で、著名な人物について暴露的に描いた。

89

彼が、どこかの賢しらな、花婿探しの伯爵夫人の
三番目か四番目の娘と結婚したか、
あるいはもっと値打ちのある乙女と
（その意味は運命の女神のもたらす持参金を享受して）
定期的に地上に人間を殖やしたかどうか、
その繁殖の源泉は諸君の合法的にして法外な[1]結婚なのだが――
あるいは彼の崇拝があちこち広がりすぎて、
そのため損害賠償で告発されたかどうかは――

90

いまだ読まれざる未来の出来事だ。
このままで、汝、歌よ！　行け。わたしは
この詩と同じほどの分量の詩作に抗してお前を擁護する、なぜなら
過去のいかなる崇高な作品に対する攻撃に比べても
劣らないほど、お前は攻撃の対象にされているからだ、
奴らは白を黒と言うのが大好きなのだ。
それはそれで結構！――わたしは孤立するかもしれぬ、
しかし玉座と交換しても、わたしの自由な思想を変えはしない。

1　原文では lawful awful となっている。

第十二巻

1

あらゆる野蛮な中期の中で、
もっとも野蛮なものは人間の中年だ、
それは——わたしには何なのか皆目分からない。
我々が愚者(フール)と賢者の間を行き来して、
目指すものが、しかとは分からない時期——
それは、印刷されたページに似た時期で、
フールスキャップ[1]の上の黒字体(ブラックレター)[2]だ、一方
頭には白髪が交じり、もう昔の自分ではない——

2

三十五歳[1]は、少年と群れるには年を取り過ぎ、
六十歳の連中と金を貯め込むには若すぎる——
こんな連中は生かしておくべきなのか分からぬ。
しかし生きているので、その時期は退屈だ、
妻を娶るには遅すぎるが、恋心はまだ残っている。
別の愛[2]については、幻想は去り、
あのもっとも純粋な想像である金(かね)だけが、
その創造の黎明期から煌いている。

1 紙に漉き込んだ道化師帽の透かし模様。
2 黒字体とはひげ文字といわれるドイツ字体。印刷された紙は白でも黒でもない、その中間と言っているようだ。

1 この巻は、バイロン三五歳直前の一八二三年一二月に書き終えられ、翌三五歳の時に出版された。

2 ロマンチックな愛。

3

おお、黄金よ！　人はなぜ守銭奴を惨めだと呼ぶのか。[1]
彼らの楽しみには決して飽きが来ない。
それは最高の大錨で、他の大小の楽しみを
しっかりと繋ぎ止める錨の鎖だ。
倹約家の食卓を見ただけで、その慎ましい食事を
最低だと軽蔑し、金持ちなのにどうして
吝嗇家になるのか、と訝るお前たちは知らないのだ、
チーズの皮を削る[2]度にどんな夢が膨らむのかを。

4

愛や情欲で気分は悪くなり、ワインはもっとそうだ。
野望は心をかき乱し、賭け事は損をさせる、
しかし金儲けは、始めは徐に、次にはより早く、
困難が来るたびに少しずつ殖えていき
（物事には困難が必ず伴うもの）、恋や酒、
賭博師のチップや政治家の悪銭に打ち勝つ。
おお、黄金よ！　わたしは紙幣よりも汝を愛す、
紙幣は銀行信用を陽炎の船のようにしてしまう。

1 ジョンソン博士は言う、「世間は強欲な人を、惨めだから守銭奴と呼ぶ」（ボズウェル『ジョンソン伝』一七七八年四月二五日の記載）と。英語の「惨め (miserable)」と「守銭奴 (miser)」の語源は、「惨め」を意味するラテン語の miser に由来する。

2 倹約する、切り詰める、の意。

5

誰が世界の決定権を握っているのか。
議会を統べるのは誰か、王党派か自由主義者か。
スペインのシャツ無しの愛国者[1]を鼓舞するのは誰か。
（彼らは旧ヨーロッパ中の新聞にキーキーと戯言[2]を言わせる。）
新旧を問わず世界を苦しめ、喜ばせるのは誰か。
誰が政治をこの上なく滑らかに進めるのか、
気高くも豪胆なボナパルトの霊なのか――答えは
ユダヤ人ロスチャイルドと仲間のキリスト教徒ベアリング[3]だ。

6

彼らと真の自由主義者のラフィット[1]が
ヨーロッパの真の支配者だ。すべての貸付は
単なる投機的な当たりだけではなく、
国家を設置し、王座を転覆させる。
共和国もまた少しは絡んでいる、
コロンビア[2]の株にも、取引所では
無名ならざる株主がいる。銀の土地、ペルーよ、
汝でさえもユダヤ人には値引きさせられる。

1 スペイン革命（一八二〇―二三）当時の急進的自由主義者を指す。彼らは、フランス革命時代の過激共和派が「サンキュロット」（貴族のはく半ズボンをはかない者）と言われたように、「デスカミサド」（シャツ無し）と言われた。

2 「経帷子をまとった死者がローマの通りでキーキーと戯言を言った」（『ハムレット』一幕一場一一五―一六行）。

3 ネイサン・ロスチャイルド（一七七七―一八三六）とアレグザンダー・ベアリング（一七七四―一八四八）はともに大銀行家。

1 ジャック・ラフィット（一七六七―一八四四）はフランス銀行の総裁。

2 コロンビアはアメリカ大陸を指す。

7

なにゆえに守銭奴を惨めだと呼ぶのか、
前にわたしはそう言った、慎ましい生活は彼のもの、
それは聖人や犬儒学派(キニク)[1]には常に賛辞の種だった。
世捨て人はまさにこの理由で、
聖者の列から外れることはないだろう、
それに、なぜ痩せた「富」の耐乏生活[2]を咎めるのか。
お前たちは言う、そんな試練の必要は一切ないと。
それなら、なおのこと彼の克己心には値打ちがある。

8

守銭奴はお前たちの唯一の詩人、純粋で、
金貨の山から山へと煌く情熱が、金に憑かれて
手にした金を誇示する、その獲得を望むだけで
諸国はそそのかされて大海を渡るのだ。
黄金の光が薄暗い鉱山の金塊から煌く。
ダイアモンドは彼の上に煌く光を注ぐ、
その一方で、穏やかなエメラルドの光は
他の宝石の色を陰らせ、守銭奴の目を慰める。

1 ソクラテスの弟子のアンティステネスが始めた哲学の一学派で、禁欲主義を唱え、安楽、富そして人生の享楽を軽蔑した。ディオゲネスはもっとも有名。
2 守銭奴は裕福なのに、切り詰めた生活をしている。

9
地球の陸地はすべて彼のもの、
セイロン、インド、遠い中国から来た船が
旅する毎に、彼のために香りよき産物を降ろす。
彼のケレス[1]の荷車の下で道路が呻き、
葡萄の木がアウローラ[2]の唇のように赤くなる。
まさに彼の食料貯蔵室は王の住処にふさわしい、
一方、彼はあらゆる官能の誘いを軽蔑して
支配する――すべての知的支配者として。

10
おそらく大事業が頭にあるのだろう、
大学や競馬場の創設、病院や教会の建造、
あるいは彼の痩せた顔を頂くドームを
後世に残そうとするのだろう。
人を卑しめる、まさにその金を用いて、
おそらく人類を解放したいのだろう、
おそらく国一番の金持ちになりたいのだろう、
あるいは金銭を数える喜びに耽りたいのだろう。

1 穀物の女神（ローマ神話）。
2 曙の女神（ローマ神話）。

11

しかしこれらのすべてが、それぞれが、蓄財者の
行動原理かもしれないし、そうでないかもしれぬ。
愚者はそんな異常な執着を病と呼ぶだろう――
愚者自身の執着とは何か――さあ、各自の身の処し方を見よ。
戦争、酒宴、恋愛を――これらは、「分数」の一つ一つを
ただ苦労して辿ること[1]よりも、大きな平安をもたらすのか、
人類の恩恵となるのか。痩せた守銭奴よ！
浪費家の跡継ぎはお前の跡継ぎに訊くべきだ――賢いのはどちらかと。

1 守銭奴がお金を数えることを指す。

12

密封硬貨の何と美しいことか。金塊や
金袋や硬貨の入った金櫃（かねびつ）の何と魅力的なことか
（硬貨と言っても、頭や兜や顔が光る、
薄い金の、重くはない昔の征服者の貨幣ではなく）、
周りが滑らかになっていない見事な金貨で、そこには
物憂げに今の世を支配する、まことに愚かな刻印、
誰かに似た顔があり、煌めく輪に取り巻かれている――
そうだ！　現金はまことアラジンのランプなのだ。

13

「愛は陣営と宮廷と木立を支配する」——
「なぜなら愛は天、天は愛だから」——と詩人[1]は歌う。
これを証明することはかなり難しい
(それは詩においては概して難しい)。
「木立」はそう悪くないかもしれぬ、
少なくとも「愛」と木立は韻を踏む、[2]だがわたしは
疑いたい気分だ(地主が地代の上がりを疑うように)、
「宮廷」や「陣営」がそれほど情感に訴える所なのかと。

1 ウォルター・スコット『最後の吟遊詩人の唄』(一八〇五)三歌二節。

2 木立 (grove) と愛 (love) は不完全ながら韻を踏んでいる。

14

しかし、愛が支配しなければ、「現金」が支配する、現金のみが。
現金が木立を支配し、さらに木立を切り倒しもする。
現金なしでは陣営は疎らになり、宮廷はなくなるだろう。
現金なしでは「嫁を娶るな」とマルサス[1]は言う。
だから、現金が支配者たる愛を支配する、愛の有利な領域で、
それは処女のシンシア[2]が潮の干満に影響するようなもの。
「天は愛」と言うなら、どうして蜂蜜は蜜蝋だと
言わないのか。天は愛にあらず、結婚がそうなのだ。

1 マルサスは『人口論』(一七九八)の中で、富裕層以外は結婚を抑制すべきだと説いた。

2 月の女神の詩的な名前(ローマ神話)。

15 結婚以外の愛は何であれ一切禁じられて
いるのではないのか、しかし結婚は確かに
一種の愛なのだ、しかし人はどういうわけか、
これら二つの語に同じ思いを寄せてこなかった、
愛は結婚と**ともに**あるかもしれぬし、いつも
そうあるべきだ、そして結婚は愛なしでも存在し得る。
しかし結婚公告[1]なしの愛は罪であり恥だ、
だから何かまったく別の名前で知られるべきだ。

16 さて、もし「宮廷」と「陣営」と「木立」[1]が、
決して隣人の運命を欲したことのない
貞節な夫たちすべてで補充されないのなら、
わたしは言う、あの行は筆の滑り[2]だと——
道徳観で名高いわたしのよき仲間（ボン・カメラード）のスコットが、
あのようなことを書くとは不思議だ、
我がジェフリーはスコットをわたしの模範に
掲げた[3]——この道徳観がその一例なのだ。

1 教会で続けて三回日曜日に公告を行い、結婚に先立ち異議の有無を問う。

1 モーゼの十戒にある、「隣人の妻を欲してはならない」の戒めを指す。

2 この巻の一三連冒頭のスコットの詩句を指す。

3 ジェフリーは『エディンバラ・リヴュー』（三六巻、一八二二）において、スコットと比べてバイロンには道徳性が欠けていると言った。

17

さて、たとえわたしはこの詩で成功しなくとも、
成功をすでに手に入れた、それで十分だ。若い時代に
成功したのだ、大成功を必要とする唯一の時代に。
成功はわたしが正に好むものをもたらした、
今そのことを申し立てる必要はない――
何であれ、それはわたしのものだった、
実のところ、最近、そんな成功の報いを受けた、
それでも、より小さな成功を望む気にはならなかった。

18

大法院のあの訴訟[1]――ある者はそれを
まだ生まれざる者に訴え、申し立てる、
彼らは繁殖を勧める信条を信じて子孫を、
すなわち未来の塵を、洗礼するのだが――
わたしにはこれは、支えとするには
あまり頼りになる葦[2]とは思えない。
それは、思うに、彼らが子孫を知らないように
子孫も彼らを知らないだろうからだ。

1　訴訟とはバイロンの地所、ロッチデールの処分に関するものか。『カイン』の海賊版出版差し止め、あるいは義母のノエル卿夫人の財産についてのことも考えられる。

2　「今お前はエジプトというあの折れかけの葦の杖を頼みにしているが、それはだれでも寄りかかる者の手を刺し貫くだけだ」（『イザヤ書』三六章六節）。

19

勿論、わたしも子孫だ――諸君もそうだ、
我々は誰を覚えているのか、百人もいない。記憶のすべてが
まったく正しいものとして書き留められても、
十人か二十人に一人の名前は間違われるのが関の山。
プルタルコス[1]の『英雄伝』さえほんの少数を選んだにすぎず、
その少数の者を諸君の年代記作者は糾弾した。
十九世紀のミットフォード[2]は、ギリシア的真実[3]、
古きよきギリシア人[4]を嘘つきだと責めた。

20

あらゆる身分の、すべての良き人よ、
汝ら、優しい読者と優しくない著者よ、
この第十二巻ではまじめになるのが
わたしの望みだ、あたかもマルサスや
ウィルバフォース[1]が書いているかのように――
後者は奴隷を解放し、百万の戦士に匹敵する者だ。
一方、ウェリントンは白人を奴隷にしただけで、
マルサスは自説に反すること[2]をしている。

1 (?・四六―?・一二五)、古代ギリシアの哲学者・伝記作者。『対比列伝(プルターク英雄伝)』を書いた。

2 ウィリアム・ミットフォード(一七四四―一八二七)は歴史家。『ギリシア史』がある。バイロンは原注で、ミットフォードが専制者を褒め、プルタルコスを攻撃し、スペルを間違えたりしているとするが、それでも彼の本を同時代の最高の歴史書だとしている。

3 「ギリシア的真実」とは「ギリシア的虚偽」の意。「(ああ、人は何と嘘をつこうとするのか)…(特にギリシア人)」なる一節がある(『ドン・ジュアン』三巻三八連)。

4 プルタルコスのこと。

1 ウィルバフォース(一七五―一八三三)は奴隷解放運動家。四巻一一五連注2参照。

2 マルサスには子供が三人いた。一一人いたという説もある。

21

わたしは真剣だ——物書きは皆そうだ。
どうしてわたしは自分の思弁をまとめて、
小さな蝋燭を太陽にかざしてはいけないのか。
ちょうど今、人類は憲法や蒸気船について
瞑想することに夢中になっているようだ。
賢者はペンを取ってすべての生殖を非難する、
妻が餓鬼どもを乳離れさせるやいなや、
夫が養う方法を算段できる場合は別だが、と。

22

それは高邁だ！　ロマンチックだ！
思うに、「繁殖願望」という言葉は——（さて、
これはわたしの気持ちにぴったりの単語だ、
もっとも、礼儀作法を無視するなら、
この単語よりずっと短い語[1]がある、しかしわたしは
間違ったことは何も言うまいと決心している）——
いいかい、わたしには、「繁殖願望」という言葉が
もう少し大目に見て貰えてもいいと、思えるのだが。

1　短い語とは fucking のことか。

23

さて仕事に戻ると、おお、我が優しいジュアンよ！
お前はロンドンにいる――あの楽しい場所に、
あらゆる類の害毒が日毎目論まれ、
激しい生を送る熱意に燃えた青年を待つ所に。
確かにお前の行く道は新しくはない、
人生初期の向こう見ずな追求においては
お前は新参者ではない。しかしここは、
外国人の理解を超えた、新しい土地なのだ。

24

暑さや寒さ、移り気や落ち着き、そんな
気候のちょっとした多様性をもって、
わたしは大主教のように、他のヨーロッパの
社会状況について指令を出すことができる。
だがイギリスよ、ミューズが扱うには、
汝は詩にするのがもっとも難しい国だ、
すべての国には呼び物（ライオン）があるものだが、
汝には素晴らしい動物園[1]が一つあるだけだ。

1 動物園とは社交界を指すか。

25

しかし、わたしは政治には飽きた。始めよ、
「ヨリ大事ナコト」[1]を。ジュアンは
「受け入れられる」道筋のどれを選ぶのか
決心がつかぬまま、氷の上をスケーターのように滑った。
遊びに疲れると、罪を犯すことなく
何人かの美しい女と戯れた、彼女たちは
無邪気な焦らしで苦しめることを誇りとし、
すべての悪徳を嫌った、悪徳の噂をするのは別だが。

1 ウェルギリウス『牧歌』第四の冒頭の文句。

26

しかしそんな女は滅多にいない、彼女たちは
最後には、とんでもない突飛な行動や騒ぎを起こす、
このことは、清廉そのものの人でも道を誤り、
「雪のような美徳の快楽の路」[1]を歩むことを示している。
すると男たちは、あたかも新たな驢馬(ろば)がバラム[2]に
話しかけたように、目を見張る。そして口から耳へと
素早く「噂話」が溢れて流れ、(注意すれば)それは
親切な世間の「アーメン!」で終わる――「こんなことになるとはね」

1 「楽しい恋の戯れの路」(『ハムレット』一幕三場五〇行)。
2 メソポタミアの預言者。イスラエルの民を呪うために出かけるが、乗っていた驢馬に諫められる(『民数記』二二―二四章)。

27

小さなリーラは東洋人の瞳と、
寡黙なアジア的な気質ゆえに
（どんな西洋のものを見ても驚かず、
そのことが高い身分の者を驚かせた、
彼らは新奇なるものは空腹時の食べ物のように、
追い求めるべき蝶だと思っているからだ）、
魅力的な容姿とロマンチックな経歴ゆえに、
彼女は上流社会では一種の神秘となった。

28

女たちの意見は様々に分かれた——それは
事の大小を問わず女性には普通のことだった。
美しき者たちよ、わたしが汝らすべての悪口を言うとは思うな。
わたしは口にする以上にいつも汝らを好んできた、
わたしは道徳的になったので、やはり、汝らは皆、
お喋りしすぎる傾向にあると非難せねばならない。
そして今やリーラの教育のことで、
汝らの誰もが大騒ぎをしていたのだ。

29

ただ一点においてのみ、あなた方は同意した、
もっともな理由があった――それは、遠く離れた
生まれ故郷のように美しく、民族の最後の蕾である、
この小さな「恩寵」の子のことを、我らが友、
ジュアン自身は五年、四年、三年あるいは二年の間、
なんとか自らを抑制できるかもしれないが、
それでも愚行の干上がった貴族夫人たちの監督下で、
教育する方がはるかによいというものだった。

30

そこでこの孤児の教育の世話をするのに
まず皆が張り合い、競い合った。
ジュアンの身分は高かったので、
募金や嘆願書の話を申し出ることは
この場合は侮辱になったことだろう。
しかし十六人の財産家の未亡人と
十人の賢い未婚の女性（その話は
「ハラム[1]の中世時代」に出てくるが）と、

1 ヘンリー・ハラム（一七七七―一八五九）は歴史家。『中世ヨーロッパ情勢についての見解』（一八一八）がある。

31

萎れゆく枝に輝く果実を持たぬ
一人か二人の憐れな、別居した妻が
少女を「育てて」、社交界に「出す」[1]ことを懇願した――
こう言うのも、今はこの文句がすべてを決めるからだが、
意味するところは、夜会で処女の初めての赤面と、
サラブレッドの長所をすべて見せることだ、
わたしは請合うが、初めての社交界の季節は
処女蜜のような味がする（金があれば大抵そうだ）。

32

貴族の長子以外の貧乏な息子のすべて、
貧しい貴族や破れかぶれのダンディ、そして
油断のない母親たちや注意怠らぬ姉妹たち
（ところで、彼女たちが賢いと、「光るものが金」の場合、
男の親戚よりもっと縁結びに長けている）、
この者たちはキャンデーに群がるハエのように、
「財産」の回りをブンブン飛び回って
盛んに攻撃を加え、ワルツやお世辞で娘を夢中にさせる。

1 原語では「育てて」はbring up、「出す」はbring out。

33

どの叔母も従姉妹もそれぞれ思惑があった、
いや、時に既婚婦人はまったく純粋で
無私の情熱を表すものだ、わたしは彼女たちが
愛人のために、女子相続人に言い寄ったのを知っている。
「カクナル美徳アリシカ！」[1]、これこそ身分高き者の徳だ！
出国地がドーヴァーである、希望溢れる島国[2]においてもそうなのだ、
一方、この気遣いの対象である、憐れで惨めな金持ち娘には
父親に男の跡取りがあれば、と願う理由があるのだ。

34

そのうちに捕まる者もいれば、三ダースの男を
断る者もいる。彼女たちが、拒否や激しい困惑を
すべての怒れる従姉妹（当事者の味方）の上にまき散らすのを
見るのは結構なこと。従姉妹はこんな風に非難し始める、
「ミス誰それが哀れなフレデリックを選ぶ気がないのなら、
どうして恋文を読むことに同意したのかしら。
どうしてワルツを踊るのかしら、どうして昨日の晩は
いいわという振りをして、今日は駄目と言うのかしら。

1 「神々ノ胸ニカクナル怒リガ宿リ得ルノカ」（ウェルギリウス『アエネーイス』一、一一）。
2 皮肉。ドーヴァーからイギリスを後にする者が多い。

35

「なぜ――なぜなの――それに、フレッドは本当に夢中だったのに。
財産目当てではなかったのよ――あの人には財産は十分あるのよ、
こんないい機会を捉えなかったことを、
あの娘が残念がる時がきっと来るでしょう――
でも老侯爵夫人が何か計画を企てたのよ、
明日のパーティでオーリーアに言ってあげましょう、
結局、憐れなフレデリックにはもっとましな話があるわ――
ねえ、彼の手紙に彼女が書いた返事をご覧になった？」

36

垢抜けた制服や煌く宝冠は次々と
一蹴されて、男たちが時間と心を無駄にし、
裕福な妻を手に入れる総賭けの勝負に負けた後で、
とうとう娘の番となる。そしてついに、
かわいい娘が、戦争に行き、詩を書き、
あるいは馬車を駆る紳士を手に入れた時には、
拒否された無様な連中は慰められる、
彼女が何とひどい選択をしたかを知って。

37

なぜなら、時に女はしつこさに疲れ果て、
いつまでも付きまとう者を受け入れる、ないしは
ほとんどつきまとわなかった者の手に陥る
（しかしこんな例は少ないだろうが）。
四十歳になった、ぼんやりした男やもめは
（もし実例を思い出すことが無駄でなければ）、
きっと高価な賞金を引き当てるだろう。さて、如何にして
彼女を手に入れたかは、他の籤と何ら変わりはしない。

38

さて、わたしは――（もう一つの「月並みな例」[1]だが
「まことに残念、残念至極、まことにそう」[2]だが）
恋する二十人の男の中から選ばれたが、
まだ若くてあまり分別がなかった。
しかし、まもなく二人になるはず[3]の者が
一つになる[4]前に、わたしも行いを改めたが、
それでも寛大な世間の声を否定はしない、
その若い淑女[5]が途方もない選択をしたという声を。

1 『お気に召すまま』（二幕七場二五六行）。
2 『ハムレット』（二幕二場九七―九八行）のポローニアスの言葉。
3 夫婦が別れること。
4 結婚すること。
5 バイロンと結婚したアナベラ・ミルバンクのこと。

39
おお、脱線をお許しあれ——せめて
熟読あれ！　わたしが論ずることには、
宴会の前に感謝の祈りをするように、
常に道徳的な意図がある、なぜなら老いた伯母、
退屈な友人、厳格な後見人、あるいは熱心な牧師のように、
わたしのミューズは訓戒によって、あらゆる人を
いつでも、どこでも、矯正するつもりなのだ、
だからわたしのペガサス[1]の歩調はかくも重々しい。

1 ミューズ（詩神）の乗馬で、ここは詩を表す。

40
しかし今は、不道徳になるつもりだ、
今わたしは、物事のあるべき姿ではなく、
実際にあるがままの姿を見せるつもりだ。明言するが、
そうするのは、実際の真の姿を見るまでは、
表面をかすめるような道徳的な耕し方では
大いなる改善には程遠いからだ。それだけなら
悪徳のこやしを長らく施された黒土には、かすり傷さえ残らず、
小麦の価格[1]を元通りのままにしておくだけのことだ。

1 特に一九世紀前半に地主たちは輸入を制限して、小麦の価格を維持しようとした。

41

しかしまずは小さなリーラの処分を決めよう。
それは彼女が曙のように若くて清らかだったから、
あるいは昔の雪の比喩を使ってもよいが、
確かに雪は快適というよりは、清らかなものだ。
誰もが知っている多くの人々のように、
ドン・ジュアンは彼の預かる子供に
立派な後見人を確保して喜んだ。被後見人は
放っておくと、ためにならないものだから。

42

それに自分が教師ではないことが分かっていた
(他人もこのことに気付けばいいのだが)、
またこんなことについては中立を守りたかった、
愚かな被後見人は後見人に責めを負わせるものだ。
だから彼の人慣れしない小さなアジア人の調教を、
老婦人たちが一人一人申し出るのを見た時、
彼は「悪徳粛正協会」[1]の意見を聞いて、
ピンチベック夫人を選んだ。

1　一八〇二年にロンドンで設立された。

43

彼女は年をとっていた——しかし昔はとても若かった、
徳のある人だった——昔もそうだった、とわたしは信じる。
もっとも世間はひどい悪口を言うものだから——
しかし、より清らかなわたしの耳は
よくない音節の反響を受け入れない。
事実、あの忌むべきお喋りほど
わたしの心を痛めるものは他にない、
それは人間家畜が反芻する食い戻しだ。

44

その上、わたしは気づいていた（かつては
控え目で、ささいな観察者だったのだ）、
愚者以外の誰もがそう気づくだろう、
すなわち、若い時代に少々放埒だった女性は、
世間知があり、道を逸れることの
悲しい結果を認識していることに加えて、
単なる情熱なき者では決して知り得ない
悩みに対してより賢明な警告をする、ということを。

45
厳しい淑女ぶった女が、自らは知らない
羨む情熱を罵って、美徳を守り、
人を救うことよりも傷つけることを求め、
さらに悪いことには、人を流行遅れにしようとする——
そんな時、もっと親切な経験者は静かな言葉で
機嫌をとり、突進する前に止まることを願い、
「叙事詩的な愛」の始めと中間と終り[1]の
謎について、詳しく説明し、例証してくれるのだ。

46
さて実情がそうなのか、あるいは厳しくあるべきだと
彼女たちがよく分かっているがゆえにそうなのか、
諸君は多くの家族の有様から判断できるだろう、
知識ではなく、経験で世間を知っている母親の
娘の方が、結婚市場に連れて来られる
スミスフィールド[1]の処女たちの品評会では、
はるかにうまくいくことだろう、
誠意なき淑女ぶった女に育てられた娘よりも。

1 アリストテレスは、悲劇には始めと中間と終わりがあると言う（『詩学』七章）。

1 ロンドンにあった家畜市場。

47

ピンチベック夫人は人の噂になった、とわたしは言った――
若くて、かわいい女なら誰がそうならないだろう。
しかしもう「醜聞」の亡霊が忍び歩くことはなかった。
彼女はただ愛想がいい機知に富む人だと見なされ、
気の利いた名文句のいくつかは広まった。
それから彼女の心は慈しみと憐れみへと傾き、
（少なくとも後半生については）
非常に模範的な妻として通っていた。

48

彼女は社交界でも身分が高く、
仲間内では優しく、若者を穏やかに嗜（たしな）めた、
いつでも――それは毎日の意味だが――彼らが
道を誤りそうな危ない傾向を見せた時には。
彼女のなした善行の数々は知られてはいない、
それを語れば少なくともわたしの歌は長くなるだろう――
手短に言えば、この小さな東洋の孤児は
彼女の興味を引き、その興味は強まっていった。

49

ジュアンもそれなりに彼女のお気に入りだった、
なぜなら根は優しく、少し甘やかされていたが、
そうひどくはないと思ったからだった。
彼が誰の子供で、何処とも知らぬまま、
放り出されたことを思えば、これは驚くべきことで、
他の者なら破滅するのに、彼は少なくとも完全には
そうならなかった。それは若くして、あまりに多くの変化を
見てしまったので、今では何を見ても驚かなくなったからだ。

50

この有為転変がもっとも効果があるのは
若い時代だ。なぜなら成熟してからだと、
人は、確かに「運命」を非難し勝ちで、どうして
神の「摂理」がもっと賢明でないのか、と不思議がる。
逆境は真実に至る最初の道である、
戦争や嵐や女性の怒りを体験した者は、
十八歳であろうと、八十歳であろうと、
非常に重みがあると見なされる経験を積んだのである。

51

その経験がどこまで役立つのかは別問題だ――
我らが主人公は、小さな預かり者が、
無事に貴婦人の許に託されたのを見て喜んだ、
成人した末娘は結婚して久しく、今は自由になったので、
彼女が娘に教えた才芸のすべてが伝承されるべく、
次なる者に託された、ロンドン市長の御座船[1]のように、
あるいは――よりミューズにふさわしく言えば――
たとえばキュテレイア[2]の貝殻のように。

52

わたしはそのようなものを伝承と呼ぶ、
なぜなら才芸には変動しつつも均衡があり、
それが精神や背中の傾き具合によって、
娘から娘へと伝わって血統となる。
ワルツを踊る者がいる、絵を描く者がいる、
形而上学の深淵を探る者がいれば、音楽に
満足する者もいる、もっとも穏健な娘は才女として輝き、
一方、感情の発作に適した才ある者もいる。

1 一八世紀以降、ロンドン市長は特別な行事の際に御座船を使った。
2 美の女神アフロディーテの別名。海の泡から生まれた彼女は、ボッティチェッリの絵にあるように、しばしば貝殻に乗る姿で描かれる。キュテレイアはキュテラ島の近くで生まれたとされる（ギリシア・ローマ神話）。

53

しかし気紛れ、機知、ハープシコード、
神学、美術、あるいはもっと素敵なコルセットが――
紳士や貴族を惹き付けるおとりであろうとも、
我々の時代では規則的な相続によって、
前の年は次の年へと蓄積された物を伝承する。
新しい年の処女たちは新たな群れをなして、
「優雅」などの同じような讃辞で男たちの目を惹く――
すべて類まれな娘たちだが、結婚には熱心だ。

54

しかし、さあ、わたしの詩を始めよう――
第一巻からこの巻に至るまで、我々が
済ませておくべきことをまだ始めなかったことは、
全く珍しくはなくとも、少しは不思議なこと。
これら最初の十二巻は単なる序奏、導入部で、
わたしの竪琴の弦のほんの一、二本を試し、
糸巻きの具合を確かめているだけのこと、
それが済めば、序曲をお聞かせしよう。

55

我がミューズは、いわゆる成功や不成功のことは
一つまみの松脂[1]ほども気にしない。そんな考えは
ミューズの選んだ調べの品位にかかわる。
ミューズが教えるのは「偉大な道徳の教え」だ。
書き始めた時には、二十四巻程度で
十分だろうと思った。しかしアポロが懇願するので、
わたしの天馬(ペガサス)が足を引きずらないかぎり、
緩やかな並の駆け足で百巻まで進むつもりだ。

56

ドン・ジュアンは、竹馬に乗った小宇宙を見た、
それは上流社会と呼ばれた。なぜならそれは一番上でも
一番小さいからだ。しかし剣はその柄(つか)ゆえに
人が戦争や喧嘩で戦う時には
危害を加える力が増すが、そのように
下層社会は東西南北、やはり上流社会に
従わねばならぬ――それは彼らの柄であり、
月であり、太陽、ガスそして一銭蝋燭なのだ。

1 松脂は楽器の糸巻きに塗って固定させるのに使う。

57

ジュアンには多くの友人と、その妻がいた、
そして両方から好意をもたれたが、それは
受け入れても受け流してもいい程度の友情で、
毒にも薬にもならないものだった。それは
上流社会の車輪を回し、また招待状が届いた時に、
夜毎、彼らを惹きつけるためのものだった。
仮面舞踏会や祝宴や舞踏会などで、社交界の季節が
初めてなら、そんな生活に飽きがくることはまずない。

58

名門で財産のある未婚の青年は
ぎこちない役を演じなければならぬ。
なぜなら上流社会とは一種のゲーム、
「王室鵞鳥ゲーム」[1]と言うべきもので、
そこでは誰にも何かそれぞれの目的がある、
実現すべき目的、立てるべき計画がある――
独り身の淑女は二人になりたいと願い、
既婚夫人は乙女の苦労を除いてやりたいと願う。

1 さいころが鵞鳥の絵の描かれた区画にいくと、さいころの目の数の二倍進める双六の一種。

59
わたしはこのことを一般化するつもりはないが、
そんな追求の具体例は見つかるだろう、
もっともポプラのように、よき原則を根幹として、
その直立姿勢を守る人たちもいるのだが。
だが、多くの者はさらに込み入った方法を取る——
優しいリュートを持つセイレン[1]のように、
「男を釣る漁師」[2]になる、なぜなら同じ独身女性と
六回話をすると、花嫁衣装を用意されるかもしれないのだ。

1 シチリア島近くの小島に住む、上半身が女、下半身は鳥の姿をした海の精。美声で船乗りを誘惑して難破させたという（ギリシア神話）。
2 「イエスは、『わたしについて来なさい。人間をとる漁師にしよう』と言われた」（『マタイによる福音書』四章一九節）。

60
おそらく娘の母親から手紙が来るだろう、
娘の感情が罠にかかったという趣旨の。
おそらく娘の兄が訪れ、これ見よがしの
気取り歩き、コルセット[1]と顎鬚姿で、
「貴殿のご意向は」と訊いてくる、どちらに
転んでも、乙女は君と結婚したいらしい。
君は、乙女の症状も自分の症状も哀れに思っているうちに、
「婚姻」で治る者のリストに加わるのだろう。

1 骨などで固めたジャケット。

61

まさにこんな風に成立した結婚を、一ダースは知っている、
その中には著名人もいる。こんな若者たちのことも
知っている——彼らは表沙汰にしようとは
夢にも思わなかった結婚への野心について、
論じることを嫌ったが——女の起こす騒ぎに
怯えることもなく、口髭の男に動じることもなく、
一人放っておかれ、失恋した女たちと同じく、
結婚した場合よりも幸せな状態で暮らしたのだ。

62

さらに経験の浅い者にも、夜毎危機が迫る——
確かに愛や結婚のようなものではないが、
だからといって軽視すべきものではない、
それは——堕落した者にさえ現われる見せかけの徳を、
わたしは非難する意図は今もないし
過去にもなかった——それは彼女たちの物腰を
外面上は優雅にする——わたしが非難するのは、
二重人格的な娼婦、白でも赤でもない「バラ色」だけなのだ。

63

君の冷たい浮気女はそんな女だ、
「いいえ」とは言えず、「はい」とは言おうとせず、
君を風下の浜に向かわせたり、沖に行かせたりする——
それから心中嘲りつつ、君の胸が難破するのを見る。
これがおびただしい感傷的な悩みを生み出し、
毎年、新たなウェルテル[1]を棺桶に送り込む、
しかしこれはただの無垢なる戯れで、
姦通とは言えない、しかしまがい物ではある。

64

「いやはや、俺はお喋りだ！」[1]さあ、お喋りしよう。
次の危険は、もっとも深刻だとわたしは考えるが、
「教会や政府」を意に介することなく、
人妻がまこと真剣に求愛し、受け入れる時だ。
外国では、そんなことが女の運命を滅多に決しはしないが——
(若輩の旅人よ、汝が学ぶ真実とはこんなことだ)——
しかし古きイングランドでは、新妻が過ちを犯せば、
かわいそうに！　イヴの事件は些細なものになってしまう。

1 ゲーテ『若きウェルテルの悩み』(一七七四)の主人公は恋に悩み自殺する。

1『ヴェニスの商人』のアントニーの言葉、「いやはや、それなら俺も喋りになるぞ」を少し変えている（一幕一場一一〇行）。

65

なぜなら英国は、低級な新聞が幅を利かす、
退屈な、訴訟好きな国、同じ年代の若い男女が
友情を育もうとすると、世間が抑え付ける。
次に来るのは忌々しい損害賠償という俗悪な計略！
評決が——それを引き起こす者には由々しい敵！——
ロマンチックな崇拝の悲しい頂点になる。
その他には、弁護士のとりなしの弁論や、
すべての読者を大喜びさせる数々の証拠がある。

66

しかし、こんなへまをする者は未熟な初心者だ、
すこしばかり愛想のよい偽善を振りまくことで、
無数の華麗な罪人の評判が救われてきた、
我々の女権政治のもっとも美しい独裁者たちの評判が。
諸君はそのような者をあらゆる舞踏会や晩餐会で、
貴族階級のもっとも高貴な者の中に見ることができる。
とても優しく、魅力的で、慈悲深くて貞潔だ——
それはすべて趣味がよい上に気転がきくからだ。

67

ただの初心者の苦境にいたわけではないジュアンには
今一つの安全の保証があった、というのも
彼はうんざり(シック)していた――いや、わたしの意図したのは
病む(シック)という語ではなかった――彼はこれまでに十二分に
よき愛を経験したので、心はそんなに弱くはなかった。
わたしが意味したのはこのことだけで、白い断崖、白い首、
青い目、もっと青い靴下[1]、十分の一税、税金、借金取り、
そして二度ノック[2]されるドアのある国を嘲る気などない。

68

若くして、ロマンチックな土地や風景のある所から来て、
そこでは人は訴訟ではなく情熱に命を賭け、
情熱自身も一抹の狂喜がなければならないのだが、
そんな所から情熱が半ば流行である国に来てみると、
どれほどこの道徳的な国を尊敬しようとも、
半ば商業的、半ば衒学的に見えるのだった。
それに（悲しいかな、彼の趣向を――許し憐れみ給え！）
初めは、この国の女性がきれいだとは思わなかった。

1　文学趣味の女性たち、青鞜派。
2　特別な意味を伝えるノックを意味するか。

69

「始めのうちは」とわたしは言う――なぜなら「最後には」
少しずつではあったが、東洋の星の[1]影響下の
より情熱的な女性よりも、彼女たちの方が
はるかに美しいということが、彼には分かったから。
我々はこれ以上の証明を性急には判断すべきでない、
しかし経験不足が彼の趣向の障害にはなりえなかった――
実のところ、もし男たちが告白したとするなら、
斬新なものは強い印象を与えるが、それほど喜ばせはしない。

1 「おお、東洋の星よ！」（シェイクスピア『アントニーとクレオパトラ』五幕二場三〇八行）。

70

旅慣れているわたしも、あの特定できない黒人[1]である
ナイル川やニジェール川を辿って、あの通行不可能な場所、
ティンブクトゥに到達する幸運には決して恵まれなかった、
そこでは「地理」は安心して頼れる地図をくれる
親切な者を見つけられない――理由はヨーロッパが
「怠ケル牛」[2]のようにアフリカを耕すからだ。
もしわたしがティンブクトゥに行ったとしたら、
そこでは、きっと黒が美しい[3]と告げられるに違いない。

1 ナイル川の水源やニジェール川の水源と河口はまだ分かっていなかった。ニジェール川はギニアに発し、マリ、ニジェール、ナイジェリアを流れてギニア湾に注ぐ。

2 「怠ケル牛」はホラティウス『書簡詩』第一書簡、一四、四三。アフリカについての知識は怠惰な牛のように少しずつしか増えなかった。

3 「昔、黒は美しいとはみなされなかった」（シェイクスピア『ソネット集』一二七番）。

71

その通りだ。黒が白だとわたしは断言しないが、
実のところ、白は黒ではないかと疑っている、
すべての問題は視覚次第。
最善の審判である盲人に尋ねよ、おそらく君は
この新しい見解を攻撃するだろう——しかし
わたしは正しい、たとえ間違っていても驚かない——
盲人には朝も夜もなく、内はすべて暗い、
では君には何が見えるのか、疑わしい火花にすぎぬ。

72

しかし、わたしは形而上学に、あの迷路に逆戻りしている、
そこを抜け出す手掛かりは、消耗熱を伴う
結核の治療法と同じ組み立てで、
消え入りそうな炎の回りをひらひら飛ぶ
鮮やかな蛾のようだ。この考察が単純な物理学へと、
異国の女の魅力へとわたしを誘う、
我国の高価な純正の真珠の魅力と比べると、
すべて太陽と多少の氷からなる、あの極地の夏へと。

73

あるいは、彼女たちは貞節な人魚に似て、
きれいな顔で始まり、ただの魚で終わると言おうか――
自分自身の願望に当然の尊敬を払う女が
多くはいない訳ではないのだが。
彼女たちは、熱い風呂から雪へ突進する
ロシア人のようで、不品行な時でも芯は貞節、
熱くなって窮地に陥るが、無論、
悔恨の情に飛び込むという備えは保有している。

74

しかしこれは彼女たちの外見とは何の関係もない。
ジュアンは、最初彼女たちをちらっと見た時には、
きれいだとは思わなかった。なぜなら美しいイギリス人は
――おそらくは憐れみから――魅力の半分を隠し、
敵が都市を占領するようには急襲しないで、
むしろ静かに心の中に滑り込んでくる、
しかし一度入り込むと（疑われるなら、お試しあれ）
真の同盟国のように心を手放さない。

75

イギリス女はアラビアのバーバリ馬のように、あるいは
ミサ帰りのアンダルシアの娘のように、軽やかに歩けない、
フランス女のように優雅に服を着こなせないし、
その目にはアウソニア[1]の燃える一瞥もない。
彼女の声は甘いがブラヴューラ[2]を歌うには
適さない（わたしはいまだにこれが
好きになれない、イタリアにはもう七年もいて、
耳はかなりいい、あるいは、よかったのだが）――

76

イギリスの女はこんなことや、その他一、二のことを、
あの魅力的な、何気ない、颯爽としたやり方で
こなすことができない――いいところは認めるとして――
そうすぐには微笑む用意もできていないし、
一度の出会いで、すべてを決定することはない
（そうすれば時間と汗を節約することになるのだが）――
しかしこの土壌は時間と労苦を必要とするが、
よく耕せば、収穫は二倍になるだろう。

1　イタリアを表わす古典的な表現。
2　華麗な技巧を要するイタリアの曲。

77
もし実際に彼女が熱烈な恋（グランド・パッション）に夢中になると、
確かにこれはきわめて深刻なことになる。
十中八九はただの気紛れか流行、あるいは
媚態か、先頭に立ちたい欲求にすぎず、
新しい帯をつけたただの子供の誇り、それとも
ライバルの胸に血を流そうとする願いだ。しかし
十に一つは竜巻となるだろう、なぜなら彼女たちが
やろうとし、やるかもしれぬことを言うのは不可能だから。

78
理由は明白だ、もし発覚すれば、彼女たちは
インドの最下層民（パリア）さながら、即座に身分を失う。
そして法律上の「慎みある」委細が
様々なコメント付きで新聞を満たす時、
あの瑕なき磁器である社会は（偽善者は！）
彼女たちをマリウス[1]のように追放して、
罪の意識という廃墟の中に座らせる、
「名声」はすぐには再建できぬカルタゴ[2]なのだから。

1　カイウス・マリウス（?一五五―八六BC）は古代ローマの将軍・執政官。ローマからアフリカへ追放された。
2　カルタゴはローマ軍に滅ぼされた（一四六BC）

79
おそらくこれはあるべき姿なのだろう――それは
福音書のこの文句[1]についての所見だ、
「もう罪を犯すな、さらば罪は許されん」。しかし
これについては徳高い人たちに清算してもらおう。
異国では、確かに過ちを犯すが、
罪深い女には「美徳」へ戻るための
より開かれたドアがある――皆のために
家にいるべきあの婦人は「美徳」と呼ばれるが。

80
わたしとしては事をあるがままにしておく、
それほど美徳が厳しいと、実のところ
十倍も人はそのことに無関心になり、
行為よりも発覚のみを心配するようになる。
貞淑さについては、もっとも厳格な法律家が訴える
法のすべてをもってしても、決して縛ることはできず、
むしろ悔い改めたかもしれぬ者を絶望へ追いやり、
その結果、防げなかった罪をより深刻にしてしまう。

1 「そしてイエスは女に、『あなたの罪は赦された』と言われた」(『ルカによる福音書』七章四八節)。

81

しかしジュアンは決疑論者[1]ではないし、人類の
道徳の教えについて思案したこともなかった。
それに、彼が会った数百人の女性の中には
完全に彼の気に入った者は一人もいなかった。
彼は少し「倦怠感」を覚えていた――心の皮が
前より固くなったことは驚くに足らない。
過去の成功で、自惚れることはなかったが、
感受性はきっと鈍くなったのだろう。

82

彼はまた名所見物に忙しかった――
議会や他の建物すべてを見ることに。
夜は張り出し席の下に座って討論を聞いた。
その聾音は世間を起こして（今は起こさない）、
あの北極光を見詰めさせた、それは
遠く麝香牛（ジャコウウシ）[1]が草を食む所まで煌いた、
彼はまた、時に玉座の背後に立った――しかし
グレイ[2]は未だ登場せず、チャタム[3]は去った後だった。

1 決疑論とは社会的慣行や教会・聖典の立法などを適用して、行為の道徳的正邪を判定しようとする議論。

1 極地に住む牛の一種。
2 第二代グレイ伯（一七六四―一八四五）のこと。
3 初代チャタム伯（一七〇八―七八）、ウィリアム・ピット（大ピット）のこと。ジュアンがロンドンに来る前に大ピットは死に、グレイ伯が外相になったのは一八〇六年以降である。

83

しかしながら、彼は閉会時の議会で、
国家が真に自由である時の気高い光景を見た、
すなわち、もっとも誇り高い地位である玉座を、
憲法で認められて、保持する王を見た、
それは、独裁者たちが知らぬことだった――
自由が進歩して彼らの教育を終えるまでは。
目や心に、その光景を畏れ多いものにするのは
単に輝かしさのみではない――民衆の信託があってのことだ

84

そこで彼はまた見た（今どうなっていようとも）
皇子[1]を、皇子の中の皇子を、その当時は
そのお辞儀にすら魅力があり
未来を期待され、隆盛の春にあった。
額には王家の印が記されていたが、
当時は優雅さもあり、どの国でも稀だが、
軽薄な伊達男の感じはまったくなく、
頭のてっぺんから爪先まで完成された紳士だった。

1 皇子とは後のジョージ四世（一七六二―一八三〇）のこと。在位期間は一八二〇―三〇年。

85
先に述べたように、ジュアンは最高の社交界に
受け入れられた。そこでは、残念ながら、
どれほど躾がよくて、屈託がなくとも、
しばしば起こることが起こった――
彼は人目を引く振舞の他に、
才能と機嫌の良さを示したが、そのことが
当然のことだが、彼を誘惑にさらした、
自身はそんな機会を避けたのだが。

86
しかし、何を、どこで、誰と、いつ、なぜ、
これらのことを急いで一まとめに語ることはできない。
わたしの目的は（人が何と言おうと）道徳なので、
一人でも読者の瞼を濡れないままにしておき、
彼の感情を萎れてしまうまでかき乱し、
フィリップの息子[1]がアトス山を切り刻もうと
提案した時のように、哀感（ペーソス）の巨大な記念碑を
刻んで作るかどうか、わたしには分からない。

1 フィリップの息子はマケドニアの王、アレクサンダー大王（三五六―三二三BC）のこと。事実は、プルタルコスによれば、彫刻家のスタシクラテスがアトス山にアレクサンダーの彫像を作ることを提案したが、王はその案を斥けたという。

87

ここで我々の序の第十二巻が終わる、
この本の本体が始まる時には
結末はこうなると、人が予測するのとは
異なる構造になることが、読者には分かるだろう、
計画は今のところは調合中だ。
読者よ、君に読むことを強いることはできない。
それは君の問題で、わたしの問題ではない。真に気概ある者は
軽視を招くことも、それに耐えることも恐れてはならぬ。

88

もしわたしの雷電が常に耳を聾せずとも、
読者よ！　思い出してほしい、これまでに
自然や血糊から生み出された最悪の嵐と、
最高の戦闘をお見せしたことを、その他には、
もっとも崇高な――神のみの知る――ものがある――
高利貸しすらこれ以上を期待できないだろう――
しかしわたしの最高の巻は、天文学に関するものを
除けば、「政治経済学」を扱うことになるだろう。

89

それこそが今、読者に人気のあるテーマだ。
民衆には財産を守る最後の手段もないから、
破産する最善の方法を教えるのは
愛国的な慈善行為になる。わたしの計画は
（珍しさのためだけでも残しておくが）
きっと人気を博することだろう。
それまではすべての国債減少論者の説を読み、
偉大な思想家たちについて、諸君がどう思うのか教えて欲しい。

第十三巻

1

さて今度はまじめになるつもりだ――
そうなってもいい頃だ、なぜなら最近は
笑いがあまりにもまじめに受け取られているからだ。
美徳が悪徳をからかうと、罪だと呼ばれ、
有害だと酷評される。その上、悲哀は崇高の源泉だ、
もっとも長ければ、わたしの歌は高くかつ荘重に舞い上がる、
それゆえ、わたしの歌は高くかつ荘重に舞い上がる、
やせ細って一本の円柱になった古い寺院のように。

2

アデライン・アマンダヴィル夫人
（これは古いノルマンの名前で、あのゴート族の地の
最後の戦場[1]を今でもさまよう者たちが
家系図の中に見出すもの）――彼女は
高貴な生まれで、父親の遺言により裕福になり、
美人溢れるイギリスにおいてさえ
美しかった――勿論、真の愛国者はこの国が
肉体と精神を育むのに最善の土地だと考える。

1 一〇六六年のノルマン征服を指す。この時、バイロンの先祖もノルマンディからイングランドへ来た。

3

わたしは反駁しない、それはわたしの役目ではない。
彼らの好みに任せるのがきっと最善だろう。
目は目だ、黒くても青くても、
人がいいと思えば、どちらでもいい、
色合いについての論争は愚かしいこと——
もっとも優しい者が基準になるかもしれぬから。
女性はいつも美しいはずで、三十歳になるまでは
男たちは皆、不器量な女の存在を認めてはならない。

4

あの穏やかでどこか退屈な時期の後、
より静かな日々に向かうあの厄介な角を曲がれば、
その時、我々の月がもう満ちてはいないが、
我々はより大胆に批判しあるいは称賛するかもしれぬ。
なぜなら「無関心」が激情を和らげ、
落ち着かせ始め、我々は「叡智」の道を歩むのだから。
また、姿形や容貌がそれとなく知らせてくれる、
若い者に活躍の場を譲る時が来たことを。

5

わたしは知っている、すべての役人と同じく
自分の地位を辞するのを嫌がり、この時期を
先送りしたいと願う者がいることを。
しかしそれはキメラ[1]のような幻想にすぎない、
なぜなら彼らは人生の昼夜平分点を通り過ぎたのだから。
それでもクラレットやマデイラがあり、
無味乾燥な衰退期を潤してくれる、他にも
慰めになる州議会や国会そして借金などがある。

6

それに宗教や選挙法改正はないというのか、
平和や戦争、各種の税金、いわゆる「国家」も、
嵐の中で水先案内人[1]になろうとする努力も、
土地持ちと金持ちとしての投機はないというのか。
あの幻覚にすぎない愛の代わりに、
二人を暖かくする、互いを憎み合う喜びがないのか。
ところで、憎しみははるかに長続きする楽しみだ、
人は急いで愛するが、憎む時には時間をかける。

1 ライオンの頭、山羊の体、蛇の尾を持ち、口から火を吐く伝説上の怪獣（ギリシア神話）。

1 ジョージ・キャニング（政治家）は小ピットの誕生日（一八〇二年五月二三日）の晩餐会で詩を朗読した。リフレインは「水先案内人は嵐を乗り切った」というものだった。

7

あの偉大な道徳家、無遠慮なジョンソンは
きわめて正直に「わたしは正直に憎む奴が好きだ」[1]と
明言した。このことは、これまでの千年間、
あるいはもっと長い間、告白された唯一の真実で、
あの立派な奴はおそらく冗談で言ったのだろう――
わたしはと言えば、一介の傍観者に過ぎず、
宮殿や茅屋ある所はどこであれ注視する、
ゲーテのメフィストフェレスの流儀さながらに、

8

しかし、度を過ごして、愛したり憎んだりはしない。
今はかつての自分とは違う。時にわたしが
冷笑するなら、そうせざるを得ないからであり、
また時には、わたしの詩にぴったり合うからだ。
わたしは心から人の悪を糾し、罪を罰するよりも、
抑制しようとするだろう、もしもセルバンテスが、
キホーテのあまりに真実すぎるあの話の中で、
こんな努力がすべて失敗することを、示さなかったならば。

1 ジョンソン博士は、バサースト博士のことを「彼は素晴らしい憎み手だ」と言った（ボズウェル『ジョンソン伝』にジョン・ウィルソン・クローカーが付した注）。

9

あらゆる物語の中でそれはもっとも悲しく、
我々を微笑ませるゆえに一層悲しい、
主人公は正しく、常に正義を追い求める。
悪の抑制が唯一の目的で、困難にもめげず
戦うことが報酬だ。彼を狂わせるのは彼の美徳！
しかしその冒険は哀れな光景を呈する――
もっと哀れなのは、あの眞の叙事詩が
物思う者すべてに教えた偉大な教訓だ。

10

不正を糾し、悪に復讐し、乙女を助け、
卑劣漢を滅ぼすこと、独力で強者の一団に
立ち向かい、無力な土着の民を異国のくび木から
解放すること――悲しいかな、いとも高邁なる意図も、
古い唄のように、単なる「空想」の戯れのための
独創的な主題でなければならないのか、
冗談、謎、そして万難を排して求める「名声」なのか、
ソクラテスすら「叡智」のキホーテにすぎないのか。

11

セルバンテスはスペインの騎士道を笑い飛ばした、
笑い一つで祖国の利き腕をへし折った――あの時以来、
スペインに英雄が現われたことは稀だった。
騎士道物語が人を魅了できた間は、
世界はその輝かしい装いの前に屈服した。
それゆえ彼の書物は大いに有害だった、
その結果、作品としての栄光のすべてが
祖国の破滅という高価な代償で購われたのだ。

12

わたしは「またいつもの狂気」[1]――脱線に取り付かれて、
アデライン・アマンダヴィル夫人のことを忘れてしまった、
ジュアンが出会った中でもっとも宿命的な佳人のことを、
ただ彼女は不道徳ではなく、悪意もなかった。
しかし「運命」と「情熱」が網を広げ（宿命とは
我々自身の意志の都合のいい言い訳だ）、二人を捕まえた――
捕まらない者はいないとわたしは思う。しかし
わたしはオイディプス[2]ではなく、人生はスフィンクスだ。[3]

1 「あなたの夫はまたいつもの狂気」（『ウインザーの陽気な女房』四幕二場二一―二二）。
2 オイディプスは気付かずに父を殺し、スフィンクスの謎を解いて、母親を妃とした（ギリシア伝説）。
3 スフィンクス（胸から上部は女でライオンの体に翼を備えた怪物）の謎とは、「朝は四足を有し、昼は二足、夕は三足となり、足の多い時ほど弱い動物は何か」というもの。オイディプスは「それは人間だ」と正答した（ギリシア神話）。

13

わたしはこの話を、語られているままに伝え、
あえて決着をつけようとは思わない、「ワタシハダーウス！」[1]。
さあそれでは夫婦の話にとりかかろう。
優しいアデラインは華やかな世界の喧騒の中の
女王蜂だった、美しいものすべての鑑だった。
その魅力はあらゆる男の話題となり、女を沈黙させた、
女が黙るのは奇跡で、この時もそう考えられた、
あれ以来、まだ二度目の奇跡は起こっていない。

14

彼女は貞淑で、「中傷」も絶望するほどだった、
そして大いに愛した者と結婚していた。
国家の様々な会議で知られた男で、冷静で
イギリス人そのものだった。物事に動じなかったが
時には熱く燃えて行動する傾向もあった、
彼は自身と妻を誇りとしていた、世間は悪口を
一切言わず、二人は安定しているように見えた——
妻はその貞淑さにおいて、夫はその尊大さにおいて。

1「わたしはダーウス、オイディプスではありません」（テレンティウス『アンドロスの女』一幕二場二三行）。

15

仕事上生じた外交関係がたまたまあって、
それぞれの地位にある彼とジュアンが
しばしば親しく接触することがあった。
彼はよそよそしく、見かけ倒しの外観に
引かれはしなかったが、ジュアンの若さ、
根気そして才能が、彼の尊大な心を動かし、
尊敬の基盤を形作った、そして結局のところ、
「礼儀」が友人と呼ぶものに人々はなるのだ。

16

かくしてヘンリー卿は慎みと高慢さの
許すかぎり注意深く、十二分に時間をかけて
人を判断した——一度判断を下すと
正邪は問わず、敵味方は関係なく、
高慢さの持つあらゆる強情さが彼にはあった、
それゆえ傲慢の潮は引くことを知らず、
指図されることを軽蔑して、愛しあるいは憎む、
なぜなら自らのよき意思がそうと決めたのだから。

17

だから彼の友情や嫌悪の情も同じように、
しばしば正当な理由に基づいていたが、
先入観をさらに裏書きするもので、
ペルシャ人やメディア人の慣習[1]のように、
前例を決して変えようとはしなかった。
彼の感情には、普通の好みに伴う三日熱のような、
本来笑うべきものをも嘆かせる、あの不思議な発作――
単に人の評判にすぎない、熱や悪寒を伴う瘧（おこり）はなかった。

18

「人は成功を意のままにはできぬ、しかし
センプロニウスよ、さらに努力しても、見返りはない」[1]、
わたしの言葉を信じよ、これ以上は悪くはならない。
気を付けて、時を待ち、時節に合わせよ、
圧力が強すぎたら、そっと退くことだ。
良心については、ただ勇気づけることを学べ、
というのも競走馬やボクサーのように訓練をしておくと、
試された時には、何の苦もなく大奮闘するだろうから。

1「王様、どうぞこの禁令を出し、その書面にご署名ください。そうすれば、これはメディアとペルシャの法律として変更不可能なものとなり、廃止することはできなくなります」（『ダニエル書』六章八節）。

1「成功するかどうかは人間の自由にはならない。しかしセンプロニウスよ、さらに努力してその見返りを得よう」（ジョセフ・アディソン『カトー』一幕二場七七行、一七一三）のパロディ。

19

ヘンリー卿も上に立つことを好んだ、
身分の上下に関係なく、大抵の人はそうだ。
最低の者でも、自分の身分の力を発揮するために
さらに劣った者（少なくともそう考える者）を見つける、
なぜなら孤独な「自尊心」がのしかかる重荷ほど、
人を疲れさせるものは滅多にないからだ。
人は惜しみなく重荷を分割したがり、
他人に担げと命令して自分は馬で行くのだ。

20

生まれも地位も財産においても同等だったので、
彼はジュアンに勝るとは主張できなかった。
年齢では時の流れのもたらす優位性があった、
そして、国においてもそうだと思った——
なぜなら大胆なイギリス人は自由に話し書くことができ、
多くの近代国家はこれを目指しても無駄なのだ。
それにヘンリー卿は一流の論客だった、だから彼ほど
夜遅くまで議会を開かせておく者はまずいなかった。

21

これらが長所だった、それから彼は考えた――
考えることは短所でもあったが、陰険ではなかった――
つまり、彼は大臣だったので、宮廷の秘密に
彼以上に通じているものは滅多にいなかったことだ。
彼は教えられたことを教えるのを好んだ、
そして混乱ある時には大いなる輝きを放ち、
人を飾るすべての性質を調和させていた、
常に愛国者で、時には猟官運動者だった。

22

彼はこの穏やかなスペイン人の落ち着きを好み、
その従順さを尊敬するほどだった、なぜなら
若くても物柔らかな態度で賛意を示し、
反対する時には、常に誇り高い謙虚さがあったから。
ヘンリーは世間を知っていた、そして時に土壌の豊穣さを
示すような過失を、堕落と見ようとはしなかった、
それは最初の収穫の後に雑草が残らない場合だが――
もしそうなれば抑えるのが大変難しくなるからだ。

23

それからマドリードやコンスタンティノープルなど、
遠くの場所について、彼はジュアンと話をした、
そんな所では人はいつも命じられた通りに行動するか、
あるいは異国風の優雅さで、すべきではない事をした。
競走馬についても話した、大方のイギリス人のように
ヘンリーは乗馬が得意だった、そして競馬を愛した。
ジュアンは生粋のアンダルシア人にふさわしく
馬を乗りこなした、暴君がロシア人を乗りこなすように。

24

このようにして、貴族の夜会、外交上の晩餐会、
そしてその他で、交際が深まった——なぜなら
ジュアンは秘密結社の上級会員のように、
与党と野党の両方に好意的に受け入れられたから。
彼の才能についてヘンリーは確信していた、
所作は高貴な母親から生まれたことを示した。
育ちと才能が一致する者に対して、
男たちは皆、歓待の姿勢を見せたがるもの。

25

某街区（スクウェア）と言っておこう、通りの名を言って
秩序（スクウェア）を乱すことは避けよう、なぜなら人は
とても批判的で、作者の麦畑に毒麦の種を蒔いて[1]
夢にも思わぬところで、情事についての
私的で不名誉な仄めかしを刈り取るのだ。
情事は今も昔も悪名高く、これからも
そうあるべきで、それゆえわたしは前もって宣言する、
ヘンリー卿の屋敷は某街区（スクウェア）にあったと。

26

さらに広場（スクウェア）や通りの名前を匿名にしておく
もう一つの敬虔なる理由があった、
それは社交界の一季節に
家庭内の裏切りというささいな胸の震えで、
名望家が揺れないということは滅多にないからだ——
それは「醜聞」が喜んで掻き立てる話題で、
わたしもそんな話題に遭遇するかもしれない、
貞節そのものの広場（スクウェア）を知っていたら話は別だが。

1「人々が眠っている間に、敵が来て、麦の中に毒麦を蒔いて行った」。（『マタイによる福音書』一三章二五節）。

27

確かに、ピカデリー[1]を選んでもよかった、
そこはささいな過失（ペカディロ）も起こらない所だ。
しかし、分別のあるなしにかかわらず、わたしには
あの清らかな聖域をそっとしておく動機がある。
だから、ふしだらなことが何も起こらぬ場所、
すなわち、無垢な心の純潔な社を見つけるまでは、
わたしは広場も通りも路地も名指しはしない、
そんな所と言えば——だがロンドンの地図は失くしてしまった。

28

だから某広場（スクウェア）にあるヘンリー卿の屋敷では
他の多くの貴族の子弟や、家紋の代わりに
才能しかない者たちと同じく、ジュアンは
選ばれた歓迎の客だった。富しかない者もいたが、
富はどこへ行っても通行許可書になるものだ。
あるいは、確かに最高の推薦条件である
流行（ファッション）を追うだけの者もいた——そして
立派な身なりは、大概、他の条件に優る。

1 バイロンは一八一五年三月二九日から翌四月二三日まで、デヴォンシャー公爵夫人所有のピカデリー・テラス一三番地の邸を借りていた。ここで夫人との別居問題が起こり、彼はイギリスを後にした。

29
「助言者が多ければ安全だ」[1]と
ソロモンは言った、あるいは彼の代わりに誰かが、
賢くて真面目な気分の時に言った——
確かに、このことが証明されるのを
日毎我々は見る、議会や法廷の冗漫な論争の中に、
賢者たちが集まり練り歩くところはどこにでも、
そしてそれはイギリスの現在の富と幸せについて、
我々が推測できる唯一の原因なのだ——

30
しかし男には「助言者の多さで安全性が
継ぎ木される」ように——女の場合、
知り合いが多ければ、「美徳」は眠ることがない。
たとえ「美徳」が揺らいでも、選択はより難しくなるだろう——
多様性それ自身が邪魔をするのだ。
暗礁が多ければ、我々は一層難破に気を付けるもの。
女についても同じこと、多様性が自己愛に
どれほど衝撃を与えても、軽薄男の群の中にいれば安全だ。

1 「指導しなければ民は滅びるが、参議が多ければ救われる」(『箴言』一一章一四節)。

31

しかしアデラインがそんな楯を
必要とすることは稀だった、だから
正しい美徳や良き教育の価値はほとんどなかった。
彼女の主たる頼みは自身の高邁な精神にあり、
人それぞれにふさわしい判断を下した。
媚については、それを見せることを軽蔑した、
人々の称賛は保証されており、それを意識することは
ほとんどなかった、あたかも日常的に所有する物のように。

32

彼女は誇示することなく、誰にも丁寧だった、
ある者には嬉しがらせる類の好意を示したが、
それは妻や娘の品位を損なうような
痕跡を何一つ残さない風に伝えられた――
称賛に値する者、あるいは値するという評判だけの者には、
優しく愛想のよい礼儀の心を示した、
それはただ嘆かわしくも栄光ある者たちに[1]
栄光的であることをただ慰めるために、

1 バイロンはウェリントンのような、栄光を勝ち得た人物のことを考えているのだろう。彼はウェリントンの栄光には常に否定的だった（九巻一連および次の連参照）。

33

栄光は時折の例外を除けば、
すべての点で、退屈で侘しい添え物だ。
あの著名人たちの幻影を見詰めよ、
彼等は過去や現在の称賛の、迫害の称賛の、
操り人形劇だ。もっとも恵まれた者を
今一度見詰めよ。月桂樹の飾る額の上に
炎と燃える落日の後光の中に、
諸君は何を認めるのか――一片の金ぴかの雲だ。

34

アデラインの物腰には、勿論
あの物静かな貴族的な上品さもあった、
それは「自然」の表現しようとするものが何であれ、
昼夜平分線を超えることはなかった、
中国の官吏が見事なものを何も見ないように――
少なくとも彼の態度は、見るものが何であれ
大満悦していると推測されることを許さない、
我々はこの態度を中国人から借りたのかもしれぬ――

35

それともホラティウスの「何モノニモ驚カナイ」[1]から
学んだのか、それは彼の言う「幸福の術」だった。
この術に関して、芸術家は大いに意見を異にし、
まだ大した成功を納めてはいない。
しかしながら、用心深くするのは当を得たことだ、
確かに、無関心から悩みは生じない。
上流社会において向こう見ずな熱狂があったりしたら、
道徳上の酩酊以外の何物でもないことになるだろう。

36

だがアデラインは無関心ではなかった、
なぜなら（今度は陳腐な比喩だ！）
雪の下に火山はもっと多くの溶岩を
秘めているように――等々。続けようか――否！
わたしは使い古された暗喩を追い詰めるのは嫌いだ、
だからよく使われる火山は使わない。
かわいそうに！　何としばしば、わたしや他の者によって
煙ですっかり咽せるほど、火山はかき立てられたことか。

1　ホラティウス『書簡詩集』一巻六章一―二行。「『何ものにも驚かない』といふことこそ、人を幸福にし又常に幸福にして置く殆ど唯一無二にものです」（田中秀央・村上至孝訳『ホラーティウス　書簡集』）。

37

わたしはすぐに別の比喩を使おう――
シャンパンのボトルはお気に入りか。
凍らせて、葡萄酒の氷となって
残っているのはあの不滅の雨の数滴だけ、
しかし正にその中心に、値のつけようのない
グラス一杯分の液体が残される。
これは、もっとも濃厚な葡萄が広がった姿で
搾り出すことのできた、どんなものより濃厚だ、

38

それは酒精すべてが精髄と化したものだ。
このように冷え切った表情が、冷たい存在の陰に
甘露を隠し、凝縮させているかもしれない。
このような人は多いが、わたしは彼女のことを
言っているだけで、今、彼女から道徳の教えを引き出す、
詩神（ミューズ）はつねに道徳に足を踏み入れようとしてきた――
お前たちの国の冷たい人間は限りなく貴重だ、
一度、あの忌々しい氷を砕いてしまった時には。

39
しかし結局、彼らは北西へ航路[1]を取り
魂の熱いインドに向かう。
あの使命を帯びて送り出された良き船が
厳密には極地を確かめたとは言えないように
（パリー[2]の努力は幸運を予感させるが）、
かくして紳士方は浅瀬に乗り上げるかもしれない、
なぜなら極地への道が開かれず、厳寒のままだったら、
（見込みは）航海あるいは船の喪失ということになる。

40
若い初心者は女という大海原を
静かに航海することから始めるのがよいだろう。
初心者でない者は、「時」がその灰色の
合図の旗で召喚する前に、港へ向かう思慮を
持つべきだろう。そして過去の時制、
あらゆる人事に関するあの侘しい「終リヌ（フイムス）[1]」は、
断らねばならぬ。一方、人生のか細い糸は、
大口をあけた相続人とさいなむ痛風の間で引き伸ばされる。

1 カナダの北岸経由でインドへ向う航路。

2 イギリスの探検家ウィリアム・パリー（一七九〇—一八五五）は、一八一九年から一八二五年にかけて北西の航路を求めて数回探査を試みた。

1 「日が来てついにわれわれは、トロイア人であり終えた。イーリオン・トロイアの栄光も、みんなあり終えた」（『アエネーイス』二巻三二五—三二六行、泉井久之助訳）。

41

しかし天には気晴らしが必要で、その気晴らしは
時に残酷なもの――でも構わずにおこう。
世界は全体として（たとえ慰めにすぎなくとも）、
すべては優しいと主張してもいいだろう。
二つの原理からなるペルシャ人の
例のあの悪魔的な教義[1]は、信心を困惑させ、
あるいは頸木（くびき）に繋いできた他のいかなる
教義と比べても、同じだけ多くの疑問を後に残す。

42

七月に終わり、八月に再開する
イギリスの冬は今や去った。
今や御者の天国だ、車輪は飛ぶ。
東西南北、道路を馬車は行く。
しかし誰が早馬に情けをかけるものか、
人が憐れむのは自分か息子に対してだ、
それには常に前提条件が付く、件（くだん）の息子が大学で
知識よりも多く借金を抱えていないという条件が。

1 ゾロアスター教のこと。宇宙と人類の歴史を善悪二原理の対立・抗争として説く。バイロンは『マンフレッド』や『カイン』の中でこの教義の影響を受けた。

43

ロンドンの冬は七月に終わる——
時には少し遅く。これは間違いない。
他のどんな手抜かりがわたしの両肩に
のしかかっても、わたしのミューズは
気象学の鏡であると、断言せねばならぬ、
なぜならば議会が我々の晴雨計（バロメーター）なのだから。
急進派には他の法令を攻撃させておけばよい、
我々の唯一の暦となるのは議会の会期だ。

44

水銀柱が零度に下がると——見よ、馬車、
乗合馬車、荷物、手荷物、従者付き馬車を！
車輪はカールトン宮殿[1]からソーホー[2]へと旋回する。
馬を雇える者はもっとも幸せだ。
公道は埃で光る、ロトン通り[3]は今の輝く時代の
騎士たちがいなくなって眠りにつく。
商売人は長い勘定書を手にして、顔を引きつらせ
溜息をつく——その一方、御者は引き綱にしがみつく。

1 カールトン宮殿については、一〇巻八五連の注参照。摂政殿下（一八二〇年以降はジョージ四世）の住居。
2 ロンドンのウェスト・エンドにある、あまり高級ではない地域。
3 ハイド・パークにある道で、上流階級が乗馬の練習や馬車を御する稽古をした。

45

商売人とその勘定書き、すなわち「二人のアルカディア人」[1]は、
次の会期のギリシア暦の毎月の第一日目[2]に委ねられる、
ああ、現金を奪われた者にいかなる望みが
あるというのか、溢れんばかりの希望はある、
あるいは贈り物としてしぶしぶ認めた、
期限の長い、気前のよい為替手形もある――新しい手形を
手にするまでのものだが――それは額の大小は問わず、
安値で売りさばかれる――その他に過大請求の慰めはある。

46

しかしこれらは瑣末事。馬車に乗った我が卿は
我が卿夫人の横でうとうとしながら田舎へ飛んで行く。
進め！　進め！　「元気のいい馬！」が合言葉だ、
そして結婚後の心と同じく素早く馬は変えられる。
愛想のよい宿屋の主人が馬の交換をしてくれる、
御者は料金に文句をつける理由は何もない、
しかし水をかけた車輪がしゅーと鳴って
動き出す前に、馬丁はわずかな心づけをせがむ。

1　「二人とも花の盛り、二人ともアルカディア人」（ウェルギリウス『牧歌詩』七篇四行）。四巻九三連参照。
2　ローマ古暦では月の第一の日をカレンヅと言うが、ギリシア暦にはその呼び名がない。したがって「ギリシア暦の一日」とは決して存在しないことを指す。

47

それは聞き入れられ、従僕は御者台に上る——
貴族たちや紳士たちのあの侍従は。そして奥様の
奥女中も乗る、隅にはおけないが、飾り立てられて、
しかし詩人のペンが描けないほど控え目だ、
「富メルモノハカクノゴトク旅ヲスル！」[1]
（時に使う外国語の誤用をお許しあれ、わたしは
ただ旅したことを示したいだけ、引用したり
あら探しすることを学ばねば、旅する値打ちがない）。

1 原語はイタリア語。

48

ロンドンの冬と田舎の夏は終わりかけていた。
「自然」が自分に似合う衣をまとう時に
汗をかく都市で、最高の数カ月を無駄にして、
あまり賢いとも機知があるとも思えない討論を聴いて、
夜鳴き鶯があまり鳴かなくなるまで待つということ、
それは残念なことだろう、そうなって初めて
愛国者たちが真の「カントリー」[1]を思い出せるとは——
しかし九月になるまでは（雷鳥を除き）禁猟だ。

1 祖国（カントリー）よりも自分たちの大邸宅（カントリー・ハウス）の方が大事だということ。

49

わたしの長広舌は終った。社交界は消えた、
この世は四千人[1]のために造られたのだが、
その彼らが消え失せた、彼らの言う自分一人になるために――
その意味は、見せびらかすための三十人の召使と
同数あるいはそれ以上の客人とともに消えたということ。
客の前では、同数の揃いの食器が毎日きちんと並べられ、
食事の重さに呻くのだ。誰も古きイングランドの歓待に
文句を言ってはならぬ――量が質となって凝縮されるだけのことだから。

50

ヘンリー卿とアデライン令夫人は出発した、
身分を同じくする他の仲間の貴族たちと
まこと立派な館へと、千年の歴史ある
ゴシック風の聳え立つ館へと出発した。
彼らほど長い家系を誇れる者はいなかった、
「時」はその家系の英雄と美女の間を縫って行く。
家系に劣らぬ古い樫の木が先祖のことを
語っていた、それぞれの木が一つの墓となって。

1 社交界の人数を指す。一一巻四五連参照。

51

どの新聞も彼らの出発について
短い記事を載せた、それが現代の名声だ、
広告以上に、あるいはそれと同じ程度しか
注目が長続きしないとは残念なことだ。
インキが乾く間もなく、名声は冷める。
『モーニング・ポスト』紙が最初に公表した――
「H・アマンダヴィル卿と奥方のA夫人、
本日、田舎の屋敷へ向け出発。

52

「聞くところによれば、著名な主人は
今秋、多くの選り抜きの高貴な友人の
集まりを饗応するとのこと。
ごく信頼すべき筋によれば、その中
D伯爵は地位と流行に飾られた
多くの者と、狩猟の季節を過ごす。
また秘密のロシア使節団の外交官である
高位の外国人も含まれるとのこと」

53

これが記事だ――誰が『モーニング・ポスト』を疑おうか。
（その掲載記事は教会の「三十九ヶ条」[1]のようなもの、
深く信じる者がその正しさを断言する）――
我らが陽気なロシア風スペイン人は、ポープの言う
「大胆不敵にも食事する者たち」[2]と共に、
主人から反射される光に飾られて、輝く運命にあった、
これは奇妙だが本当だ――前の戦争の報道については
戦死者や負傷者より、こんな晩餐客に関するものの方が多かった――

1　一六世紀制定の英国国教の教義で、聖職に就く者はこれに誓いを立てる。

2　ポープ『ダンシアッド』四巻三一八行。原文の時制は過去になっている。

54

一例がこれだ、「木曜日の大晩餐会の出席者は
A卿とB卿とC卿」――伯爵や公爵の名前は
戦いの勝利者に劣らぬ物々しさで告げられた、
次に下位の者が続き、まったく同じ欄に、
日付に続いて「ファルマス[1]発。高名なる
スラップ・ダッシュ[2]連隊、昨今、当地に滞在、
最近の戦闘における戦死者を悼む、
欠員補充さる――官報を見よ。」

1　イングランド南西部コーンウォール州の海港。一八〇九年バイロンはここから二年間の旅に出発した。

2　スラップ・ダッシュには「ぞんざいな」や「ずさんな」の意がある。

55

ノーマン・アビー[1]へと、高貴な夫婦は疾走した——
それはかつてとても古い修道院だったが、
今では一層古い館となり、貴重にして希少なる
ゴシック風建築が混ざり、これに匹敵する例は
めったに現存しない、と美術家は皆認める。
それはやや低地に位置しているだろう、
なぜなら修道士たちは彼らの信心を
風から守るために、背後に丘を好んだから。

56

それは幸せな谷に抱かれて立ち、
聳える森を頂き、「ドルイドの樫」[1]が、
軍を鼓舞するキャラクタクス[2]のように、
雷の一撃に対して両腕を広げていた。
大枝の下から、まだら模様の森の住人たちが
飛び出すのが見えた——夜が明けると
小鳥のようにさらさら流れる小川の水を飲みに、
枝分かれした角持つ牡鹿が、群とともに駆け下りた。

1 ノーマン・アビーは、バイロンの先祖伝来の館、ニューステッド・アビーがモデルとなっている。もっとも現実の館を写したというより、こうあれかしとバイロンが願った姿のようである。

1 バイロンの大伯父はニューステッドの樫の森を切り倒したが、「ドルイドの樫」と名付けられた木は、隣人たちが購入して伐採を免れた。

2 紀元五〇年頃活躍したブリトン人の王。侵入してきたローマ軍に九年間抵抗した。

57

館の前には澄んだ湖があった、
透明で、深く、広く、川の水が
絶えず注ぎ込まれていた、それは
いくつもの細流となり、まわりに広がる
静かな水面に穏やかに流れ込んでいた。
野禽は茂みや菅（すげ）の中に巣を作り、
水の寝床に卵を抱いた。森は水際へ
傾き下り、緑の顔で湖を見据えていた。

58

湖は出口から激しく流れ出て、泡で煌きつつ
急な滝となったが、ついにはより甲高い谺は
ふたたび納まり――おとなしくなった幼児のように――
静まって穏やかなさざ波となり、滑るように流れて
小川となった。かくして鎮まって
決められた道を辿り、時には輝き、
時には森の中に曲水を隠した。そして空が
影を落とすのに合わせて、澄みあるいは青くなった。

59
ゴシック風大寺院の輝かしい遺構
（教会がまだローマのものだった時のもの）が、
偉大なアーチとなって半ば離れて立っていた、
それはかつて多くの回廊を隠していたが。
今やこれらは消え去った――芸術の損失だ。
アーチはなおも堂々たる風情で大地を睨みつけ、
いと荒々しい者の胸にも熱い思いをかき立て、その胸は
あの尊いアーチを見詰めて、行進する時や嵐の力を嘆いた。

60
小尖塔の近くの壁龕（へきがん）の中に、十二人の聖人が
かつては神聖な石像として立っていた。しかし
これらは崩れ落ちた、それは修道士が滅びた時[1]ではなく、
チャールズ[2]が王座から打ち倒された戦いの時だった、
その当時、それぞれの館が小さな要塞だった――
滅びた数多くの家系の年代紀が語っているように――
勇ましい王党員たちは、退位する術も統治する術も
知らなかった者たちのために、空しくも戦った。

1　ヘンリー八世は一五三六年と三九年の間に、各地の修道院を解散して、その所領を没収した。
2　チャールズ一世（一六〇〇―四九）は清教徒革命により断頭台で処刑された。

61

しかしより高い壁龕には、ただ一人、
神の子の聖母マリアが冠を頂いて
祝福された腕に息子を抱き、周りを見ていた、
他のすべてが破損された時も偶然にも破壊を免れて。
彼女はその下の土を聖地のようにした。
はかないとっぴな迷信かもしれないが、
宗旨が何であれ、社のほんの些細な遺物でさえ、
何か神聖な思いを目覚めさせるものなのだ。

62

無数に彩色されたガラスを奪われて、
中心が空ろになった巨大な窓、かつては
そこを通って、太陽から流れ出た栄光が
天使の羽のように、深みを帯びて差し込んだが、
今ではただ侘しく口を開けるのみ。透かし彫りを通して
風が吹き抜ける、喧しくまた弱々しく、そしてしばしば
梟が賛美歌をうたい、沈黙した聖歌隊席は
横たわる、ハレルヤの歌声は火のように消されて。

63

しかし月の出る真夜中、天の一点から風が
吹いて来ると、この世のものとも思えぬ
不思議な呻き声が聞こえ、次にそれは
快い調べとなる——巨大なアーチの間を
駆り立てられ、消えゆく音調となって
舞い上がりまた沈む。ある人たちはこう考える、
それは遠くの谺にすぎず、滝によって夜風に戻され、
昔の聖歌隊席の壁によって和音になるのだと、

64

次のように考える者もいる、何かある元の姿が、
もしくは荒廃によって作られた形が、
この灰色の廃墟に人を魅する声を与えたと
(もっとも、エジプトの太陽光線で暖められ、決まった時刻に
ハープの音を奏でるメムノン[1]像の力には及ばないが)。
悲しげに、だが静かに、それは木や塔の上を通り過ぎる、
わたしにはその原因は分からず、解明もできないが、
それは事実——わたしは聞いた——聞きすぎたかもしれぬ。

1 メムノンはエチオピアの王。テーベにあった彼の巨像は曙光に触れると音楽を奏でたと言う。

65
中庭の真ん中にゴシック風の泉が戯れていた、
均整がとれていたが、奇妙な彫刻で飾られていた――
仮面舞踏会の人のようにおかしな顔があった、
これはおそらく怪物、あれは聖人なのだろう。
花崗岩でできた気味の悪い口からは
泉水が噴出し、煌いて水盤の中に落ち、
泉水の小さな急流は無数の泡となって消えた、
人間の空しい栄光、それ以上に空しい苦悩のように。

66
館自体は広大で神々しく、他の場所で
保持されているものより、修道院の趣があった。
回廊は未だに堅固だった、そして
独居房も食堂もそうだ、とわたしは思う。
精妙な造りの小チャペルは未だ損なわれず、
その場を飾っていた。残りの部分は
改装され、取り替えられ、あるいは崩れ落ち、
修道士よりも封建領主について多くを物語っていた。

67

巨大な広間、長い廊下そして広い部屋は
様々な芸術様式の、合法的とはいえぬ結婚で
結ばれており、玄人を驚かすかもしれぬが、
結合して一つの全体を形作り、部分的には
不規則でも、見事な印象を心に残した、
少なくとも心の中に眼を持つ者には。
我々が巨人を見詰めるのはその大きさのゆえ、
最初は、自然に合致するかどうかは判断しない。

68

鉄の鎧の封建領主らは、次の世代では溶かされ、
絹をまとって、ガーター勲章付きの陽気な伯爵の列となり、
よく保存されて、壁から一瞥を投げかける。
花咲き染めた、長い金髪の巻き毛の娘ら、
令嬢メアリーたちも自らの位置を守っていた、
そして衣や真珠をまとった成熟した伯爵夫人たち、
またサー・ピーター・レーリー[1]の描く美人もいて、
惜しみなく褒めてもよいと、衣の襞が我々に仄めかす。

1（一六一八―八〇）英国で活躍したオランダの肖像画家。

69

まこと物々しいアーミンの法服[1]の判事たちが
そこにいた、これらお偉方の顔付きを見れば
彼らが権力より正義を重んじて、申し立てを
決するとは、被告には考えにくかったであろう。
たった一つの説教も残さなかった主教たちもいた、
そして見た目も恐ろしい法務長官たち、こう言うのも
彼らが（我々の判断にねじれがなければ）
人身保護令状[2]よりも星室裁判所[3]を思い起こさせるからだ。

1 英国の上級判事や貴族はアーミン（オコジョ）の毛皮服を身につけた。一〇巻五〇連を参照。

2 人身保護の目的で拘禁の事実や理由などを聴取するため、被拘禁者を出廷させる命令書。一六七九年に発布。

3 星室裁判所は陪審を用いず専断的だったので、民衆の反対を受けて一六四一年に廃止された。

70

将軍の中には甲冑に身を包んだ者もいる、
鉛（レッド）が優勢（リード）[1]になる前の古い鉄の時代のことだ。
モールバロ公爵[2]の勇敢な部隊の鬘をつけた者もいたが、
それらは我々堕落した種族の十二倍以上の大きさだった。
白い職杖や金の鍵[3]をつけた小貴族もいた、
馬もはみだすほどのカンバスに描かれた狩猟家（ニムロド）も。
ここかしこに厳しくも高慢な愛国者が立っていたが、
彼らは請願した地位を得ることはできなかった。

1 「鉛」と「優勢」はスペルがleadで同じ。銃器の進歩で鎧が役に立たなくなったこと。

2 （一六五〇—一七二二）ブレナムの会戦でフランスのルイ一四世の軍に大勝した（一七〇四）。

3 白い職杖は財務大臣が、金の鍵は侍従長が身に着けた。

71

しかし時には、これら歴代の栄光の数々で
疲れた目を休ませるために、カルロ・ドルチや[1]
ティツアーノの絵、[2]あるいは荒々しいサルヴァトーレ[3]の
より激しい絵の群があった、こちらではアルバーノ[4]の
少年たちが踊り、あちらでは海がヴェルネ[5]の
大海の光を帯びて輝いた、かしこでは殉教者の話が
見る者に畏怖の念を起こさせた、スパニョレット[6]が
あらゆる聖人の血すべてで絵筆を染めたから。

72

ここではロラン[1]の風景が何と甘く広がることか、
そこではレンブラント[2]が彼の闇と光を等しくくし、
暗いカラヴァジョ[3]のさらに暗い着色が
痩せた禁欲的な隠者をブロンズ色にした。
だが見よ！　テニールス[4]の絵が言い寄るが
無駄ではない、目はより生き生きした光景を愛でる。
彼の鐘の形をした杯を見て、わたしは喉が渇き、すっかり
デンマーク人[5]かオランダ人になった――見よ！　ライン酒の瓶[6]だ。

71

1（一六一八―八六）宗教画で有名なイタリアの画家。
2（一四七七―一五七六）ヴェネツィア派の画家。肖像画や聖書を題材にした絵が多い。
3 サルヴァトル・ローザ（一六一五―七三）イタリアの画家。戦争画を描いた。
4 フランチェスコ・アルバーニ（一五七八―一六六〇）イタリアの画家。神話をテーマにしたフレスコ画をよくした。
5 クロード・ジョセフ・ヴェルネ（一七一四―八九）はフランスの画家。最初の海洋画家。
6 スペインの画家ホセ・リベラ（一五九一―一六五二）の通称。神話やイエスの生涯の挿話や聖人の死の場面を描いた。

72

1（一六〇〇―八二）フランスの風景画家。
2（一六〇六―六九）有名なオランダの画家。
3（一五六五―一六〇九）イタリアの画家。聖書の挿話を激しく描いた。
4 テニールスは父ダフィート（一五八二―一六四九）と息子ダフィート（一六一〇―九〇）の二人がいた。ともにフラ

73
おお、読者よ！ もし汝が読むことができるなら――
分かって欲しい、綴りが書けても、
たとえ読むことができても、読者になるには
十分ではない、と。汝とわたし双方に美徳が必要だ。
第一に、初めから始めよ、（もっとも
その条項は難しい）、第二に、進行せよ、
第三に、最後から始めるな――ないしは
この種の罪を犯すなら、せめて初めで終えよ。[1]

74
しかし読者よ、最近、汝は我慢強い、
一方わたしは、詩に対する後悔も恐れもなく
どんどん建物を築き、土地の区画もしたので、
フォイボス様[1]はわたしを競売屋と見なしている。
詩人たちが最古の時代からそうだったことは
ホメロスの「船のカタログ」[2]を見れば明瞭だ。
しかし一介の現代人は控え目であらねばならぬ――
だから家具や食器については書かないでおこう。

ンドルの風俗画家。どちらかを指すのか、両方を指すのか、ここでは不明。

5 「もし間違っていなければ、（例のデンマーク人）はイアーゴーの（見事な飲みっぷりの）諸国民のカタログの中の一つである」（バイロン原注）。

6 「あそこの連中は差された酒は絶対に避けない、底なしだ。デンマーク人だったドイツ人だって――おい、飲めよ！――イギリス人にあっちゃかたなしだ。」（『オセロ』（二幕三場七六―九行）小田島雄志訳）。

1 「初め」と「最後」には猥褻な意味が隠されているようだ。

1 太陽神としてのアポロ（ギリシア神話）。

2 ホメロスはギリシア軍を構成する船団を一つずつ説明して、カタログ化する（『イーリアス』二章四八二―七六二）。

75
成熟の秋が来た、そしてそれとともに
約束の一行が秋の楽しみを味わうために来た。
麦は刈られ、荘園は猟の獲物で一杯だった。
ポインターは走り回り、赤い上着の猟人は
藪を叩く——彼の狙いは山猫のように鋭い、
袋は獲物で一杯、手柄も見事に一杯だ、
はしばみ色のウズラ！　ああ、輝くキジ！
ああ、汝ら密猟者よ！——これは百姓の気晴らしにあらず。

76
イギリスの秋には葡萄がない、小道沿いに
バッカスの宝冠を頂いて、頬を染める葡萄がない、
陽光溢れる歌の国では、路の上を遠くまで
花綱が赤い葡萄に巻きつく、しかしイギリスでは
選りすぐりの葡萄酒を選んで購入できる、
軽いクラレットや強いマデイラを。
もしイギリスがその侘しさを嘆くのなら、
こう言ってやろう、最高の葡萄畑はワイン貯蔵室（セラー）だと。

77
それゆえに、あたかも南国の秋の日を、
季節を寂しい冬ではなく、第二の春に
託すかのように見せる、あの静謐なる凋落が
イギリスにはないとしても――
屋内の楽しみが山ほどある――
季節で一番早い暖炉の石炭の炎が。
戸外でもイギリスは豊潤さで競えるだろう、
失った緑を黄色で手に入れるのだから。

78
女々しい田園の休日には――
猟犬よりも角笛の方が多い――狩がある、
あまりに活発なので、聖人さえも誘惑されて、
数珠を手離し楽しい競争に参加しかねない。
ニムロッド[1]自身もドラ[2]の平原を去って、
しばらくはメルトンの上着[3]を着るかもしれない――
イギリスに野生の猪がいないなら、獲物になるべき
飼い慣らされた猪[4]の保護地域がある。

1 ニムロデはノアの曾孫で狩の名人（『創世記』一〇章八―九節）。
2 「ネブカドネツァル王は一つの金の像を作った…これをバビロン州ドラという平野に立てた」（『ダニエル書』三章一節）。
3 紡毛織物を使った狩猟用のジャケット。
4 原語はboreだが、これには退屈させる人間の意もある。

79
大邸宅（アビー）に集まった高貴な客人は——
女性に先を譲るとして[1]——
フィッツ・ファルク公爵夫人、クラッビー伯爵夫人、
シリー令夫人、バジー令夫人、エクラ嬢
ボンバジーン嬢、マクステイ嬢、オタビー嬢
それに金持ちの銀行家の妻、ラバイ夫人がいた、
そしてスリープ夫人閣下、彼女は
白い子羊に見えたが、実際は黒い羊[2]だった、

80
その他には某（ブランク）伯爵夫人たち——でも身分（ランク）は高い、
群衆の中の芥（リー）であり華（エリート）である者たちで、
水槽で漉された水のように流れ、
生れつきのかげりはすっかり清められて敬虔になる、
あるいは銀行が金に換えた紙のように。
如何に何ゆえに、そうなのか、それはどうでもよい、
社交界への許可証（パスポート）が盛りを過ぎた（パセ）者と過去（パースト）を隠す、
上流社会は敬虔さに劣らず寛容さゆえに名高い、

1 ここに登場する女性には、当時は誰を指すのか分かる人や、風刺的な目的で名付けられている人などがいる。例えば、クラッビーには「気むずかしい」、シリーには「愚かな」の意味がある。

2 黒い羊は悪い人物、厄介者の意。

81

それも、ある点までのこと、どこで
句読点を打つのかがもっとも難しい。
上流社会ではうわべが接点を成すように見え、
句読点はそこにかかっている、それゆえ
誰も感情を爆発させて、「消え失せろ、魔女よ」[1]とは
叫ばないし、各々メーデイア[2]にはそれぞれのイアソンがいる。
あるいは（ホラティウスとプルチ[3]における要点だが）
「楽シミヲ実利ニ混ゼル者ハ皆ノ票ヲ得ル」[4]のだ。

82

わたしには彼らの正義の法則を正確に辿ることができない、
それは少し賭けに似ているようだ。
わたしはある社交界グループの陰謀によって、
面目を失った貞淑な女性を見たことがある。
またある既婚婦人が大胆に戦い、
策略を用いて、社交界に復帰したのも知っている、
彼女は傷跡を残さない、ささいな嘲笑を少し浴びただけで
逃げおおせ、まさに天空のシリア[1]として輝いた。

1　『マクベス』一幕三場六行と『リア王』三幕四場一二四行。
2　メーデイアは魔法使いで夫イアソンが金の羊毛を得るのを助けた。イアソンに見捨てられて、子供たちを殺した（ギリシア伝説）。
3　プルチ（?―一四三一―八四）イタリアの詩人。彼の『巨人モルガンテ』は八行連を使った滑稽叙事詩。バイロンはこの作品の詩型と文体の影響を受け、またその第一巻を訳した。
4　ホラティウス『詩論』三四三行。原文はラテン語。

1　本来は大犬座のシリウス（狼星）だが、バイロンは女性形のシリアを使って、雌犬とした。

83
わたしは口にする以上のことを見てきた――
だが我々は田舎の生活(ヴィレッジャトゥーラ)がどうなっていくのかを見よう。
一行は最上層階級の三十三人から成ることだろう――
上流社会のブラーマン[1]だ。わたしが
名を挙げたのは少数で、最高位の者ではなく、
詩の進行につれて偶然に取り上げた者だ。
こんな連中の中にはいつも点在する形で、
アイルランドの不在地主も散見された。

1 インドの最高位のカーストに属する僧侶や祭司階級。

84
威張り散らす法律家、パローレス[1]もいた、
彼はすべての戦闘を法廷と上院に限り、
別の所に招待されると、実際
戦争よりも言葉に強い執着を示した。
若い詩人、ラックライム[2]もいた、彼は最近
姿を現し、六週間だけ光る星のように明滅した。
それに偉大な自由思想家のピロウ卿[3]もいた、
また大酒飲みのサー・ジョン・ポトルディープ[4]も。

1 シェイクスピア『終わりよければすべてよし』に登場する人物で、大威張りする臆病者。ここではバイロンの処女詩集『怠惰の時』を酷評したヘンリー・ブルームを指す。
2 ラックライムには「韻を拷問にかける」の意がある。
3 ピロウは懐疑論の祖であるギリシアの哲学者ピュロン（?-三六〇―?-二七二BC）の名をとっているらしい。
4 ポトルは液量の単位で二ガロン。酒の意味もある。九巻一八連参照。

85

ダッシュ公爵[1]がいた、彼は——そう、公爵だった、
「然り、どこから見ても」[2]公爵だった。シャルルマーニュの
勇士のように、十二人の貴族[3]がいた、見かけと知性の点で
まことの貴族だったので、誰が見ても聞いても
彼らを平民と間違えることはなかった。
六人のローボールド嬢[4]たちがいた——愛らしい娘たち！
彼女らはまったく歌と情緒そのもの、
心は修道院より宝冠のことで一杯だった。

1 六代目デヴォンシャー公爵、ウィリアム・キャヴェンディッシュのことか。日記で彼のことを褒めている。
2 「そう、どこから見ても王だった」（『リア王』四幕六場一〇七行）。
3 フランク王国の王シャルルマーニュ（七六八—八一四）の宮廷には一二名の勇士がいた。
4 「未熟で大胆」の意あり。

86

四人の尊敬すべき紳士[1]がいた、尊敬という文字は
往々にして名前の後ではなく前についていた、[2]
策略に長けた勇ましい騎士[3]がいた、有り難いことには
フランスと幸運が彼を最近ここへ送ってきた、
彼の主たる無害な能力は楽しませることにあった。
しかし色々なクラブはそれをかなり真剣な笑いと考えた、
なぜなら——彼の喜ばせる魔力は見事なものだった——
サイコロさえも彼の即答の妙に魅せられるようだった。

1 「尊敬すべき」の原語は Honourable で伯爵の次男以下の子息に付く。
2 尊敬は称号であって本人の属性ではないということ。
3 この騎士はフランスのモントロン伯爵カシミールを指しているらしい。追放されて一八一二—一四年にロンドンにいた。賭けに堪能だった。

87

形而上学者のディック・デューピアスがいた、[1]
彼は哲学と美味なるディナーを愛した。
自称数学者のアングルも、[2]偉大な競馬の勝者の
サー・ヘンリー・シルヴァーカップもいた。[3]
尊師ロドモント・プリシジャンは[4]
罪よりも罪人の方をより憎んだ、
オーガスタス・フィッツ・プランタジェネット卿は
何でもうまくやったが、特に賭けに秀でていた。[5]

88

巨漢の近衛兵、ジャック・ジャーゴンがいた、[1]
戦場で有名なファイアフェイス将軍がいた、[2]
偉大な戦術家で、それに劣らぬ剣術家、
最近の戦争では殺した以上のヤンキーを食った。
剽軽者（ひょうきん）のウェールズの判事、ジェフリーズ・ハーヅマンがいた、[3]
彼は厳粛な職務には完璧なまでに長けていたので、
罪人が宣告を受けに現れた時、
慰めるために判事としての冗談を言った。

1 デューピアス (Dubious) は原語では疑わしい、疑い深いなどの意。ホイッグ党員のサー・ジェームズ・マッキントッシュ（一七六五—一八三二）か。バイロンはロンドンで彼によく会った

2 アングル (Angle) は原語では角度の意。初期の計算機を考案した、数学者チャールズ・バビッジ（一七九二—一八七一）のことか。バイロンの娘エイダは数学をよくし、バビッジを尊敬した。

3 シルヴァーカップ (Silvercup) は競馬で与えられる銀杯の意か。

4 ロドモントはアリオストの『狂えるオルランド』に登場する傲慢なサラセン人の首領。プリシジャン (Precisian) には厳格に宗教の教えを守る人を指し、ピューリタンの意もある。

5 第四代グラフトン公爵、ジョージ・ヘンリー・フィッツロイ（一七六〇—一八四四）のことか。競馬の賭けがうまかった。

1 ワーテルローの戦いで活躍した、巨漢のサー・ジェームズ・マクドナルドを指す。

2 北アメリカの提督だったサー・ジョージ・プレヴォスト（一七六七—一八一六）。アメリカとの戦争（一八一二）

での決断の鈍さで有名。

3 機知で知られたウェールズ人の判事、ジョージ・ハーディング（一七四四—一八一六）を指す。

89

よき仲間とはチェス盤のこと——王（キング）、女王（クイーン）、僧正（ビショップ）、
騎士（ナイト）、城（ルーク）そして兵卒（ポーン）[1]が。この世はゲームだ。
違いは人形が自分で紐を引くことだ。
思うに、陽気なパンチ[2]にも似たところがある。
わたしのミューズの蝶には羽しかなく、針はない、
そしてやみくもに澄んだ天空を飛び回り、
めったに留まりはしない——もしミューズが雀蜂なら、
そのことを嘆く悪徳もあることだろう。

1 すべてチェスの駒。

2 滑稽な操り人形芝居（パンチ）のグロテスクな主人公。

90

わたしは忘れていた——でも忘れてはならない——
会期の最後を務めた雄弁家のことを、
彼は淀みない、よく準備された演説[1]をした、
それまでの討論に挑んだ彼の初めての
処女演説だった。いくつもの新聞はまだ
この初舞台の響きを伝えていた、それは
強い印象を与え、日毎目にするものに匹敵した——
「これまでの処女演説の中で最上のもの」だった。

1 議会でのバイロンの処女演説（一八一二年二月二七日）のことを指している。

91

「いいぞ、いいぞ」と言われて誇らしく、投票権を
得たことと演説の処女性を失ったことを誇りとし、
（精々引用できる程度の）知識を誇りとして、
彼はキケロ[1]的栄光を大いに楽しんだ。
暗記するための見事な記憶力と
洒落を企み、お話を作る機知と
多少の取り柄とそれ以上の厚かましさに恵まれ、
「祖国（カントリー）の誇り」として彼は田舎（カントリー）へ下ってきたのだ。

92

皆が大喝采する二人の才子がいた、アイルランドの
ロングボウ[1]と、ツイード川[2]地域のストロングボウ[3]だった、
二人とも法律家で教育があった。しかし
ストロングボウの機知はより洗練された類で、
ロングボウは想像力に溢れており、
駿馬のように美しく飛び跳ねた、しかし時には
つまらないことで躓いた[4]——一方、ストロングボウの
最高の機知はカトー仕込みと言えるほどだった。[5]

1 （一〇六—四三ＢＣ）ローマの政治家・雄弁家・著述家

1 ジョン・フィルポット・カラン（一七五〇—一八一七）を指す。

2 ツイード川はスコットランド南東部から北海に注ぐ川。

3 トマス・アースキン卿（一七五〇—一八二三）を指す。

4 小カトー（九五—四六ＢＣ）ローマの政治家・軍人・ストア哲学者。六巻八連注1参照。

5 両者とも機知のある雄弁家で、政治的にはリベラル。ロングボウが第二代モイラ伯爵（一七五四—一八二六）、ストロングボウはサー・ジェームズ・マッキントッシュという説もある。八七連注1参照。

93

ストロングボウが調律したてのハープシコードのようなら、
ロングボウはエオリアン・ハープ[1]のように奔放で、
天の風はこのハープと調和することを求め、
フラットでもシャープでも楽の音を生み出す。
ストロングボウが話せば、一語も変える気にはならないが、
ロングボウの文句には時にはけちをつけたくなるだろう。
二人とも才子だが、前者は生まれつき、後者は教育の賜物、
前者は心の才子、ライバルは頭の才子だった。

94

もしも読者に、これらすべての人物が
田舎の地所に集う雑多な集団に見えるなら、
こう考えて欲しい、どの階級でもその見本は、
退屈な二人だけの会話よりましだ。悲しいかな、
喜劇の時代は終わった！　コングリーヴの道化[1]が
モリエールの阿呆[2]に匹敵できた時代は。
社交界は極端なほど角がなくなったので、
作法の違いは衣装の違いと同じくほとんど区別がつかない。

1　羊の腸線を反響箱に張った楽器。風が吹くと鳴り出す。「ストロングボウ」や「ロングボウ」の「ボウ」には楽器の弓の意味もある。

1　『独身の老人』（一六九三）に登場するサー・ジョセフ・ウィットル。

2　『町人貴族』（一六七〇）に登場するジュールダンが考えられる。

95

我々の嘲笑の対象は目立たなくしてある、
十分に滑稽だが、同時に退屈なのだ。
専門職ももはや専門的ではなくなり、
愚行の果実から摘み取るものは何もない、
なぜならこのような阿呆が大勢いても、
奴等は不毛で、苦労してもぎとる値打ちもない。
社交界は今や一つの磨かれた集団で、
二大部族から成る、退屈した者と退屈させる者との。

96

だが今度は耕すことを止めて落穂拾いになり、
わずかだがよく脱穀された真実の穂を集めよう。
優しい読者よ！　お前が意味を拾い集める時、
お前はボアズで、わたしは――控え目なルツだろう。[1]
引用を続けてもいいが、聖書が介入してきて、
それを禁じる。わたしは若い時代にアダムズ夫人[2]から
強い印象を受けた、彼女はこう叫んだ、
「教会外での聖書の引用は冒瀆である」と。

1　ボアズは自分の畑でルツに落ち穂を拾うことを許した。後にルツはボアズの妻になる（『ルツ記』二章）。

2　フィールディング『ジョセフ・アンドルーズ』（四巻一一章）で、食事の準備を夫が命じた時に彼女は拒否する。そこでアダムズが妻は夫に従うべきだと聖書にあると言うと、教会外で聖書の文句を引用するのは冒涜だと言い返す。

97

しかしこの籾殻（もみがら）の悪しき時代に、我々は拾える落穂は
拾い集めている、落穂が穀物ではないとしても。
我々はあの高名な座談の名手、喋る賢者、
キット・キャット[1]を省くべきではないだろう。
彼は備忘録に夜のパーティ用に一ページ分を
毎朝用意していた。「聴け、おお、聴け！」――
「ああ、哀れ、亡霊よ！」[2]――何たる予期せぬ苦しみが
気の利いた言葉を覚えた者を待っていることか。

98

第一に、彼らは紆余曲折を経て、
巧妙な地口へと会話を誘わねばならぬ。
第二に、いかなる機会も逃してはならず、
聞き手を一人でも減らして（減じて）[1]はならず、
大勢集め――できれば大評判を取らねばならぬ。
第三に、誰か才気ある者に試される時には、
決して怯んではならず、決定的な文句を
捉まえよ、それが間違いなく最善の文句になるから。

1 有名な座談家、リチャード・シャープ（一七五九―一八三五）のこと。バイロンは彼のことを「会話のシャープ」と呼んだ。「キット・キャット」は一八世紀前半、ロンドンにあったホイッグ党のクラブの名前。

2 『ハムレット』一幕五場二二行、四行。最初の引用はハムレットの父の亡霊の台詞。次はハムレットの台詞。

1 原語では bate (abate) になっている。ともに減らすという意味。

99

ヘンリー卿と令夫人が主人役（ホスト）だった、
我々が見てきた連中が客だった。彼らの食卓は
亡霊さえも誘惑し、さらなる十分なご馳走を求め、
ステュクス川[1]を越える気にさせるほどだった。
わたしはラグーやローストのことを詳述しない、
もっとも、あらゆる人間の歴史はこう立証する、
人類にとっての幸せは——腹をすかせた罪人（つみびと）よ！——
イヴが林檎を食べて以来、正餐（ディナー）に依るところ大だと。

100

空腹かかえたヘブライの民に差し出された
「ミルクと蜂蜜の流れる」[1]土地を見よ、
爾来、我々はこれに金銭欲を付け足した、
これは唯一必ず報いのある楽しみだ。
青春は褪せ、我らの日々に陽光は照りはしない。
愛人や追従者には飽きがくる、しかし、
おお、甘美なる現金よ！　ああ、誰が汝を失いたいだろうか、
もはや汝を使うことも、悪用することさえできない時でさえ！

1　黄泉の国を七周するという川。渡し守カロンによって死者はこの川を渡り死者の国に入る（ギリシア神話）。

1　「広々としたすばらしい土地、乳と蜜の流れる土地」（『出エジプト記』三章八節）。

101
紳士たちは早起きをして銃猟や
狐狩りに出かけた、若者は狩猟が好きだから――
お遊びと果物の次にまず好むものだ、
中年は日を短くするために狩をする。
なぜなら退屈(アニュイ)はイギリス生まれだが、
我々の言語では表現できないもの――そこで
言葉の代りに事実に立ち向かい、フランス人に
訳させる、寝ても消せないあの恐るべき欠伸を。

102
年配者は書斎を歩き、
本をぱらぱらとめくり、絵画を批評した、
あるいは気の毒にも庭園をぶらぶらし、
温室について何やかやと酷評した、
また、あまり高く飛び跳ねない
仔馬に乗った、あるいは朝刊を読み、
憧れの目で時計を見詰めて、
六十歳で六時が来るのに恋焦がれるのだった。

103
しかし誰にも気詰まり（ジュネ）はなかった、大事な集合の時間には
ディナーの鐘が鳴らされた、だからそれまでは皆
自分の時間を自由に使えた——人と一緒に、あるいは
連れなしで、好きなように時間に耐えることができた、
時間の過ごし方を人に知られることはほとんどなかった。
各人は自分の好きな時間に起き、服を着るのに
好みに応じて時間をかけ、そして朝食を摂った、
いつでも、どこでも、どんな風でもよかった。

104
婦人たちは——ルージュをつけた者、やや青白い者——
思いのままに朝に対面した。天気がよければ
乗馬や散歩をした、悪ければ、読書し、話をし、歌い、
また外国から来た最近のダンスの練習をした。
また次の季節に広まるかもしれぬ流行について討論し、
最新の流儀に従ってボンネットを整えた、
あるいは、十二枚の便箋を一通の書簡に押し込んで、
文通の相手にそれぞれ新たな義務を負わせた。

105
なぜなら恋人が不在の者がおり、また誰にも友人はいた、
この世には女性の手紙に匹敵するものは皆無だ、
天にもないだろう——なぜならそれに終わりがないから。
我々は女性の祈祷書のような手紙の神秘性を愛する、
それは教義のように、けっして意図のすべてを言わず、
ユリシーズが哀れなドロン[1]を誘った時の
口笛のような奸智に満ちている——そんな手紙に
返事を書く時は、注意した方がいい。

1 ユリシーズ（ギリシャ語ではオデュッセウス）とディオメデスは、トロイ人のドロンからトロイの軍隊についての情報を得た。そしてディオメデスがドロンを殺した。ユリシーズが口笛でディオメデスに合図を送ったのは、ドロンが殺された後だった（『イーリアス』一〇巻）。

106
他には玉突きとトランプがあった、サイコロはなかった——
節操正しい男はクラブ以外ではそれはやらない——
水があれば舟遊びがあり、氷が張って厳しい寒さで、
臭覚に頼る狩猟ができない日々はスケートになった。
釣りもあった、アイザック・ウォルトン[1]が
何を歌い語ろうとも、あれは孤独な悪癖、
狡猾で残酷な年寄りの軽薄男は、自分の喉に
釣り針を引っ掛けて、小さな鱒に引っ張ってもらえばよい。[2]

1 （一五九三—一六八三）イギリスの随筆家『釣魚大全』（一六五三）。
2 バイロンは原注で「魚釣りは娯楽と言われるものの中で、もっとも残酷で、もっとも冷酷で、もっとも愚かなものである…いかなる釣り師も善人にはなりえない」と言っている。

107

夜になると、宴会そしてワイン、
座談、二重唱、多かれ少なかれ
天上的な声の相和するもの
（今もわたしの胸と頭は思い出に痛む）。
四人のローボールド姉妹は合唱で輝いたものだった、
ただ、下の二人はハープの前に座ることを
好んだ——それは彼女たちが、優雅な首と
白い手と腕を、音楽の魅力に付け足したからだ。

108

時々、ダンスでは、踊りの迷路の中に
妖精のような姿が見られた（もっとも狩猟日には
紳士方が大層お疲れなので、稀だったが）、
その他に、必要ならお喋りの用意はできていた。
男女の戯れは——礼儀正しかった、女性の魅力が
称賛された、褒める値打ちのあるなしにかかわらず。
狐狩りをした者は今一度狩りをした、
それから、節度を守って退いた——十時に。

109

政治家たちは離れた隅で世界を論じ、
あらゆる領域の問題を解決した。
才子は自分の技を見せようとあらゆるすきを待ち構え、
気の利いた言葉を言おうと懸命だった、
才子であらんとすればおちおち休めない、
一瞬の洒落た言い種（ぐさ）を口にするのに
何年も要したかもしれないのに、その時、
その時でさえ、退屈男が興を殺ぐかもしれないのだ。

110

しかし我々のこのパーティではすべては穏やかで、
貴族的だった。磨かれ、滑らかで冷たく、アッティカの
大理石に刻されたフィディアス[1]の像のようだった。
今では、昔のように地主のウェスタン[2]はいなかった。
我々のソファイアたちはあれほど活発ではなかったが、
その当時と同じく美しいいし、あるいはもっと美しい。
今はトム・ジョーンズのような完成された悪漢はいない、
いるのは石のように硬いコルセットを付けた紳士だけだ。

1 紀元前五世紀のギリシアの彫刻家。
2 ウェスタンはヘンリー・フィールディング（一七〇七―五四）の小説『トム・ジョーンズ』に出てくる荒っぽいが愉快な地主。ソファイアはその娘でトムと結婚することになる。

111

彼らは早い時間に別れた、すなわち
深夜になる前に——それはロンドンの正午だ、
しかし田舎では女性たちは、
月が欠けるより少し早く私室へいく。
閉じた花それぞれのまどろみに平安あれ、
バラはその真の色をまもなく呼び戻さんことを！
十分な眠りは美しい頬のもっとも美しい染物屋で、
ルージュの値段を下げる——少なくとも何度かの冬は。

第十四巻

1

大自然の深淵から、我々自身の思想の深淵から
一つの確実性をもぎ取ることさえできたなら、
人類は見失った道を見つけるかもしれない
だがそうなれば多くのよき哲学が台無しになるだろう。
一つの体系が別の体系を食い尽くす、これは
自分の子孫を食べた昔のサトゥルヌス[1]によく似ている、
なぜなら彼の従順な連れ合いが息子たちの代りに
石ころを与えた時、彼はまったく気にしなかったから。[2]

2

しかし体系はこのタイタン[1]の朝食の逆で、
親を食べる、消化しにくいのだが。どうか教えて欲しい、
しかるべき探求の後に、いかなる問題であれ
諸君はそれを信じ続けられるのかどうかを。
何か頼りになる杭に自分を繋ぎ留め、ある方式を
最善のものと呼ぶ前に、長い過去を振り返るがよい。
自分の五感を信頼しないことほど正しいことはない、
そうだとしても、諸君に何か他の根拠があるというのか。

1 農耕の神。ジュピター以前の黄金時代に世界を支配した主神（ローマ神話）。
2 彼は自分の子を食ったが、ジュピターとネプチューンとプルートが生まれた時、妻のレアは子供たちを隠し、代りに石ころを与え、夫は気付かずにそれらを呑み込んだ。

1 サトゥルヌスのこと。ウラノス（天）とガイア（地）を親とする巨人族の一人。タイタン族はオリンポスの神々と戦って敗れる（ギリシア神話）。

3

わたし自身は何も知らない、何についても
否定も承認も、反駁も軽蔑もしない。
君は何を知っているというのか、生まれて死ぬこと以外は。
そしてこの両方が真実ではないと判明するかもしれぬ。
ある時代が、「永遠の泉」の時代が来るかもしれぬ、
その時、何事も新しくも古くもなくなるだろう。
いわゆる死は人を泣かせるもの、
しかし人生の三分の一は眠りの中に打ち過ぎる。

4

厳しい労働の一日の後に訪れる、
夢なき眠り[1]は我々がとりわけ願うもの、
それなのに土なる肉体は、それ以上に
静かな土から尻込みするとは！
月賦（債権者が嘆く借金を払う古い方法）ではなく、
一度に負債を支払う「自殺」でさえ、
飛び出す息を性急にも吐き出すが、それは
生の嫌悪というよりも死の恐怖のせいなのだ。

1 プラトンの『弁明』の中で、ソクラテスは、死が夢に苦しめられない眠りであれば、歓迎すべきものであると言う。ハムレットも同じ趣旨のことを言う。

5

死は人のまわりに、近くに、ここに、そこに、
どこにもいる。[1] 恐怖から生じる勇気、すべての中で
もっとも向こう見ずな勇気が、それを知るために
敢えて最悪なことをなさんとする——連山が
足下に峰々を聳えさせ、岩の淵が
恐ろしい大口を開ける時、人は断崖越しに
見下ろす——だが一分たりとも見詰められない、
飛び込もうとする恐ろしい願望なしには。

6

その通り、人は飛び込まない——恐怖に襲われ、
青ざめて引き下がる、だが過ぎ去った印象を調べてみよ！
そこに君は見るだろう、自分の想念を
映し出す鏡に身震いしても、真偽はどうあれ、
その自己告白すべてに潜む未知なる物への心の傾きを、
それは秘密の執着心、すべての恐怖をものともせず
飛び込みたい心だ——だがいずこへ、君には分からぬ、
それゆえに、君は飛び込む——あるいはそうしない。

1『ハムレット』一幕一場一四一—四二行。

7

しかしこれは何の役に立つのか、と諸君は言う、
優しき読者よ、何の役にも立たない、単なる思弁だ、
唯一の言い訳は——それがわたしのやり方で、
時には理由あり、時には理由無しで、
真先に頭に浮かぶことを即座に書く。
この物語は語りを意図したものでなく、
陳腐なことで陳腐なものを作り上げるための、
空にして空想的な土台にすぎない。

8

諸君は知るか知らないかだが、あの偉大なベーコンは言う、
「藁を投げよ、風向きが分かるだろう」[1]と。
精神が熱くなるにつれて、人の息で
運ばれる藁、それは詩歌（ポエジー）だ、
それは生死の間を飛ぶ紙の凧、
前に進む「魂」が後ろに投げる影だ。
わたしの詩歌（ポエジー）は泡、称賛を求めて膨らませたのではなく、
子供がするように、ただ遊ぶためだけのものなのだ。

1 「我々は通常、風がどちらへ吹くのか、草か籾殻、あるいは軽い物を空中に投げて知ろうとする」（フランシス・ベーコン『博物誌』八二〇節）。

9

世界はすべてわたしの前にある、[1] あるいは後ろに、
なぜならわたしはその世界の一部を見たが、
それは心に留め置くに十分だ——
熱情も非難されるほど十分に経験し、
わたしへの非難は我らが友人、人類を大喜びさせた、
彼らは名声に低級な金属を少々混ぜるのを好む、
わたしは盛んな時にはかなり有名だったが、
ついには詩で名声を台無しにしてしまった。

10

わたしはこの世界の非難を浴びた、そしてまた
もう一つの世界、すなわち聖職者の非難も——
彼らは決して少なくはない敬虔ぶった中傷で、
わたしの頭上に雷を落とせと命じた。
それでも週に一度は下手な詩を書かずにはおれぬ、
古い読者をうんざりさせ、新しい読者も見つけることなく。
青春時代に書いたのは、頭が満ち溢れていたからだが、
今は頭が鈍くなるのを感じるから書く。

1 「世界はすべて彼らの前にあった」（ミルトン『失楽園』一二巻六四六行）。「彼ら」はアダムとイヴを指す。

11

では「ではなぜ出版するのか」[1]――世間が退屈すると
名声や収益という報酬はない。わたしは逆に尋ねる――
どうして君たちはトランプ遊びをするのかと。
なぜ飲むのか、読むのか――侘しさを減らすためだ。
それは見たり考えたりした悲喜交々について、
色々考察することにわたしを専念させてくれる。
わたしは書くものを流れに任せる、
浮くか沈むか――少なくとも夢を見ることはできた。

12

わたしは思う、もし成功を「確信」していたら
これ以上一行も書くことはできないだろうと。
あまりに長い間、多かれ少なかれ戦ってきたので、
いかなる敗北もわたしをミューズから追い払えない。
この気持ちを表わすのは易しくはないが、
これは気取りではない、そうわたしは考える。
賭けにおいては二つの楽しみのどちらかを選べる――
一つは勝つこと、もう一つは負けることだ。

1 ポープ『アーバスノット博士への書簡』一三五行。

13

その上、わたしのミューズは決して
虚構を扱わず、一連の事実を集める、
勿論、いくらかの留保と僅かな制約はつくが、
主として人間の事物と行為について歌う――
ミューズが反感を買う原因の一つはそれだ。
なぜなら真実が多すぎると、一目で人は遠ざかる。
彼女の目的が栄光と呼ばれるものだけならば、
もっと気楽に、別の話をすることだろう。

14

恋、戦争そして嵐――確かに変化に富んでいる、
それに灯下の執筆による軽い味付けもある。
あの荒野、つまり社交界の鳥瞰図もあり、
あらゆる階層の人間に投げかける一瞥もある。
他に何がなくとも、ここには少なくとも、
準備と出し物は飽きがくるほどたくさんある。
たとえこの詩行が旅行鞄の裏打ちになるだけ[1]でも、
これら詩編のお陰で商売はそれだけうまくいくだろう。

1 売れない本は鞄の裏打ちとして使われる。

15

以下の説教に詰め込むために、
今回取り上げたこの世界の部分は
最近描写されたことはないが、
そうなった理由を決めることはたやすい。
この世界は目立った、愉快な世界に見えるが、
宝石やアーミンの毛皮はみな酷似し、
あらゆる時代を通じて退屈で同族的な類似性があり、
詩作の対象としては大して期待できない。

16

興奮させるものは多くても、高揚させるものはほとんどない、
あらゆる時代のあらゆる人間に語りかけるものは皆無、
すべての過失を覆い隠す一種の上塗り、
彼らの犯罪にさえある種の陳腐さがある。
わざとらしい情熱、ピリッとしないウイット、
真実ゆえに、見せるものは何であれ崇高なものにする
あの真の自然の欠如、性格の滑らかな単調性、
これは少しでも性格を持っている者に言えることだが。

17

時には、確かに隊列を離れる兵士のように、
彼らは算を乱して喜んで教練をやめる、
しかし点呼があると、また怖がって元へ戻り、
今まで通りになるか、その振りをしなければならぬ。
それでも確かに見事な仮面舞踏会には違いない、
しかしこの光景を始めに十分に見過ぎると
色が褪せてくる――少なくともわたしの場合はそうだった、
「快楽」と「倦怠（アンニュイ）」のこの「楽園」は。

18

恋をし、賭けをし、正装し、投票し、名を上げ、
たぶん他にも色々なことをし、ダンディと食事をし、
議員の熱弁を聞き、市場に連れて来られた
多くの美人や、情けない道楽者が飼い慣らされて、
一層情けない夫になるのを見てしまったら、
後に残るのは退屈するか、退屈させるかしかないのだ。
見るがよい、あの「流行遅レノ者タチ」[1]を、
彼らは流れを堰き止め、去り行く世間から去ろうとしない。

1 原語はフランス語。

19

人は言う——確かにこれはみんなの苦情だが——
社交界（モンド）を描くにあたり、当然あるべきように
正確に描くのに成功した者は誰もいない、と。
こう言う者がいる、著者たちは道徳的愚弄の種を
用意するのに、門番を買収して、不思議にして
奇妙な、ささいな醜聞を手に入れるだけだ、と。
また、彼らの本には共通する一つの文体しかないと——
つまり侍女の言葉で濾過された奥様のお喋りだけだと。

20

しかし現状はそうはなりえない、なぜなら
作家たちは社交界（ボーモンド）の潜在的な一部となってしまったから。
わたしは彼らが軍人にもひけをとらないのを見た、
特に若い時代はそうで、若さは不可欠だ。
自ら最重要だと見なすことを書く者として
彼らの描写はどうして失敗するのか——
もっとも高貴な種族の「真」の肖像画は。
それは実のところ、描くべきことが無きに等しいからだ。

21

「ワタシハ知ラズシテ話シハシナイ」、これらの話は
「ワタシガ少シ関与シタ些細ナ」[1]出来事だが、
それでもわたしは関わっている。さてこんなことより、
わたしはもっと楽に、後宮、戦争、難破そして
心の歴史について描写ができる。その上、そんな話は
知らせたくない理由があるので、別にとっておきたい。
「秘密ノケレス[2]ノ聖ナル儀式ヲ漏ラス者ハ入レナイ」[3]——
その意味は、凡俗なる者は関わってはならぬということ。

22

それゆえわたしがさっと書き上げるものは観念的なもの——
フリーメイソンの歴史のように、程度を落とされ、
修正されているが、わたしの書くものと現実との関係は、
パリー[1]船長の航海とイアソン[2]のそれとの関係のようなもの。
偉大な極意は、そのすべてを人には見せないもの。
わたしの音楽には神秘的な旋律があって、
心得なき者にはどうしても
味わえないものが多々ある。

1 ウェルギリウス（七〇—一九BC）『アエネーイス』二巻九一行「これを知らないものはない!」。同二巻五—六行「その残念なことどもを、わたし自身も見ましたし、しかも大きい役割を、わたしは演じておりました」（泉井久之助訳）。バイロンは原典を少し変えている。
2 穀物・実りの女神（ローマ神話）。
3 ホラティウス『オード』三巻二節二六行。

1 ウィリアム・パリー（一七九〇—一八五五）は北極を探険した。
2 イアソンは金の羊毛を求めてコルキス国へ出かけた（ギリシア神話）。

23

悲しいかな！　世界は滅びる——そして女は、世界を
滅ぼして以来、[1]その活動を完全に諦めてはいない
（それは真実であるよりも、礼儀に欠けるあの歴史以来、
信条として非常に厳しく守られてきたゆえに）。
女とは、可哀想に慣例に左右される者！　強要され、強制され、
間違えば犠牲者になり、正しければしばしば殉教者になり、
産褥を強いられる者、男たちがその罪ゆえに
顎のひげを剃る責任を負わされたように——

1 原罪を犯したイヴのこと。

24

日々の災難は、集積されると
全体として出産に匹敵する。
しかし女については、彼女たちの状況の
真の苦しみを、誰が理解できるというのか。
女の情況への男の同情にすら、
多くの利己心とそれ以上の疑念がある。
女の愛、徳、美そして教育は
国民を生むための、よき家政婦を作り出すためにある。

25

これはすべて大変結構なことだろうが、これ以上
よくなりえない。しかし実際、これすら難しい、
誕生以来、無数の困難が女を襲い、
敵味方を区別するものはほんの僅かで、
鍍金（めっき）はすぐに足枷から剥がれてしまう、
だから――誰でもいいから女に訊いてみよ
（つまり三十歳の時に）、どちらになりたいかと、
男か女か、男子生徒か女王か、どちらがいいのかを。

26

「ペチコートの支配」というのは大きな不面目だ、
それに服従する者さえもそれから逃がれていると、
思われたがるものだ、鯉（ローチ）が空腹のカマスから逃げるように。
しかし、人生の四輪馬車の様々な揺れによって、
この世の我々はその影響下に連れて来られるので、
わたしとしてはペチコートを尊敬する――
神秘的な崇高に満ちた衣を、素材は
ラセット[1]でもシルクでもディミティ[2]でも構わない。

1　小豆色の手織りラシャ。
2　バイロン卿夫人はディミティを好んだ。一巻九四連参照。

27

わたしは大いに尊敬する、そして若い時代には
崇めもした、あの清らかできれいなベールを、
それは守銭奴の蓄財のように宝を内に隠し、
隠すすべてによって一層魅力的になる――
それはダマスカスの剣[1]を収める黄金の鞘、
秘密の封蝋を押した愛の手紙、
悲しみの癒しだ――なぜならペチコートとそこから覗く
足首を前にしては、一体どんな苦痛があるというのか。

1 刃に波状の文様のある鋼刀。

28

例えば、シロッコ[1]の吹く
静かな陰気な日に、
海さえも泡でぼんやりして
川の漣が不機嫌そうに流れ、
空があの太古の灰色を、陽の輝きに対する
沈んだ悲しい対照を見せる時、
そんな時、何か楽しいものがあるとしたら、
きれいな百姓娘を一瞥するだけでも楽しいもの。

1 北アフリカから南ヨーロッパ地方に吹きつける熱風。

29

我々は我らが男女の英雄たちを、
十二宮の星座の影響をまったく受けない、
気候に頼らないあの美し国に残してきた、
もっとも確かにそこは詩にするのは難しい、
なぜなら太陽や星、輝くもののすべて、そして
山々や、我々がいとも崇高になり得るすべてが
そこではしばしば、焦げ茶色[1]のようにものうく侘しいから、
空の色であれ、借金取りの商人であれ同じこと。

30

室内の生活はもっと詩的ではない、
戸外では通り雨も驟雨も霙も降る、
それでは田園詩も書けそうにもない――
しかし事態がどうあれ、詩人なる者は、
自身の企てを駄目にするか、仕上げるために、
大小、あらゆる困難に対処せねばならぬ、
そして火と水の両方に幾分邪魔されながら、
物質に作用する霊のように働き続けねばならない。

1 原語はdun、焦げ茶色の外に借金取りの意味もある。

31

ジュアンは――この点では少なくとも聖人のように――
あらゆる種類の人に気に入られて、
不平もなく満足して生きてきた、
戦場、船中、田舎家あるいは宮廷で――
めったに挫けないあの幸せな心に生まれつき、
骨折り仕事や楽しみ事に控え目に加わった。
同じく彼はすべての女性に気に入られた、
ある種の女たらしの気障な態度なしで。

32

外国人には狐狩は奇妙なものだ、
それはまた二重の危険に曝されている、
まず落馬すること、その結果、不器用な外国人は
楽しい物笑いの種になるということだ。
だがジュアンは復讐者になったアラブ人のように、
小さい時から荒野を巡っていたので、
彼の馬や軍馬、狩猟馬や駄馬は
巧い乗り手を乗せていることを知っていた。

33

さてこの新分野で、いくらか拍手を受けて
彼は生垣や溝や二重の柵や塀を飛び越え、
決して「逡巡」もせず、失策もほとんどなく、
臭跡が薄れた時に、やきもきしただけだった。
確かに猟の決まりをいくつか破った――
なぜならいかに賢明な若者さえ脆いものだから。
おそらく彼は馬で踏みつけることもあっただろう、
時には猟犬を、一度は何人かの田舎紳士の上を。

34

しかし概して、自分も馬も上手に
扱ったので、衆目の称賛を受けた、
地主たちはよそ者の取り柄に驚嘆した。
田舎者は「畜生め、まさかここまでやるとは！」と叫んだ――
狩する世代の助言者である父親たちは絶賛し、
昔の情熱を思い起こした。
猟犬係りさえ心を和ませ、にやりと笑い、
助手くらいはやれると彼を評価した。

35

これらが彼の狩猟の記念品（トロフィー）だった——槍や盾ではなく、
跳躍、疾駆そして時には狐の尻尾だった。
しかし認めねばならぬ——この点に関してわたしは
イギリス人としての愛国心で赤面するが——
彼は洗練されたチェスタフィールド伯爵[1]のように
心中思った、伯爵は丘や谷や茂みなどを超えて
長らく獲物を追跡した後、彼の乗馬は完璧だったのだが、
次の日に尋ねた、「狩猟を二度した者はいるのか」と。

36

彼にはまた、長い間狩猟をした日の翌朝
早起きする者には珍しい資質があった、
彼らは冬には、雄鶏が十二月の眠い太陽を
ものうい一日の旅へと呼び出す前に目覚めるが——
それは女性にとっては好ましい資質、
女性の柔らかいよどみなき言葉が速やかに流れる時、
女性は聖人でも罪人でも聴き手を好むものだ——
つまりジュアンは晩餐の後に眠り込みはしなかった。

1 第四代伯爵、フィリップ・ドーマー・スタナップ（一六九四—一七七三）のこと。政治家で著述家。彼のこの言の出典は不詳。

37
彼は快活に生き生きと、注意して待ち受け、
女たちの主張することにいつも調子を合わせ、
もっとも流行っている話題に耳を傾けて、
対話の最上の部分で目立った。時に真面目、
時に陽気、だが決して鈍くも、生意気でもなく、
ただ密かに笑うだけ——抜け目のない悪戯っ子だった！
出しゃばって間違いを糺すことは一度もなかった——
つまり、彼ほどいい聞き手は決していなかった。

38
さらに彼は踊りもできた——外国人は皆
踊りの身振り（パントマイム）の雄弁さにおいては、
真面目なイギリス人を凌駕する——本当に、
彼は見事に踊ったのだ、めりはりつけて、
良識も忘れず——これはダンスでは不可欠なのだ。
彼は芝居がかった見せかけなしに踊った、
訓練される乙女たちの先頭に立つ
バレエの教師ではなく、紳士のように。

39

ステップは慎み深く、守るべき枠を越えず、
優雅さがその姿に振りまかれていた。
俊足のカミラ[1]のように、床を掠めないほどで、
活力を表に出さず、むしろ抑制するのだった。
それに音楽をよく理解していたので
気紛れな批評家の厳しさなど物ともしないほどだった。
正統的なステップが――ミスなしの――我々の英雄を引き立て、
彼はボレロの化身のように斜めに横にと素早く動いた、

40

あるいはグウィード[1]の有名なフレスコにある
アウローラ[2]から逃れるホーラ[3]のようだった、
それだけでもローマに旅する価値があるのだが、
古代世界唯一の玉座の面影は、もはやそこにはなかった。
ジュアンの動きの「全体的効果」には、穏やかな理想のもつ
優雅さがあった、それは滅多に示せないもの、
けっして描かれることのないもの。なぜなら
詩人や散文家の嘆くことだが、言葉には色彩がないから。

1 ディアーナの侍女で足が早かった（ローマ神話）。「足早いカミラが野原を疾走する時」（ポープ『批評論』三七二行）。

1 グウィード・レニ（一五七五―一六四二）はイタリアの画家。バイロンは彼のフレスコ画「アウローラ」を、一八一七年にローマにあるパラッツオ・ロスピリオージの天井に見たと思われる。
2 あけぼのの女神（ローマ神話）。
3 季節の女神（ギリシア神話）。

41

彼が人気者だったのは何の不思議もなく、
大人のキューピッドとして大いに称賛された。
少し甘やかされていたが、決して完全にそうではなかった。
少なくとも自分の虚栄心は表に出さなかった。
まことに如才なく、清純な者も、それほどでもない者も、
ともに喜ばせることができた。一悶着（トラカスリ）が
大好きなフィッツ・ファルク公爵夫人は、
一寸した婀娜（アガスリ）っぽさで彼に接し始めた。

42

彼女は美しい、熟れきった金髪女、
華麗な社交界では、何年もの間、冬の季節には
魅力的と思われ、人目を引き、もてはやされた。
その手柄に関することは言わずにおこう、
これは危険な領域に属するから。
その上、人の言うことには嘘があるかもしれぬから。
彼女の最近の行動はオーガスタス・フィッツ・
プランタジェネット卿[1]に対する熱い求愛だった。

1　一三巻八七連の注参照。

43

この高貴な人物はこの新たな恋愛遊戯に対して、
少しばかり不機嫌な様子を示し始めた。
しかし恋する者はそんな些細な放縦には、
女性軍に許されている単なる気儘には、耐えねばならぬ。
敢えて叱責せんとする男に災いあれ！
そんなことをすれば、極めて不愉快な状況を
促進させるだけのこと、だが、これは
計算家が女性に期待する時にはよく起こることだ。

44

周りの者たちは微笑み、囁きそして冷笑した。
令嬢方はつんとし、既婚夫人は眉をひそめた。
恐れるようには事が運ばないことを願う者がいた。
そんな女の存在を認めようとはしない者もいた。
聞いた話の半分さえも決して信じない女もいた。
困惑した様子の者、訳知り顔の者もいた。
オーガスタス・フィッツ・プランタジェネット卿のことを
心から気の毒に思い、憐れむ者たちも何人かいた。

45

しかし奇妙なことは、公爵の名を口にする者が
誰もいなかったこと、彼はこの件について少しは
関係していると人は考えたのだが。確かに彼は不在だった、
噂によれば、連れ合いがいつ、どこで、何をしているのか、
ほとんど関心がないとのことだった。彼女の浮気に
彼が我慢できるなら、誰にも目を見張る権利はない。
二人の関係は、疑いもなく、最高の夫婦関係だった、
決して交わらないゆえに、仲違いもできないのだ。

46

だが、こんな悲しい詩句を書かねばならぬとは！
美徳への抽象的な愛に燃えて、彼女は、
我がエフェソス人のディアーナ[1]、すなわち
アデライン夫人は、公爵夫人の振舞が
放縦すぎると考え始め、あんな悪い道を選んだことを
大変遺憾に思い、礼儀も前より冷やかになり、
友の脆さを見て、青ざめ、深刻な様子を示した、
そんな脆さには、大方の友は感情的にはならないのだが。

1 小アジアの古都、エフェソスではディアーナは豊穣の女神として崇拝された。ギリシアやーマの神話ではディアーナは純潔と狩猟の女神なので、アデライン夫人がそんな女神と見られたい、という風にバイロンは書いているふしがある。

47

この悪しき世界で同情に比すべきものはない、
それはまこと心と顔に似つかわしいもの。
調和のとれた溜息を優しい音楽に合わせ、
甘い友情をブリュッセルのレースに包む。
親切にも過失を見つけ出して、このように
慰めてくれる友がいないと、人類はどうなることか、
「もっとよく考えたらよかったのに！　ああ、わたしの忠告に
耳を傾けてくれさえすればよかったのに」と言って。

48

おお、ヨブよ！[1]　お前には二人の友がいたが
一人で十分だ、特に我々が不安な時には。
彼らは悪天候の時には、下手な水先案内人、
治療よりも謝礼の高さで名高い医者だ。
最初の秋風で葉が落ちるように、
友が離れていっても、不平をこぼさないでよい、
ともかくもお前の状況が上向きになれば、
コーヒー・ハウスへ行き、別の友を見つけたらいい。[2]

1 ヨブにはエリファズ、ビルダドそしてツォファルの三人の友がいた（『ヨブ記』二章一一節）。

2 「スウィフトかホラス・ウォルポールの手紙にあったと思うが、友達をなくして嘆いている者に皆の友が答えた、『わたしが友をなくしたら、セイント・ジェームズのコーヒー・ハウスへ行って、別のを見つけるよ』と」（バイロン注一八二三）。

49

だが、これはわたしの処世訓ではない、そうだったら
胸の痛みのいくつかは免れたことだろう、でも気にはしない——
わたしは波や嵐に曝されても、磨り減ることのない
固い甲羅で護られた亀にはなりたくない。
人は耐えられること、耐えられないことを
見たり感じたりする方が、概してよい、
それは繊細な者に洞察力を教え、
無駄骨を折らないようにしてくれる。

50

忌まわしくも恐ろしい悲痛な響きすべての中で、
梟の歌よりも、真夜中の突風よりも悲しいものは、
過去の予言者である友人らが発する、
あの不吉な文句、「そう言っただろう」というやつだ、
彼らは今何をすべきかを言わないで、「君がついには
身を滅ぼすことを予見していたよ」と言ってくれる、
そして「善き振舞（ボノス・モーレス）」に反する、君の些細な過失を、
昔話の長い記録を持ち出して慰めてくれる。

51
アデライン夫人の静かな峻厳さは、
友への思いやりだけに限られず、
友の性癖が改善の方向に向かわなければ、
死後の名声に傷がつくと思った。しかしジュアンも
厳しさの点では彼女と同じ思いであったが、そこには
今まで表現されたことがないほど純粋な憐れみの情が混じっていた、
彼の経験不足と（六週間の年下という）若さが、
彼女の優しい憐れみの心を動かした。

52
この四十日だけ年上だという利点――
彼女は年齢を計算されても動じることもなく、
大胆にも貴族や貴族の家柄の一覧を引き合いに出し、
計算されることも恐れなかった――
その利点は若い紳士にふさわしい教育に対して、
母親らしい懸念を懐く権利を与えた、もっとも
彼女はあの閏年（リープイヤー）[1]とは無関係だった、あの一飛び（リープ）は
女性の年齢においては、「時」を仰天させてしまうものだが。

1　二月二九日に生まれた者は四年に一度年を取るというジョーク。

53

彼女の年齢は三十歳前と決めることもできる――
例えば二十七歳に、なぜなら年齢と美徳の点で
どれほど厳格な者でも、若い女として通用すれば
その年より先に進む者に会ったことがない。
おお、時よ！　なぜ汝は休まないのか、錆で汚れた
汝の大鎌は、叩き切り、切り刻むことを止めるべきだ。
研ぎ直せ、もっと滑らかに、ゆっくりと切れ、
ただ草刈りとしての名誉を保つだけならば。

54

しかしアデラインはあの成熟の年齢からは程遠かった、
熟れていても精々苦々しい思いをさせるあの年齢からは。
彼女を賢者にしたのはむしろ経験だった、
彼女は世間を見て、その試練にも耐えたからで、
すでに言ったように、どのページかは覚えていないが。
わたしのミューズは、すでに諸君が推測したように、
照合を嫌う――しかし二十七から六を引けば、
彼女の年齢としては十分だろう。

55

十六歳で彼女は社交界に出た、披露され、称賛され、
宝冠飾りを被った女性のすべてを動揺させた。
十七歳の時でも、社交界は彼らの輝く海の
新しきヴィーナスにまだ魅せられていた。
十八歳の時、彼女の足下には依然として
大勢の献身的な求愛者が喘ぎ焦がれたが、
彼女は「最も幸せな男」[1]と呼ばれる
あのアダムを、ふたたび創造することに同意した。

56

それ以来、彼女は光り輝く三度の冬のシーズンに、
称賛され、崇められた。しかし品行方正があまりに
過ぎて、慎重という衣を纏わない
もっとも鋭い仄めし屋さえも当惑させられた、
彼らはまったく瑕疵なき大理石から
ほんの僅かな破片さえ拾えなかった。
結婚以来、彼女には後継者たる息子を
産む機会もあった——そして一度は流産の機会も。

1 花婿のこと。

57

旋回する蛍が彼女のまわりを優しく飛んだ、
ロンドンの夜に煌く小者たちが。
だがこのうち誰も彼女を傷つける針を持たなかった、
彼女は愚かな気取り屋の届かぬ高所にあった、
おそらく彼女はもっと深遠な求愛者を望んだのだろう。
しかし望みが何であれ、彼女の行いは正しかった、
女に威厳を与えるものが、冷淡、高慢、あるいは美徳、
いずれであろうと、立派な女なら、何でも構わない。

58

わたしは動機が嫌いだ、それは酒場の亭主が
いつまでも手元においておくボトルのようだ、
クラレットはつがれることなく、客の喉は乾いたまま、
特に政治が話題の時にはそうだ。
わたしは動機が嫌いだ、牛の群れが嫌いなように、
牛は塵を旋回させる、熱風（シムーン）[1]で砂が旋回するように。
わたしは動機が嫌いだ、議論や桂冠詩人[2]のオードや、
卑屈な貴族の「賛成！」[3]が嫌いなように。

1　アラビアや北アフリカの砂漠地方で砂を巻いて吹く熱風。
2　その当時桂冠詩人だったサウジーに対するあてこすり。
3　イギリスの上院では賛意を示すのに content（賛成）と言う。

59

物事の根元をたたき切るのは悲しいこと、
根は土としっかり絡み合っているから。
枝が見事な緑を伸ばすかぎり、団栗が
それを誕生させたかどうかは意に介しない。
すべての行動をその秘密の源泉まで辿るのは
確かに憂鬱な楽しみ事だ。
しかしそれはわたしの当面の関心事ではない、
その点については賢明なオクセンシャーナ[1]に任せる。

60

アデライン夫人は、ジュアンが
抵抗しそうにもないのを見るとすぐ、
公爵夫人と外交官ジュアンの両方を醜聞(エクラ)から
守ってやろうと、親切な意図から——
(なぜなら外国人は知らないが、不品行(フォ・パ)は
イングランドでは、陪審員に恵まれない他国の
それとはまったく異なる過失の部類に入れられ、
そんな罪に対する評決は確実な治療となる)——

1 (一五八三—一六五四) スウェーデンの政治家、宰相。バイロンの原注によれば。彼は、世界の王国が英知なしで統治されている、と息子に言ったという。

61
アデライン夫人は、この嘆かわしい過失が
これ以上進展するのを妨げるために、
彼女の考える最善の方法を取ろうと決心した。
実際、彼女はある単純さで考えた、
しかし無垢なる心は火あぶりにあっても大胆で、
俗世にあっては単純で、淑女たちの立てる
矢来を必要としないし、使いもしない、
決して看破されないことが彼女らの美徳なのだから。

62
彼女が最悪を恐れていたのではなかった、
公爵閣下は我慢強い既婚者で、
突然、大醜態をやらかして
民法博士会館[1]の依頼者の仲間を
増やしそうにもなかった。[2]しかし彼女が
まず恐れたのは公爵夫人の護符の魔力で、次には
オーガスタス・フィッツ・プランタジェネット卿との
言い争いだった（彼は苛々している様子だったから）。

1 ロンドンにある民法博士会館には一八五七年まで教会裁判所と海事裁判所が設置され、実務を行う弁護士会の事務所があった。

2 すぐに離婚訴訟を起こしそうになかった、ということ。

63
公爵夫人はまた陰謀家（イントリガーント）で通っていた、
そして愛の領域ではやや気紛れ（メシャント）だった、
あのかわいい、いとしい困り者の一人で、
楽しい一年を通じて、来る日も来る日も
争いがなければ争いを作ることを好み、
優しくも愛らしい気紛れで、恋する男に付きまとい、
相手が凍りつくか、燃えるかに応じて、魅惑し、拷問にかける——
最悪なことには——男を放そうとはしない、

64
若い男を夢中にさせて、ついには
ウェルテル[1]にしてしまう類の女だ。
だからより清らかな魂持つ者が、友のために
この種の慎みのある情事（リエゾン）を恐れるのは当然だった。
女が喜んでかき乱す心を持つよりは、
結婚するか死ぬ方がはるかにましだろう。
よき運命（ボンヌ・フォルチュン）が本当によきもの（ボンヌ）なのか、
突進する前に、立ち止まって考えるのが最善だ。

1 ゲーテ『若きウェルテルの悩み』（一七七四）の主人公。愛に絶望して自殺する。

65

始めは、いかなる策略もつゆ知らぬ心は、
あるいは知らぬと思う彼女の心は溢れて、時に
夫を脇へ呼び、ジュアンに忠告するように言った。
ヘンリー卿は、魅惑の美女の罠から
ドン・ジュアンを引き離すための、
妻の巧まざる巧みによる計画を
微笑んで聞き、政治家か予言者のように、
彼女がまったく理解できない風に答えた。

66

彼は言った、第一に「国王にかかわる事柄を除いて、
自分は誰のことにも介入したことがない」と。
次に、「その種のことは、強力な理由なしでは
見かけだけで判断したことは一度もない」と。
第三に、「ジュアンは鬚よりも脳味噌の方が多いから、
子供用の手引き縄に繋ぐべきではない」と。
そして第四に、繰り返す必要もないことだが
「よい忠告がよい結果を生むことは滅多にない」と。

67

それゆえ、おそらくは最後の金言の真実を
証明するために、彼は実際に妻に忠告した、
少なくとも礼儀作法(ビアンセアンス)[1]の許す限りは
一人を放っておくべきであると、また時が経てば
ジュアンの若さゆえの過ちは減るだろう、
若者が修道士を志願することはまずないから、
そして反対すれば二人はなお一層――
しかしここで使者が至急便を持ってきた。

1 清貧・童貞・従順の三箇条。

68

ヘンリー卿は枢密院に属していたので、
未来のリウィウス[1]のために、いかに彼が
国家の借金を減らしたかを伝えるべき
事柄を準備するべく書斎に入った。
その中身について諸君に言わないのは、
そのことをまだわたしは知らないからだ、
しかしわたしの叙事詩と索引の間に来るように
短い補遺としてそれを付け加えよう。

1 (五九 BC―AD 一七) ローマの歴史家。

69

しかし出て行く前に、彼は一寸とした心得、
軽い平凡な文句の一つ二つを付け加えた、
それは会話の鋳造所で造られ、新しくはないが
それよりましなものがないので通用する。
それから中身を見るために包みを開け、
何気なくさっと目を通してから、引き下がった、
出て行く時には、静かに彼女にキスをした、
新妻にではなく、年とった姉妹に対するように。

70

彼は冷静かつ善良、そして立派な男だった、
高貴な生まれを誇りとし、すべてを誇りとした。
国政会議にはうってつけの人物で、
国王を先導するのに似合いの男だった。
背は高く威厳があり、国王の誕生日には
星形勲章や飾り紐で輝き、宮廷集団の
先頭に立つべく創られた、まさに式部官の鑑だった——
わたしが君主なら、この地位に彼をつけるつもりだ。

71

しかし全体としては何か欠けていた——
何なのかは分からないので、言えないが——
それはかわいい女性たちが——優しい者たちよ！——
魂と呼ぶもの、確かに、それは肉体ではない、
体はポプラや柱のように釣り合いがとれ、
あの人間の奇跡、すなわち美男子で、
愛や戦争の個々の状況にあっては、
常に自身の正しい姿勢を崩さなかった。

72

わたしは言ったように、それでも何かが欠けていた——
あの定義できない「名状シガタキモノ（ジュ・ヌ・セ・クワ）」が、
その何かがその昔、ホメロスの『イーリアス』を
生み出したかもしれない、なぜならそれはギリシアの
イヴであるヘレネー[1]を、スパルタ人の寝床からトロイへ
連れてきたのだから。もっとも全体としては、確かに
トロイの少年はメネラウス王より数段劣っていた——
しかしこんな風に女は我々を裏切るものなのだ。

1 スパルタの王メネラウスの妻ヘレネーは、トロイの王子パリスによってトロイに連れ去られた。これがトロイ戦争の原因である（ギリシア神話）。

73

賢明なテイレシアス[1]のように、順番に
男女それぞれの違いを経験しないかぎり、
我々を大いに困惑させる厄介な問題がある、
男も女も如何に愛して欲しいのか、きちんと示せない。
官能が我々を結び付けるのはほんの短い間——
感情は官能に心を動かされぬことを誇りとする。
しかしこの両方が合わさると一種のケンタウロス[2]となり
その背中に乗る危険を冒さぬ方がよい。

74

「心」を完全に充足させる何かは、
女性がいつも求めているもの。
しかしあの空虚な部分をいかに満たすのか、
そこが問題なのだ[1]——女性の弱点はこれだけだ、
海図なしで漂流する無力な船乗りたちは、
波の砕ける外海で風に押し流される、そして
あらゆる衝撃を乗り越えて岸に辿り着けば、
よく起こる（オッヅ）、奇妙（オッド）なことは、それが岩だと分かること。

1 テーベの盲目の予言者。交尾中の蛇の雌を殺したところ、女に変えられ、また交尾中の蛇の雄を殺すと、男に戻ったという（ギリシア神話）。

2 胸から上は人間の形をして、下は馬の形をした賢明な怪物（ギリシア神話）。

1 『ハムレット』三幕一場六四行。

75

「怠惰な恋」[1]と呼ばれる花がある、これについては
常に花咲くシェイクスピアの庭[2]を見よ――
彼の偉大な描写を軽んじる気はないが、
もしわたしが極度に韻に窮するあまり、
彼が管理する庭の葉の一枚でも触れるとしたら、
イギリスの神様である彼の許しを乞う――
しかし花は違うが、フランス人ないしはスイス人の
ルソーとともに、わたしは叫ぶ、「コレハ蔓日日草ダ！」[3]と。

76

「見つけた（エウレカ）！」[1]わたしは見つけた！
言いたいのは、愛は怠惰ではなく
怠惰が愛には付き物なので、
厳しい労働は無関心な取持ちだ、
そうわたしが推測する理由がある。
貴国の実業家たちは、商船「アルゴー号」が
積荷監督人としてメーデイア[2]を運んで以来、
あまり情熱を示す気配はない。

1 三色スミレのこと。原語はlove-in-idleness。

2 「乙女たちはその花を恋の三色菫と呼ぶ」（『夏の夜の夢』二幕一場一六八行）。

3 ルソーは『告白』第六章でこの言葉を発している。バイロンはフレンチ(French)と韻をふますために、ルソーの使った蔓日日草(pervenche)を、フランス語の発音、ペルヴァーンシュではなく、パヴェンチと発音することを読者に強要している。

1 アルキメデスが風呂の中で、王冠の黄金の純度を測定する方法を発見した時の叫び。

2 イアソンは金の羊毛を持ち帰った時、メーデイアをアルゴー号に乗せて連れて帰り、結婚したが、結婚は不幸をもたらした（ギリシア神話）。

77

「仕事ノ煩イヨリ離レタル者は幸セナリ」[1]と、
ホラティウスは言うが、偉大なる小詩人は間違っている。
彼の別の金言、「人ハ付キ合ウ相手デ分カル」[2]は
彼の歌の目的にはるかにかなっているが、
よき仲間との付き合いが長くないかぎり、
これでも時には残酷すぎるだろう。
しかしホラティウスにまともに歯向かって言うと、
身分や地位が何であれ、仕事ある者は三重に幸せなり、だ！

1 ホラティウス『エポーディー』第二歌一行。
2 これはホラティウス作ではなく、一般的な諺。

78

アダムは彼の楽園を耕作と交換した、
イヴは無花果の葉で婦人用装身具を作った——
わたしの知る限り、これはあの知恵のある木から
教会が受け取ったもっとも古い知識である。
それ以来、説明するには苦労はいらない、
すなわち、男を苦しめ、そしてさらにもっと多くの女を、
苦しめる多くの災難が生じるのは、数時間かけて、
残りの時間を楽しむ価値あるものにしないからだ。

79

それゆえ上流社会の生活はしばしば侘しい空白、
快楽の拷問台になる、我々はそこで、
悩みの種になる何かを発明しなければならぬ。
詩人は「充足」について好きなように歌うかもしれない、
だが「充足した」を訳せば、ただ「飽きた」となるだけ。
そこから生ずるものは、情緒の様々な苦悩、
青い憂鬱、青踏派、そして習慣に成り下がり、
ダンスのように演じられる物語詩(ロマンス)だ。

80

わたしは宣誓供述書にかけて、本当に見てきたような
物語詩(ロマンス)は読んだことがないと断言する。
またそんなものをわたしが世間に提供したとすれば、
そんなお話を信じる者は誰もいないだろう。
そのような意図を今も昔も持ったことはない。
帳(とばり)のうしろに隠しておいた方がいい真理もある、
特に真理が虚偽に見える時にはそうだ。
だからわたしは一般概念を扱うのだ。

81

「牡蠣は恋患いをするかもしれない」[1]——なにゆえに、
それは、殻の中で何もしないで塞ぎ込み、
一人寂しく海中で溜息をつくからで、
まさに庵室にいる修道士に似ている、
修道士と言えば、彼らが知ったことは
信仰と怠惰の共存の難しさである。
カトリックの教義という植物は、
極端に種を蒔き散らす[2]傾向がある。

1 リチャード・シェリダン（一七五一―一八一六）『批評家』三幕一場二九七行。

2 修道士の自慰行為を指すかもしれない。

82

おお、ウィルバフォース[1]よ！　汝、黒き誉れを得し者よ、
汝の功績を十分に歌い語る者は誰もいない、
汝は一つの巨大なコロッソス[2]を打ち倒した、
汝、アフリカの道徳的ワシントンよ！
わたしは告白するが、いつかよい頃に、
汝に達成して欲しい小さなことが一つある、
地球の残りの半分を本来の姿にすること、
汝は「黒人」を自由にした——今度は白人を閉じ込めよ。

1 ウィリアム・ウィルバフォース（一七五九―一八三三）は政治家・奴隷解放運動家。

2 コロッソスは紀元前三世紀にあったという、ロードス島の太陽神ヘーリオスの巨像。高さは三六メートルで世界七不思議の一つ。

83

禿げた大鸛（おおばん）、あのごろつきのアレクサンドル[1]を
監禁せよ、「神聖な三人」[2]をセネガル[3]へ送り出せ。
教えてやれ、「雌の鵞鳥にいいソースは雄の鵞鳥にもいい」と。
彼らに訊いてやれ、囚われの身になるのは好きかと。
意気盛んで、砲火も厭わぬ雄々しい兵士は皆、監禁せよ、
彼らは無料で火を食べる（給料がほんの少しだから）。
閉じ込めよ——いや、王ではなく、ロイヤル・パビリオン[4]を、
さもなければ、我々皆に、もう百万ポンドかかるから。

1 アレクサンドル一世（一七七七—一八二五）、ロシア皇帝。
2 神聖同盟を成すロシアとオーストリア皇帝とプロシア王を指す。三位一体の揶揄でもあるか。
3 セネガルは西アフリカの当時のフランスの植民地。
4 摂政時代のジョージ四世がブライトンに建てた宮殿。

84

世人全般を閉じ込めて、狂人たちを自由にせよ、
するとおそらく君たちは驚くことだろう、
自称健全な精神を持つ連中の場合と同じく、
すべてがまったく同じ道を辿ることが分かって。
人類にわずかでも見識があったとしたら、
わたしは一点の疑いもなくこのことを証明できるだろう、
しかし悲しいかな、アルキメデス[1]の場合のように
てこの支点が見つかるまでは、地上を今まで通りにしておこう。

1 アルキメデス（?-二八七—二一二BC）は「わたしに立つことのできる場所があれば、地球を動かそう」と言った（プリニウス『博物史』八巻三七節）。

85

我らが優しいアデラインには一つの欠陥があった——
彼女の胸は立派な館だったが、中は空虚だった。
振舞は非のつけどころがなかったが、
それ以上完全にする必要を見なかったからだ。
揺れ動く心を破滅するのはよりたやすいことだろう、
なぜならそれは堅固な心よりきっと脆いから。
しかし堅固な心が自らの破滅を巡らす時には、
内側の破壊は地震の破壊さながらとなる。

86

彼女は夫を愛していた、あるいはそう思っていた、
しかしその愛は努力を要した、その努力は、
我々が一度心の傾きに逆らって、感情を動かすと、
悲しい労苦、シジフォス[1]の岩になる。
彼女には、不平や小言を言うことは何もなく、
いかなる諍いも夫婦間の波風もなかった。
二人の結合は仰ぎ見る模範だった、
静謐にして高貴——婚姻で結ばれていたが冷たかった。

1 コリントの狡猾な王。死後地獄に落とされ、刑罰として転がり落ちる大きな石を山頂まで押し上げる永久の罰を、ゼウスに命じられた（ギリシア神話）。

87

年齢の隔たりも大してなかった、もっとも
性格は大いに違っていた、だが決して衝突しなかった。
彼らは天球層[1]の中で結ばれた星のように動いた、
あるいはレマン湖の水で洗われるローン川のように、
そこでは川と湖は混ざるが、別々に見える、
川は静かで落ち着いた鏡のような湖の中に
青一色で激しく流れ込むが、湖は子供である川を
なだめて寝かしつけたいと願うのだった。

88

さて、ひとたび彼女が何であれ
興味を抱いた時に、その意図が
最善であるといかに悦に入っても——
強い意図は危険なもの。
印象は彼女の推測以上に強かった、そして
次第に水嵩（かさ）をましてゆく流れる水のように、
頭の中で増していった。彼女の胸は、始めはすぐには
強い印象を受けなかったので、なおのことだった。

1 三巻二八連注1参照。

89
しかし印象を受けたら、彼女の心には
二重の性質があり、それゆえ二様に名付けられる、
あの悪魔が潜むのだった——それは成功した時の
英雄や君主や船乗りにあっては、強固な意志と呼ばれ、
男女を問わず、勝利が色褪せ、運命の星が弱まると、
「強情」として強く非難されるものだった——
この危険な性質の正しい境界を定めることは
道徳上の決疑論者[1]を困惑させることであろう。

90
ナポレオンがワーテルローで勝っていたら、
それは強固な意志だっただろうが、今となっては強情だ。
結果がどちらかを決めねばならないのか。
真偽の線をどこで引けばいいのかは
いわゆる賢い人たちにまかせよう、
人間の力でそんな線が引けるとしての話だが。
わたしとしてはアデライン夫人に用があり、
彼女もまたそれなりに女丈夫(ヒロイン)だった。

1　一二巻八一連注1参照。

91
彼女には自分の心が分からなかった、ならばどうして
わたしに分かろう。思うに、その時は彼女は
ジュアンに恋していなかった。もし恋していたとしても
彼女には初めての激情から逃れる力があっただろう。
彼に対しては普通の好意を感じたにすぎない
（それが嘘か真か、わたしは言うつもりはない）、
なぜなら彼女は彼が危険にさらされていると思ったから——
夫の友が、自身の友が、異国から来た若者が。

92
彼女はジュアンの友だった、あるいはそう思っていた——
そこには、友情の茶番劇、プラトニズムのロマンスはない、
プラトニズムは頻繁に女たちを誤らせる、
彼女たちは、人が「清らかな」キスをする
フランスかドイツにおいてのみ友情を学んだのだ。
そこまでアデラインは進むことはないだろう、
しかし男が男に対して持つ程度の友情を、
持つことができた、女として可能な限り。

93

その点で、きっと女性のひそかな影響が
血統の絆の場合と同様に、
無垢なる優位性を付け加え、
快い和音を奏でて、よき雰囲気を作るのだろう。
すべての友情を抑制する情熱から解放され、
真の感情が十分に理解されるなら、
女に優る友はこの世で見つからない、
今までもこれからも恋人にならないかぎりは。

94

愛はその胸に、まさに変化の萌芽を
宿すが、別の風にはなり得ない。
激しいものにはより早く終わりが来るというのは、
自然のすべての類似が示している。
もっとも烈しいものがどうして強固でありえようか。
君たちは天空に終わりなき稲妻を求めたいか。
愛の呼び名こそがすべてを語ると、わたしには思える、
どうして優しい情熱[1]が強靱でありえようか。

1 「優しい情熱」(tender passion) とは恋心のこと。

95

ああ、あらゆる経験から（多くの者から
聞いたことを、ただ引用するだけだが）、
恋した者の中で、ソロモンを道化にしたあの情熱[1]を、
後悔する理由を持たなかった者は滅多にいない。
わたしは何人かの妻も見た（すべての状況の中で
最善ないしは最悪である結婚の状況を忘れぬために）、
彼女たちはまさに妻の鏡であったのだが、
少なくとも二人[2]の人生を惨めなものにした。

1 ソロモンは多くの異国の女を愛し、別の神々に心を転じ、神の怒りをかった（『列王記紀上』一一章一―八節）。

2 バイロンと妻のことか。

96

またわたしは見てきた、（奇妙なことだが、
これは事実――必要なら証明することもできる）
どんな困難においても、国の内外を問わず、
いかなる愛にも優って、信義を守った女性の友人たち[1]を――
彼女たちは「迫害」がわたしを踏みにじった時、見捨てはしなかった、
如何なる醜聞があっても去らず、わたしと一緒に戦ってくれた、
そして、わたしが不在の時も、戦ってくれている時も、
ガラガラ蛇なる社交界のたてる大きな音にも動ぜずに。

1 妻との別居騒動の時に味方になってくれたジャージー夫人、メルボーン夫人、オックスフォード夫人たちのこと。

97

ドン・ジュアンと貞節なアデラインがこの意味で、
あるいは別の意味で、友人になったかどうかは
後の話に取っておこう、そうわたしは考えている。
目下のところ、二人を泳がせておくという口実に
満足している、理由はその方が効果的で、
残酷な読者を宙ぶらりんにしておけるからだ。
これは女性にとっても本にとっても、優しい気にさせたり、
気をもませたりする餌として、もっとも確かな方法だ。

98

彼らが乗馬をしたり散歩をしたり、あるいは
原語で『ドン・キホーテ』を読むために、スペイン語を
勉強したにせよ（他のすべてに優る楽しみだったが）、
二人の話がいわゆるよもやま話であろうと
真面目なものであろうと、それらは次の巻へと
追放せねばならぬ話題だ、そこでは
わたしは何か要領を得たことを言い、
わたし流にかなりな才能をお見せするだろう。

99

とりわけすべての人にお願いしたい、どうか
この事については何も予測しないで欲しいと、
人は女性について、そしてジュアンについて
思い違いをするだけのこと、特に後者についてはそうだ。
わたしはこの「叙事詩的な諷刺」において、
今までよりはるかに真剣な態度を取るだろう。
アデラインとジュアンが罪を犯すかどうかは
定かではないが、もしそうなれば、二人は破滅するだろう。

100

しかし大事は小事から生じる——諸君は考えるだろうか、
我々の青春時代に、男と女を破滅の淵に導いた
もっとも危険な情熱が、そんな些細な機会から
生まれるとは、あれほど情緒的な状況の
因果関係を作るとは、誰も夢にも思わないだろう。
諸君は誰も推測できないだろうが、わたしは
何百万、何十億ポンドを賭けて言うが、
そのすべてはたわいないない玉突きのゲームから始まった[1]と。

1 バイロンとフランシス・ウェダーバーン・ウェブスター夫人との恋は玉突きから始まった。

101

これは不思議――しかし本当のこと、なぜなら
「真実」は常に不思議で、虚構より不思議なのだ。
もし真実を語り得たら、虚構と取り替えたら
小説は何たる得をすることだろう！　何と違った風に
人は世界を見ることだろう！　何と頻繁に悪徳と美徳は
立場を替えることか！　もし道徳の海を航行する
コロンブスのような者が、人類に魂の対蹠地（たいせきち）を示したなら、
新世界は旧世界に似ても似つかぬものになるだろう。

102

その時、どれほどの「巨大な洞窟と不毛な砂漠」[1]が
人間の魂の中に発見されることだろう！
どんな氷山が偉大な人間の心に発見されることか、
自己愛を北極星として中心に据えた心に！
王国を支配する者は十人中九人が
何たる人食い人種であることか分かるだろう！
物事がその正しい名称で呼ばれさえすれば、
カエサルでさえ「名声」を恥じ入ることだろう。

1　『オセロ』一幕三場一四〇行。

第十五巻

1

ああ！　話の続きはわたしの考察からすり抜ける、
続くものが何であれ、それはやはり
潜在する思考が自在に流れ出るかのように、
希望と回想に関するものになるだろう。
現世の営みのすべては感嘆詞で、
喜びか苦しみの「おお！」か「ああ！」、あるいは
「おや、まあ！」か「へん！」——欠伸か「ふん！」だ、
その中で最後のものがもっとも真実に近いだろう。

2

しかし、多かれ少なかれ、すべては
突然の中止かしゃっくり——情緒の表象であり、
大いなる倦怠（アンニュイ）の大対立物（アンチテーゼ）だ、
そういう情緒をもって、我々は大海に泡を砕いてゆく、
永遠のあの水のような輪郭に、あるいは
わたしの想念のような、少なくとも
永遠の縮図に泡を砕く、情緒は
見えざる物を見て、魂の喜びに供するのだ。

3

しかし、情緒の表象のすべては
押し殺した溜息よりましだ、そんな溜息は
心の洞窟で腐食し、表情を平安の仮面となし、
人間の性格を作為に変えてしまう。
最悪や最善の思いをあえて見せる者は
滅多にいない、偽装は自らのために
いつも一つ隠れ場を確保している、
だから虚構（フィクション）はまず反駁されることなく通用する。

4

ああ！　情熱の過失の数々を、誰が語れるのか、
いやむしろ、語らずして誰が忘れられようか。
忘却を飲み干す者、飲んだくれさえも、
朝の鏡には意気消沈した己が表情を見る、自らが
忘却の川（レーテー）の流れに漂うように見えたところで、
自分の震えや恐れを沈めることはできないのだ。
手の中で震えるルビー色の砂時計には
「時」の最悪の砂の悲しい澱（おり）が残る。

5

愛については——そう、愛だ！——話を進めよう。
アデライン・アマンダヴィル夫人、それは
声に出して読みたくなるかわいい名前、
わたしの調べよき鵞ペンに、調子よく留まって欲しい。
葦のそよぎには楽の音があり、
小川のほとばしりには楽の音がある、
聞く耳さえあれば、すべてに楽の音がある、
人の住む大地はまさに天球層[1]の谺なのだ。

6

アデライン夫人には閣下（ライト・オナラブル）[1]の敬称が付き、
尊敬されていたが、尊敬を低下させる危険を冒した。
決心をきちんと守れる女性は少ないもの——
悲しいかな、わたしがそんなことを言うとは！
ワインがひとたび他の瓶へ移されると、ラベルとは
異なるものになってしまうように、女たちも変わる——
わたしはあえてそう推測するが、誓約はしない、それでも
時には女もワインも古くなるまでに、品質が劣化するかもしれぬ。

1 中心を共有するいくつかの透明な天球の一つ。各層には星・太陽・月などの天体が固着していて、天体の動きは各層の回転によると考えられ、また回転する時に音楽を奏でたという。

1 ライト・オナラブル (right honourable) は伯爵、子爵、男爵などの貴族や、ロンドンなど大都市の市長に対して用いる敬称。

7
しかしアデラインはもっとも純粋なワインで、
混ぜ物のない葡萄のエキスから成っていた。それでいて
鋳造されたばかりのナポレオン金貨[1]のように光彩を放ち、
宝石を豪華に散りばめたダイアのように輝いていた。
彼女は、「時」が年齢を刻むのを躊躇し、そのために
「自然」が負債の取立てを見合わせるページだった――
「自然」は、取立ての過程で、幸運にも
皆に支払い能力があることを知る唯一の債権者だ。

1 二〇フランの価値のあるフランスの金貨。

8
おお、「死」よ！　汝はすべての借金取り（ダン）の中で
もっとも陰気（ダン）なもの！　汝は日々ドアをノックする、
始めは控え目に、気の弱い商人が青ざめて、
素晴しい債務者に近づき、じわじわと籠絡する時のように。
しかし断られることが度重なり、忍耐の緒が切れ始めると、
苛立って、腹立ちまぎれに戸を叩く、そして
（入れて貰えると）不躾な言葉で主張する、すぐ金を払え、
さもなければランサム[1]宛に小切手を振り出せ、と。

1 ランサムはペルメル通りにあった、ランサム・モーリイ銀行のこと。イギリスを離れた後のバイロンの取引銀行だった。

9

汝が連れて行くものが何であれ、しばしの間、
哀れな佳人には容赦を！　彼女は稀有なる存在、
汝には十分すぎる程の獲物がいるではないか。
彼女が時に務めを怠ったとして、どうだというのだ、
それはなお一層、汝が手を出すのを控えるべき理由だ。
やせた美食家よ！　汝は全世界の民を獲物にするのだから、
控え目に礼儀正しくあれ。ささいな女性の病気には
目をくれず、天が喜ぶだけの英雄を連れて行け。

10

美しいアデラインは（先に言ったように）
興味があれば、それだけ一層率直で、
我々のうちの誰かのように、急いで好きにならず、
またそれを表に出すには育ちがよすぎた――
（この点について、今は議論する必要はない）――
彼女は無邪気にも胸と頭の両方を、
そんな情感にふさわしい対象に対して、
無垢と思われる感情に捧げようとした。

11

ジュアンの経歴のいくつかの部分は、あの生きた官報、
「噂」によって広められ、評判を傷つけられて、
彼女の耳にも入っていた。しかし女はそんな
道徳上の逸脱を、厳格な男よりも機嫌よく聞くものだ。
その上、彼の振舞はイングランドに来てからは
より厳格になり、精神はより男らしい力を帯びた。
それはアルキビアデス[1]のように、いかなる国でも
気楽に生きる術を心得ていたからだ。

12

彼の態度は、誘惑したがっている風には
決して見えなかったので、一層魅惑的だったのだろう。
気取った、作為的な、気障な振舞いや、
征服を思わせるようなところは一切なく、
魅力を濫用して、美しい眺めを損なうことはなかった、
すなわち、自由な身の伊達男の様子も見せず、
「抵抗できるなら、してごらん」と言う態度も見せなかった――
そんな態度を取れば、ダンディーになれても男はすたる。

1 （四五〇―四〇四BC）アテネの政治家。外国にあってもその国の風俗や道徳に合わせて生きることができた。

13

そいつらは間違っている、そんな風に事を運んではならない、
彼らが真実を語れば、きちんと示されるだろうに。
しかし正邪は問わず、ドン・ジュアンにその態度はなかった、
事実、彼の態度は彼特有のものだった。
その声音に耳を傾けると、少なくとも
誠実さを人は疑うことはできなかった。
悪魔が選んだ矢筒の中の、すべての矢の中で
甘い声ほど心に突き刺さす矢はない。

14

生まれつき穏やかな話し振りのすべてが
疑念を遠ざけた。臆病ではなかったが、
物腰は人に身構えさせるよりも、
人から距離をおき、自らを守るように見えた。
おそらくはまだ十分自信がなかったのであろう。
しかし「謙遜」は「美徳」のように、時には
それ自身の報いになる、そして気取りの欠如は
言う必要もないが、大いなる効果をもたらすもの。

15

物静かで、嗜みがあり、陽気だがうるさくはない。
仄めかすことはせずに仄めかし、
大勢の者たちの欠点に気が付きながら、
決して会話でそれを明かさない。
誇り高き者と居れば誇り高いが、礼儀正しい誇りで、
その結果、自分と彼らの身分を理解していることを
感じさせた——先頭に立とうとしてあがくことなく、
優越な態度を許さなかったが、自ら求めることもなかった。

16

これは男に対する場合で、女については、
自分のことを推測し解釈するままにしておいた、
彼女たちの想像力はそうするのに十分だった、
だから輪郭が適度に美しければ、彼女らは
キャンバスを埋める——「賢者ニハ一語ニテ足ル」
ひとたび空想がある対象に向けられると、
悲しみであれ戯れであれ、その姿を変形し
ラファエロ[1]よりも光り輝くものにできるのだ。

1 バチカン宮殿にあるラファエロの「キリスト変容の図」を指す。

17

性格を深く読めないアデラインは
自分流の色づけをする傾向があった。
かくして、これまでもよく見られたように、
善人も賢人も好意から過ちをおかすのだ。
「経験」は第一の哲学者だが、彼の学問が
広く知られると、いとも嘆かわしいことになる、
迫害を受けた賢者は、阿呆がいることを忘れて、
自らの愚かさを弟子たちに教えることになる。

18

そうではなかったか、偉大なロックよ、より偉大なベーコンよ、
偉大なソクラテスよ、そして汝、さらに神聖なる者よ[1]、
人間によって誤解されるのが汝の運命ではなかったか、
汝の純粋な教義はあらゆる悪を是認しなかったか。
偏狭者によって揺るがされた世界を救済しても、
汝の苦闘はいかに報われたのか。万巻の書を
同じように悲しい実例で満たすことができる、
しかしそれらは人類の良心に委ねることにしよう。

1 キリストのこと。「曖昧さを避けることが今日では必要なので、『さらに神聖なる者』はキリストを意味していると、わたしは言う。もし神が人間であり、あるいは人間が神であったなら、彼はその両方だった。わたしが非難したのは彼の教えではなく、その使用あるいはその悪用だった…」(バイロン注一八二四)。

19

わたしは人生の果てしない多様性[1]の中で、
よりつつましい岬に止まっており、
栄光という綽名で呼ばれるものには大して興味はなく、
わたしの物語に適するもの、適さないもの、
その両方に視線を投げかけて、思索をしながら、
詩を書くのに決して無理な努力はしない、
わたしは喋り続ける、まさに、誰であろうと、
乗馬や散歩をする時に話をするように。

20

この種のとりとめのない詩において、十分な技量が
示されているのかどうかは、わたしには分からない。
しかしこれには、時に、一時間を楽しく
過ごさせる会話的な気易さがある。
わたしはこの点についてだけは確信している、
すなわち、わたしの不規則な鐘の音には卑屈さがなく、
即興詩人になったつもりで、新しいことも
古いことも、真っ先に頭に浮かぶことを鳴らすのだ。

1「年齢も彼女を枯らさないし、習慣も彼女の無限の多様性を古びたものにしない」（シェイクスピア『アントニーとクレオパトラ』二幕二場二三四―二三五行）。

21

「マトーヨ、スベテヲ美シク表現シタケレバ、
時ニ巧ミニ言イ、時ニ普通ニ言イ、時ニ下手ニ言エ」[1]
第一番目は人の能力をかなり超えている、
第二番目は悲しげに、あるいは楽しげにやれる、
第三番目は固守するのがもっと難しい。
第四番目は、日毎、我々が見聞し、言いもする。[2]
これらすべてを取り合わせたものを、
謎めいたこの料理で供するのがわたしの願いだ。

22

つつましい望みだ、だがつつましさは我が強み、
高慢は我が弱みだ——さあ、気ままに進んで行こう。
わたしはこの詩をよほど短くするつもりだったが、
今となってはどこまで進んで行くのか分からない。
確かに、批評家に取り入ったり、あらゆる類の
専制の沈む日を歓呼して迎えることを望んだとしたら、
この詩はより簡明なものになったであろう——
だがわたしは反抗するために生まれてきた。

1 ローマの風刺詩人マルティアーリス（?四〇—?一〇四）『エピグラム』一〇巻四六。

2 悪口を言うこと。

23

しかし反抗も主に弱者の側に立つことだ、
わたしが強く信じることは、もしも今、
膨れ上がった自尊心に浴している連中[1]が
振り落とされ、「犬たちの良き時代が終った」[2]なら、
始めは彼らの失脚を嘲笑するが、
次には反対方向を向いて、
極端な王党派に忠誠を尽くすだろう、
わたしは民主的な王位さえも憎むのだから。

24

わたしは思う、あの心地よい状態[1]を
経験しなければ、まともな夫になっただろう、と。
また思う、もし自分に特有の迷信がなければ
修道請願[2]を立てたことだろう、と。
わたしは決して詩歌の壁に額を打ちつけなかったし、
白分の頭も、プリスキアヌス[3]の頭も傷つけなかっただろう、
また詩人のまだら模様のマント[4]を着なかっただろう、
もし、諦めよ、と誰かに言われなかったならば。

1 専制者たちのこと。
2 『ハムレット』五幕一場二九二行。

1 結婚のこと。心地よくなかった自分の結婚のことを皮肉に言っている。
2 清貧・貞潔・従順を指す。
3 プリスキアヌスは西暦五〇〇年頃活躍したラテン語文法家。プリスキアヌスの頭を割るとは、文法の規則を破ること。
4 道化はまだら模様の服を着る。

25
しかし「好キニヤレバヨイ」——今の時代が
提供する騎士や淑女について、わたしは歌う。[1]
詩が飛翔し始める時には、ロンギノス[2]やスタゲイラ人[3]が、
羽繕いする崇高な翼を必要とするようには思えない。
難しさは、（しかるべき配分をつねに忘れずに）
人工的な風習を「自然」で
色づけすることにあり、また
特別なものを一般化する点にある、

26
違いは、昔は人が風習を作った、
今は風習が人を作るということ——
人は羊の群れのよう檻に入れられ、囲いの中で
毛も刈られる、少なくとも十人中、
九人プラス九分の一[1]はそうだ、さて、このことは
ともかくも作家諸君を興ざめさせる、君たちは
過去にもっと上手に描かれた日々をまた描くか、
陳腐な衣装をまとう現在を引き受けねばならないから。

1 「戦争と英雄をわたしは歌う」（ウェルギリウス『アエネーイス』の冒頭）。「騎士たちと淑女たちの優しい行いをわたしは歌う」（エドマンド・スペンサー『妖精の女王』一巻一歌五行）。

2 ロンギノスについては一巻四二連参照。

3 スタゲイラ人とは、マケドニアの都市スタゲイラ生まれのアリストテレスを指す。一巻一二〇連参照。

1 算数の教科書で使われた表現に「九+九分の一」があった。

27

我々は最善を尽くして善処しよう。進め！
進め、我がミューズよ！　飛べないなら、羽ばたくのだ。
崇高になれない時には、抜け目なくやれ、
強情であれ、政治家が発する命令のように。
我々は探求する価値ある何かをきっと見つけるだろう、
コロンブスは大したトン数もないカッター[1]か、
ブリガンティーン[2]かピンク[3]で新世界を発見した、
それはアメリカがまだ未成年の時代だった。

28

アデラインはジュアンの長所と状況について
次第に分かってきたことすべてを通して、
全体として、強い興味を懐いた――
一つには、新鮮な興奮のためであり、もしくは
彼の無邪気な様子のためだった、このことは
無邪気な者には悲しい誘惑の種になる――
女は概して、中途半端な処置を好まない、
そこで彼女は彼の魂を救う方法を思案し始めた。

1 一本マストの前後に縦帆を張った帆船。
2 二本マストの帆船。
3 二本マストの船尾の狭い小型船。

29

彼女は忠告するのはよいことだと思っていた、忠告をただで与え受け取るすべての人のように、そして小さな感謝がつねに市場価格であり、商品が最高級の場合でもそうだった。彼女はこの問題について二度三度考え道徳的に決定した、すなわち道徳にとって最善の状態は結婚だと。そしてこの問題点を推し進めて、結婚するよう彼に真剣に勧めた。

30

ジュアンはあらゆる適切な敬意を払って答えた、そのような絆を望んではいるが、今は、自分自身の当座の境遇を考えれば困難があるかもしれないと、それは自分には好みがあり、申し込む相手の好みもあるからだ、と。そしてもしあれやこれやの女性が未婚だったら結婚しようと思うのだが、などと答えた。

31
自分自身や娘、兄弟姉妹そして
親類縁者の結婚相手を探すこと、同じ棚に
本のように彼らを並べること、
これらのことの次に、仲人をすることほど
一般的には（財産が増える時の株主のように）、
女が手を出したがるものは他にない。
確かにそれは罪ではなく、罪を防ぐ一手段だ、
それゆえ、きっとそれが唯一の理由なのだ。

32
しかし今に至るまで（無論、未婚女性や
決して結婚することのない愛人、あるいは
結婚していても、結婚を後悔する女性は除くが）
結婚に関する三一致の法則[1]でできたドラマを
思い描かなかった貞淑な夫人はいない、
それは食卓と寝床の両方で、アリストテレスの
三一致の法則のように厳格に守られる、もっとも時には
メロドラマ[2]かパントマイムになってしまう時もある。

1　劇作上、時間（一日を超えない）、場所（一箇所に限定）そして筋（脇筋を排し一つの筋に限る）を守ること。アリストテレスが『詩学』で述べたことを基礎にして、劇作上の必要条件として、一六―一七世紀のイタリア・フランスの文人たちが規定したもの。

2　一九世紀初頭に流行った音楽入りの舞台劇。通例、プロットはロマンチックで煽情的。

33

こんな女たちには大抵、一人息子、
大資産の相続人、古い家柄の友人がいる、
陽気なサー・ジョンや厳粛なジョージ卿がいる、
そして彼らに結婚をあてがって、将来の見通しや
素行を好転させない限り、おそらくは彼らの代で
家系は途絶え、家の繁栄も終わるかもしれない、
それに加えて、彼女たちの手許には
花の盛りの花嫁候補が有り余るほどいる。

34

この者たちの中から彼女たちは慎重に選ぶ、
これには女子相続人を、あれには美人を。
ある者には欠点のない歌手を、
別の者にはきっとよく仕えるだろう者を。
またこの者には誰もが断れない女性を選ぶ、
その才芸だけでも大変な儲け物だといえるだろう。
二番目には係累が素晴らしい女を、
三番目には反対する理由のない女を。

35

ハーモニー会派[1]のラップがハーモニー溢れる
彼の居住地で、結婚を禁止した時――（摩訶不思議だが
この地はいまだに流産することもなく栄えている、
それは養育可能な数以上の子供を産まないからで、
「自然」が自然に大いに奨励することを
非とする、あの嘆かわしい犠牲はない）――
なぜ彼は婚姻なしの状態を「ハーモニー」と呼んだのか。
どうだ、わたしはこの点でこの説教者を行き詰まりにしてやった――

1 ジョージ・ラップ（一七七〇―一八四七）の率いる宗教的コミューン。一八〇三年にドイツからアメリカのペンシルヴァニア州に移住しハーモニーという町を創設した。バイロンはこの宗派について、「繁栄する、敬虔で物静かなドイツ人の植民地は、人口を抑制するために、婚姻を禁止せずに産児制限を行った」と書いている（一八二四年注）。

36

その理由は、彼がかくも奇妙に、ハーモニーと結婚を
引き離して、そのどちらかを嘲笑しようとしたからだ。
しかしラップ師がこのことをドイツで学んだのかどうかは
知らないが、我々の宗派のいかなるものに比べても
彼の宗派は金持ちで信心篤く、敬虔で高潔と言われている、[1]
もっとも我らの宗派の方がもっと明白に繁殖するのだが。
わたしが異を唱えるのは彼の呼び名で、儀式ではない、
もっとも、どうしてそれが習慣になったのかは不思議だ。

1 ハーモニストは一日に五度の栄養たっぷりの食事をし、ワインやウイスキーや毛織物を生産した。

37

しかしラップは、熱心な既婚夫人たちの逆を行く、
彼女らはマルサスの意に背いて生殖を支持する――
彼女たちはあの増殖の術の公言者、
繁殖の控え目な部分すべてを受け持つ後援者、
繁殖は結局、すさまじい勢いで進行するので
生まれた子供の半分は移住することになる、
それは情熱と馬鈴薯の不作の悲しい結末[1]――これらは
二つの雑草で、我らの倹約家であるカトー[2]たちを悩ますもの。

1 じゃがいもの不作が飢饉を招き、貧しい人々は移民となったことを指す。
2 大カトー（二三四―一四九 BC）はローマの政治家・軍人・監察官。常に倹約家だった。

38

アデラインがマルサス[1]を読んだかどうかは、分からない。
そう願いたいのだが。彼の本の第十一番目の戒めは、
すなわち「汝結婚するなかれ」だ、裕福にならないなら。
（わたしが理解する限り）これが彼の意味したことだ。
彼の見解について思案し、「かくも有能な手」[2]の
意図したことを吟味するのは、わたしの目的ではない。
しかし、確かにこの戒めは人を禁欲へ導く、
あるいは結婚を算術に変えてしまう。

1 マルサスは十分な収入がなければ結婚すべきではないと主張した。
2 「ジェイコブ・トンソンはよく作家を…『有能な手』などと呼んだ」（バイロン注一八二四）。

39
しかしアデラインは想定した、
ジュアンには十分扶養する力があり、
結婚の運が尽きたら、別居手当も出せると——
花婿はきちんと婿にされた後で、
結婚という舞踏において、少しばかり
後ずさりするかもしれない、その確率はおおむね五割だ——
（この舞踏はホルバインの[1]「死の舞踏」のように
画家を有名にするかもしれぬ——しかしこの二つは同じこと）——

1 ハンス・ホルバイン（一四九七—一五四三）は「死の舞踏」という題で木版画を描いた。

40
しかしアデラインは心中、ジュアンの結婚を決めた、
女にとってはそれで十分なのだ。しかし、相手は誰？
才女のミス・レディングがいた、ミス・ロー、ミス・フロー、
ミス・ショーマン、そしてミス・ノウマンがいた、
それに二人の美しい女相続人、ギルトベッディング姉妹[1]も。
彼女はジュアンの取り柄は月並みではないと考え、
これらの女性との縁組はすべて異議をはさむ余地はなく、
ねじを巻いてうまく調整したら、時計のように進むと考えた。

1 たとえば、ミス・ノウマン（Miss Knowman、男を知っている）など、女性たちの名前にはそれぞれ意味が込められている。

41

夏の海のように穏やかなミス・ミルポンド[1]がいた、
よくあるあの女性の鑑、一人娘で、
落着きの精髄に見えた、だがそれは上皮を
すくいとるまでで、本当は水で薄めたミルクのように感傷的で、
一枚皮をめくれば、わずかながら青踏派の影も
あるかもしれなかった。だがそれがどうした、
愛は奔放でも、結婚は静けさを必要とし、
破壊の種を含むから、ミルク中心の食事（ダイエット）にすべきなのだ。

1 バイロンの夫人の結婚前の姓はミス・ミルバンクだった。

42

それからミス・オーデイシア・シューストリング[1]がいた、
家柄のよい颯爽たる娘で、彼女の心が見据えていたのは
星形勲章か青いリボンのガーター勲章だった。
しかしイギリスの公爵が最近は稀になったのか、
彼女が自国の高位なる者の琴線に触れなかったのか
（琴線に触れて魅力的な女は彼らを惹きつけるのだが）、
彼女は外国の年下の男――ロシア人かトルコ人――と
懇ろになった――どちらでも同じことだが。

1 これら女性の名付け方には滑稽なところが多々ある。オーデシアは英語の大胆さ、ずぶとさ (audacity) を思い起こさせ、それに靴紐（シューストリング）が付く。その他の固有名詞の付け方にも滑稽なところが多い。

43

そして他に――しかしなぜ書き続けるべきなのか、
淑女たちが消えてしまうなら話は別だが――
確かに、妖精のように美しい、最高の身分の
某女性がおり、その身分の上を行っていた――
名はオローラ・レイビー、人の世の上に輝く
若い星で、人の世なる鏡には優しすぎる姿だった、
まだほとんど出来上がっていない、形も成さぬ美しい人で、
いともかぐわしい花びらにいまだ包まれた薔薇だった、

44

金持ちで高貴だったが、孤児だった。一人っ子になって
親切で善良な後見人たちの世話に委ねられた。
それでも彼女にはとても寂しげな風情があった！
血は水にあらず、悲しいかな、この世に一人残された時、
死に打ち負かされて横たわる感情のような、
そんな若い時の感情を、我々はどこに見出すことができようか、
そんな時、我々は感じる、友無き館には
家庭は存在せず、最良の絆は墓の中に在る、と。

45
年は若かったが、姿は年齢よりも子供らしく、
目にはどこか崇高なところがあった、
それは熾天使（セラピム）[1]の目が輝くように、悲しく輝いた。
若さそのものであったが、時を超越した表情をしていた、
燦然と輝いて重々しく、人の凋落を憐れむかのようだった。
悲しげだったが、それは人の罪を悲しむ風だった、
彼女は、あたかもエデンの門のそばに座り、
ふたたび戻れぬ者のことを嘆き悲しむ風に見えた。

46
また彼女はカトリックで、誠実で、
自身の優しい心が許す限り、厳粛だった、
そしてあの凋落した信仰を、凋落したがゆえに
なおいっそう貴重だと考えた。彼女の祖先は
国民の耳を満たした業績とその時代を誇りとし、
新興の権力には一度も跪くこともなく、
頭を垂れることもなかった。最後の者になったがゆえに、
彼女は祖先の古い信仰と古い感情をしっかりと守っていた。

1 セラピムは天使の九階級中第一階級の天使。しばしば子供の顔の周囲を四枚の翼で囲んだように表される。『イザヤ書』六章参照。九巻四七連注1参照。

47

彼女は自分のほとんど知らない世界を見詰めた、
知ることを求めぬがごとく。黙して寂しく
花が咲くように、そんな風に彼女は静かに育ち、
胸の思いをその領域内に穏やかに収めていた。
彼女の受ける敬意には畏怖の念があった、
その魂は周りの世界から離れて、王座に座るかに見え、
それ自身の強さにより強かった——それは
こんなに若い者にはまことに不思議なことだった。

48

さて、アデラインの候補者一覧には
たまたまオローラが省かれていた、
彼女の生まれと富ゆえに、すでに名前を挙げた
魅力的な女たちよりも評判はよかったのだが。
また彼女の美しさは、多くの美徳とあいまって、
二人になりたがっている独身紳士が
骨を折るのに値する、まさにぴったりの相手として、
口の端にのぼって、何の障りもないと思われた。

49

この欠落は、ティベリウス[1]が挙行した葬列から
ブルータスの胸像が欠落していたように、
当然のことながら、ジュアンを驚かせた、
彼は半ば微笑み半ば真剣に、このことを口にした。
するとアデラインは、うんざりして、
控え目に言っても、傲慢と言える態度で答えた、
彼女は不思議がった、「あのつんとした、無口で、冷たい
オローラ・レイビーのような、ねんねのどこがいいの」と。

50

ジュアンは答えた、「あの人はカトリックで、
わたしの宗旨と同じなのでぴったりです。
なぜなら、きっと母は病に倒れ、
ローマ法王は怒鳴って破門を言い渡すでしょう、
もしも――」しかしここで、自身の意見を
他人に吹き込むことに、強い誇りを
持っているらしいアデラインは言った――
いつものように――口にしたばかりの同じ理由を。

1 （四二BC―AD三七）はローマ第二代の皇帝。ティベリウスは、ブルータスの妹でカシアスの妻だったジュニアの葬列に、カエサル暗殺の廉で、ブルータスの胸像が持ち運ばれることを許さなかった。歴史家のタキトゥスは「ブルータスとカシアスはその像が見られないという事実で他の誰よりも輝いた」（『年代記』三章）と記している。

51

そうして何が悪いのか、道理にかなう道理は、
もし良いものならば、繰り返しても一向に悪くない。
悪ければ、一番よい方法は焦らし続けて、
くどくど説明すること、簡潔にやると大損をする。
一方、時流に合っていてもいなくても、
言い張りさえすれば、人は皆納得する、政治家さえも。
あるいは——同じことだが——忍耐心も尽きるもの。
目的地にさえ着くのなら、道筋は何だっていい。

52

何ゆえにアデラインにこの些細な偏見があったのか——
これは確かに偏見だった——神聖そのものと言えるほど
清純で、悪徳からほど遠く、その上
魅力ある姿と顔立ちをした者に対する偏見だった、
わたしにはこの問題はあまりに微妙で難解すぎる、
なぜならアデラインの天性は鷹揚だったから。
しかし天性は天性で、気紛れに満ちていて、
わたしにはそれを細かく分析する時間も意欲もない。

53
おそらく、彼女が気に入らなかったのは、
若い時代に大抵の者を魅了する子供だましを
オローラが静かに眺めていたことだろう、なぜなら
「アントニーの守り神がシーザーに威圧される」[1]ように、
自身の守り神が、当然そうなるのだが、彼らを見る
少数者によって威圧されるのを見ることほど、
耐え難いことは滅多にはないからで、このことは
男にも、言ってよければ、女にとってもそう言えるだろう、

54
それは羨望ではなかった——それはアデラインにはなかった、
彼女の地位も知性もはるかにそれを超越していた。
それは軽蔑ではなかった——欠点をほとんど見せないのが
最大の「欠点」である者に、それは降りかからなかった。
それは嫉妬ではなかった、とわたしは思う、しかし
人間の「鬼火」を追いかけることを、わたしは避ける。
そうではなかった——しかし、ああ、何であったと
言うよりも、何ではなかったと言う方がはるかに易しい。

1 『マクベス』三幕一場五六行。

55

オローラはそんな議論の的になっているとは思いもしなかった。彼女はそこでは客人であり、他の者よりも清らかだったが、身分と若さが光り輝く流れの中の、一つの美しい漣(さざなみ)だった、それは「時」が一つずつ煌く波頭に、一瞬投げかける光の中を、一瞬の間流れて行った。彼女がこのことを知っていたら、穏やかに微笑んだことだろう――それほどまでに子供だった、あるいは子供からかけ離れていた。

56

アデラインの派手で誇り高い態度はオローラを威圧しなかった、アデラインが煌くのを、彼女はまさに蛍が光るのを見るように見て、次にはもっと崇高な光を求めて星に向かうのだった。新しい世界の風習については、シビラ[1]ではなかったので、彼女はジュアンを見極めることができなかった。それでも流星に幻惑されることは一切なかった、彼女が顔立ちを信用しなかったから。

1 シビラは古代世界（バビロニア・エジプト・ギリシア・ローマなど）にいたとされる巫女で予言者。

57

彼の名声も信用しなかった——ジュアンには
時には女を破滅させる程の評判があった、
それは美徳の半分、悪徳のすべての混ざり合った、
栄えある罪過の雑多な塊でできていた。
御しやすくはないがゆえに、魅惑的な短所、
いと華やかに飾られているがゆえに、幻惑する愚行——
これらの印章は彼女の蝋には何の刻印も残さなかった、
これが彼女の冷淡さ、あるいは冷静さだった。

58

ジュアンにはこんな人物は初めてだった——
高貴だが、死んだハイディには似ていなかった。
しかしどちらもそれぞれの領域で光り輝いていた。
寂しい海辺で育った島の娘はより情熱的で
同じように美しく、誠実さにおいても劣らず、
「自然」のすべてだった。オローラは
そうはなり得ず、なろうともしなかっただろう——
二人を分かつのは花と宝石の違いだった。

59

この崇高なる比較を済ませた今は、
我々の物語を進めてもいいと、わたしには思える、
我が友スコットが言うように、「攻撃開始のラッパを吹こう」[1]
スコットはわたしの比較級のうちの最上級――
シェイクスピアとヴォルテールを除けば、
キリスト教の騎士やサラセン人を、農奴や貴族を、
そして人間をあれほどの技で描くスコットに、誰が匹敵できようか、
彼はこれら二人のいずれか、あるいは両方の継承者と言えるだろう。

60

いいかい、わたしはささやかなやり方で、
人間性の表面をかすめることに取りかかろう。
世間について書くが、世間が読まなくても構わない、
少なくとも読んでもらうために、世間の虚栄を赦しはしない。
わたしのミューズはまさにこの巻物で今までよりも
もっと多くの敵を生み出し、今後もさらなる敵を生むだろう。
書き始めはそんな結果を予測した――今はいい、いい、いい、確信している、
しかしそれでもわたしは結構な詩人だ、あるいはそうだった。

1 スコット『最後の吟遊詩人の唄』四巻二四章。

61

アデライン夫人とドン・ジュアンの会談
あるいは会議[1]（最近の会議と同じく終わったが）には、
甘味にいくらか酸味が混じっていた——
それは彼女の我が強かったからだ。
しかし事態が改善したり悪化したりする前に
澄んだ鈴の音が鳴った、それは「食事の用意完了」を
告げるものではなく、正装用の「半時間」と呼ばれるものだった、
しかし婦人の衣装は少なく、[2]それほどの時間もいらないようだ。

1 一八二二年のヴェローナ会議を指すか。スペインのフェルディナンド七世を救うために、スペインに軍事介入しようとした同盟国にイギリスのウェリントンは反対した。

2 摂政時代（一八一一—二〇）の婦人は肩を露わにし、ネックラインを下げた。

62

今や偉大な出来事が食卓で成就されんとしていた、
甲冑の代わりに巨大な皿、武器にはナイフとフォークが
そこにあった、しかしホメロス以来
（祝宴の場面は彼の作品中、最悪の部分ではない）、[1]
いかなる詩人が、現代の正餐の一日のメニューを
書き上げ、並べることができようか。そこには
魔女や好色女や医師が醸し出す以上の不可思議が
潜んでいる、スープやソースやただ一皿のラグー[2]の中に。

1 ホメロスの料理の場面については二巻一二三連参照。

2 肉・野菜などの香辛料をきかせた煮込み料理。

63

見事な「家庭料理風スープ（スープ・ア・ラ・ボンヌ・ファム）」があった、もっとも
その呼び名の由来は誰も知らない。次には
大食漢用に鰈（かれい）もあった、その後には
ペリグー風の七面鳥（ダンドン・ア・ラ・ペリグー）[1]が来た。他にまた——
何とわたしは罪深いこと！　この食い道楽の連（スタンザ）を
どうすればうまく切り抜けられるのか——
ボヴォー風のスープ（スープ・ア・ラ・ボヴォー）[2]、その口直しにはマトウダイ、
そしてその息抜きにポークが続く、より偉大なる栄光を求めて。

64

だがわたしは、すべてを一つの雄大なるごた混ぜか塊に
押し込まねばならない、なぜならこれ以上
過度に詳細に及べば、わたしのミューズは
気難し屋たちが虚弱だと見なす時よりもはるかに、
度を超して食べ過ぎることになるだろう、ミューズは
美食家だが、彼女の胃が大食の罪は犯さないことは認めねばならぬ、
それでも、この物語が軽食の息抜きを必要とするのも確かだ、
ただ彼女を失意から救ってやるだけのためにも。

1 トリフとベーコンを詰めたターキーのロースト。

2 かぶのスープ。

65

コンデ風鶏肉（ア・ラ・コンデ）、ジュネーヴ風ソース付き
鮭のスライス、鹿の腰肉、それに
若いアモン[1]をまた殺しかねないワインもあった——
彼のような男の多くを、しばらくは見たくはないが。
食卓にはアピキウス[2]も祝福したであろう、
光沢のあるウェストファレン[3]のハムも置かれた、
それから泡の渦巻くシャンパンがあり、それは
クレオパトラの溶けた真珠[4]のように白かった。

66

さらに神のみぞ知る、「ドイツ風」や「スペイン風」のもの、
そして「タンバル」[1]や「サルピコン」[2]が、わたしの
抵抗も理解をも超えたものとともに出された、
もっとも、全体としては大喜びで呑み込まれた。
さらに、手元には少しずつ手をつける付け合せがあって、
腹が膨れて、鎮まりゆく魂を優しくなだめすかせた。
一方では偉大なルクルスの凱旋の衣[3]が覆っていたのは——
（これぞ名声！）——トリュフ仕立ての若い鶉（うずら）の切り身（フィレ）だった。[4]

1 マケドニアの王、アレクサンダー大王（三五六—三二三BC）のこと。
2 ローマ皇帝、ティベリウス（四二BC—AD三七）の時代の美食家。破産して自殺する。
3 ビャクシンの木でいぶした独特の風味のある固いドイツのハム。
4 プリニウスの『自然誌』によれば、クレオパトラはイアリングの真珠の一つを酢に入れて溶かし、それを飲んだという。一回の宴会に一千セステルス（古代ローマの銀貨）を費やすという、アントニウスとの賭けだった。

1 タンバルは肉や魚などをみじん切りにして混ぜたもの。
2 サルピコンは肉・魚・野菜などを細かく切ってソース状にしたもの。
3 ルクルスの凱旋の衣とは彼の名を冠したソースのこと。ルクルス（?一一〇—?五七）はローマの将軍。引退後は享楽的な生活を送った。
4 バイロンは、ルクルスが櫻の木をヨーロッパに移植し、また料理に名前を付けたことの方が、彼の征服よりも意味がある旨の注をつけている（一八二四年）。

67

これらに比べたら勝利者の額の鉢巻き（フィレ）[1]が
どうだというのだ、ぼろ切れか塵芥だ。その下を通る
国家の戦利品にうなずいた凱旋門は今いずこにある。
勝利の戦車の傲慢な行進はいずこに、
勝利は食事のように行かねばならぬところへ行った。
わたしはこれ以上の調査を続けはしない。
しかし、おお、弾薬筒を持つ現代の英雄たちよ、
一体いつ汝らの名[2]は山鶉にさえ輝きを与えるのだろうか。

68

あのトリュフもけっして悪い添え物ではなく、
その後には「愛の小さな井戸（プティ・ピュイ・ダムール）」[1]が続く――
その料理法は色々あるらしいので、
百科事典のように肉や魚を
掲載する最高の辞書を参考にして、
誰でも好きなように仕上げることができる、
しかし砂糖菓子がなくとも、あの「小さな井戸（プティ・ピュイ）」を
つつくのは楽しいこと[2]には変りはない。

1 鉢巻きの原語は fillet、ヒレ肉の意味とかけている。

2 英雄の名前は通りなどの名前になることを言う。

1 ジャム付きのシュークリームのこと。

2 卑猥な意味があるか。

69

二つのコースに費やされた知性の
大いなる熟考には茫然自失の思いだ。
それに消化不良の壮大なる増殖は
わたしの能力を超えた算術を必要とする。
誰が予想したことだろう、アダムへの素朴な配給に
始まって、自然のもっとも卑近な必要性から、
学問と専門用語を形成するほど、
料理がかくなる資源を引き出したとは。

70

杯はチリンチリンと鳴り、味覚はうずうずした。
正餐の客の名士たちはよく食べた。
淑女たちはより節度を守って饗宴に参加し、
わたしの書く材料にならないほど少ししかつままなかった。
若い男もそうだった、なぜなら若者は
成熟した者のように食道楽を得意とはせず、
ご馳走よりも、舌足らずな話し方をする
可愛い娘の囁きを好んだ（隣の席にいたら）。

71

悲しいかな、わたしはジビエも野鳥のシチューも、
コンソメやピューレのスープも、描写なしですまさねばならぬ、
これらすべてを使えば、荒っぽいジョン・ブル風の
ロースト・ビーフよりわたしの詩は滑らかになるのだが、
スペアリブさえもここに登場させてはならない、
「野菜と肉の炒め物（バブル・アンド・スクィーク）」はわたしの流麗な歌を台無しにするだろう。
しかしわたしの食事は済んだ、そして悲しいかな、
「ヤマシギ」の簡素な描写さえ諦めねばならぬ、

72

また果物、氷菓、そして味覚（グー）を喜ばすために
人の技が自然を洗練して作るすべてを諦めねばならぬ――
テイストでもグー[1]でもよい――諸君の
胃袋の気分次第で発音して欲しい！　食事前は
フランス語がいいだろう、食後は、飾らぬ英語の方が
真であることを証明する、いくつかの徴候が時にはある。
痛風（ガウト）[2]になったことがおありか、わたしはまだだ――
しかし罹るかもしれぬ、だから読者も恐れるがよい。

1　フランス語のグー（goût）と英語のテイストは同じ意味。

2　フランス語の味覚を意味するグー（goût）と英語の痛風の意のガウト（gout）のスペルは似ている。

73
わたしの献立表にはワインの最上の味方、
簡素なオリーブ料理があるが、これも省かねばならぬのか。
そうせねばならぬ、スペイン、ルッカ[1]、アテネ、どこであれ、
これはわたしの大好きな一皿だったが。
幸運にもこれとパンでよく食事をした、
スニオン岬[2]やヒュメトス[3]では、ディオゲネス[4]のように
屋外で、草原をテーブル・クロスにした、
わたしの哲学の半分は彼を継承するものだ。

74
仮面舞踏会さながら、すべて仮装した
魚、獣、鶏肉そして野菜類の大騒ぎの中で、
客たちは名簿に従って席についた、
しかし飾られた様々な料理のように様々に。
ドン・ジュアンは「スペイン風（ア・レスパニョール）」の横に座った――
それは娘ではなく、先に述べた料理のことだ。
しかし淑女さながらに見事な盛り付けが
ほどこされ、おびただしい数の風味を含んでいた。

1 バイロンが訪れたことのある、ピサ東北の小さな町。
2 アテネの東海岸に位置し、ネプチューンの神殿がある。三巻七七九行参照。
3 アテネ郊外の丘陵地。大理石や蜂蜜の産地。
4 ディオゲネス（?四一二―三二三BC）はキニク派の哲学者。粗衣粗食で有名。

75

何かの奇妙な偶然で、彼の席は
オーロラとアデライン夫人の間だった——
わたしが思うに、目と心を持つ男は
そういう場で食事するのは難しい立場になる。
また我々が見てきた会談は彼に異彩を放つことを
奨励する類のものではなかった、なぜなら
アデラインはほとんど話しかけもせずに、
二つの類まれな目で彼の胸の内を見透かすようだったから。

76

目に耳あり、とわたしは時に考えるほどだ。
これだけは確かだ、音声の届かぬ所でも
物事は可愛い者たちにはどういうわけか響く、
彼女たちがそんな知識をどこから得るのか、
わたしには分からない。それは天球層[1]のあの神秘的な
音楽のようだ、響きはしても、大きな音を聞いた者は
誰もいない。不思議なことに、女性はごく頻繁に、
一言も発することなく交される長い対話を聞くのだ！

1　一五巻五連注1を参照。

77
オローラは、勇敢な騎士を傷つける
あの無関心な態度で座っていた――それは当然のこと、
これはすべての無礼の中で最悪の無礼で、
相手が一顧だにする価値もないと示唆しているようなのだ。
さてジュアンは見栄っ張りの気取り屋ではなかったが、
そんな目にあって必ずしも嬉しくはなかった、
氷の中で動けなくなった良船のような目にあって、
数々の良い忠告をもらった後だというのに。

78
彼の陽気なたわいない言葉に答えはなかった、
あるいは礼儀的に、何かとりとめもない言葉が
返された。オローラはほとんど横も見ず、
些細な見栄のためにも、笑うことさえしなかった。
何とひどい娘だ！　高慢のせいなのか、
慎み、放心、それとも愚かさのせいなのか。
神のみぞ知る！　しかし、予言通りにうまく
事が運んで、アデラインの悪意ある目は煌き、

79

「言った通りでしょう」と言わんばかりに見えた、
これは勝利の一種だが、わたしは推奨しない、
なぜなら見たり読んだりしたが、
恋愛と友情、どちらの場合でも、
これは紳士を怒らせ、冗談であったものを
深刻な結末に変えて、名誉を傷つけてしまうからだ。
その訳は、男たちは皆、現在か過去のことを予言し、
その通りに事を運ばせない者を憎むからだ。

80

ジュアンはかくして、些細だが選び抜いた
配慮を示す気にさせられた、それは
明快な理解力のある女性に対して、これまで以上の配慮を
示したいという気持ちを、やっと表す程度のものだった。
ついにオローラは（物語はかく伝えるが
それは事実というよりも推測だろうが）、
思案をその甘い束縛から少し自由にしてやって
耳を傾けることはなくとも、一、二度は微笑んだ。

81
問いに応じてから、オローラは質問を始めた、これは
彼女には珍しいことだった。アデラインは、それでも
自分の予言には大した誤りはなかったと考えたが、
彼女が打ち解けて浮気女になることを恐れた――
人は言う、両極端がひとたび活動し始めると、
それらが交わるのを防ぐのは大変難しい、と。
しかしこの点で、アデラインの考えは厳密にすぎた――
オローラの心はそんな類のものではなかった。

82
しかしジュアンには、ある種の人を惹きつける流儀、
誇り高い謙遜があった、そんなものがあるとしてだが、
それゆえ女たちの言うことに大いに敬意を払った、
魅力的な言葉の一つ一つが法令でもあるかのように。
彼の気転は真面目さを和らげて、陽気にし、
いつ遠慮し、いつ大胆になるかを彼に教えた、
何を考えているのか、人の知らぬままに、
話をさせる術を心得ていたのだ。

83

オローラはその無関心さゆえに
彼を軽薄な連中と混同したが、
囁きかける気取り屋や
大声の小才子よりも良識があると考えた――
彼女はあの追従を感じ始めた
（かくも些細なことから偉大なことが生じる）、
それは賛辞よりも敬意によって、誇り高き者を惹き付け、
微妙な意見の違いがあるゆえに、心を捉えるものなのだ。

84

さらに彼は男前だった――この点は
どの女性も「反対なし（ネム・コン）」で認めた、このことは
言うも嘆かわしいが、しばしば既婚夫人を姦通（クリム・コン）へ導く――
我々は脱線して手間取りすぎたので、
この問題は陪審員に任せておこう。
さて、今も昔も容貌は人を欺くが、
どういうわけか、美しい容貌をしたものは
最高の書物よりも強い印象を与えるものなのだ。

85

顔よりも本に目をやるオローラは
とても賢かったが、とても若かった、
そして美の三女神[1]より、ミネルヴァ[2]を
崇拝していた、特に本のページの上では。しかし
この上なく固いレースに縛られた「美徳」自身でさえ、
厳格な老年にとって自然であるコルセットをしていない。
あらゆる義務の鑑であるあのソクラテスさえ、
慎重ではあるが、美に対する強い好みを自認した。

86

十六歳の少女はこの程度まではソクラテス的だが、
ソクラテスのように無邪気にそうなのだ、
実際、プラトンがその劇形式の対話で示したように、
崇高にしてアテネ風に洗練されたこの賢者が、
七十歳にしてこのような空想を懐くなら、
そんな空想が乙女にとって不快であることなど理解できない――
常に控え目な程度に、ということに注目して欲しい、
わたしにはこのことは「不可欠（シネ・クワ）[1]」なのだから。

1 輝き、喜び、開花を象徴した三人姉妹の女神（ギリシア・ローマ神話）。
2 知恵、工芸、芸術、戦術の女神（ローマ神話）。

1 正確にはシネ・クワ・ノン。バイロンは快い響きのためには「ノン」を省いた（バイロン注一八二四）。原文では sine qua non が sine quâ となり一行前の way と韻を踏む。

87

このことにも注目あれ、偉大なクック卿[1]のように（彼のリトルトン論を見よ）、わたしが二つの意見を述べた時はいつも、最初はその二つは正反対に見えるかもしれないが、二番目の意見が最善だ。わたしは第三の意見をどこかに隠しているかもしれぬ、あるいは何も持たないかもしれぬ——これは情けない冗談に見える、しかし、もし作家が首尾一貫しなければならないなら、いかにして存在する事物を示すことなどできようか。

88

人が矛盾したことを言うなら、わたしは彼らに、皆に、そして正直な自分自身にさえも、反対せずにはおられようか——しかしこれは嘘だ、わたしは反対したことはない、これからもない——どうしてそんなことができようか。すべてを疑う者は何事も否定できない。真理の源泉は澄んでいるかもしれぬ——その流れは濁り、矛盾の運河の数々を通り抜けるので、真理はしばしば虚構の上を航行せねばならぬ。

1 サー・エドワード・クック（一五五二—一六三四）のサー・トマス・リトルトン（一四〇二—八一）著『英国法の原理』についての注釈は、長く英国の所有権法についての権威書だった。

89
寓話、お伽話、詩歌そして喩え話は
嘘を言うが、耕地に種蒔く者によって
真実にもなるかもしれない。
素晴らしいことには、お伽話に不可能はない！
それは現実を耐えやすいものにすると、人は言う、
しかし現実とは何ぞや、誰がその謎を解く手掛かりを持つのか。
「哲学」か、否、彼女[1]は否定しすぎる。
「宗教」か、然り、だがあらゆる宗旨の中のどれなのか。

90
数百万人がきっと間違っている、それはかなり明白だ、
皆が正しかったと判明することになるかもしれぬ。
神よ、助けたまえ！　我々は人生において神聖な狼煙を
いつも明るく燃やし続ける必要がある、それゆえ
もう誰か新たな予言者が現れるか、昔の予言者が
予知能力で人類を喜ばせてもいい頃なのだ、
天球層からの元気づけが少しでもなければ、
意見は数千年で古びてしまうもの。

1　ボエティウス（？四八〇―？五二五）の『哲学の慰め』にあるように、哲学は擬人化されて女性でうけることがある。

91
しかしまたここで、わたしはどうして
形而上学に自らを巻き込もうとするのか。
わたしほどいかなる論争も嫌う者はいない、
それでも自分の愚かさゆえにか、運命のせいなのか、
過去、現在そして未来に関する問題について
いつもどこかの角で頭をぶつけて傷ついている、
それでもトロイ人にもティルス人[1]にも幸あれかしと願う、
それはわたしが穏健な長老派として育てられたからだ。

92
しかしわたしは穏健な神学者であり
温和な形而上学者でもあるので、
精神鑑定調査委員会のエルドン[1]のように
ティルス人にもトロイ人にも偏らないとはいえ——
政治上のわたしの務めはジョン・ブルに
一般国民の状況を少しばかり示すことだ、
人が悪辣な君主たちに法を破らせているのを見ると、
わたしの血はヘクラ[2]の温泉のように燃えたぎる。

1 ウェルギリウス「わたしはトロイ人もティルス人も同等に扱う」（『アエネーイス』一巻五七四行）。すなわち、争う当事者すべてを分け隔てなく扱う、という意味。

1 大法官のエルドン伯爵は一八二三年にポーツマス卿が正気かどうかについての訴訟を審理した。一二巻三七連を参照。

2 ヘクラはアイスランドの火山、標高一四九一メートル。

93

しかし政治、政策そして敬神は
時折、わたしが持ち出すテーマだが、
それは多様性のためだけではなく
道徳的な用途に役立つからだ。
なぜならわたしの仕事は社会を「調理して」、
あの青臭い鵞鳥にセージ[1]を詰めることだから。
そして今度は、あらゆる好みの持主たちに
何かを供給するために、超自然を試してみよう。

1 セージは植物のセージと賢者（sage）を掛けている。

94

さて、わたしはすべての論争をやめる、
これからは、いかなる誘惑にも、絶対
「堪忍袋の緒が切れるほど俺を馬鹿に」[1]させはしない、
そう、わたしは完全なる更生を始めよう。
事実、人がわたしのミューズの会話が
危険だと考えるその意味が皆目分からなかった——
思うに、わたしのミューズは、苦労すればするほど
魅力がなくなる、他のミューズたちと同じく無害なのだ。

1 『ハムレット』三幕二場三八四行。

95
厳しい読者よ！　幽霊を見たことはおありか。
ないが、聞いたことはある――分かった――もう言うな！
失ってしまったかもしれぬ機会を後悔しないように、
諸君にはまだこれからの楽しみがあるのだから。
わたしがこれらの大部分を嘲笑するか、
あるいは笑い物にして、崇高と神秘の源泉の力を
殺ぐつもりであるなどとは、思ってくれるな――
いくつかの確かな理由で、わたしの確信は本物だ。

96
本気なのか、と君は笑う――笑えばいい、わたしは笑わぬ、
わたしの笑みに裏表はない、そうでなければ、一切笑わない。
言いかい、わたしは固く信じている、幽霊の出る場所が
存在することを――どこか、それは思い出さないでおこう、
できればわたしは「亡霊たちがリチャードの魂」[1]を
ぞっとさせることを忘れてしまいたいのだ。
つまり、この問題についてわたしには不安がある、
マムズベリの哲学者[2]の不安によく似たやつが。

1 「ところがその影が、幻が、ゆうべリチャードを／魂の底までおびえさせたのだ、あの浅はかな／リッチモンドに率いられた武装一万騎が／現実に立ちむかってきたときよりも恐ろしかった。」（シェイクスピア『リチャード三世』五幕三場二一六―一九行、小田島雄志訳）。

2 「唯物論の哲学者トマス・ホッブスは敵から実際は迷信的だったと言われた。彼はそれを否定した」（バイロン注）。ホッブスはウィルトシャー州のマムズベリ出身。

97

夜は（わたしは夜に詠う――時に梟のように、
時には夜鳴き鶯のように）――薄暗い、
賢いミネルヴァの鳥である梟の金切り声が
まわりでがたがた耳障りな歌をうたう、
古い壁に掛かる古い肖像画がわたしを睨みつける――
頼むからそんな恐ろしい顔をしないで欲しい、
暖炉では消えゆく残り火が小さくなる――
わたしはまた思う、夜更かしをしすぎたと、

98

だから、昼間に詩作するのが、わたしの流儀に
まったく反しても――その刻には他に考える事がある、
わたしに考えることがあるとして――言っておくが、
夜中には冷え冷えした震えを感じる、
だから用心して真昼になるまで遅らせる、ああ、
亡霊を連れてくるだけの主題を扱うことを――
だが諸君がこれを迷信と呼ぶようになるには
わたしの身になってみなければならぬ。

99

命は星のように水平線の果てに浮かぶ、
二つの世界の間、夜と昼の間に、
本当の自分自身について我々は何と無知なのか！
行く末についてはなおさらそうだ！[1]
時の潮の永遠の波浪はうねり続けて、我々の沫を
遠くへと運ぶ。長い年月の泡沫から放り投げられた
古い泡が破裂すると、新しい泡が生まれる。
その間、帝国の墓は束の間の波のようにただうねるのみ。

1 狂乱のオフィーリアの言葉の響きがあると思われる。「今のことは分かっていても、明日のことは分からない」(シェイクスピア『ハムレット』四幕五場四三―四四行)。

第十六巻

1

古代ペルシャ人は有用なことを三つ教えた、[1]
弓術、乗馬そして真実を語ることを。
これが最良の王、キュロスの流儀だった[2]——
それ以来、現代の若者も採用する流儀だ。
彼らは普通二本の弦の付いた弓を持ち、[3]
馬に乗る時は一切の容赦も憐れみもない。
真実を語ることはあまり上手ではないが、
誰にもまして長い弓を巧みに引く。[4]

1 「子供には五歳から二〇歳までの間、ただ三つのことだけを教える。乗馬、弓術および正直がこれである（ヘロドトス『歴史』一章一三六節、『世界の名著』五、松平千秋訳）。

2 キュロス大王（?—五二九 BC）、ペルシャ帝国の創始者。

3 第二の方策を用意していること。

4 大げさな言い方をする。

2

この結果の、あるいはこの欠陥の原因については——
「なぜならこの欠陥ある結果には原因があるから」[1]——
わたしは吟味する暇がない、しかしこのことは
自画自賛しても言わねばならぬ、
わたしが記憶するあらゆるミューズの中で、
いくつかの点における彼女の愚行や欠点がどうあろうとも、
わたしのミューズはすべての矛盾を超越して、
虚構を扱ったものの中でもっとも誠実であると。

1 『ハムレット』（二幕二場一〇三行）。

3

わたしのミューズはすべてを扱い、何事であろうと
決して引き下がらないので、この叙事詩には
諸君が他で見つけようと願っても見つからない、
とても機知に溢れた考えが、雑然たる状態で無数にある。
甘味とともに苦味も混じっているのは事実だが、
それはほんのわずかだから、諸君は文句を言えず、
苦味がどうしてこれほど少ないかと不思議がる、それは
わたしの話が「スベテノコトト、ソノ他ノ事ニ関スルコト」[1]だからだ。

1 トマス・アクィナス（?・一二二五―七四）は『すべてについて』と『その他のことについて』の二編の論文を書いたと言われている。

4

わたしのミューズが語った真理の中で、
一番の真理は彼女が今まさに語らんとすること。
わたしはそれが幽霊の話だと言った——それで?
わたしが知っているのは、そんなことが起こったということだけ。
諸君はこの地球の住人すべてが住んでいるに違いない
海岸線の果ての果てを探検したことがおありか。
コロンブスを信じようとはしなかった懐疑主義者のように、
疑い深いつまらぬ輩（やから）を、今は唖然とさせてやる時だ。

5
昨今、チュルパン[1]やモンマス・ジェフリー[2]の年代記を
権威的に押し付けようとする者がいる、
彼らの歴史における優越性は
奇跡を語る時につねに最高だ。しかし
最高の優先権は聖アウグスティヌスにある、[3]
彼はすべての者に不可能なことを信じよと命ずる、
「なぜならそうなのだから」。あら探しをし、なぐり書きをし、
言い逃れをする者は「不可能ナルガユエニ」と言われたらすぐに黙る。

6
だから人間たちよ、揚げ足取りは一切止めよ。
信ぜよ——たとえありそうになくとも、信じるのだ。
たとえ不可能でも、信じなければならぬ。
物事を信じて受け入れることはつねに最善だ。
わたしは、賢くて正しい者が福音として受け入れる
あのより神聖な神秘の数々を否定するために、
冒瀆的なことを言うのではない。論駁されればされるほど
神秘は一層根付くもの、すべての真実がそうであるように。

1 八〇〇年に没したフランスの大司教。長らく『シャルルマーニュとローランの生涯の物語』の作者だと考えられていた。

2 『ブリテン列王史』の著者（?一一〇〇―五四）。

3 「キリストは埋葬され復活した。これは不可能ゆえに確実だ」と書いたのは、アウグスティヌスではなく神学者のテルトゥリアヌス（二二〇年以降没）だった。

7

わたしはただジョンソンが[1]言ったことを
言うつもりなのだ、すなわち六千年ほどの間に
あらゆる国の民は信じてきた、死者の中には
時に地上を訪れる者がいる、ということを。
この不思議な論点のもっとも不思議なところは、
理性がそんな信念に対していかなる障害を
立ち上げても、それを支持するさらに強い何かが
あるということで、これを否定したい者はそうすればよい。

8

正餐、そして夜会も終わった、
夕食も賞味され、婦人たちは賞賛され、
宴会の客は一人また一人と消えていった――
歌は静まり、踊りは終わった。
最後の薄いペチコートも消え失せた、
白い雲が空に消え去るように。
大広間で明るく煌いているものは、
消えかけた蝋燭――そして覗き込む月だけだった。

1 サミュエル・ジョンソン（一七〇九―八四）はボズウェルの『ジョンソン伝』（一七七八年三月三一日の記載）の中で、「世界の創造以来五千年が経過したが、人の魂が死後現れた例があったかどうかについては、まだ定まっていない。すべての論議はそれを否定しているが、すべての信念はそれを肯定している」と言っている。『ラセラス』の第三一章でもジョンソンは登場人物に同様のことを言わせている。

9

楽しい一日の消失はシャンパンの
最後の一杯のようなもの、栓を抜いた時に
溢れる華やかな杯の泡はもうない。
あるいは疑問と繋がっている体系のよう、
あるいは、飛沫が煌いて、精気の半分を
逃してしまった炭酸の瓶のよう、
あるいは活気ある風のもう吹かぬ
嵐の後の大波のようだった。

10

それとも不安な休息をもたらす、あるいは
まったくもたらさぬアヘンのようだ、あるいは、そう――
それ自身以外の何と似ているか、わたしには分からない――
人の胸中とはこんなもの、比喩をもってしても
まことの類似を示すことはできない――それは
紫に染められた古代チュロスのガウンのようなもの、
その色が貝殻かコチニール[1]から採れるのか、今では誰も知らぬ。
そのようにすべての暴君の衣は一枚ずつ滅べばよい！

1 カイガラムシのメスを乾燥した紅色動物染料。「古代チュロスの紫の成分は貝殻、コチニールあるいはケルメスからなのかはいまだに論争の種である。その色さえも、紫と言う者や深紅と言う者がある、わたしは何も言わない」(バイロン原注)。

11

大夜会や舞踏会用に正装することは災難だが、
其の次に災難なのは衣服を脱ぐことだ。我々が部屋着を着ると、
ネッソス[1]の黄色い衣のように、同じく黄ばんだ葉[2]のように
惨めな思いを呼び起こすかもしれぬが、その思いは琥珀ほど
澄んではいない。ティトゥスは叫んだ、「一日を無駄にした！」[3]と。
大方の人間が思い出せるあらゆる昼夜の中で
（わたしの経験した昼夜には、侮るべきではないものもあるが）、
有益な昼夜はどれほどあったのか、言って欲しいものだ。

12

ジュアンは寝るためにその場を去ったが、落ち着かず、困惑し、
妥協してしまったと感じた。オローラ・レイビーの瞳の方が、
アデラインの忠告に反して（忠告とはそんなもの）、
彼にはより輝いていると思えた。自身の置かれた状態を
しっかり把握していたら、彼は哲学的思索に
おそらく頼ったことであろう。それは誰にとっても
大いなる救済策だが、必要な時にはきまって
役に立たない、だから彼はただ溜息をつくだけだった。

1 ヘラクレスの妻を犯そうとして、ヘラクレスに毒矢で射られて死んだ半人半馬の怪物。夫に嫉妬したデーイアネイラはネッソスの血を浸した毒のある衣服をヘラクレスに送り、彼は苦痛から逃れようとして火に身を投げて死んだ（ギリシア神話）。

2 「我が人生の成り行きは枯れた黄ばんだ葉になってしまった」（『マクベス』五幕三場二三行）。

3 ローマの皇帝ティトゥス（？四〇—八一）が一日の間に誰にも親切な行為をしなかったことを嘆いて言った言葉（スエトニウス『ティトゥス伝』八章一節）。原文では「友人たちよ、わたしは一日を無駄にしてしまった」となっている。

13
彼は溜息をついた――次に頼るのは満月だ、
そこにはすべての溜息が納められている。
今や幸いなことには、貞節な月は
その地の気候の許す限りの清澄さで輝いていた。
ジュアンの心は頓呼法[1]を使って彼女を呼ぶのに
ふさわしい心の状態にあった――「おお、汝よ！」と、
これは恋する利己主義者の用いる二人称で、
さらなる説明は不必要というものだろう。

14
しかし恋人、詩人、天文学者、羊飼、
恋する田舎の若者、見る者が誰であれ、
月を見詰める時には何か幻想を懐く、
そこから我々は偉大な想念を捉える
（時には風邪も、わたしの感じに誤りがなければ）。
月の巡る光には深い秘密が語られる。
彼女は大海の潮と人の頭脳を支配する、
そして胸も、もしも唄に真実があるのなら。

1 頓呼法は修辞学で、演説や詩文の中途で感慨のあまり急転して、特定の人や事物に呼びかけることを指す。

15

ジュアンは幾分物思いに沈み、
枕よりも瞑想を求める気分だった。
彼を取り囲むゴシック風の部屋には、
真夜中のもたらす神秘のすべてを伴って
さらさら鳴る湖の波音が聞こえた。
窓の下では（勿論）柳がそよいだ。
彼は窓から滝を見詰めて立っていた、
それは煌めき、次に物陰に入って暗くなるのだった。

16

彼のテーブルあるいは化粧台の上には——
その「どちらかなのか」は正確には突き止めてはいない——
（こう断わるのも、事実を得るためには、
厳密さの極に至るまで、わたしが注意深いからだ）
ランプが赤々と燃え、彼は壁龕にもたれていた、
そこには、石の彫刻や彩色のガラス器となって、
多くのゴシック風の装飾が残っていた、それらは
館に住んだ我々の先祖に「時」が残したすべてだった。

17

それから、夜は寒かったが晴れていたので、
彼は部屋のドアを大きく開けた——そして
薄暗い長い廊下に出た、そこには
いとも高価な古い絵がかかっていた、
疑いもなく高い身分に違いない
勇敢な騎士たちと貞節な貴婦人たちの絵だった、
しかし薄暗い明かりの中で、死者の肖像には
どこか気味悪く、陰鬱で、恐ろしいところがあった。

18

いかめしい騎士たちと描かれた聖人の姿は
月の光を浴びて生きているようだ、そして人が
自身の足音のかすかな反響に合わせて
後ろや前を振り向くと、骨壷からの声が
目覚めるかに思え、荒々しい奇妙な影が
厳しい表情を囲っている額縁から飛び出してくる、
あたかも死以外のすべてが眠るべき場所で、
なにゆえに敢えて目を覚ましているのか、と尋ねるかのように。

19

墓に納まった佳人たちの青白い微笑み、
過ぎし日々の美貌はかすかな星明りの中に
高所にぼんやり光る。埋葬された巻き毛は
まだカンバスの中で波を打っている。瞳は夢のように、
はたまたどこか薄暗い洞穴の中の鉱物の結晶のように、
我々の目に一瞥をくれる、だが死は瞳の薄暗い光の中に
映し出されている。絵は過去だ、額縁に金箔が
施される前に、絵のモデルはその姿を変えていたのだ。

20

ジュアンが無常について、あるいは恋人について――
これらは同義語だが――瞑想していた時、
彼の溜息や足音の反響以外、どんな音も
この古い屋敷の中に悲しく響き渡りはしなかった、
すると突然、彼は聞いた、あるいはそう思った、
近くに、超自然的な者を――あるいは鼠だろうか、
鼠がアラス織りに戯れつつ、それをかじって
カサカサとかすかな音を出すと、大抵の人は困惑するもの。

21

それは鼠ではなかった、だが見よ！　修道士が
数珠を手にし、僧帽と黒っぽい衣に身を包んで現れた、
月明かりの中にいるかと思えば、次は影の中に消えた、
足取りは重々しいが、音は聞こえなかった。
衣はかすかな音をたてるだけだった、
彼は恐ろしい運命の三姉妹[1]のように、影のように、しかし
ゆっくりと動いた。そしてジュアンのそばを通り過ぎた時、
立ち止まることなく光り輝く一瞥をくれた。

22

ジュアンは凍りついた、このような古い館には
こんな霊の存在の気配については聞いていたが、
大抵の者のように、それは残存する迷信の鋳造所で
造られたもので、そんな場所の広める噂以上のものは
何もないと思っていた、この鋳造所は
幽霊を金（きん）のように流通させるが、紙幣と比べた時の
金のように、稀にしか目にすることはなかった。
実際に彼はこれを見たのか、あるいは空想だったのか。

1　北欧神話の運命を司る三女神や、『マクベス』に登場する三人の魔女を思い起こさせる。

23

一度、二度、三度と通り過ぎ、引き返した――この空なるものは、
足下の大地の、天上の、はたまた別世界のものは。
ジュアンは目を凝らしてそれを見たが、
話すことも動くこともできず、彫像が台座の上に
立つように、立っていた、彼は髪の毛が
顔のまわりに、もつれた蛇のように絡むのを感じた。
この尊い人物の意向を尋ねようとして、
舌に物を言えと命じたが、叶えられなかった。

24

さらにもっと長い間があって、三度目に
幻影は通り過ぎた――だがいずこへ、
廊下は長かったので、これまでは、彼が消えて
不自然だと考える大した理由はなかった。
扉の数は多く、そこを通って、物理の法則により
背の高低には関係なく体は出入りできた。
しかしジュアンは、亡霊がどの扉を通って
消えたように見えたのか、しかとは言えなかった。

25

彼は立っていた――長さは分らなかったが、
とても長く感じられた――待ち構えつつ、力なく、
最初にあの姿が光った場所を、目を凝らして見た。
それから少しずつ元気を取り戻し、
すべてを夢として片付けようとしたが、
夢から覚めることができなかった。彼は推測した、
自分がもう目が覚めかけていることを、そして
ついに力を半ばそがれて、部屋へ戻った。

26

部屋は出て行った時のままだった、蝋燭は
まだ燃えていたが、好意的な煙で精霊を迎える、
控え目に燃える蝋燭の青色[1]ではなかった。
彼は目をこすった、目はその役目を
拒否しなかった。古い新聞を手にした、
目を通すことはごくたやすいことだった。
読んだのは国王を攻撃する記事と、
「特許靴墨」[2]についての長い賛辞だった。

1 蝋燭の青い炎は亡霊の存在を示すと言われる。「明かりは青く燃える。時は真夜中」（『リチャード三世』五幕三場一八〇行）。

2 バイロンは靴墨の広告を書いて五百ポンドを受け取ったと非難されたが、勿論これは事実ではない。靴墨の広告は詩の形式で書かれることがあった。

27

これは現世の感じがしたが、彼の手は震えた——
戸を閉めて、一節を読んでから、それは
ホーン・トゥック[1]についてだったと思うが、
服を脱いで、ややゆっくり床についた。
そこで枕の隅に頭を乗せてごく心地よく横になり、
今夜目にしたもので空想をたくましくした、
アヘンのせいではなかったが、まどろみが
少しずつ忍び寄り、かくして彼は眠った。

28

しかるべき時に彼は目覚め、想定されるごとく
霊界からの訪問者、亡霊についてとくと考え、
迷信的だと笑われる危険を冒して、
人に知らせるべきかどうかを考えた。
考えれば考えるほど頭はますます冷静になった。
そうこうしている中に、几帳面そのものの下僕が
（さもなければ主人は許さなかった）、
ドアをノックして、正装する時間だと告げた。

1 （一七三六—一八一二）急進的な作家・政治家。フランス革命時（一七九四）に大逆罪で逮捕されたこともあった。

29

彼は正装した。若者らしく身だしなみに
特に気を使うのを常としていたが、
今朝はいつもほど時間をかけなかった。
鏡さえすぐに横に押しやられた。
巻き毛は額の上に乱れ落ち、
服はいつもの型に拘束されることなく、
ネクタイのゴルディオス風[1]の結び目さえも、
ほんの髪の毛一筋ほど片方に寄りすぎていた。

30

客間に入って座った時に、彼は
ティー・カップを前に物思いに沈んだ。
もしそれが火傷するくらい熱くなかったなら、
しばらくはお茶とは分からなかっただろう、
そこで彼はスプーンを手に取った。
それほど我を忘れていたので、彼が*どこか*
おかしいことは誰にも分かった——アデラインが
まず気付いた——しかし*何なのか*は見抜けなかった。

1 フリギアの王ゴルディオスの戦車の長柄（ながえ）を、くびきに繋いだその結び目をほどいた者が、アジアを支配するとの神託があったが、アレキサンダー大王は剣で切り裂いた。

31

彼女は彼を見て、青ざめているのを知り、自身も青ざめた。それから急に俯いて何かつぶやいた、それが何かはわたしの話では伝えないでおこう。ヘンリー卿は言った、ジュアンのマフィンにはバターがちゃんとぬってないと。フィッツ・ファルク公爵夫人はベールをもてあそび、ジュアンをじっと見詰めたが、何も言わなかった。オローラ・レイビーは大きな黒い瞳で、一種静かな驚きで彼を眺めた。

32

しかし彼がなおもすっかりよそよそしく押し黙り、皆が多かれ少なかれ不思議がるのを見て、美しいアデライン尋ねた、「お加減が悪いの」と。彼ははっとして言った、「はい、いいえ、幾分、はい」と。優れた腕前のこの家の主治医がその場にいたので、すぐに脈拍をとって原因をお伝えしたい、と言い始めたが、ジュアンは「とても元気です」と言った。

33

「とても元気です、はい、いいえ」――こんな答えは

謎めいていた、それでも彼の表情は、はいといいえの

両方の状態を示すようだった、錯乱気味の様子ではあったが。

突然生じた何か病気のようなものは、決して

深刻ではなかったが、彼の気分に重くのしかかっていた。

しかし他の点では、彼白身が症状について

話すのを嫌がる風だったので、必要なのは

医者ではないことは、当然考えられた。

34

ヘンリー卿は今やココアやマフィンを味わい

後者には文句をつけ、そして言った、

「ジュアンにいつもの元気がないのには

驚いた、雨は降らなかったのに」と。

それから公爵夫人に最近の公爵のことを尋ねた。

公爵夫人は答えた、主人はほんのささいな

遺伝からくる通風の痛みで少し苦しんでいます、と。

それは貴族の関節を錆び付かせるものだ。

35

それからヘンリーはジュアンに向かって
体の具合について二、三、慰めの言葉をかけた、
「あなたは最近、黒衣の修道士のために
眠りを乱されたように見えますね」
「どんな修道士ですか」ジュアンは言った、そして
できるだけ落ち着いた様子で、あるいは
無頓着な風に質問をしたが、努力は役に立たず、
顔色はなお一層青ざめるのだった。

36

「ほう、黒衣の修道士のことを聞かれたことがない、
この館の亡霊のことを」――「本当に聞いたことはありません」。
「そりゃ、噂は――妙な話を伝えているのです――ご存知のとおり
噂は時には嘘つきですが、それについてはそのうちに。
時代とともに亡霊はおとなしくなったのか、
我々の先祖が亡霊の姿を見るのに優れた目を
持っていたのか、それは分かりませんが、人は話半分しか
信じませんが、最近では修道士の姿はあまり見られません。

37

「最後に目にしたのは――」「お願い」とアデラインは言った――（彼女はジュアンの顔色の変化を見ていて、その状況から、彼が認めている以上にこの伝説との強い関係を読み取ることができると考えたのだ）――「もしあなたが冗談を言うおつもりだけなら、今回は別のお話にして下さいね、だって、このお話は何度もなさったし、何度しても話はよくはならないのですから」

38

「冗談だって！」卿は言った、「いやはや、アデライン、お前も知るとおり、我々自身も――ハネムーンの時に――、見たね――」「そうねえ、でも、もういいわ、遠い昔のことよ、ねえ、さあ、わたしはあなたのお話に曲をつけるわ」彼女はディアーナ[1]が弓を引く時のように優美にハープを手に取った。弦は指が触れるとすぐに熱を帯び、彼女は悲しげに弾き始めた、「それはグレイ教団の修道士だった」[2]という調べを。

1　月の女神で処女性と狩猟の守護神（ローマ神話）。一四巻四六連注1参照。
2　歌詞はジョン・オキーフ、作曲はウイリアム・リーヴ。バラッド・オペラの『メリー・シャーウッド』で使われた（一七九〇年代）。

39

「でもお前の作った歌詞を付け足せば」、ヘンリーは
叫んだ、「アデラインは一寸とした女流詩人だから」
彼は他の人たちに向かって笑いながら言った。
勿論、彼らは礼儀上、一人の人間が三つの才能を
披露するのを見たいと言わざるをえなかった、
確かにそれだけの才能があったのだ——
声と歌詞とハープの腕前を
阿呆が併せ持つのは困難なことだ。

40

魅惑的な躊躇がしばしばあって後——これは
これら魅力ある人たちの魅力なのだが、
理由は分からないが、彼女たちはきまって
この見せかけの態度を取るように思える——
美しいアデラインは始めのうちは床にじっと
目をやっていたが、次に気持ちが熱くなり元気付いて
甘い声を叙情的な音に合わせ、いとも素朴に歌った——
それでもやはり有難い、滅多に聞けないものだった。

1

気をつけよ！　気をつけよ！　黒衣の修道士を、
ノルマンの石のそばに座る男を、
真夜中の空へ、祈りの文句と
過去の日々のミサをつぶやくゆえに。
「丘の領主」のアマンダヴィルが
ノルマンの教会を餌食にし
修道士を追い払いし時、なおも
一人の修道士が追放を拒むのだった。

2

ヘンリー王の権利を盾に、権力手にした
領主は、教会の地所を俗世のものとし
言うこと聞かぬ者あれば、
剣を手にして、教会に松明の火を点けた。
だが修道士が一人残り、追跡と鎖を逃れた。
彼は生身の者とは見えず、
教会の袖廊(しゅろう)に、内陣に姿を見せた、
昼には姿は見せなかったが。

3

善意のためか悪意のためか
わたしには分からない。
しかし今なお昼夜を問わず、
アマンダヴィルの屋敷に留まる。
人は言う、結婚の夕べに
領主の新床をさまようと。
人は信じる、領主の臨終の床へ
現われると——死者を悼むためにはあらず。

4

世継ぎが生まれると、彼の嘆く声が聞こえる、
古い家系に何かが起これば
青白い月の光の中を
彼は歩く、広間より広間へと。
後をつけることはできても、
顔は僧帽に隠れて見えぬ。
襞の間を通して見える目は
この世を去りし者のごとし。

5

だが、気を付けよ！　気を付けよ！
黒衣の修道士を、彼には今なお力あり
今なお教会の後継者、
俗世の世継ぎが誰であろうと。
アマンダヴィルは昼の支配者、
夜の支配者は修道士。
酒や酒宴の力を借りても、
彼の権利を質す家臣はいない。

6

何も言うな、廊下を歩む修道士には、
さすれば彼も何も言はぬ。
彼は歩く、黒いマントをひきずり
露が草地を覆うように。
ならば、有難や！　黒衣の修道士よ。
天の祝福彼にあれかし！　よかれあしかれ
彼の祈りがいかなるものであれ
我らが祈りはかの魂（たま）のため。

41

夫人の声はやんだ、わくわくさせる弦は
指に触れられ、燃え立ち、楽の音を奏でたが、
触れられなくなると静まった。歌が終わると
まわりで聴く者に一瞬広がる、あの間があった。
そして勿論、その場にいた者たちは
音色、感情そして演奏の巧みさを
褒め称え、礼儀上、拍手もした、
それには演奏者はおずおずと戸惑うのだった。

42

美しいアデラインは何気ない風情で、
あたかもこんな才芸を、ある暇な一日、
ほんの一瞬、自分の満足のために
演じる娯楽にすぎない、と見なす風だったが、
時折は心を和らげ、高慢な笑みを浮かべて
そうする値打ちがあるなら、能力を示すために
こんな演奏をするのだった、あたかも誇示しない風に、
それでいて実際は見せびらかして。

43

さてこれは（わき台詞として囁くのだが）――
この衒学的な例証をお許しあれ――
よく似た機会に犬儒学派の哲学者[1]がしたように、
プラトンの高慢さをそれ以上の高慢さで踏みにじることだった。
カーペットを台無しにされた賢者プラトンは
大いに屈辱を感じるか、哲学的な怒りにかられるだろうと、
この哲学者は考えた――だが「アッティカの蜂」[2]は
彼自身の当意即妙の才で大いに慰めを得たのだった。

44

このようにアデラインは（ディレッタントたちが
これ見よがしにやることを、自分の好む時に
いつでも難なくこなすことによって）、
彼らの「半ば本業」の影を薄くするのであった、
なぜならあまり頻繁に見せびらかすと、「半ば本業」になる。
あの令嬢やこの令嬢、あるいは某夫人が――その場の人たちや
母親を楽しませるために――芸を誇示するのを
聞いた者は誰でも、これが真相であると知っている。

1 ディオゲネス（?・四一二―三二三BC）のこと。「ディオゲネスが踏みつけたのは確かにカーペットだったと思う――『こうしてわたしはプラトンの高慢さを踏みつける』――プラトンは答えた、『より大きな高慢さで』と。しかしカーペットは踏みつけるためにあるので、わたしの記憶は覚束ない。衣服か、緞帳かテーブル・クロス、あるいは何か他の高価で皮肉にはならない家具だったかもしれない」（バイロン原注）。

2 プラトンのこと。彼がゆりかごで寝ている時に蜂が唇に止まり、このことが彼の雄弁さに繋がったと言われている。アッティカは古代ギリシアのアテネを中心とする国家。

45

おお、デュエットやトリオの続く長き夜よ！
数々の称賛と思惑よ。こんな機会に耳にする
「マンマ・ミア」よ！「アモール・ミオ」よ！
「タンティ・パルピーティ」よ！
「ラシャーミ」、そして震える「アディオ」[1]よ！
どの国よりも音楽的な我が国で聞く歌だ。
もしイタリアで十分でなければ、ポルトガルの
「トゥ・ミ・シャーマ」[2]が我らの耳を慰めてくれる。

1 「マンマ・ミア」（わたしのママ、驚きを表す）、「アモール・ミオ」（我が恋人）、「タンティ・パルピーティ」（この胸のときめき）、「ラシャーミ」（お許しあれ）、そして「アディオ」（さらば）はイタリアのオペラでよく使われたフレーズ。

2 「トゥ・ミ・シャーマ」（君我を呼ぶ）はポルトガル語で、バイロンはこの歌を「ポルトガル語より」（“From the Portuguese”）という題で訳している。

46

バビロン風の技巧を要する華麗な楽曲[1]――
緑のエリン[2]や、灰色の故国ハイランドの
心動かすバラッドの数々、それは
遠い大西洋の大陸や島々をさまよう者の目には
ロッハバー[3]を呼び起こし、山育ちの者すべてに
陸が近いという夢を見させて滅ぼす熱帯地方熱（カレンチュア）[4]のような音楽だ、
陸はもはや幻影以外には見ることはないのだが――
そのような楽曲にアデラインは精通していた。

1 イタリアのアリアを指す。バビロン風とは、例えば、ロシーニのバビロンの女王セミラミスを主人公にした『セミラミス』などがある。

2 アイルランドの古名。

3 スコットランドのハイランドの山の名。

4 この熱病にかかった者は海を草原と想像して飛び込みたくなると言われる。

47

彼女はたそがれ時の「ブルー」[1]の色合いを
帯びていた。詩を書くことができ、書く以上に
作曲することができた、時には友達について、
誰でもそうすべきだが、短い諷刺詩も書いた。
しかし今流行りの染料である、あのより崇高な青さ[2]からは
彼女はほど遠く、愚かにもポープ[3]を
偉大な詩人だと考え、さらに悪いことには、
そのことを示して恥じ入ることもなかった。

48

オローラは――我々は今、昨今その数値で
すべての人物の性格を分類する温度計、
すなわち趣向について論じているがゆえに――
もしわたしに誤りがなければ、
シェイクスピアをより好んだ。
この世という複雑な荒野の彼方にある、数々の世界が
彼女の存在を領していた、なぜなら彼女の中には
思想を受け入れる深い感情があり、その思想は
宇宙のように無限で深遠だったが、静謐でもあった。

1 文学趣味のある女性。ブルー・ストッキング（青鞜派）と言った。
2 ロマン派の詩人たちを指している。
3 ワーズワスらが酷評したポープをバイロンは尊敬していた。

49
優しくて（グレイシャス）優雅で（グレイスフル）優美さ（グレイス）を欠く公爵夫人（グレイス）、
成熟したヘーベ[1]のようなフィッツ・ファルク夫人は
オローラとは違い、その知性は――知性があったとして――
顔にあり、魅力的な類のものだった。そこには
少し悪戯好きな傾向を辿れたかもしれない――
しかし取り立てて言うほどのことはない、
そのような優しい要素を持たない女性は滅多にいない、
それは我々が本当に天国にいると思わせないためなのだ。

50
わたしは彼女が少しでも詩を好んだとは聞いていない、
もっとも『バース案内』[1]と『ヘイリーの勝利』[2]を
読む姿が一度見られたが、後者は哀れを誘うと彼女は考えた、
なぜなら彼女の気質があまりにもひどい試練に
遭ったので、花嫁になって以来経験したことについて、
この詩人は正しく予言的だった、と彼女は言った。
しかしあらゆる詩の中でも、間違いなく彼女の賞賛を得たのは
自身について書かれたソネット、すなわち「題韻詩（ブ・リメ）[3]」だった。

1 ゼウスとヘラの娘で、ヘラクレスの妻。青春と春の女神で神々に酒を酌んだ（ギリシア神話）。

1 クリストファー・アンスティ作『新バース案内』（一七六六）を指す。この小説はバースの社交界におけるある家族のふしだらな経験談を描いたもの。

2 ウィリアム・ヘイリー作『気質の勝利』（一七八一）はセンチメンタルな詩で書かれた小説。

3 第一七世紀頃フランスで流行した遊戯詩で、即興的に互いに韻を踏んだ言葉を並べて、その技巧を競ったもの。イギリスでも流行った。

51

その日のジュアンの落ち着かない感情、その原因だと
アデラインに思えたこと、それに関するものとして
まさにこの唄を歌ったその目的が何だったのか、
それを言うのは難しいことだろう。おそらく
彼女にはただ想定される彼の不安を
一笑に付してやるという単純な計画があったのだろう、
あるいは彼に不安を確信させたかったのかもしれない、
なぜなのか、わたしには言えない――少なくとも今の時点では。

52

しかしここまでの当座の効果は、
彼をいつもの礼儀正しい姿に戻すことだった、
それは社交界の風潮を身に帯びることを願う
選ばれし者には大いに必要なことだった。
その流儀が軽口にしろ、信心にしろ、
その点ではいくら注意してもしきれず、
偽善の最新のマントを羽織らねばならぬ、
そうしないと女天下を大いに不快にしてしまう。

53
それゆえ、今やジュアンは元気を奮い起こし、
それ以上の説明することもなく、このような話題について
多くの洒落を飛ばし、冗談を言い始めた。
公爵夫人もまたその機会を捉えて、
様々に同様の発言をして話を合わせた、
しかしこの家族の死や求愛の数々に関する
この不思議な修道士の奇妙な振舞については、
さらにもっと詳しい話を聞きたがった。

54
これらについては、旧聞以上のことを言える者は
ほとんどいなかった、そんな話には有り勝ちだが、
これらはある者には迷信である一方、この話題を
もっと恐れる者は不思議な言い伝えを半ば信じた。
この件について多くのことがあらゆる観点から語られた。
しかしジュアンは、亡霊について厳しく問われた時、
亡霊に彼の心は乱されたと想像した者もいたが
（そうとは彼は認めなかった）、はぐらかすように答えた。

55

それから、正午が過ぎて一時になり、
一座の者は別々の行動をする用意を始めた。
各々の気晴らしに向かう者、向かわない者、
早すぎると思う者や、遅すぎると思う者がいた。
また卿の地所内で、グレイハウンドの見事な競走が
予定されており、由緒ある血筋の若い競走馬もいて、
それは春のレースの予定表に載せてある馬で、
何人かの者はこれを見に行った。

56

画商が一人いた、彼は本物との保証付きの
格別なティツィアーノ[1]の絵を持ってきていた、
王族たちは持主の所に押し寄せたが、
高価すぎて、購入することはできなかった。
この絵は王自身も値切ったが、税金低額の今の時代では
王室費が少なすぎると考えられた（王は王室費を
受け入れ賜り、その慈悲深い受諾により
すべての臣民に恩恵を施して下さるのだ）。

1 イタリアのヴェネツィア派の画家（？一四八七―一五七六）。

57

しかしヘンリー卿は鑑識者だった——
芸術の友でなくとも、芸術家の友だった——
この絵の所有者がそれほど困窮していなかったら、
すこぶる正統的で純粋な動機から、
売り手ではなく、きっと寄贈者になったであろう、
それほどまでに卿の後援を名誉だと考えていた、
彼は売却のためではなく、今まで誤った試しのない
ヘンリー卿の判断を求めて、この傑作を携えてきたのだった。

58

現代のゴート人[1]がいた、バベルの塔を建てる
ゴート人のようなレンガ職人のことで、建築家と呼ばれ、
灰色の壁を調査するために連れてこられた、
壁はとても分厚かったが、時の経過で少しばかり
欠陥があるかもしれなかった。彼はこの僧院の隅々まで
しっかりと調査した後で、図面を差し出した、
それは、正確無比の整合性のある新しい建物を立て、
古いものを毀すというもので、これを彼は修復と呼んだ。

1 ゲルマニア種族の一つで、三―五世紀にローマ帝国を侵略した。趣味や教養を欠いた野蛮人、文化破壊者の意がある。

59
かかる費用は端金（はしたがね）——数千ポンドに
節をつけた「古い唄」[1]（それは人が長々と
鼻唄を歌う時のお決まりの曲のリフレイン）——
すぐに強固で崇高な価値ある建物となって、
費用は回収されるだろう、それによって
ヘンリー卿の趣味のよさは、あらゆる時代を通じて
光り輝く太陽のように栄光裡に伝わるのだ、
イギリスの金[2]で示されたゴシック風の蛮勇として。

60
新たな購入品のために、ヘンリー卿が工面したい
抵当があり、二人の法律家がそれに忙しかった。また、
土地の保有権[1]と十分の一税[2]に関する訴訟があった、
これは確かに「不和」の松明で、「宗教」の心を焚き付け、
ついに「宗教」をして挑戦状を叩きつけさせ、
「解き放たれた」地主たちが、「教会に対して戦う」[3]ことに至るのだ。
極上の雄牛、豚、農夫もあった、なぜならヘンリーは
サビニ[4]農園を持つ紳士、見世物師と言ってよかった。

1　一七、八世紀には「古い唄」には「値打ちのないもの」の意があった。

2　ヴェネツィアの海壁には'Ausu Romano, Aere Veneto'（「ローマの蛮勇とヴェネツィアの金で作られた」）と書かれていた（バイロン注一八二四）。

1　国王や領主の土地を市民が賃料を払って保有していた。

2　教区民が収入の一〇分の一を教会に支払った税金。

3　「お前たち（魔女たち）は風を解き放つが、その風に教会と戦わせよ」（『マクベス』四幕一場五二—五三行）。

4　アペニン山脈に住んでいたが、紀元前三世紀頃ローマ人に征服された民族がサビニ人。九巻七連注3を参照。

61

鋼の罠にかかった密猟者が二人いて、
傷の回復のために刑務所に行くところだった。
目深に帽子を被り緋色のマントをまとった
田舎娘が一人いた（わたしはこの光景を見るのは嫌だ、
それは――それは――若い時代に悲しい災難を経験したから――
しかし幸運にもそれ以来、教区費はほとんど払っていない）、
あの緋色のマントを無理に開くと、悲しいかな、
そこには身重という問題が生じるのだ。[1]

1 バイロンはニューステッドの召使の少なくとも一人には子供を産ませた。ルーシーという名の召使は一八〇八年にバイロンの子供を産んだ。バイロンには「わたしの息子へ」（"To My Son"）（一八〇九）というソネットもある。

62

瓶の中の糸巻きは一つの不思議、
どうしてそこに入りまた出たのかは分からない。
だから自然史に関する、今起こっている事件は
疑問を解決するのが好きな人たちに任すとして、
ここではただこう言うに留める、すなわち
ヘンリー卿は教会法廷の判事ではなくとも、
治安判事であり、警官スカウトが逮捕令状の旗印のもとに、[1]
「自然」の荘園で、この密猟者を捕まえたということを。

1 ヘンリー・フィールディングの小説『ジョセフ・アンドルーズ』の中に登場する法律家の名前。偽りの嫌疑でジョウゼフとファニーを投獄する。

63

さて治安判事はあらゆる類の被害の
あらゆる事案を裁き、国の獲物と道徳を、
それらに対する法的権利を持たぬ者の
気紛れから守らねばならない。
すべての中で、十分の一税と借地契約を除けば、
この二つを抑えることはもっとも難しいだろう。
ヤマウズラと可愛い娘を保護することは、
もっとも慎重な法廷にとっても難題だ。

64

当の罪人は極度に青ざめていた、
絵に描いたように青ざめていた、生まれつき
頬は赤かった、それほど健康ではない上流夫人の場合は
少なくとも起きたての時は、頬は白いのだが。
彼女は弱々しく見えるのを恥だと思ったのだろう、
可哀そうに、この娘は田舎で生まれ育ち、
不道徳なことをしたら、青白くなる以外の術は
知らなかった――赤面は上流社会のものだから。

65

黒く輝く、伏し目勝ちの茶目っ気のある目は
片隅に大粒の涙を宿していた、
可哀そうに彼女は、時にそれを拭おうとした、
それは彼女が感受性を見せびらかして
感傷的に嘆く娘ではなかったからで、
また、蔑む者を軽蔑するほど生意気でもなく、
震えながら苦しみに耐えつつ
取調べに呼び出されるのを待っていた。

66

勿論、人の群れはあちこちに散らばり、
優雅な婦人たちの居る陽気なサロンは
近くにはなかった。法律家たちは書斎にいた。
戸外では賞品の豚と農夫と密猟者がいた、
ロンドンから呼ばれた男たち、建築家と画商が
それぞれの持ち場で二人とも忙しく
（至急便を書く野営する将軍のように）、
自分たちの見事な労作に大満悦だった。

67
しかしこの可哀そうな娘は大広間に残された、
一方、か弱い者たちの教区の保護者、スカウト氏[1]は
（スモールと呼ばれる弱いビールは嫌いで）、
大きなジョッキで、潔しとする倍の強さのビールを
飲み干していた。彼女は待っていた、「正義」が
自己の本来の仕事の領域に親切にも注意を払って、
大方の乙女を大いに困惑させること、
すなわち、子供の父親を名指しするまで。

68
お分かりのようにここでは、ヘンリー卿には
猟犬と馬に関係する仕事が十分あった。
階下では第二のもてなしのための
さらなる準備で大騒ぎだった、なぜなら
数州に亘って大きな土地財産を持つ者にとっては
地位と身分にふさわしいように、
誰もが大酒を飲める「公共の日（オープン・ハウス）」を用意するからだ、
厳密に言うと、いわゆる自宅開放ではなかったが。

1 この巻の六二連参照。

69 しかし一、二週間に一度、招待無しで
(「一般招待」をこう訳すのだが)、
あらゆる田舎紳士が、郷士も騎士も含めて、
招待状を持たずに予告なしにやって来て、
食卓について三食を食べ、
皆同じように流行のワインや会話を楽しむ。
そして大いなる縁故関係を結ぶ地峡として、
自分自身のことや過去と未来の選挙について話をする。

70 ヘンリー卿は卓越した選挙運動家で
鼠や兎のように自治都市[1]のために穴を掘る。
しかし州における選挙は彼にはより高くつく、
なぜなら近隣のスコットランドのギフトギャビット伯爵は、
まさにこの同じ区域でイングランドに影響を与え、
その息子のディック・ダイストラビット氏は
「もう一方の党」の議員だったからだ(その意味は
同じ自己利益ための党だが、傾向が違うということ)。

1 勅許状によって自治の特権を与えられた都市。議会に代表者を送る。

71

それゆえ彼は州内では礼儀正しく慎重で、
すべての人に気に入られるようにし、
ある者には丁寧さを、他の者には気前の良さを、
そしてすべての人に約束を分け与えた――この最後のものは
積もり積もってかなり大きなものになった、
それがどれほど濃密になるのかを計算しなかったからだ、
しかし約束を守ったり破ったりしたので、
彼の言葉は他の人の約束と同じ程度の価値があった。

72

自由と自由土地保有者の味方である彼は――
これに劣らず政府の味方でもあったが――
こう考えていた、自分は官職と愛国心の
ちょうど中間を取るのだと――君主の意向で、
たとえ自分が廃止すべきだと願っている閑職に
就かざるを得ないとしても、すべての法とともに
閑職が廃止されぬかぎり、そうするのだと（もっとも
反対者が罵ると、この仕事には向かないと、控え目につけ加えた）。

73

彼は「進んで認める」のだった――（この文句の出所は
英語なのか。否――議会用語に過ぎない）
あの革新の精神は当節においては
前世紀よりも進歩を遂げていたのだ。
彼は派閥の道を歩んで称賛を求めはしない、
公共の福利のためには危険を冒す気はあったが。
官職については、彼はただこう言えるのみだ、
すなわち疲労の方が利益よりも大きいと。

74

天と友人たちは知っていた、個人の生活が
つねに彼の唯一すべての野心だったことを。
しかし、国全体の存在を破滅で脅かす
争いの時代に、国王を見捨てることができようか。
民衆扇動者が殺し屋のナイフでゴルディウスの[1]、
あるいはゲオルディウスの結び目を何度も何度も
切り裂こうとしていたのだ（おお、呪われし切り口よ！）
その紐は下院と上院と王たちを繋ぐものだったのだ。

1 「ゲオルディウスの結び目」（原文では *Geordian knot*）はゴルディウスとジョージ（George）王朝を掛けている。この巻の一二九連参照。

75

むしろ「官職を王室費のリストに載せよ、そして
最後まで彼を擁護するのだ」[1]、自身はその職を去りはしない、
そのうちに失望するかお払い箱になるまでは、
利益はどうでもよかった、それは他人にやればよい。
しかし万一官職がなくなる日が来れば、
国家はこのことをなお一層嘆く理由があるだろう、なぜなら
官職なしで国家が存続できるのか、説明できる奴がいれば、
やってみよ！　彼こそイギリス人であることを誇りとしたのだ。

76

彼は自立していた――そう、はるかにもっと――
自立していても金を払って貰えぬ者たちよりも、
つまり、普通の兵士や、普通の――ショア[1]が、
それぞれの技や才能において、欲情や血糊の点で、
専門的に従事しない非正規の者たちを
凌駕するように、自立していた。
かくして政治家は皆、群衆に対して、従僕が
乞食にするように、彼らの高慢さを見せたがるのだ。

1 「さあ、運命よ、闘技場に来い、そして最後まで俺と戦うのだ」（『マクベス』三幕一場七〇―七一行）。

1 ジェーン・ショア（?・一四四五―?・一五二七）はエドワード四世の愛妾だったが、最後は落ちぶれて死んだ。原稿では「普通の兵士や普通の売春婦」となっていたが、バイロンは「売春婦」をショアに替えた。ここでは売春婦の意で使っている。

77

ヘンリーはこのことすべて（最後の連を除いて）を言い、
また思った。これ以上わたしは言わない——
もう言いすぎた。なぜなら我々すべては
読んだり聞いたりした——選挙用演壇でも
それ以外の場所でも——正式の候補者の
自立した心や頭から発せられたそんな仄めかしを。
わたしはこのことにはもう触れない——晩餐の鐘が鳴った、
食前の祈りはすんだ、わたしが詩にすべきだった祈りは——

78

だがそれには遅すぎた、だから急がねばならぬ。
それは古きアルビオンがよく誇りにした類の
見事な饗宴だった——あたかも大食漢の盆を
目にすれば、何か大変な名誉なもののようだった。
しかしその日は公開の宴会、公開の日だった——
人は一杯、退屈至極で、客は暑がり、料理は冷え、
量は潤沢、儀礼は形式的、陽気さは僅かで、
人は皆、自ら本来あるべき姿からは外れていた。

79
地主たちは打ち解けても礼儀を忘れず、
領主や奥方も誇らしくも謙遜した様子だった。
召使すら皿をどう手渡していいのか困惑していた――
それは、食器棚のそばの、自分たちの高い位置から
腰を曲げすぎだと見えるかもしれないからで、
それでも主人と同じように感情を害するのを恐れていた。
なぜなら礼儀作法から少しでも外れたら、
使用人も主人も失うかもしれない――彼らの地位を。

80
馬に乗る大胆な狩人がいた、乗らない熱心な狩人もいた。
彼らの猟犬は決して判断を誤らず、
グレイハウンドはうろつきはしなかった。
射撃の名人もいた、山鶉(やまうずら)撃ちの「九月虐殺者」[1]で、
起床は一番、切り株に隠れる哀れな山鶉を
探すのをやめるのは最後だった。肥えた牧師たちもいた、
彼らは十分の一税を取る人であり、またよき結婚の仲人だった、
そのうちの何人かは讃美歌よりも輪唱の方を多く歌った。

1　一七九二年九月、フランスで起こった虐殺の下手人のこと。山鶉撃ちは九月に始まった。

81
田舎のおどけ者もいた――そして、哀れにも
町を追放された者もいた、彼らが余儀なくされたのは、
舗装された道ではなく草地を見つめ、ゆっくりと
十一時にではなく九時に起きることだった。
そして見よ、あの日、たまたまわたしは
あの圧倒的な天の息子、ピーター・ピス[1]の隣に
座ることと相成った、あの強力な牧師の隣に、
これほど耳を聾する才子にかつて会ったことはなかった。

82
ロンドンで彼が活躍していた時期に、彼を知った、
副牧師にすぎなかったが、素晴らしい晩餐客だった、
どんなジョークも、彼が言えばきまって褒められた、
ついに栄進が順調に訪れて（おお、神の摂理よ！
何と汝のやり方は見事なのだろう。汝の賜物が
時には非情であるとは誰が想像するだろうか）、
リンカーンを見渡す悪魔[1]を平伏させるために、
将来の不安無きようにと、肥沃な沼地の教区を与えられた。

1 シドニー・スミス（一七七一―一八四五）の仮名。ウイッグ党員でカトリック教徒の解放を支持した。バイロンはホランド館での晩餐会で彼に会った。後にセント・ポール大寺院の管長になった。

1 リンカーン大聖堂のセント・ヒュー・チャペルのガーゴイル（怪物の彫刻）はリンカーンを見渡す悪魔だと考えられた。

83

彼の冗談は説教だったし、説教は冗談だった、
しかし両方とも沼地に投げ棄てられた、
機知は瘧（おこり）にかかりやすい者の親友ではなかった。
もはや聞く用意の出来た耳も速記するペンも、
楽しい気の利いた文句や的を射た悪ふざけを受け入れなかった。
かわいそうにこの牧師は、常識へと堕ちた、
あるいは大声の長い粗野なる努力へと堕ちた、
愚鈍な人の群れからしわがれた声の笑いを誘おうとしたのだが。

84

歌にあるように「乞食と女王の間には」[1]、確かに
違いがある、あるいは違いがあった（最近は
王妃[2]の方がひどい扱いを受けるのを我々は見た――
しかし国事について何も言うまい）、
「主教と司祭の間」にも違いがあり、
陶器と金銀の食器の間にも違いがある、
イギリスのビーフとスパルタのブロスが違うように――
それでも偉大な英雄たちはその両方を食べて育った。

1 一七五〇年頃から歌われた歌、「乞食と王妃の間には違いがある／その訳をお伝えしよう／王妃は闊歩しないし、乞食のように酔っぱらいもしない／わたしの半分も楽しくない」。別の連では主教と司祭の違いを歌っている。

2 ジョージ四世の妃キャロライン（一七六八―一八二一）を指す。二人は疎遠だったが、一八二一年、夫の戴冠式の時に、王妃はウェストミンスター寺院に入るのを拒否され、その後まもなく死去。

85
しかし自然のあらゆる矛盾の中で、
一般的には、田舎と都市の間に
見られる違いほど大きな矛盾はない、
あらゆる点で都市の方を好むのは、
自身の資力がほとんどなく、
利益や野心のささいな算段についてのみ
考え、行動し、そして感じる連中だ——
利益も野心もどんな条件にも縛らず際限がない。

86
しかし、「進め（オン・ナヴァン）！」。浮気な愛は
宴会が長引き、客が多すぎると、萎れてしまう、
しかし軽い食事で、人はさらに愛するもの、
バッカス[1]とケレス[2]は、我々が知るように、
まさにラテン文法を習って以来、生気を
吹き込んでくれるヴィーナスとは昔からの友達だが、彼女は
この二人の発明になるシャンパンとトラフル[3]の恩恵を
受けている、節制は彼女を喜ばすが、長い断食は苛立たせる。

1 バッカスは酒神。ギリシアではディオニユソスと呼んだ（ギリシア・ローマ神話）。
2 ケレスは穀物と実りの女神（ローマ神話）。二巻一六九連注1参照。
3 ココアをまぶしたボール状のチョコレート菓子。

87
その日のディナーは退屈なうちに過ぎた。
ジュアンは席についたが、どこにいるのか
分からず、当惑し、混乱し、放心状態で
あたかも椅子に釘付けされたように座っていた。
ナイフとフォークは戦いさながら、まわりで
ガチャガチャ鳴ったが、彼はそこで起こっていることすべてに
気が付かない風だった、ついに誰かが唸るような声で、
（二度無視されたので）魚の切り身が欲しいと言った。

88
結婚予告[1]さながらに、三度所望されて、
ジュアンははっとした、そしてまわりの者たちの微笑みが
広がってにやにや笑いになるのを見て、
一度ならず顔を赤らめ、大急ぎで――
愚者の笑いほど賢者を惑わすものはないゆえ――
料理に致命的な傷を負わせた、あまりも
慌てすぎて、自分の動きを制御できずに
鰈の半分を与えて、隣人の願いに答えた。

1 教会で結婚式を挙げる前に、三回続けて日曜日に予告し異議の有無を尋ねた。

89

これはひどい過失ではなかった、たまたま
魚を嘆願した者はこの場には不慣れだったのだ。
しかし他の者たちは、魚が三分の一も残らなかったので、
腹を立てた——それは確かに当然のことだった。
彼らは訝った、どうしてヘンリー卿が自分の宴席に
こんな馬鹿げた若者がいるのに耐えられるのか、と。
このことと、最近の市場で、裸麦が大いに値を下げたことを
彼が知らなかったため、ジュアンの主人(あるじ)は三票失った。

90

彼らはジュアンが前夜に幽霊を見たことなど
少しも知らなかった、知れば同情したことだろう。
それは、物質に執心する裕福な連中とは
ほんの少ししか調和しない序幕だった、
彼らはあまりに物質的だったので、二つの中の
どちらに驚嘆すべきなのか、分からぬほどだった——
なにゆえに（質問はかなり奇妙だが）、そんな連中の肉体が
魂を持つのか、あるいは魂がそんな肉体を持つのかを。

91

しかしその場にいたすべての郷士や郷士夫人の
笑いや凝視以上に彼を困惑させたものがあった——
彼らはジュアンが茫然自失の様子に
なっていたので不思議がった、
彼は、田舎の社交界の狭い範囲においてさえ
女性の間にいると活発になることで特に有名だったのに——
（我が卿の地所で起こる、取るに足らないことは
より低い身分の者にはいいお喋りの種になった）——

92

その困惑とは、頬に笑みらしいものを浮かべて
オローラの目が彼の目に注がれるのを見たからである。
さてこれに対する彼の解釈は大間違いだった、
滅多に笑わない者が笑うと、それは
何か強い外的な動機の証拠となるものだが、
オローラのこの微笑みには、希望や愛を
かきたてるものは何もなかった、そこには
人が女性の笑みに探ろうとする何らの策略もなかった。

93

それはある驚きと憐みを示すような瞑想の静かな笑みにすぎなかった。ジュアンは困惑して真赤になったが、それはあまり賢明ではなく、ましてや利発さに欠けていた、少なくとも、都市防御のもっとも大事な外塁、すなわち彼女の注目する地点には到達していたのだから。ジュアンには、このことが分かったことだろう、もし彼の正気が昨夜の亡霊のことで、防御することを忘れなかったならば。

94

しかし悪いことには、彼女の方は赤面もせず、当惑する様子もなく、まったくその逆だった。表情はいつも通り静かで――厳しくなく――目を逸らしても、視線を落としはしなかった、それでも少し青ざめた――なぜなのか、何か懸念があるのか、わたしには分からない。でも顔色は決して輝いてはいなかった――もっとも時にかすかに赤くなったが――そしていつも澄んでいた、陽光に溢れる深い海のように。

95
しかしこの日、アデラインは名声ゆえに
忙殺されていた、魚や鳥や猟の獲物を
平らげる人たちを見守り、腰を低くし、
威厳に礼儀を混ぜ合わせて魅了した
(六年目[1]が終ろうとしている時は特に)、
すべての人はそうせねばならぬ、その役割が
夫や息子や同じ様な係累を、再選という困難な岩場を
安全に通過させることが目的である者はそうなのだ。

96
このことは全体としては当を得た処置で、
いつものことだったが――大きな役割を果たしている
アデラインにジュアンがちらと目をやった時、そして彼女は
この大役を踊りでもするかのようにこなしていたのだが
(ほんの時折、ほとんど目にはつかぬ程度に
彼女の本心は疲労と軽蔑の様子を、横目で
表していたが)、ジュアンはどこまで
アデラインが真実（リアル）であるのか疑いを持ち始めた。

1 当時、国会議員の任期は七年だった。

97
彼女はありとあらゆる役割を、まことに巧みに、
次々と演じた――多くの人が真心の欠如と考える
あの生き生きとした多彩な能力を駆使して。
彼らは間違っている――それはいわゆる流動性（モビリティ）[1]にすぎない、
人為的なものではなく気質から来るもので、
たやすいと考えられるがゆえに、人為的に見えるし、
真実なのに、まやかしと思われる。すぐそばにあるものに
強い影響を受ける者は、確かにもっとも誠実なのだから。

98
この流動性が俳優、芸術家、物語作者を生み出す、
稀だが時に英雄も生み出すが――賢者は決して生み出さない、
しかし演説家、詩人、外交官そして舞踊家はそうだ、
偉大な者はほとんどいないが、利発な者は多い、
弁論家は大方そうだが、財政家は極めて少ない。
もっとも、最近は、財務大臣は皆
コッカー[1]の厳格さを無くそうと務めて、
数字（フィギュア）に関してすっかり修飾的（フィギュラティヴ）になっている。

1 バイロンはこの語が元はフランス語であり、その持主に時に役立つが時に不幸ももたらす、と一八二四年の原注で述べている。バイロンにもアデラインのこの性質があったが、これは短所でもあり長所でもある。モビリティとはその場の印象に過度に反応する性質を言う。

1 エドワード・コッカー（一六三一―七五）の『算数』（一六七七）は多くの版を重ねた。

99

財務大臣たちは算術の詩人で、彼らは
二足す二が五になることを証明しないが、
彼らなりの謙虚な態度で、
受け取りと支払いから判断すると、
四が三であることを明確に立証した。
減債基金[1]は底知れぬ海、それは
清算してもまったく流れ去ることのない液体、
負債は沈まないが、それを受け取る者すべてを沈ませる。

100

アデラインが気取りや優雅さを分け与えている間、
美しいフィッツ・ファルクは大いに寛いでいるようだった。
育ちがよすぎて面と向かって男をからかいはしなかったが、
笑っている青い瞳は一瞥をくれるだけで、
至る所にいる者たちの愚かさ——
例の社交界の蜜蜂たちの蜜——を捉まえ、
それを楽しい悪戯のために蓄えることができた。
目下のところこれが彼女の優しい仕事だった。

1 この基金は一七一七年に国債を削減するために設立されたが失敗し、バイロンがこれを書いていた一八二三年に廃止された。

101
だが、その日は終った、日々には終りがあるように。
宴会の夜も終りに近づき、コーヒーが出された。
馬車の到着が告げられ、ご婦人たちは立ち上がり、
田舎の夫人がするように、別れのお辞儀をして
引き下がった。そしてまったく流行遅れのお辞儀で、
彼女たちの従順な郷士たちも同じことをした。
彼らは晩餐と主人のことで喜んだが、
アデライン夫人のことでもっとも喜んでいた。

102
彼女の美しさを褒める者、優れた優雅さを褒める者、
そして心のこもった礼儀正しさを褒める者もいた、
誠実さは顔の造作一つ一つにはっきり現れて、
顔立ちは真実の光を放っていた。
しかり、彼女はその高い身分にまことふさわしかった！
享受して当然の彼女の繁栄を誰も羨むことはできなかった。
それに衣装ときたら――何という美しい簡素が
彼女の姿を精妙な優雅さで包んでいたことだろう。

103
その一方、優しいアデラインは彼らの称賛に値した、
それは、すこぶる教育的な会話において、
すべての過去の努力と穏やかな言葉遣いに対する
公平な埋め合わせのせいだった。会話は
今までいた客人の顔や表情、その家族や、
遠い親戚にさえ及んだ、さらに彼らのおぞましい妻たち、
胸が悪くなる彼女らの姿や衣装、
それに髪の野蛮な歪みについても話が及んだ。

104
確かに彼女はほとんど喋らなかった――
一斉に警句（エピグラム）を喋り出したのは他の者だった。
しかし彼女の言うことは理にかなっていた、
しばしば酷評となるアディソンの[1]「弱々しい称賛」のように
彼女自身の言葉はあらゆる冗談を引き立てた、
それは音楽がメロドラマと調和するようなもの。
不在の友を守るのは何とゆかしい仕事だろう！
わたしは友にこれだけを頼む――守ってくれるなと。

1 ポープは『アーバスノット博士への書簡』の中で、ジョセフ・アディソンの二面性について、「弱々しい称賛でけなし、丁重な悪意の目つきで同意する」などと言っている。

105
その場を去った者たちに関する機知に富んだ
小競り合いに加わらない者が二人だけいた、
一人は清純で穏やかな様子をしたオローラだった。
もう一人はジュアン、彼は見聞きしたことについて
普段は誰にもひけをとらず愉快なことを言うのだが、
今は静かに座って、いつもの生気がなかった、
他人が毒づき、盛り返すのを聞いても空しく、
輪に入って一つの警句も言おうとはしなかった。

106
確かに彼は見た、オローラが彼の沈黙を
好ましく思っているかのような態度を。おそらく彼女は
その動機を誤って慈善と考えたのかもしれない、
我々はその場にいない者のお陰を蒙っても、
滅多にそれに報いることなく、それ以上は
気にかけようとはしないもの、その真偽は
判然とはしないものだが。ジュアンは部屋の隅に
黙して座り、夢想の中にあったので、ほとんど何も
気付かなかったが、それだけでも彼女の態度を見て嬉しかった。

107

結果として起こった状況の中で、ジュアンが
もっとも価値ある人の敬意を受けたとしたら、
あの幽霊は少なくともこれだけの善を彼になした、
すなわち、幽霊のように彼を沈黙させたのだ。
確かにオローラは、最近彼が失ってしまったか、
硬化させてしまった感情を彼の中に蘇らせた、
その感情はおそらく理想的で、非常に神聖なもの、
だからわたしは現実のものと見なさねばならぬ——

108

より高きものとよりよき日々を愛する心、
無限の希望と、俗世と俗世の習いと
呼ばれるものについての天上的な無知、
あらゆる未来の誇りや称賛から得られる
喜びを上回る喜びを、一瞥から得る瞬間、
それらは男を燃え立たせるが、決して胸を、
それ自身が存在するがゆえに、夢中にはさせない、
別の人の胸がその存在の領域なのだから。

109

記憶する者、あるいは心を持った者の中で、誰が
「キュテレイアニ災イアレ！」[1]と溜息をつかないだろうか。
ああ、彼女の星はディアーナ[2]の星と同様衰えねばならぬ。
年月が次々と去るように、光は次々と薄れる。
アナクレオン[3]だけが、萎れぬギンバイカ[4]を
エロスの鋭い矢の周りに結わえる気迫があった、
しかし汝は多くの策略を我々に対して企てたが、
それでも我々は尊敬する、汝「豊穣ナル母ヴィーナスヨ」[5]。

1 紀元前一〇〇年頃のギリシアの田園詩人ビオンの『アドニス哀歌』にある文句。キュテレイアは愛の女神、アフロディーテ（ヴィーナス）のこと。アフロディーテの恋人アドニスがイノシシに殺された時に、彼女は悲嘆にくれた。
2 ディアーナは月の女神、純潔を表す。
3 アナクレオンの恋愛詩はいつまでも魅力を失わないということ。
4 ギンバイカはヴィーナスの神木。
5 ルクレティウス『事物の本性について』一巻一―二行。ルクレティウス（?・九九―?・五五 BC）はローマの哲学者・詩人。一巻四三連注1参照。

110

この世界とその彼方にある数々の世界の間に
うねる波浪のように、崇高な情感に溢れた
ドン・ジュアンは、真夜中の枕につく時間が来ると、
枕へと退いた、しかし休むためではなく
落胆するためだった、罌粟（けし）の代わりに
柳[1]が寝台の上で揺れた。彼は瞑想した、
それは、眠りを追い払い、世俗的な者をあざ笑い、
若者を泣かせる、甘く苦い思いを好むからだった。

1 罌粟は眠りを誘い、柳は恋の悲しみを表す。

111

この夜は前夜と同じだった、部屋着を除いて、
服を脱ぎ、ふだん着姿になっていた。
すっかり「ズボン無シ」で、チョッキも無く、
つまりこれ以上脱ぐ服はなかった。
しかし幽霊の客のことを心配して座っていた、
（そんな訪問を受けたことのない者には）
表現するには気詰りな感情を抱いて、
幽霊の新たな活動を予期しつつ、座っていた。

112

耳を傾けた甲斐はあった——しっ！　あれは何だ。
見える——見える——ああ、違う！——そうじゃない——そうだ——
汝ら神々よ！　それは——それは——ちぇ、猫じゃないか！
あの忍び足なんか、悪魔に喰われたらいいのに。
まったく超自然的なぱたぱたする音だ、
あるいは恋するご令嬢が爪先で初めて
そっと歩いて逢引に向い、靴のたてる
無垢な木霊を怖がるような、そんな音だ。

113

またか——何だ、風か、違う、違う——
今度は前と同じ黒衣の修道士だ、
恐ろしい足の運びは韻のように規則正しく、あるいは
（昨今の韻と同じく）はるかにもっと規則正しい。
ふたたび、崇高な夜の影を通して
深い眠りが人の上に落ち、[1] 世界が
宝石できらめく帯のように、星明かりの闇を
身に纏った時——修道士はジュアンの血を凍らせた。

114

歯が浮くような感じにさせる、
ガラスを濡れた指で拭く時のような音、
真夜中の強風に吹かれて通り過ぎるにわか雨が
まこと超自然的な水のように、かすかにパタパタする音、
そんな音がジュアンの耳に聞こえた、ああ、
彼の耳はずきずきした、唯心論は重大事だ。
それゆえ不滅の魂を誰よりも信じる者さえ
そんな魂と差し向いになることを避けるものだ。

1「夜の幻が人を惑わし深い眠りが人を包むころ」（『ヨブ記』四章一三節）。

115

彼の目は開いていたのか——その通り、そして口も。
驚きの結果はこれだ——人は口がきけなくなるが、
あたかも長い口舌が始まるかのように、
「雄弁」が通り抜ける程に広く門を開けておく。
すぐそばに、もっとそばに、恐ろしい木霊は
近づき、人間の鼓膜には恐ろしく響いた。
彼の目は開いていた、そして（前述したように）
彼の口も。次に開いたのは何か——それは扉だった。

116

ぞっとするような軋みをたてて扉は開いた、
地獄の軋みのように。「汝ラココニ入ル者、
スベテノ望ミヲ捨テヨ！」[1]と、蝶番は言うようだった、
ダンテの詩、または今書いているこの連のように恐ろしく。
あるいは——だがこんなテーマには言葉はすべて無力。
英雄を茫然とさせるには亡霊一人で十分だ——
なぜなら亡霊にとって物質は何だというのか、
あるいは、なぜ「物質」は霊のそばに行くと震えるのか。

1 ダンテ『神曲』「地獄編」三巻九連。地獄の門の銘文の一部。

117

扉は大きく開いた、さっとではなく――鴎が
一定の速度で落ち着いて飛ぶように――
次に元に戻ったが、閉じることなく――斜めになり、
明かりの中に長く伸びる影を半ば容れた、
明かりは高くに、まだジュアンの燭台で燃えていた。
彼は十分に明るい燭台を二つ持っていた、
そして戸口で「暗闇」をさらに暗くして立っていたのは、
厳かな頭巾を被った黒衣の修道士だった。

118

ドン・ジュアンは震えた、先に前夜
震えが来たように、しかし震えることに嫌気がさし、
まず自分が間違っていたのでは、と考え始め、
次にそんな間違いを恥ずかしく思った。
彼自身の内なる霊が目覚め始め、
肉体の震えを抑え始めた――
それは魂と肉体は、肉体を離れた魂より
概して優勢なことを示唆していた。

119

次に彼の恐れは怒りになり、怒りは烈しくなった、
そして立ち上がり、前に進んだ——幽霊は後退した。
しかしジュアンは今や真理を見抜くことを熱望し
後を追った、血管はもはや冷たくはなく、熱く、
打ち負かされるいかなる危険があろうとも、
フェンシングの第三と第四の構えで、謎を突き刺そうと
決心した。幽霊は脅されて立ち止まり、次に後退し、
ついには古い壁に達し、石のようにじっと立った。

120

ジュアンは片方の腕を伸ばした——永遠なる神々よ！
手は魂にも肉体にも触れず、壁に触れた、そこでは
月光が銀色の雨となって降り注ぎ、
広間のすべての狭間飾りで市松模様になっていた。
彼は身震いした、ぞっとさせるものの正体が
分からぬ時には、もっとも勇敢な者も縮こまるだろう。
何と奇妙なことか、姿を見せぬ一匹のお化けが
正体の分かった軍全体よりも恐ろしいとは。[1]

1「ところがその影が、幻が、ゆうべリチャードを魂の底までおびえさせたのだ、あの浅はかなリッチモンドに率いられた武装兵一万騎が現実に立ち向かってくるよりも恐ろしかった」（『リチャード三世』五幕三場二一六—一九行、小田島雄志訳）。

121

しかしまだ亡霊は留まっていた、青い目が輝き、様々に
変化し、石のごとき死にはふさわしくなかった。
しかし墓はとてもいいものを一つ残してくれた、
亡霊の息は非常にかぐわしかったのだ。
乱れた髪で彼が金髪なのが分かった、
赤い唇の下には二列になった真珠が煌いた、
あたかも窓枠の蔦の覆いを通して、灰色の雲から
逃れたばかりの月が覗き込むかのように。

122

ジュアンは当惑したがなおも好奇心にかられて、
もう一方の腕を突き出した――驚きまた驚き！
腕は固くとも温かい胸を押した、その胸は
下に熱い心臓があるかのように鼓動していた。
彼には分かった、大方の試練に遭うと、
人がきっとするように、始めは
愚かなしくじりをしたと、そして混乱したため、
求めたものではなく、ただ壁を捉まえたのだ、と。

123

亡霊は、それが亡霊ならば、聖なる頭巾の下に
かつて潜めたことのないほど、優しい魂を持つ者に思えた、
えくぼのある顎と象牙のような首が忍び寄り、
まさに血と肉を持つ者になると見えた。
黒いフロックと陰気な頭巾は後ろへ落ち、
現われたのは――ああ、こんなことになろうとは、
それは豊満で官能的な、過度に大きくはない肉の塊、
陽気な公爵夫人――フィッツ・ファルクの亡霊だった！

第十七巻

1

この世は孤児で満ちている、まず第一に
この言葉の厳密な意味でそうである者。
しかし、多くの孤立した木は、成長すると
森の迷路の中で込み合う木より高く聳える——
次は、育ち始める頃に、優しい両親を
失う運命にはなくとも、ただ親の優しさを
失う運命にある者たちで、結果的に
本物の孤児と同じく心の孤児になってしまう。

2

次は、いわゆる一人っ子で、[1]彼らは
子供のまま成長する、なぜなら古い格言は
「一人っ子」は甘えっ子だ、と断じている——
しかし極端なことを言わずとも、わたしが
慣例だと思うことは、彼らの受ける教育が
厳しくても穏やかでも、愛や畏敬の適切な枠を
越えてしまうので、その教育の被害者は——心であれ頭であれ
——原因が何であれ、結果的には孤児になってしまう。

1 バイロンは「一人っ子」だった。

3

しかしより厳密な規則に戻ると——
言葉が規則を作る限りにおいて——孤児と言うと
我々がすぐに一様に思い描くのは、教区学校や
半ば飢えた赤ん坊、人生の海の難破船、
(イタリア人のあだ名によれば)人間の「ラバ!」[1]で、
「憐れみ」や、何かもっとひどい感情にふさわしい主題だ。
しかし吟味すれば、もっとも裕福な孤児が
もっと同情されるべきだと言えるかもしれない。

4

あまりに早く彼らは自分自身の親になる、
なぜなら家庭教師や後見人は、「自然」の与える
優しい両親に比べたら、何だというのだ。だから、
大法院の子供[1]、あの「星の間」[2]の被後見人は
(すぐには思いつかなかった比喩を使うと)、
パートレット[3]おばさんに育てられた
アヒルの子のよう——特にもしそれが娘なら——
水辺に無鉄砲に突進して[4]、親の雌鳥を仰天させる。

1 「イタリア人は、少なくともイタリアのいくつかの地方では、私生児や捨て子を'I Muli'——ラバ——と呼ぶ——なぜなのか——わたしは分からない——もっとも婚姻の生み出す子がロバであると暗示するなら話は別だが」(草稿にある原注)。ラバもロバも阿呆を意味する。

1 バイロンの娘エイダはそうだった。
2 高貴な身分の孤児には大法院が後見人をつけた。「星の間」は星室庁を指し、一六四一年に廃止された英国刑事裁判所。星型の装飾のあるウェストミンスター宮殿の「星の間」で裁判が行われた。
3 パートレットは伝統的に雌鳥に付けられる名前。
4 バイロンは、アヒルの雛が水に飛び込む話をプリニウスの『博物誌』(一〇巻七六章)から取っている。

5

俗人の口から滑らかに流れ出る、
抜き書き帳に見られる議論がある、それは
誰かがあえて新しい見解を示そうとすると
「もし君が正しければ、皆が間違いだ！」というもの。
とても頻繁に声高に長年にわたり、
主張されてきたこの先例の正反対を想定してみよう、
「もし君が間違いなら、皆が正しい！」と。
今まで皆が完全に正しかったことなどあっただろうか。

6

だからあらゆる点について、何であろうと
誰の考えであろうと、自由な討論をわたしは求める――
なぜなら、次々と新しい時代が古い時代を押しやるので、
後の時代は前の時代をよく非難するもの、
頭が鈍かったので針の痛みに無頓着で、
針刺しを枕にした、などと言って。そして
まったく奇説であったものが、真理あるいは
何かそんなものになる――ルター[1]が証言するように。

1 議論の的になるようなものが真理になる例として、バイロンは宗教改革をもたらしたルターを挙げている。

7

秘跡(サクラメント)[1]は二つに還元され、少し遅きに失したが
魔女は零になった、なぜならサー・マシュー・ヘイル[2]の
偉大な慈悲心にもかかわらず、老女を火炙りにすることは
粗野な行為だと宣せられたから(少数を除いて――
つまり魔女ではなく、家庭内で災いを起こす
性悪女[3]のことだが、このことを知る者、知った者はいる――
わたしに言わせて欲しい、こんな女たちは
少しだけでいいから焦がされるべきだ)。

8

偉大なガリレオ[1]は太陽から締め出された、
理由は彼が太陽を固定したからだ。
地球が太陽の軌道を回っている、と言うのを
止めさせるために、自分の脚で歩くことさえ禁じた。
彼の頭蓋骨のひびを詰める必要があるのではないかと
人々が考え始める前に、彼は死んだのも同然となった。
しかし今では彼が正しい――彼の考えは正当だ、
これは間違いなく、土に化した彼には慰めだ。

1　秘蹟はローマカトリック教会では洗礼、堅信、聖体、告解、終油、叙階、婚姻の七つがあったが、新教では洗礼と聖餐の二つになった。
2　(一六〇九―七六)魔女裁判の判事を務め、二人の老女を死罪にした。「慈悲心」は皮肉。
3　バイロン卿夫人の腹心、クラーモント夫人を指す。バイロンは彼女を「私生活のスケッチ」(*A Sketch from Private Life*)の中で攻撃した。

1　ガリレオ(一五六四―一六四二)はコペルニクスの理論を擁護したことで、晩年の八年間は軟禁状態にあった。

9
ピタゴラス、ロックそしてソクラテス――しかし
賢者の受けたあらゆる類の由々しい扱いで、
ページを満たしても、それは以前と同じく空しいことだろう。
生前彼らはそれぞれ、退屈者と見なされたのだ！
もっとも高尚な精神は遅れた時代の先を行くもの、
彼らはこれや、おそらくはそれ以上のことにも
耐えねばならぬ。賢者は確信している、自分がもはや
与れぬ時に、確固とした死後支払い証書を得ることを。

10
もしもかくなる運命が各々の知の巨人を待つならば、
我々小人はより控えめに、人生の小さな障害に
当然もっと柔軟であるべきだ、だからわたしも
その一人として――当たり前のことだが――
これほど怒りっぽくなければ、と願う――
おお、何たること！　日毎、「完全デ滑ラカデ丸イ」[1]
禁欲主義者や賢者になろうと、決心するまさにその時に
風向きが変わって、わたしは怒り出すのだ。

1 ホラティウス『諷刺詩』二巻六章八六行。

11

わたしは穏健だ――が、けっして冷静ではなかった、
わたしは控え目だ――が、その確信はほとんどない。
また変わりやすい――が、どういうわけか「イツモ同ジ」[1]だ、
辛抱強い――が、忍耐に惚れ込んではいない。
陽気だ――が、時には泣き言を言いたがる。
穏やかだ――が、時には一種の「狂乱ノヘラクレス」[2]だ。
だからこう考えさえするほどだ、一人が同じ皮膚の
外側にいて、内側には二、三名いるのではないか、と。

1 エリザベス一世のモットー。

2 セネカの戯曲名。一一巻四一三―一六行参照。

12

我らの主人公は第十六巻では
優しい月光を浴びる状況にあった、
これは男が道徳的あるいは肉体的能力を
示すことのできる状況だ。この場合、
彼の美徳が勝利したか――はたまた、ついには
彼の不道徳が勝利したか――血の燃える国の出だから――
これ以上わたしがあえて描こうとは思わない――
ただどこかの美女にキスで買収されたら話は別だが。

13

すべてのものと同じく、これは問題として置いておくとして——
朝が来た——お茶とトーストの朝食を
大抵の人は摂るが、これを誰も歌にはしない。
わたしの震える竪琴はすでに弦を何本も使って、
家柄と富と地位ある人たちを歌ってきたが、
彼らは我らの女主人とわたしの主と一堂に会した、
客人は一人ずつ入ってきた、最後から二番目に
公爵夫人が、最後にはうぶな顔のジュアンが来た。

14

亡霊に遭うのか遭わないのか、どちらが
最善なのか、それを言うのは難しいだろう——しかし
ジュアンは一人以上の亡霊と戦った様子で、
疲れて青白く、目はゴシック風の窓から
照り注ぐ光に耐えられない程だった。
公爵夫人もまた叱責を受けたような雰囲気——
青ざめた様子で身震いした、あたかも
一睡もしなかったように、あるいは眠るよりも夢を見たかのように。

『ドン・ジュアン』(*Don Juan*) の成立について書くためには、まず『ベポゥ』(*Beppo*) の話をしなければならない。なぜなら『ベポゥ』の成功が『ドン・ジュアン』執筆に繋がったからである。バイロンは出版者のジョン・マリー宛の書簡（一八一八年九月一九日付）において、「ベポゥの文体と様式を使って第一巻（約一八〇の八行詩からなる長いもの）を書き終えた。題名は『ドン・ジュアン』、すべてについて、少し控えめに滑稽であることを意図している」と書いている。この頃の手紙にはしばしば「ベポゥの文体で」という表現が使われている。

さて、結婚して一年もたたないうちに妻アナベラと別居したバイロンは、一八一六年四月、二度目のヨーロッパ大陸へ旅立ち、再びイギリスの土を踏むことはなかった。ヴェネツィアに落ち着くと、『チャイルド・ハロルドの巡礼』(*Childe Harold's Pilgrimage*) 第三、四巻、そして劇詩『マンフレッド』(*Manfred*) などを書いたが、どれも出発前のイギリスでの辛い経験が反映された憂愁漂う作品となった。しかしイタリアでイギリスとは異なる風土や精神風土に接していくにつれて、詩人としての本来の自分は別のところにあると思うようになった。そして『チャイルド・ハロルドの巡礼』や『マンフレッド』のような陰鬱な作品を書くことに重荷を感じるようになる。『マンフレッド』については、「僕は恐ろしいほど型にはまっている。これはもうやめねばならない」（一八一七年三月九日付マリー宛の書簡）と言う。またトマス・ムアには、自分が「昔も、今でさえ、陰鬱な者ではなく、人にはひょうきんで……よく喋りもすれば笑いもする」（一八一七年三月一〇日付の書簡）と言い、本来の自分は明るくて愉快な人物であると訴えている。事実、手紙や友人との会話に見られるバイロンには、ユーモアとウィットを縦横に駆使して、物事を喜劇的に風刺的に見る気質が横溢している。そんな彼の人生を楽しむ気質は、ポープ流の『イングランドの詩人とスコットランドの批評家』(*English Bards and Scotch Reviewers*) や『ホラティウスの指針』(*Hints from Horace*) を除いては、これまでの作品には反映されなかった。バイロン本来の気質を作品に生かすには、A・ラザフォードの言葉によれば、「触媒が必要だった」。

この触媒とは何か。それは一八一七年九月に、ジョン・フッカム・フリーア (John Hookham Frere) 作『ウィスルクラーフト』(*Whistlecraft*, 1817) と出会ったことであった。バイロンは『ベポゥ』で初めて八行詩体 (ottava rima) を用いたが、この詩形はイタリアの滑稽叙事詩人が使ったものであった。これを同時代の詩人フリーアが英語に移植した。それが『ウィスルクラーフト』と呼ばれる作品で、一五世紀のルイージ・プルチ (Luigi Pulci) いうイタリアの詩人の手になる、『巨人モルガンテ』(*Il Morgante Maggiore*) という滑稽叙事詩の一部を自由に英語に翻案したものであった。バイロンはこれを読んで、この詩形に飛びついた。彼は風刺詩人としての彼本来の資質を十分発揮できる詩形を発見することになるのである。そして、一気に『ベポゥ』を書くに至った。時は一八一七年、バイロン二九歳、ヴェネツィア滞在中だった。

バイロンはマリーへの書簡（一八一七年一〇月一二日付）で、「ウィスルクラーフト氏（フリーアだと思うが）の見事な文体を使って、真似て、あれ以来、愉快なヴェネツィアの逸話について（八行詩が八四連ある）ユーモラスな詩を書いた」と言う。『ウィスルクラーフト』の正式な題名は長くて人を食っている、「サフォーク州ストウ・マーケット在住、馬具および首輪製造人、ウィリアムとロバート・ウィスルクラーフトによる創作予定の国民詩の内容見本。アーサー王と円卓の騎士に関するもっとも興味ある事項を含む予定」である。この作品は、一五―一六世紀のイタリアの擬似英雄詩（モック・エピック）の伝統をひくもので、特にルイージ・プルチの『巨人モルガンテ』の影響を受けている。フリーアはアーサー王に関する話を滑稽化する。格調の高いはずの「アーサー王と円卓の騎士」を描く作者が馬具職人であるということに象徴されるように、題材と文体の不一致、そして語り手の口語的な文体が特徴的である。この題名が八行詩体の持つ皮肉さを示しているようである。例えばフリーアは、ギリシア・ローマ文学が尊ぶ詩神(ミューズ)を捨て、酒やたばこを詩神にしようなどと言う。アリストテレスの三一致の法則も退けられる。権威、伝統、形式などは平気で無視し、気の向くままに自由に詩作する、と作者は宣言する。彼は過去の法則の束縛を取り払い、時にはそれをパロディ化する。

アリオストもタッソも使ったこの八行詩体は、英詩に転用されると、abababcc と押韻し、韻律は弱強五歩格で、最後の二行はカプレット（二行連句）になる。このカプレットはシェイクスピア風ソネットの最後の二行を思わせる。すなわち、最初の六行で述べてきたことをまとめて格言風に結論を下すこともできるし、反対に先に述べたことを漸降法的に（荘重な文体から卑俗で滑稽な文体に落とすこと）、ひっくり返すこともできる。時には読者が予期しない韻を用いることもある。ababab と韻を踏む最初の六行にも一行飛んで押韻する三つの語（あるいは語群）からなる二つの韻があって、必要に応じて滑稽あるいは皮肉な使い方ができる。フリーアはプルチからこの文体を学び、英語に移し替えた。そしてバイロンはこの詩形の豊かな可能性を英語で示したフリーアから『ベポゥ』の文体を学んだ。かくしてバイロンは、彼本来の気質、物事を喜劇的に風刺的に見る気質を表現することができるようになった。つまり彼の手紙や会話に横溢するウィットとユーモアを駆使することができるようになったのである。

『ベポゥ』は八行詩体を用いた九九連の物語詩で、筋は簡単である。舞台はヴェネツィアで、旅に出た夫のベポゥが何年も戻らないので、妻のローラはある伯爵と暮らすようになる。ところが何年も経ってから、カーニバルの頃に、突然夫が戻ってくる。しかし何の悶着もなしに、二人はよりを戻し、ベポゥと伯爵も仲違いをせずに、三人仲良く暮らす、というものである。この物語詩の面白さは話の筋よりも、偏見の強い語り手のお喋りにある。特に大きな特徴は脱線の面白さである。一つの話題が次の話題を呼び、ともすれば話の筋は忘れられる。読者もプロットを追うよりも、語り手のユーモアとウィットに満ちた変幻自在の話術に心を奪われる。これは八行詩形に負うところが大きい。かくしてこの詩形はバイロンの潜在能力を引き出したのである。『ドン・ジュアン』においては、単に『ベポゥ』

にみられる喜劇的な人生の見方のみならず、人生のより深刻な面をも描き、自己の人間性をあますところなく描くことに成功する。

一八一八年二月に『べポゥ』を出版し、大成功を収めたバイロンは、同年七月に、ヴェネツィアで同じ八行詩体を用いて『ドン・ジュアン』を書き始め、早くも翌一八一九年七月に第一巻と二巻が匿名で出版される。その後『ドン・ジュアン』の執筆を続け、第一六巻を一八二三年五月に書き終え、同月、引き続き第一七巻の最初の一四連を書くが、ギリシアへの出航ゆえにそこで筆を折る。一八二三年七月、彼はジェノヴァからギリシアへ向けて出発し、翌年四月一九日にギリシアのメソロンギに病死する。『ドン・ジュアン』は、バイロンの未完の一大傑作、ロマン派時代を代表する作品の一つになって今に残る。このように、バイロンは一八一八年から一八二三年まで約五年間、途中、バイロンの評判を心配するテレーザ・グィチオーリ伯爵夫人の願いを聞き入れて、第五巻執筆後の一八二一年七月から約一年続いた休筆期間を除いて、他の作品（特に戯曲）も書きながら、『ドン・ジュアン』を書き続けた。総スタンザ数は献辞の一七連を含めて一九九〇連、それに挿入された二つの歌の行数を加えると、優に一万六〇〇〇行を越える大長編詩となった。シェリーは、この詩がミルトンの『楽園喪失』以来の傑作だと言った。『楽園喪失』(*Paradise Lost*) の長さは一万五六五行で、ワーズワスの『序曲』(*The Prelude*) は、この時点ではまだ出版されていなかったが、一八五〇年版では総行数は八四八四行である。因みにミルトンもワーズワスもこれらの詩では、一行一〇音節の無韻詩 (blank verse) を使った。

次に『ドン・ジュアン』執筆の過程と作者の意図などについて記す。バイロンは書簡や作品の中で『ドン・ジュアン』が如何なる詩であるかを折に触れ述べている。一八一八年七月一〇日付のジョン・マリー宛の書簡で、初めてこの作品について触れており、「まだ書き終えていない二編の物語がある、シリアスなのと滑稽なもの（べポゥ風）」と言っているが、この「べポゥ風」の「滑稽なもの」が『ドン・ジュアン』である。トマス・ムア宛の書簡（九月一九日付）では、この詩の目的の「滑稽であること」が、「今の非常に上品な時代にとっては自由奔放すぎ」はしないか、と心配もしている。さらに同じ書簡で見本になる連を送り、叙事詩であることを示す。すなわち、この作品が叙事詩らしく一二巻からなり、「愛と戦争、海上の激しい嵐、船団と船長と統治する王のリスト」を描くと明言する。ホメロスの『イーリアス』や『オデュッセイア』など叙事詩は通常これらのテーマを扱う。

一二巻とは伝統的に叙事詩で用いられた巻数で、ウェルギリウスの『アエネーイス』は一二巻であり、ホメロスの叙事詩は一二の倍数の二四巻であり、ミルトンの『失楽園』は一二巻である。バイロンはさらに、滑稽な叙事詩を書くと宣言している。これを読むと、バイロンがきちんとした構想をもって書き進んだように聞こえる。そして最初は二四巻ほどで十分だと思っていたようだ。しかし一二巻を書き終える頃には、「易々と一〇〇巻を駆け抜ける」とも言う。マリーには、「あなたはドニー・ジョニーの計画を尋ねるが、計画は皆無――もとから皆無だった――しかし材料は前にもあったし今もある」とうそぶく。バイロンはふざけて「ドン・ジュアン」(Don Juan) を「ドニー・ジョニー」(Donny Johnny) と呼んでいる。さらにマリー宛の書簡（一八一九年八月一二日付）で、作者の目的が「くすくす笑い、くすくす笑わせる」(to giggle and make giggle) ことにあり、この詩が「滑稽な風刺」であることをはっきり表明している。

ダグラス・キネアード宛の書簡（一八一九年一〇月二六日付）では、「これは淫らかもしれないが、いい英語ではないか。放埒かもしれないが人生ではないか、肝心なことではないか。実際に現実の世間を体験しなかった誰が他に書けただろうか」と、『ドン・ジュアン』の長所について明言し、この作品に強い自信をもってきたことがよく分かる。またすでに第三巻を一〇〇連ほど書いたと告げている。ただロンドンの連中をなだめるため、「第三巻は穏当になった」とも言う。世間の騒がしさに多少は歩み寄った感じである。

一八一九年七月、第一巻と第二巻が匿名で出版されるまで、ロンドンにいる出版者マリーや親友ホブハウスたちは、この作品が下品であるとして修正を望むが、バイロンは聞き入れず、過去の有名な作家たち、ドライデン、ポープ、スウィフト、フィールディング、スモレットなどの名を挙げて、彼らに比べて自分の作品が特に品位に欠けることはない、と再三反駁する。一方イギリスの文芸誌は概ね道徳的な面から批判していた。

いずれにしろバイロンは第五巻まで続けて書く。そして一年間の休筆の後、一八二二年以降にまた書き続ける。なお六巻以後はマリーの手を離れ、リー・ハントの兄のジョン・ハントが出版することとなる。マリーは政治的、道徳的理由で出版を続けることを拒否したからである。一八二二年八月二四日付のキネヤード宛ての手紙では、特に六巻から九巻にかけては、愛と戦争がテーマで、「現代の包囲攻撃についての専門的な描写」と「英雄たちと専制君主たち、そして現代のまやかしの政治状況についての風刺」からなると、はっきり説明している。イギリスを扱う編は、イギリスの社交界を描くが、バイロンはその目的をあらゆる種類の気取りに対する風刺であるとする。

彼はますますこの作品に自信をもってくる。キネヤード宛の書簡（一八二三年三月三一日付）では、「アリオスト以来、長さ、風刺、イメージにおいて、そして自分好みの点で」、『ドン・ジュアン』のような作品はなかったと言う。フランスでも人気があり、彼の作品の中で、パリの本屋のガリニャニでは「ジュアンがもっとも人気があって、よく売れて、特に女性にとっては」（一八二三年四月七日付の書簡）と伝える。この頃はかなりの早さで『ドン・ジュアン』を書き続け、四月二日付の手紙では、第一四巻と第一五巻を送ったと言い、さらに四月一四日付のホブハウス宛の書簡では一〇〇巻まで書くつもりだ、とも言っている。そして彼の死から二〇〇年近く経った二一世紀において、バイロンの『ドン・ジュアン』はロマン派時代のみならず、長い英文学の歴史においても、屈指の傑作となって世界で読み継がれている。

次にバイロンが特に意図した『ドン・ジュアン』の特徴について記す。第一巻は多くを語っている。この作品は冒頭の"I want a hero."という意表をつく一文で始まる。「ヒーロー（または主人公）が欲しい」と宣言し、ギリシア時代のアガメムノンから始まって現代に至るまでの多くの軍事的英雄の名前を挙げるが、最終的にはドン・ジュアンを選ぶ。この人物像は、スペインの作家ティルソ・デ・モリーナ（一五七九—一六四八）によって、一七世紀初頭に、「ドン・ファン」として創り出された。その後、モリエール、コリー・シバー、モーツァルトとデル・ポンテたちがこの人物像を発展させた。女性に愛され、女性を愛する人物を、主人公に選んだところに、バイロンのこの詩に込めた意図がある。いわゆる武勇に優れた軍事的英雄を斥けたのである。それでもバイロンはあえて第一巻で、彼の詩が叙事詩であることを強調する。扱うテーマには愛、戦争、海上の嵐、人物の羅列（カタログ）、挿話などを含むと宣言する。これらは確かにホメロスやウェルギリウスの叙事詩の常套手段を踏襲するものである。しかしながら、読み進むにつれて、読者は『ドン・ジュアン』と伝統的な叙事詩との間にある、共通点と相違点に気付かされてくる。

バイロンの作品のコンコーダンス（用語索引）によると、エピック（叙事詩）という言葉とその派生語は『ドン・ジュアン』では一六回使われている。さらにエピックを意識した言葉や場面は数多い。例えば、叙事詩には「事件の途中から」(in medias res) 始め、次に、それまでに起こったことを物語る習慣がある。バイロンはこの手法に触れながら、「わたしの方法は初めから始めること」と宣言して、反叙事詩化、あるいは叙事詩のパロディ化を実践することを露わにする。意味的には、軍事的栄光を称えないことは反叙事詩的だと言える。

ハイディとジュアンが愛を享受するエーゲ海の島に、ハイディの父ランブロが帰ってくるが、その様子はバイロンにオデュッセウスのイタケー島への帰国を思い起こさせ、彼の愛犬アルゴスのことにも触れている。叙事詩が戦争をテーマにすることを皮肉って書いているところもある。すなわち戦火によって、「この詩は少し焼けただれている、／それは叙事詩を豊かで稀有なるものにする／征服の炎とその結果のためなのだ」、と反叙事詩的である。

第八巻の最後では、語り手は次のように言う、「読者よ！　わたしは約束を守った——少なくとも／第一巻の約束に関する限りは。これまで／愛、嵐、旅そして戦争のスケッチをお見せした——」と。最初は一二巻の作品になると言ったが、いざ第一二巻に達すると、「これら最初の一二巻は単なる序奏、導入部で、／わたしの竪琴の弦をほんの一、二本試し、／糸巻きを確かめているだけのこと、／それが済めば、序曲をお聞かせしよう」と言う。このように叙事詩を強く意識してはいるが、実践上は彼流の叙事詩にしている。バイロンはこの詩を「叙事詩風の風刺」と呼んでいる。すなわち、叙事詩でも風刺的なのである。彼はイギリスが舞台になっている箇所で上流社会を描くが、その構成員の騎士と淑女について自分は歌う、と言っている。つまりこの「叙事詩風の風刺」では、登場人物は彼の時代の社交界の構成員となり、本来の叙事詩の登場人と比べると、多分に矮小化されている。この詩の終りの方では幽霊を登場させて、超自然的な場面を読者に提供するが、これも叙事詩の常套手段である冥界への旅を思い起こさせる。

このようにギリシア・ローマの叙事詩の伝統をそれなりに踏まえているので、古典の叙事詩で詩人がよく霊感を求めて喚起する詩神(ミューズ)がよく使われる。大方意味するところは執筆中の詩、『ドン・ジュアン』のことを指すのだが、彼はそれについて、清純、気まぐれ、おとなしい、無害、何でも扱う、などと言う。これらの形容には自己弁護的な面もあるが、この作品の特徴のいくつかを伝えている。叙事詩のことをよく知る読者はバイロンが叙事詩の伝統を踏まえているのに安心しつつ、同時にその規則を破ることにも興味を抱く。先に述べたように、この詩は叙事詩のパロディであり、アンチ叙事詩 (anti-epic) でもある。

バイロンが『ドン・ジュアン』の中で一貫して主張していることに、作品が真実 (true) で事実 (real) だということがある。特にルポルタージュ的な箇所、すなわち難破が扱われる第二巻と戦争を描いた第七巻には、ともにバイロンが参考にした書物がある。難破を扱うのに特に参考にしたのは、J・G・ダリエル編纂の『難破と海上の惨事』(*Shipwrecks and Disasters at Sea*, 1812) で、時には字句をそのまま拝借しているところも多々ある。他に参考にしたのは、詩人の祖父の手になる『ジョン・バイロン閣下の物語』(*The Narrative of the Honourable John Byron*, 1768) で、これはジョン・バイロン海軍士官がパタゴニア沿岸を航海中に遭遇した難破の話である。さらにウィリアム・ブライの

『バウンティ号の叛乱記』(*Mutiny on the Bounty*, 1790) も参照している。航海や難破を描くには多くの特殊な専門的な海洋用語が必要とされ、バイロンは間違いのないようにこれらの書物を参照して、正確さを期した。

また「ミューズには少しばかり／戦争を扱ってもらおう」(六巻一二〇連) と言っているように、第七巻と第八巻はロシアとトルコの戦争を扱ったものだが、使われた資料は、キャステルノ侯爵の手になる『新ロシアの古今の歴史に関する試論』(*Essai sur L'histoire ancienne et moderne de la Nouvelle Russie*, 1820) である。バイロンはこの書物を正確に踏まえて、イスマイルの包囲攻撃を描く。さらに『ドン・ジュアン』の後半はイギリスの社交界が舞台になるが、これについては彼自身の経験をふんだんに使って熟知していた社会を描く。いずれにしろバイロンは自分の詩が真実で事実である、ということを枚挙に暇がないほど口にする。

彼は自分の詩が「虚構の迷路を縫って行く」他の叙事詩とは異なり、「本当にあったこと」を伝えるものだと言う。その例として、半ば滑稽に、「このわたしと今セビリアにいる何人かが、／ジュアンと悪魔の最後の出奔を実際に見た」と述べるところもある。彼が真実と事実に拘泥していたことを示す箇所を以下に数例挙げる。「その上、わたしのミューズは決して／虚構を扱わず、一連の事実を集め……主として人間のことと行為について歌う」とか、「しかし詩歌ではわたしは一切の虚構を嫌悪する。／だから諸君にどれほど非難されても、真実を語らねばならぬ」、あるいは「とはいえ事実は事実……真実を伝える詩人は／できるかぎり虚構から逃れるのが務め」などと、彼の詩の真実性、事実性について何度も断っている。また、超自然的な幽霊話でこの作品は終っているが、館を徘徊する幽霊は、実はジュアンを誘惑する伯爵夫人であることが判明する。このことについて、バイロンはアイロニーを効かせて、これはミューズの語る一番の真理であると言う。

『ドン・ジュアン』は出版当初からその道徳性を攻撃された。「国の信条と道徳に対して不可解な企みを／働いている、とわたしを非難した者たちがいる」とバイロンは言う。これは出版者のマリーの周辺にいたバイロンの友人たちが彼の評判を守るため、助言をしたことを指す。しかし彼は書簡や詩の中で、幾度も『ドン・ジュアン』が道徳的であると主張し弁護する。例えば、「わたしのミューズは訓戒によって、あらゆる人を／いつでも、どこでも、矯正するつもりなのだ」と言う。このようにバイロンは自分の詩が道徳的であり、教え諭す意図があると言い続ける。彼はすべての好色な書き物を非難し、自分の詩が道徳のモデルとなると大言壮語するが、笑いを抑えられない読者もいるかもしれない。なぜなら『ドン・ジュアン』は恋愛を描くことを旨とした詩でもあり、好色的な箇所は随所に散在しているからである。もっともこの作品が有害であるとは、今の時代では考えられないことだろうが。

『ドン・ジュアン』のもう一つの特徴は脱線の多さである。話の筋は頻繁に途切れる。語り手は筋から連想することや、その他様々なことについて自由に語る。ジュアンがこの詩の主人公であり、セビリアからイギリスの社交界に至るまで、多くの冒険を経験するが、この主人公の行動に劣らず読者の興味を引くのは、歯に衣を着せずに物を言う語り手の声である。つまり『チャイルド・ハロルドの巡礼』の場合と同じように、主人公と語り手が登場人物となって詩を進めて行くのである。違いは、ハロルドは途中で消えてしまい、バイロン自身も第四巻の序文で、二人を区別することはもう止める、と明言する。それ以降、我々が聞くのは語り手の生の声であり、彼がハロルドについて語ることはもうない。『ドン・ジュアン』ではジュアンも語り手も初めから最後まで登場するが、語り手のお喋りは、バイロン自身の多彩なる個性そのままに、主人公より興味があると言ってもよい。

『ドン・ジュアン』では「話に戻ろう」という趣旨の表現が多い。典型的な例は、「しかし元の話に戻るとして、わたしが認めねばならないのは／もしわたしに短所があるのなら、それは脱線だ」とか、「しかしわたしは脱線している、一体ネロや／そのような道化の君主がわたしの主人公の／行状と何の関係があるというのか」などである。バイロンは自ら脱線が多いことを認め、「またいつもの狂気――脱線に取り付かれて」などと殊勝気に反省するようだが、それを表向きのこと、本心からそうは思ってはいない。彼の脱線癖はこの詩の最後まで止むことはない。

脱線の顕著な一例を挙げる。バイロンがラヴェンナに滞在していた時、家のすぐ近くで、軍の指揮官が暗殺されるという事件が起こる（五巻三三―三九連）。バイロンは息絶えた彼を家の中に運ばせ、死について考察する、「しかしすべては不可思議、我々は今ここにいて、／あちらへ行く――しかしいずこへ、五つの鉛の小片が、／いや、三つ、二つ、一つでも我々をはるか遠くへ追い遣る！」と。そして同じ連の最後の行で、「もういい。さあ、前と同じく話に戻ろう」と言って、ジュアンの話に戻る。このエピソードはバイロンの生死についての考察を読者に伝えるが、同時に彼の滞在していた地域の政治状況を明らかにするものでもある。これは語りの方から言えば脱線と言えるが、「人間に関する事と行為」を主題とするこの詩の重要な部分であるとも言える。脱線であって脱線ではないのである。因みに、「だがこれは脱線だ」、「話を続けると」、「しかし、我々が向かっていた要点に戻ると」など、話を元に戻すことが多い。それはこの詩のもつ多彩なる枝分かれとも言うべき特徴で、連想が連想を生む面白さでもある。詩人が自由にものを言う脱線がなければ、この詩の面白さは半減すると言ってもよい。

以上、『ドン・ジュアン』において、バイロンが特に執着した特徴をいくつか挙げた。それらは叙事詩を踏まえていること、真実（true）と事実（real）を強調したこと、道徳性を弁護したこと、頻繁に脱線することなどであった。この他にも多面性のあるこの長編詩には、その他様々な特徴が見られるが、それらについては以下の梗概において、随時、説明していく。梗概はこの長編詩の筋を記すだけではなく、『ドン・ジュアン』の解説の重要な部分を説明するものと筆者は考えている。

梗概

献辞

『ドン・ジュアン』はまず一七連からなる「献辞」（擬似献辞というべきか）で始まる。これは当時の桂冠詩人ロバート・サウジーに宛てたものである。「献辞」におけるサウジーは、政治的には時の権力者（ジョージ三世）におもねる日和見主義者として、文学的には湖水詩人の一人としてワーズワスとコールリッジとともに、ひどい詩を書く者として笑いの対象になっている。バイロンは、彼らとは対照をなす崇高な詩人として、いつの時代にも政治信条を変えなかったミルトンを取り上げる。「献辞」は当時の外務大臣であったカースルレイにも多くの連を割いている。バイロンはカースルレイの拙劣な言葉遣いを嘲笑し、またナポレオン敗北の後、旧体制を擁護し、自由を抑圧する者として攻撃する。そして「この正直で飾り気のない率直な詩」をサウジーに捧げると言って、「献辞」を終える。なおバイロンは序文（散文）も書いており、『ドン・ジュアン』がお話として語られる背景（機縁、場所そして時代など）の事情が読者に知らされるが、未完に終っており、出版する意図も作者にはなかった。未完の理由は明確ではないが、J・マギャンが推測するように、「献辞」の他にさらなる序文の必要はないと、バイロンは考えたのかもしれない。出版に至らなかったこの序文は第一巻の後に掲載されている。

第一巻

この巻では、まず主人公のドン・ジュアンが紹介される。主人公として選ばれたのは、古典の世界の英雄や近代ヨーロッパの軍事的英雄ではなくて、女を愛し女に愛される少年である。舞台はスペインのセビリア、父親のドン・ホセは小貴族(イダルゴ)、母親はドニャ・イネス。欠点のないのが欠点と考えられるほど完璧な女性として紹介される。この誇張が眉唾物であることは、読者はすぐ知ることになる。ドン・ホセは警戒心に乏しく、「イネスの許しを得ず」に、浮気を楽しんでいた。二人は夫婦喧嘩をよくしたが、体面上お互いに耐えていた。しかしついにイネスは夫の狂気を証明しようとする。バイロン自身、一八一六年、イギリスを去る直前に、夫人の手で同じような目に会った。このように作者の伝記的事実がふんだんに詩の中に取り込まれ、これが『ドン・ジュアン』を面白くさせる有力な理由の一つになっている。二人を離婚させようと、法律家たちが介入するが、ドン・ホセは死んでしまう。未亡人になったイネスは、ジュアンに道徳的な教育を施すべく家庭教師を雇う。彼女は男女関係に関する詩を毛嫌いして息子に読ませないようにする。母一人子一人の家庭はバイロン自身の家庭を思い起こさせる。

イネスの友人にドニャ・ジュリアがいた。美しい二三歳の人妻で、夫のアルフォンソは五〇歳だが、語り手は「二五歳の夫が二人いた方がいいだろう」と皮肉を言う。ジュリアは小さい時からジュアンを可愛がった。そしてジュアン一六歳、ジュリア二三歳の時、月の出る夕暮れに何気なく二人の手が触れ合う。その結果、二人は抱き合い、ジュリアは「決して従わないわ」と少し抗った末に身を任す。語り手はここで楽しいものを羅列する。「楽しいのは、蜜蜂の羽音、娘たちの声、鳥たちの歌……瓶に詰めた古いワイン、樽に入ったビール」など、延々と続く。そしてこれらすべてに優って楽しいものは、「情熱的な初恋」であるとする。これは楽しいものの物尽し、文学的なカタログである。

それから数カ月経った一一月に二人はジュリアの寝室にいた。そこへ主人のアルフォンソが友人や召使を多数引き連れて飛び込んでくる。ジュリアと侍女のアントニアは一緒に布団に入っている。寝室を隈なく探しても、ジュアンの姿はない。ジュリアは夫を痛罵する。ばつの悪い夫は仕方なく退室する。部屋に錠がかけられるやいなや、窒息しそうになったジュアンが布団の中から出てくる。しかし夫が戻ってくる。ジュアンは納戸に隠れる。アルフォンソは部屋を出て行く時に男物の靴につまずく。彼は剣を取りに行き、逃げようとするジュアンと格闘になる。寝室を舞台にした笑劇である。何とかジュアンは逃げのびるが、この結果、彼は勉強のため外国へ行かされる。一方ジュリアはすべてを失い尼僧院に入る。彼女は今もジュアンを愛しているが、なす術はない。「男の人の愛は人生から離れた一つのこと、／女にとっては人生のすべて」、という名文句を記した手紙を彼に送る。この巻にはまだ二〇連ほどが残っている。バイロンはここで主に詩論を展開する。彼独自の叙事詩や同時代の詩についての批評、自らの詩の弁護、中年に近づく自分のことなど、常に風刺的にウィットとユーモアを効かせて読者に向って喋る。このように、作者は自身について、また文学について語る、これは『ドン・ジュアン』の重要な特徴の一つである。

第二巻

ジュアンの母親は息子の品行を改めさせるために、まず彼をカディスへ遣り、そこから出航させる。ジュアンはジュリアのことが忘れられず、彼女の手紙を取り出して、熱い愛を口にするが、船が揺れて胸が悪くなり嘔吐する。人間の高邁な感情も肉体の不調の影響を受けやすいことを示す一例で、『ドン・ジュアン』にはよく出てくるテーマである。彼には召使が三名と家庭教師のペドリーリョが同行する。この巻は叙事詩のテーマの一つである難破を扱う。強い雨風で水漏れが発生し、マストは次々と失われる。酒を飲んで恐怖を紛らわそうとする乗客もいたが、ジュアンはピストルで酒蔵を守る。嵐は止まず、ついに船は沈み、カッターに九人、大型ボートに三〇名が乗り移り、二〇〇名近くは溺死する。ジュアンと犬と家庭教師はボートに乗る。カッターはすぐに海中に没する。この後、語り手は三〇名の運命を辿る。食料は尽き、ついにジュアンの愛犬が食料として分配される。彼は自責の念を覚えつつ、前足を一本受け取り、家庭教師のペドリーリョと分け合う。次には籤で仲間の一人が食されることになる。籤にはジュリアの手紙が使われ、家庭教師が食べられることになる。ペドリーリョをさばいた報酬として、外科医が流れ出る血を吸う。ジュアンはペドリーリョを食べることを拒否する。食べた船乗りたちは狂い死にする。

この究極の惨状にあって、人々がどう行動したかが幾つかのエピソードで伝えられる。それぞれに息子のいる二人の父親がいた。息子の一人は先に死ぬ。その父親は「御心のままに」と言って涙も流さず受け入れる。もう一人の息子は虚弱に見えたが、より長く生きる。しかしやがて息絶え、父親も死者同然の様子になってしまう。ついに陸が見え、ジュアンも含めて生き残った最後の四人が海に飛び込むが、生き延びたのはジュアンだけで、彼は砂浜に辿り着き、気を失う。そこはエーゲ海のキクラデス諸島の一つだった。ジュアンが意識を取り戻すと、そこには美しい一七歳の娘の顔があった。島の支配者ランブロの娘で、名前はハイディだった。彼は洞窟に運ばれ、彼女と侍女がそこへ食べ物を運ぶ。それは、父に知られることを娘が恐れたからで、見つかれば、海賊のランブロはジュアンを売り飛ばすからである。ジュアンは次第に元気を取り戻す。ハイディにとって、彼は「彼女の愛する最初で最後の人」となる。彼もまたこの美しい娘に恋をする。ジュアンは現代ギリシア語を彼女の口から学ぶ。そのうち父親は海へ出て、二人は自由を享受する。ある日の日没時、海辺で長いキスを交わし、彼らは結ばれる。それは永遠の瞬間であり、二人を祝福するのは自然だった。しかし同時に「キスの強さは長さで測るべきだ」というアンチ・クライマックス的なコメントが付される。盛り上げておいて格調を落とす、これもこの詩の特徴の一つである。

第三巻

冒頭で、「もしラウラがペトラルカの妻だったら／一生を通じてソネットを書いただろうか」などと、愛について、語り手は面白おかしく語った後に、幸せを享受するハイディとジュアンの話に移り、次に海賊の父親のことが語られる。彼はギリシア人だが、祖国救済に絶望し、一転して「奴隷から他を奴隷にする身」になった。仕事を終えて島に戻ってくるが、島は宴会の真最中、帰国のことを知らせていなかったので、気付く者はいない。ランブロがある男に話しかけると、「話しは退屈、俺にはそんな暇はない」と言われる。語り手はハイディとジュアンのいる豪華な部屋の様子、調度品や食器などをこと細かく描写する。食事の紹介にも熱心である。肉料理はもとより、サフランのスープやシャーベット、そしてコーヒーのことにも触れる。そこは西欧の読者には珍しいオリエントの世界である。バイロンは実際に自分の目で見、また然るべき資料も使い、信憑性に気を配る。細かい描写はこの詩の特徴の一つと言ってもよい。ハイディの容姿や出で立ちについては、例えば、「オレンジ色の、ゆったりとしたトルコ風の絹のズボンは／この世でもっとも可愛い足首の辺りでたわむのであった」という風に描かれる。

語り手は一人の詩人を登場させる。この男は様々な時代の変化を見てきた桂冠詩人であり、時代に合わせてうまく詩作する日和見主義者、まさにロバート・サウジーを彷彿とさせる人物である。しかし彼が「ギリシアの島々よ」で始まる一六連からなる詩（第八六連と第八七連の間に挿入）を吟じる時には、ギリシアの自由を希求する心が籠っている。この歌の後、この巻にはまだ二五連残っているが、語り手（バイロンに無限に近い人物）は、話の筋とは直接関係のない、様々な項目について意見を述べる。語りの本筋からの脱線と言えるが、脱線がこの作品の重要な要素でもあるので、本来の詩の流れだと言ってもよい。この部分では、詩の持つ永遠性、シェイクスピアやミルトンについて流布する不都合な話（シェイクスピアは鹿を盗み、ミルトンは大学で鞭打たれたことなど）、ワーズワスやサウジーに対する風刺、そしてドライデンとポープの擁護が続く。次に「元の話に戻る」と言って、黄昏の時間を享受するハイディとジュアンに戻り、脱線は終わりそうになるが、語り手はなおもこの刻に執着し、祈りの言葉（アヴェ・マリア）を幾度も繰り返し、切なくも甘美なるこの時刻の様々な面を列挙する。これも一種の詩的カタログと言える。

第四巻

この巻では、「神々の愛する者は夭折す」という言葉を引用して、死ぬ運命にあるハイディのことがまず語られる。ハイディとジュアンはお互いを見つめ合う。純粋な彼らは社会とは離れて生きるべきだった、と語り手は言う。二人はまどろみ、ハイディは夢を見る。夢の最後で、彼女は洞窟で息絶えたジュアンを見つめている。すると次第に彼の顔が変化して、父のランブロに似てくる。目を覚ますと、そこには二人を凝視する父親がいた。ハイディは必死になって目覚めたジュアンの命乞いをする。立ち向かうジュアンに、ランブロはピストルを向ける。ジュアンは抵抗するが、ランブロの部下に肩を切られて、縛られ、外へ連れ出される。ハイディはそれを見て失神し、父の腕の中に倒れる。彼女は何日も意識が戻らず、目覚めた時には死人のようになっていた。一二日後、彼女は死ぬが、命を宿していた。しかしその命は光を見ることなく消えた。今、海辺の墓で「彼女はぐっすり眠っている」("she sleeps well.")。これは簡単な表現ではあるが、シェイクスピアの『マクベス』において、マクベスに殺されたダンカン王についての台詞、「彼はぐっすり眠っている」("he sleeps well.") を踏まえたものである。バイロンは『ドン・ジュアン』において、特にシェイクスピアの台詞を引用し、言及することが多い。聖書についても同じことが言える。

一方、ジュアンは奴隷の身となり、海上をトルコへと向かう。仲間の捕虜に歌手たちの一団がいた。彼らはシチリアで上演するはずだったが、興行主に高くはない額で売り飛ばされたのだった。ジュアンは道化役から、歌手たちについてのゴシップまがいの話を聞く。テノールの女房がカーニバルで、年輩のロシアのお姫様からイタリアの伯爵を奪ったことや、テノールやバスの声についての酷評も聞く。この俗世間の描写は悲劇的なハイディの運命と好対照をなす。道化役の男はお互い憎み合うテノールと繋がれる。翌日捕虜たちは男女別々に鎖に繋がれ、コンスタンティノープルの奴隷市場に連れて行かれる。この巻の終わりの方でまた脱線がある。その道徳性を攻撃された『ドン・ジュアン』は、スモレットやアリオストやフィールディングの作品より道徳的であること、ダンテの墓のそばを毎日通ること（バイロンはラヴェンナに滞在していた）、文人の名声は軍人のそれよりも長続きすること、そしてイギリスの読者の保守性などについての脱線である。最後に奴隷たちの話に立ち戻り、奴隷市場での売買のことが皮肉をもって語られる、「処女との保証付きの可愛いチェルケスの娘には一、五〇〇ドルの値がついた」などと。この高価な娘はスルタン用だった。

第五巻

舞台はコンスタンティノープルの奴隷市場。ジュアンの横にはイギリス人（名前はジョンソン）がいた。彼はロシア側について戦い捕えられた。ジュアンがハイディのことや自分の運命を嘆くのに対し、彼は三度結婚し、三番目の妻からは逃げ出したと言う。冷めたこの男は運命には逆らわない。そこへ黒人の老宦官のバーバが来て、ジュアンとジョンソンは購入される。またここで脱線となる。この脱線は語り手がバイロンその人だということを明確にする。「解説」においても触れたが、一八二〇年一二月八日、家の近くで起った事件についてである。軍の指揮官が弾丸五発で殺された。バイロンはこの男を家に運ばせる。そして死について考察し、一発の弾丸でも「我々をはるか遠くへと追い遣る！」ことの不思議を述べる。

ジュアンとイギリス人が連れて行かれたのはスルタンの宮殿で、バイロンは数々の広間や装飾、様々な人物などを細かく描写する。ジュアンらが大きな広間を通過する時、バイロンは自身の館、ニューステッド・アビーの回廊を思い起こす。巨大な墓や宮殿を建てる権力者への風刺があって、元の話に戻る。次に二人はバーバに割礼を勧められ、現実的なジョンソンは断る風でもないが、ジュアンは断固拒否する。次にジュアンは女装を命じられ、抵抗するが無駄である。ジョンソンはイスラム教徒に変身し、ここで二人は別れ、ジュアンはバーバに案内されて、若い貴婦人の前に連れて行かれる。彼女はスルタナ、すなわちスルタンの夫人だった。バーバは退席し、二人だけになる。

スルタナの名はガルベーヤズ、美しいが尊大である。ジュアンが女装されて連れて来られたのはスルタナのためだった。彼女の発した最初の言葉は「お前は愛したことがあるのか」である。ハイディのことをまだ忘れられないジュアンは泣きだす。困惑する彼女に、ジュアンは「愛は自由な人のためのものです」と言う。拒否された彼女は烈火のごとく怒る。彼女の反応は「殺す」から始まって色々箇条書きに描かれるが、最後は「泣くこと」になる。ジュアンは少し後悔するが、ちょうどその時、バーバが急いでやって来て、スルタンのお越しを伝える。ジュアンはスルタナのお付きの乙女たちに混じることになる。スルタンは四人の妻と千人の女を支配していた。娘は五〇人、息子は四ダースいた。彼はジュアンを見つめたが、変装のお陰で、スルタナがまた新しい娘を買ったと思うだけだった。

第六巻

語り手はこの巻の最初の二〇連ほどで、第四夫人のガルベーヤズのことを扱い、さらにカエサル、クレオパトラそしてアントニウスたちの愛について意見を述べる。いずれにしてもスルタナはスルタンの愛を独占できないし、要求できるのは愛情の一、五〇〇分の一であると言う。ただ今宵の彼女はスルタンと同衾(どうきん)する。ジュアンは多くの女と一緒にハーレムの回廊にある自分の部屋へ向かう。女たちはジュアン（場所柄ジュアナと女の名前が付く）の美しさについて噂する。そして一緒に寝る相手は、最終的に穏やかなドゥードゥーに決まる。彼女は装身具を外し、ジュアナ（ジュアン）に手助けを申し出るが、当然断わられる。多くの美女が眠りにつき、静寂がハーレムを領する。すると突然、ドゥードゥーが金切り声をあげる。あまりの大声に女たちは眼を覚まし、彼女のベッドのまわりに集まってくる。眠っていた風情のジュアナは、目を開けて欠伸をする。金切り声についての詮索が始まる。ドゥードゥーは説明する、夢の中で林檎を食べようとしたら、そこから蜂が飛び出してきて刺されたと。舎監はジュアナを別のところで寝かせようとするが、ドゥードゥーはそうしないでと必死に懇願する。ジュアナも熟睡できたと言って、助け船を出し、元通りにおさまる。なぜ彼女が悲鳴を上げたのかは読者の想像に任される。夜が明けて、スルタナとスルタンは目覚め、スルタンはロシアのエカテリーナ二世のことを聞くために退出する。彼女には近衛兵たちがあり、スルタンにはハーレムがある、とバイロンは皮肉を言う。ガルベーヤズはバーバを呼び、ジュアナについて尋ねる。ドゥードゥーが彼とベッドを共にしたことを知り、怒り狂い、二人を連れて来るように命じる。二人の運命は宙に浮いたまま、この巻は終わる。

第七巻

まず『ドン・ジュアン』の道徳性についてバイロンは弁護する。自分は、スウィフトやルターやプラトンたちが言ったことを言っているだけだ、と。この巻はなべてトルコ軍とロシア軍が戦ったイスマイルの戦いを扱う。イスマイルの要塞はウクライナの南西の端のドナウ河畔に位置し、その頃はオスマン帝国の重要拠点だった。ここをスヴォーロフ率いるロシア軍が攻撃する。バイロンは発音の難しいロシアの兵士の名前を列挙する、「チットシャコフ、ロゲノフ、チョケノフ……イシュスキン、ウースキン」といった具合である。この戦場には外国の志願兵もいて、イギリス人には一六人のトムソンと一九人のスミスがいるという。この名前の列挙はカタログの一種で、バイロンの好むところである。ロシア軍の目的は町を破壊し、同時にトルコの艦隊を攻撃することだった。第七巻と第八巻の目的は激しい戦争の様子と無意味な殺戮を伝えることにある。第二巻で難破の場面を極めて詳細に描いたように、バイロンは事実にこだわった。ロシア軍に勇気を与えたのはスヴォーロフで、彼は「英雄、道化、半ば悪魔、半ばろくでなし」と評される。ジュアンとジョンソンはそれぞれの連隊に配属される。彼らがトルコの後宮から脱出するのを助けてくれた二人の女も一緒だった。スヴォーロフは彼女たちの面倒を見るよう部下に命じる。バイロンはこの巻の最後で、叙事詩を記したホメロスに語りかける、文筆で匹敵できなくとも「我々現代人は流血では汝に引けをとらない」と。彼はまたナポレオンやカエサルのことを持ち出し、過去の戦いを思い起こす。そして現在、彼が描くのは「栄光」を求める人間の姿である。「栄光」とは何か、「知りたければ、風を見る豚に聞くがいい」と皮肉たっぷりである。

第八巻

この巻は「おお、血と轟音よ！　おお、血と傷よ！」で始まる。バイロンは戦争の場面を詳しく描写することによって、戦争の本質を伝える。彼が認める戦争は、レオニダスとワシントンが戦った自由のためのものだけである。ジュアンとジョンソンは「血のぬかるみに足をとられて」進む。ジュアンにとっては初陣である。そのうち彼は一人になり、戦いの中心へ向かい、ジョンソンに遭う。ジョンソンは感情に流されずに、戦い、殺し、退却する。多くのロシア軍の兵士がトルコ軍の砲撃で「大鎌に切られる草」のように倒れる。しかし結果的にはイスマイルは侵入を許し、町は占領される。「銃剣は突き刺し、サーベルは切り裂」いた。数千の男たちが虐殺される。一〇歳の女の子も殺されそうになったが、ジュアンが救った。彼女は孤児になっていた。そこへジョンソンが来て、残党と戦おうと言い、ジュアンの願いを聞いて、彼女を守るように部下に命じる。ジュアンは納得してジョンソンに従う。

語り手は、五人の息子と一緒に戦うタタール人のスルタンの最後の戦いを取り上げる。彼は降伏の勧めには従わず戦い続ける。ジュアンとジョンソンはかすり傷だったが、傷を負わされたので戦わざるを得なくなる。タタール人の息子たちは次々と死んでいく。五番目の息子は体に障害があったので、父親に疎んじられたが、最後まで勇猛果敢に戦って死ぬ。死後に天女(ファリ)に迎えられることを夢見て息子たちは死んだ、と語り手は伝える。父親はすべての息子を失って、自らの胸をロシア兵の剣に投じる。地獄が解き放たれ、イスマイルは滅んだ。四万人の中、息をするのは数百人、他は沈黙していた。スヴォーロフは征服者だった。ジュアンは孤児となった女の子を守る誓いを立てる。語り手はここに至るまでのこの詩の内容について、「これまで／愛、嵐、旅そして戦争のスケッチをお見せした」と言う。バイロンは彼流の叙事詩を読者に提示したのである。

第九巻

ナポレオンを破ったウェリントンを攻撃することから、この巻は始まる。バイロンは彼を「最高の人殺し」と呼ぶ。ヨーロッパはいまだに隷属状態にあって、ウェリントンは救世主ではないとする。無論、専制君主も攻撃の対象になる。バイロンはハムレットよろしく、されこうべの話を持ち出し、「生きるか死ぬか」、人間の生と死について考察するが、結局はモンテーニュと同じく懐疑主義者の域を出ないことを読者に伝える。しばしば巻の冒頭で筋とは直接関係のないことについて話すのは、『ドン・ジュアン』におけるバイロンの常套手段である。第三〇連近くになってやっと、ロシアの女帝エカテリーナ二世の所に赴くジュアンが再登場する。急送文書を携え、孤児になったイスラムの少女（名はリーラ）を連れている。バイロンは人類の創造の前に世界は何度も破壊された、とするフランスのキュヴィエの説を持ち出して、現代の建物や人間は、後世にはどう映るであろうかと思弁するが、形而上学的になりすぎたと自戒する姿勢も見せる。ジュアンはペテルスブルクに到着する。宮廷では、ジュアンの美しい貴公子振りが強調される。エカテリーナお気に入りの男たちはジュアンの登場を恐れる。大都市イスマイルの征服は彼女の野心の渇きを癒し、ジュアンの到来を喜ぶ。二人は恋に落ちる。正確にはジュアンの方は自己愛に落ちる。愛あるいは欲情でジュアンはのぼせたのである。彼は宮廷中の注目の的になる。彼女とジュアンが引き下がるところで、語り手も引き下がり、この巻は終る。

第十巻

ニュートンがリンゴの落ちるのを見て万有引力を発見したように、バイロンも詩作を通じて少しは人類に貢献したい、との前置きでこの巻は始まる。次にスコットランドの批評家フランシス・ジェフリーを扱う脱線がある。若い時代、『イングランドの詩人とスコットランドの批評家』において、若さに任せて攻撃した相手であるが、今となってはそれも「懐かしい昔」となり、バイロンも自身のことを、「生まれの半分はスコットランド／育ちは全部そう」と、懐かしがる。過去のことを水に流して、ジェフリーと和解すると言う。彼は一〇歳の時にスコットランドを離れたから、この時には二〇年以上が経っていた。イタリア生活ももう七年目だった。

さて、話は女帝の寵愛を受けるジュアンに移る。スペインの母ドニャ・イネスに手紙を出すと、返事が届き、母は再婚して弟が生まれたことを知る。母の方は女帝の「母性愛」を称賛する。イネスは偽善の権化として描かれる。ジュアンはわが世の春を謳歌していた。しかし女帝との性愛に溺れ過ぎて病を得る。腎虚である。医師団は転地療法を勧め、ジュアンはエカテリーナの使節としてイギリスに派遣されることになる。エカテリーナは悲しむが、彼女には後釜が沢山いたので、すぐ悲しみも癒される。

ジュアンは戦乱から救い出した孤児のリーラと多くの動物を伴って旅に出る。バイロンも動物好きだった。イスラム教徒のリーラにとって、ジュアンだけが彼女の信頼できるキリスト教徒である。ポーランド、プロイセン、ライン河畔、ケルンなどを通過してオランダへ赴く。語り手はそれぞれの土地について彼の興味を引くことを記す。オランダからドーヴァーへ近づき、イギリスの白亜の海岸を見る。ここでイギリスに対する思いを語る。語り手はバイロン自身であることは、「七年……の不在は／古い恨みを穏やかなものにする、／特に祖国が堕落していく時には」という一節からも明瞭である。語り手はイギリスがもはや自由の旗手でなくなったことを憂える。ナポレオンが敗れて以後のヨーロッパの政治体制を反動的である、と見なしたからである。彼はジュアンとともに故国を旅すると言える。まずはカンタベリー大聖堂へ赴き、それからロンドンへ向かう。ジュアンは多くの船舶、煤煙を通して見える尖塔に心打たれるが、語り手は「陰鬱な雲が……太陽を蝋燭（ろうそく）のように消してしまう」と皮肉っぽく語る。ジュアンと語り手は休憩を取り、この巻は終わる。

第十一巻

冒頭で、物質は存在せず宇宙は精神であるとのバークリーの説を、語り手は皮肉に考察した挙句、形而上学的な議論はやめると言う。人間は体が不調だとすぐに精神は影響を受けるとも言う。さて、ジュアンはシューターズ・ヒルで、大都会ロンドンを見下ろし、偉大な国家イギリスの美点を列挙する。まずイギリスが自由な国だと褒め、さらに称賛を続けていると、突然ナイフを突き付けられて、「金を出せ」と迫られる。皮肉にもこの自由の国で四人の追いはぎに遭遇するのである。英語を解しないジュアンだったが、事態をすぐ把握、一人に発砲する。他の三人は逃げる。銃撃を受けた男はハンカチを首から外して「これをサルに！」と言って息絶える。名前はトム、気紛れな伊達男だった。恋人のサルにとってこんなスマートな男はいなかった。ジュアンの馬車はロンドン市中を進む。ランプは燃える。ガスがまだ発明されていない時代である。バイロンは心の中で、ジュアンとともにロンドンを再訪している。ジュアンとバイロンはテムズ川、ウェストミンスター寺院、ペル・メル街、セント・ジェームズ宮殿等々を通過してホテルに入る。

ジュアンは上流社会に受け入れられる。独身で才芸と才能に恵まれていたので、特に女性たちの関心の的となった。彼は文学には興味がないが、八〇人の現存の最高の詩人を見る。この機会にバイロンは、詩人としての自身の成果をナポレオンの戦績に譬え、『ドン・ジュアン』はモスクワであり、戯曲の『カイン』はワーテルローだとする。つまり『ドン・ジュアン』も『カイン』も失敗作と見なし、ナポレオンの大敗北に譬えたのである。このようにバイロンは、『ドン・ジュアン』執筆時には、イタリアに住みながら、意識は常にイギリスの方を向いていた。イギリスの文壇についての連が続くが、特にキーツについては「ジョン・キーツは批評で殺された」と言う。これは事実ではなかったが。バイロンはキーツの長所を認め始めていた。ただ総じて同時代の文学は下降期にあると見ていた。

ジュアンはイギリスの社交界を楽しむ。バイロン自身の経験が下地となって社交界の様子が描写される。貴公子が社交界で身を持ち崩して破産する様も、借金に苦しんだ自分自身の経験が下敷きになっているようである。エドワード・ヤングの「八〇歳では、世界はいずこに」という一節を引用したことから、この世の無常を「今いずこ」を繰り返すことによって、カタログ化する。「政治家、将軍、雄弁家、愛国者、王と女王／そしてダンディ、すべては……消えた」と言う。さらに「大ナポレオンはいずこに、神のみぞ知る」とか、「ブラメルはいずこに……」などと続く。ブラメルはダンディの代表だった。要するに人生七〇年どころか、七年の間に異常な早さで人も物事も変化したと言うのである。結局、ジュアンに対する、人生の先輩としてのバイロンの忠告は、「カルペ・ディエム」（今日を楽しめ）である。これはローマの詩人ホラティウスの言葉である。

第十二巻

語り手は、中年期、そして三五歳（この巻を執筆時のバイロンの年齢）という中途半端な時期に触れた後、この世を支配するのは愛でなければ現金であるとする。次に自分が詩人として若い時代に成功し、今は真剣に詩人として「小さな蝋燭（ろうそく）を太陽にかざす」と言う。最初の二〇連ほどが前置きの脱線である。ジュアンは何人かの美女と戯れる。一方リーラは、魅力的な容姿とその経歴ゆえに、上流社会にとって神秘的な存在となり、年輩のピンチベック夫人が後見人となり、教育を受け持つ。彼女には色々醜聞もあったが、その経験ゆえに後見人としてふさわしいという訳である。次に娘の結婚相手を見つけようとする母親たちの思惑について語られる。バイロンは自分自身の結婚についても、妻が「途方もない選択をした」と読者に伝える。そして「脱線をお許しあれ」と言うが、この種の脱線がこの詩の強みであることは、詩人は百も承知である。読者は詩人の私生活に大いに関心があるからである。次に、社交界を描くにあたって、「今わたしは、物事のあるべき姿ではなく／実際にあるがままを見せるつもりだ」と宣言する。これは『ドン・ジュアン』全体にわたるバイロンの姿勢だと言ってよい。この巻の半ばで、語り手は「さあ、この詩を始めよう」とうそぶく。さらに「最初の一二巻は単なる序奏」だとも言う。多くの叙事詩が一二巻で終わることを踏まえた言葉である。そして社交界におけるジュアンの描写にかかる。彼は独身の淑女や母親たちの関心の的になる。次にイギリスの女性が、フランスやイタリアやオリエントの女性と比べられる。ジュアンは、最初はイギリスの女性がきれいだとは思わない。また外国で女が罪を犯したら、美徳へ戻るためのドアがある、すなわち名誉回復が可能だが、イギリスにはそれがない、というのがバイロンの考えである。ジュアンは名所旧跡を見物し、議会も見る。この巻では具体的なジュアンの活動は少なく、語り手の饒舌が続く。バイロンは自ら熟知するイギリスの社交界や風俗を描いている。

第十三巻

まず社交界を代表するアデライン・アマンダヴィル夫人の話になるが、すぐに退屈な中年期のことについて、またジョンソン博士や、騎士道を笑い飛ばしたセルバンテスについて一〇連ほど脱線する。そしてやっと、アデラインのことを忘れたと言って元へ戻る。彼女は美の鑑であり、夫のヘンリー卿との仲は安定していた。ジュアンは二人に気に入られる。夫はジュアンと、マドリッドやコンスタンティノープルそして乗馬の話をした。アデラインは道徳的に無難に見えたが、雪の下に熱い溶岩を蔵しているかもしれないと書かれている。ヘンリーは議会人だが、議会が七月に終わると田舎の屋敷へ帰る、千年の歴史のあるゴシック風の館へ。このカントリー・ハウスはノーマン・アビーと呼ばれ、もとは修道院だったが、今は館となっている。バイロンは自身の先祖伝来の館、ニューステッド・アビーを念頭においている。「館の前には澄んだ湖があった」、大寺院の遺構が「偉大なアーチとなって半ば離れて立っていた」、あるいは「中庭の真中にゴシック風の泉が戯れていた」などとあるのは、ニューステッド・アビーの描写だと言ってよい。事実、「回廊は未だに堅固だった、そして独居房も食堂もそうだ、とわたしは思う」とまで言う。次にノーマン・アビー所蔵の有名な画家の作品の列挙がある。画家たちのカタログである。ティツィアーノ、レンブラント、カラヴァッジョはほんの数例である。ここでバイロンはホメロスの「船のカタログ」を思い出している。次にイギリスの秋の様子が描かれる。葡萄畑はないが、最高の葡萄酒が貯蔵室にある。館ではパーティが開かれ、多くの貴婦人が集まってくる。バイロンは「わたしは口にする以上のことを見てきた」と言う。ここにも彼が経験した社交界についての知識が生きている。彼はパーティに呼ばれた客人のカタログも作る。

第十四巻

語り手は冒頭で、話の筋とは関係のない、死について、そして世間の非難を浴びたことなどについて述べ、「わたしは真先に浮かぶことを即座に書く、／この物語は語りを意図したものではない」と言う。語りのみではなく、何であれ頭に去来することを書く、これがこの長編詩の一大要素である。また扱う内容については、「主として人間の事と行為について歌う」と明言する。この巻ではバイロンが熟知する「荒野なる社交界」と「快楽と倦怠(アンニュイ)」の世界が描かれる。ジュアンは誘われた狐狩をうまくこなし、称賛される。彼は女性の話にも耳を傾けるいい聴き手で、踊りも巧みだった。あだっぽい熟女、フィッツ・ファルク伯爵夫人は若い男を夢中にさせて、ウェルテルのように絶望させてしまうが、そんな彼女がジュアンに近付き始める。アデラインの心は穏やかではない。まだ三〇歳前の彼女は一六歳で社交界に出て、順調な結婚をして子供も産み、流産も一回経験していた。彼女はジュアンを守ろうとし、夫が意見することを願ったが、彼は介入せず、若いジュアンを放っておくように言う。夫は高貴な生まれで、国政を担うに足る人物だった。しかし女性の心を満足させる何かが欠けていた。しばらくの脱線の後、またアデラインに戻って、彼女の胸が空虚であることを読者に伝える。夫との結婚は安定していたが、そこには冷たさがあった。語り手は、その時の彼女はまだジュアンに恋していなかった、と意味深長な言い方をする。彼はまた、もし二人が罪を犯せば、

「破滅するだろう」などとも言って、読者の気をもたせて、この巻は終わる。

第十五巻

ここではまず生と死についての感慨が述べられ、次に美しいアデラインの話になる。彼女は自然に振舞い、気取らないジュアンを好ましく思う。次に、バイロンが今現在執筆中の、『ドン・ジュアン』についても語る。そこには「会話的な簡易さ」があり、即興詩人のように、「真っ先に頭に浮かぶこと」を書くと言う。そして批評家に取り入ることはせず、気ままに書き進み、現代の「騎士や淑女」について歌うとする。そしてアデラインに立ち戻る。彼女はジュアンが間違いを起こさないよう、結婚することを勧める。彼の方は曖昧な答えをするだけである。これを機に語り手は結婚について語る。仲人をしたがる女たちは手許に花嫁候補を抱え、その中から慎重に相手を選ぶ。結婚の話はマルサスに及び、彼の『人口論』の趣旨は「第一一番目の戒め／すなわち汝結婚するなかれ」であるとする。

アデライン手持ちの候補を語り手は読者に伝える。ミス・ミルポンドはその一人だが、別居したバイロンの妻の旧姓、ミス・ミルバンクを思い起こさせて面白い。ポンド（池）とバンク（堤）の違いである。ミス・シューストリング（靴の紐）もいた。バイロンの名付け方は笑いを誘う。オーローラ・レイビーは「妖精のように美しい」、「花びらにいまだ包まれた薔薇」と形容される。彼女は高貴な生まれだったが、孤児だった。カトリックで誠実、「エデンの門のそばに座り、／ふたたび戻れぬ者のことを嘆き悲しむ風に見えた」。どういう訳かアデラインは、彼女を候補から外していた。その事にジュアンは驚くが、あの「ねんねのどこがいいの」と言われる。何事にも幻惑させられない冷静なオーローラにジュアンは驚きもする。彼女は重要な人物になりそうである。

次に語り手は正餐の描写に移り、擬似英雄詩風（モック・ヒロイック）に「今や偉大な出来事が食卓で成就されんとしていた」と表現する。ここで料理の多様性がカタログで表される。原文ではフランス語の料理名が羅列される。ジュアンの席はオローラとアデラインの間で、乙女は無関心に見えた。アデラインは意地悪くそれを喜ぶが、オローラがジュアンに話しかけることもあった。語り手は次の巻では幽霊の話をすると読者に約束する。

第十六巻

バイロンのミューズはこの巻で「一番の真理」を語る、すなわち幽霊の話をすると言う。宴会は終わり、客は帰っていく。ジュアンもその場を去るが、オローラのことが気になる。部屋からは満月が見え、柳がそよぎ、滝が落ちるのが聞こえる。「部屋には多くのゴシック風の装飾」が残っていた。設定はゴシック小説の世界である。ジュアンは長い廊下に出る。この家の先祖たちの肖像画が壁にかかっている。するとその時、黒い衣の修道士が月明りの中に姿を現し、影の中に消える。ジュアンのそばを通り過ぎる時、一瞥（いちべつ）をくれる。彼は凍りつく。幻影は三度通り過ぎる。ジュアンは部屋に戻り何とかまどろんだ。

朝食をとるために、正装して客間に来たジュアンに、アデラインはある変化を見た。オローラは少し驚く。ヘンリー卿はジュアンのバターの塗り方がおかしいと思う。フィッツ・ファルク公爵夫人はジュアンをじっと見つめた。彼は、アデラインの問いに「元気です、はい、いいえ」と奇妙な返事をした。ヘンリーはジュアンに黒衣の修道士の話をする。ハネムーンの時に現れたという。アデラインはハープを弾いて歌った。それは六連からなる唄で、教会が館になった時、一人の修道士が去ることを拒み、その後、この古い家系に何かが起ると、修道士が現れたという。「アマンダヴィルは昼の支配者／夜の支配者は修道士」だった。唄は終わった。彼女は色々な楽曲に通じていた。しかも詩も書き、「愚かにもポープを／偉大な詩人」と考えた。勿論これはポープを愛するバイロンの好みを示すだけではなく、ポープを高く評価しない同時代の風潮への当てこすりである。オローラはシェイクスピアをより好み、公爵夫人はあまり詩が好きではなかった。

さて、ヘンリー卿は治安判事でもあり、彼の前に罪人として妊娠した田舎の娘が連れて来られた。若い日のバイロンの過ちがここにあるようである。この日は多くの者が自由にディナーに参加できる日だった。選挙も関係していた。ヘンリー卿の政治家としての仕事が読者に伝えられる。猟のことも彼の関心事であった。この日のディナーの時のジュアンは放心状態だった。魚料理を所望する客人に皿を回すのを忘れる。そしてオローラの目が彼に注がれるのに気付いて真赤になる。アデラインは忙しかったが、時にはジュアンを見た。公爵夫人は寛いでいるようだった。そしてついにこの日は終わる。ホステス役のアデラインは客人の称賛を受ける。ジュアンは沈黙し、オローラはそれを認める風だった。その態度をジュアンは嬉しく思う。

やがてジュアンは寝につこうとするが、幽霊のことが心配だった。すると寝室の扉が開き、そこには黒衣の修道士がいた。ジュアンは震えたが、次に怒りを覚え前に進んだ。修道士は後退して止まる。ジュアンは腕を伸ばすが壁に触れる。もう一方の腕を伸ばす。すると触れた胸は暖かく鼓動している。何と幽霊の正体は「豊満で官能的な……陽気な公爵夫人――フィッツ・ファルクの亡霊だった」。

第十七巻

一四連しかないこの巻は「この世は孤児で満ちている」で始まる。バイロンは一人っ子だった。オローラもそうだった。自由な討論を支持すると言う語り手は、独創的なルター、ガリレオ、ピタゴラス、ロック、そしてソクラテスたちに触れる。朝食に現れたジュアンの様子は「幽霊と戦った様子で、／疲れて青白」かった。公爵夫人は夢を見たような風情で現れた。ここでバイロンは筆を折った。ギリシアの独立を支援すべく、ジェノヴァからギリシアへ旅立ったからである。ジュアンと彼を取り巻くアデライン、オローラそしてフィッツ・ファルクの三人の女性の運命はどうなっていくのか、興味津々、想像は尽きない。しかしこの長編詩は未完のまま、ここで終わってしまった。

バイロン年譜

一七八八年　一月二二日、ロンドンのホリス通り一六番地に生まれる。父ジョン・バイロン（一七五六―九一）は第四代バイロン卿の孫、母キャサリン・ゴードン（一七六五―一八一一）はスチュワート王家の血を引くスコットランドの貴族出身だった。バイロンは生まれつき右足が内反足だった。

一七八九年（一歳）　フランス革命勃発。母キャサリンは息子バイロンを連れて、スコットランドのアバディーンに移り住む。父も訪ねて来るが。借金のためフランスへ逃れる。

一七九一年（三歳）　父ジョンはフランスで死ぬ。

一七九四年―九八年（六歳―一〇歳）　アバディーンのグラマースクールに通う。

一七九八年（一〇歳）　大伯父第五代バイロン卿が死に、バイロンは第六代バイロン卿になる。アバディーンを後にして、ノッティンガム州の先祖伝来の館、ニューステッド・アビーに母と移り住む。館は荒れていた。

一七九九年（一一歳）　パブリック・スクール入学の準備としてノッティンガムに下宿する。個人教師が付く。乳母のメイ・グレイが付き添ったが、性的虐待を受けた。弁護士のジョン・ハンソンがバイロンをロンドンへ連れて行く。専門家に足を見せて直そうとしたが効果なし。ロンドンのダリッジのグレニー博士の学校に、約一年半在学する。

一八〇〇年（一二歳）　夏休みをノッティンガムとニューステッドで母親と過ごす。従姉妹のマーガレット・パーカーに恋をし、初めて詩を書く。

一八〇一年（一三歳）　パブリック・スクールのハロー校に入学。

一八〇二年（一四歳）　クリスマスを母とバースで過ごす。

一八〇三年（一五歳）　ニューステッド・アビーをグレイ卿に賃貸し、母はニューステッド近くのサザルの家、バーゲッジ・マナーを借りる。近くのアンズリー・ホールに住む、遠縁のメアリー・チャワースに恋をし、ハロー校に戻らない。二歳年上のメアリーには婚約者があり、バイロンは失恋する。グレイ卿の住むニューステッドに移る。

一八〇四年（一六歳）　グレイ卿との関係を断つ。グレイ卿が性的接近したためとの説がある。ハロー校に戻る。サザルの家の前に住むピゴット家と、その年上の娘エリザベスが親切にしてくれる。異母姉のオーガスタ・バイロンと文通を始める。彼女は父ジョンの最初の妻、レディー・アミーリア・ダーシーの娘で、一八〇七年に結婚してオーガスタ・リーとなった。一二月、ナポレオンが皇帝になる。

一八〇五年（一七歳）　一〇月、ケンブリッジ大学に入学。学寮はトリニティ・カレッジ。カレッジの少年聖歌隊のジョン・エデルストンにロマンティックな感情を抱く。

一八〇六年（一八歳）　二月、高利貸しから借金。ロンドンで放蕩。一一月、私家版の『偶詠集』(*Fugitive Pieces*) を出版。

一八〇七年（一九歳）　一月、私家版の『折々の詩』(*Poems on Various Occasions*) 出版。六月、『怠惰の時』(*Hours of Idleness*) 出版。七月、「マンスリー・リタラリー・レクリエイションズ」誌上に、ワーズワスの『二巻の詩集』(*Poems in Two Volumes*) の批評が掲載される。この年は過酷なダイエットをして、約九〇キロの体重が七〇キロ以下になった。

一八〇八年（二〇歳）　二月、『エディンバラ・リヴュー』一月号で『怠惰の時間』が酷評される。ロンドンで放蕩。三月、『創作詩と翻訳詩』(*Poems Original and Translated*) 出版。ウィリアム・フレチャーが召使となり、バイロンが死ぬまで身の回りの世話をする。七月、ケンブリッジ大学の修士となる。九月、グレイ卿が去ったので、ニューステッド・アビーに戻る。親友のホブハウスもしばらく滞在。

一八〇九年（二一歳）　一月、二一歳の成年に達する。初めて上院に登院。『イングランドの詩人とスコットランドの批評家』(*English Bards and Scotch Reviewers*) 出版。これは『怠惰の時間』の酷評に応えたもの。七月、イギリス南西部のファルマスからホブハウスと、二年間の大旅行に出発。リスボン、シントラ、セビリア、カディスなどを訪ねる。八月、カディスからジブラルタルを経てマルタ島へ。九月、ギリシアとアルバニア各地を旅。一〇月、テペレーネでアリ・パシャに会う。『チャイルド・ハロルドの巡礼』(*Childe Harold's Pilgrimage*) 起稿。一二月、アテネに到着、美しい三人娘のいる家に泊まる。末娘のテレーザのことを、抒情詩「アテネの乙女」("Maid of Athens") で詠う。一二月、『チャイルド・ハロルドの巡礼』第一巻を脱稿、すぐ第二巻に取りかかる。

一八一〇年（二二歳）一月、スニオン岬とマラトンに行く。三月、『チャイルド・ハロルドの巡礼』第二巻を書き終える。四月、トロイの跡を見る。五月、ヘレスポント海峡（ダーダネルス海峡のこと）を泳いで渡る。コンスタンティノープルに着く。七月、オスマン帝国のスルタン、マフムード二世に面会。ホブハウスは帰国の途に、バイロンはアテネに戻る。八月、カプチン派の修道院に滞在。一二月、スニオン岬再訪。

一八一一年（二三歳）三月、『ホラティウスの指針』(*Hints from Horace*) と『ミネルヴァの呪い』(*The Curse of Minerva*) を書く。四月、帰国の途に。五月、マルタ島で過ごす。七月、帰国。そのままロンドンに滞在。続けて親しい人々の訃報に接する。七月末、友人のジョン・ウィングフィールドが死ぬ。八月一日、母死す。死に目に会えず。三日には大学時代の友人、チャールズ・スキナー・マシューズがケンブリッジのキャム川で溺死。一〇月、エデルストンが五月に死んだことを知る。一一月、サミュエル・ロジャーズ宅で食事をし、トマス・ムアとトマス・キャンベルにも会う。一二月、コールリッジの講演を聴く。

一八一二年（二四歳）二月、上院で初めて演説をする。新しい機械の導入に反対して、機械の破壊活動を行った紡績工を擁護。三月、『チャイルド・ハロルドの巡礼』第一、二巻を出版。出版業者はジョン・マリー。以後マリーは、バイロンのほとんどの作品を出版する。一夜で有名になる。後に妻になるアナベラ・ミルバンクに初めて会う。四月、キャロライン・ラムとの情事が始まる。上院でカトリック教徒擁護の演説。五月、フランシス・ジェフリーは『エディンバラ・リヴュー』誌上で、『チャイルド・ハロルド』を誉める。六月、摂政（後のジョージ四世）にパーティで会う。七月、キャロライン・ラムとの駆け落ちを思い留まる。彼女との中は冷めていく。八月、ニューステッド・アビーを競売にかけるが、商談は不成立。八月末から二カ月間、チェルトナムに滞在。九月、ナポレオン、モスクワに侵攻。一〇月、ドルーリー・レイン劇場再開の辞として、バイロンの詩が朗読される。アナベラ・ミルバンクの叔母のメルボーン卿夫人を通じてアナベラに求婚するも断られる。メルボーン卿夫人はキャロラインの夫、メルボーン子爵の母でもあった。一〇月、オックスフォード卿の地所、アイウッドに一一月末まで滞在。一二月中旬にアイウッドに戻り、クリスマスを過ごす。

一八一三年（二五歳）一月、アイウッドに滞在、オックスフォード卿夫人との情事は数カ月続く。夫人の紹介で皇太子妃のキャロラインに会い、文通する。キャロライン・ラムはなおも手紙を書き送り、バイロンを悩ます。三月、『ワルツ』の私家版を出す。五月、トマス・ムアと獄中のリー・ハントを訪問。六月、上院で三度目にして最後の演説。選挙法改正を支持するものだった。物語詩『邪宗徒』(*The Giaour*) の最初の版を出版。『ドイツ論』で有名なスタール夫人に会う。六月末にオックスフォード卿夫人はイギリスを去る。七月、詩人のロジャーズや劇作家のシェリダンらと交際する。八月、異母姉のオーガスタ・リーとの関係が深まる。オーガスタは、父ジョン・バイロンの最初の妻、アミーリア・コニヤーズ男爵夫人の娘。バイロンより四歳年上で一八〇七年に結婚。九月、ホランド卿の館、ホランド・ハウスで詩人ロバート・サウジーに会う。王妃にもこの館の晩餐会で会う。一〇月、友人ウェブスターの家に滞在、夫人のフランシスとのプラトニック・ラブを経験する。一二月、物語詩『アバイドスの花嫁』(*The Bride of Abydos*) 出版。ロバート・バーンズの未刊の書簡を読む。

一八一四年（二六歳）オーガスタとニューステッドへ。二月、物語詩『海賊』(*The Corsair*) 出版。出版された日に一万部売れる。俳優エドモンド・キーンの『リチャード三世』を見る。三月、ボクシングのチャンピオン、ジョン・ジャクソンとスパーリングの練習を始める。ピカデリーにあるアパート群、オールバニーに居を定める。四月、「ナポレオン・ボナパルトに寄せるオード」(“Ode on Napoleon Buonaparte”) を書く。ナポレオンはエルバ島に流される。五月、キーンのイアーゴーで『オセロ』を見る。八月、物語詩『ラーラ』(*Lara*)、ロジャーズの『ジャクリーヌ』(*Jacqueline*) と一緒に出版。ニューステッドへ、オーガスタと子供たちも一緒に。九月、アナベラはバイロンの二度目の求婚を受け入れる。一一月、アナベラの実家のあるヨークシャー州のシーアムに行く。帰りにケンブリッジやオーガスタの住むシックス・マイル・ボットムに寄る。ロンドンでキーンの『マクベス』を見る。一二月、ホブハウスに付き添われて、三〇日にシーアムに着く。

一八一五年（二七歳）一月二日、アナベラ・ミルバンクとシーアムで結婚。一月から三月にかけてアナベラの実家に滞在。三月、二人はロンドンのピカデリー・テラス一三番地に家を借りる。ナポレオン、エルバ島脱出。コールリッジと文通。四月、ジョン・マリーの紹介で、ウォルター・スコットに会う。以後、バイロンが翌年四月に国を離れるまで二人は頻繁に会う。オーガスタがバイロンを訪ね、二カ月以上滞在する。楽譜付きの『ヘブライの調べ』

(*Hebrew Melodies*) 出版。五月、ドルーリー・レイン劇場の運営に関与し、送られてくる多くの戯曲を読む。六月一八日、ワーテルローの戦い。七月、弁護士のハンソンに依頼して遺書を作成、財産の一部をオーガスタに遺す。九月、スコットと最後に会う。一〇月、コールリッジが未出版の『クリスタベル』をバイロンに送る。翌年五月にマリーが出版。一〇月、『コリントの攻囲』を書く。一一月、債権者がバイロン邸に来る。『パリジーナ』(*Parigina*) を書く。一二月一〇日、娘のエイダ誕生。

一八一六年（二八歳） 一月、アナベラは娘のエイダを連れて両親の許へ行き、バイロンの許へ戻ることはなかった。二月、『コリントの包囲』(*The Siege of Corinth*) と『パリジーナ』出版。妻と文通。バイロンは和解を希望。ヨーロッパ旅行中の医師としてジョン・ウィリアム・ポリドーリを雇う。四月、クレア・クレアモントとの関係が始まる。クレアは後にシェリーの妻になるメアリー・ゴッドウィンの義理の妹。四月、アナベラとの別居証書に署名。四月末、ドーヴァーから出航。ベルギーのブルージュ、ゲント、アントワープを経由、五月一日、ブリュセル着。五月三日までに船上で『チャイルド・ハロルドの巡礼』第三巻を起稿。ワーテルローの戦跡訪問、その後ケルンを経て、ライン河沿いにボン、コブレンツ、マンハイムなどを経由してスイスへ。バーゼルを経由、ジュネーヴ近郊のセシェロン着。先に来ていたシェリーに会う。メアリー・ゴッドウィンとクレア・クレアモントも一緒だった。六月、レマン湖畔のディオダッティ荘を借りる。シェリーも近くのモンタレーグルに家を借りた。ここで彼らは幽霊話を書き始めるが、書き終えたのはメアリーとポリドーリで、前者は一八一八年に、『フランケンシュタイン』(*Frankenstein*)、後者は一八一九年に、『ヴァンパイヤ』(*The Vampyre: A Tale*) を出版した。シェリーとレマン湖を巡る。主にルソーの『新しいエロイーズ』(*La Nouvelle Héloïse*) に出てくる、メイユリ、クララン、ヴヴェイなどの地を巡る。エドワード・ギボンの家も見る。『チャイルド・ハロルドの巡礼』第三巻を書き終える。シヨン城訪問の後、『シヨン城の囚人』(*The Prisoner of Chillon*) を書く。七月―八月、ジュネーヴ近くのコペに住むスタール夫人をしばしば訪問。「夢」(“The Dream”)、「プロメテウス」(“Prometheus”)、「暗闇」(“Darkness”) などを書く。八月、マシュー・グレゴリー・ルイス来訪、一緒に近くのフェルネのヴォルテールの館を訪ねる。ケンブリッジ時代からの友人、ホブハウスとスクロープ・デイヴィスが来る。三人でシャモニとモンブランへ行く。八月末にシェリー、メアリー、クレアは帰国。シェリーは『チャイルド・ハロルドの巡礼』第三巻を預かる。九月、ポリドーリを解雇。九月一七日—二九日、ホブハウスとオーバーラント（ベルン・アルプス）を旅行。オーガスタのために「アルプス日記」を記す。九月—一〇月、『マンフレッド』(*Manfred*) の最初の二幕を書く。一〇月、ホブハウスとシンプロン峠を越えてイタリアに入る。ミラノでスタンダールに会う。一一月、ヴェネツィア到着。『チャイルド・ハロルドの巡礼』第三巻出版。下宿の女房、マリアンナ・セガッティと関係を持つ。サン・ラザーロ島のアルメニアの修道院でアルメニア語を習う。一二月、『シヨン城の囚人、その他の詩』(*The Prisoner of Chillon and Other Poems*) 出版。アルブリッツィ伯爵夫人のサロンに行く。

一八一七年（二九歳）一月、クレア・クレアモントとバイロンの娘、アレグラ誕生。一—二月、ヴェネツィアのカーニバルを楽しむ。四月中旬、フェラーラ、ボローニャ、フィレンツェ経由の約六週間のローマ旅行に出る。六月、ヴェネツィアの近く、ラ・ミラのフォスカリーニ荘に移る。第三幕を改訂した『マンフレッド』出版。『チャイルド・ハロルドの巡礼』第四巻ほぼ完成。七月、ホブハスとマシュー・ルイスがバイロンを訪問。『タッソの嘆き』(*The Lament of Tasso*) 出版。八月、七月にスタール夫人が死んだことを聞き悲しむ。パン屋の女房のマルガリータ・コニィとの関係が始まる。一〇月、『ベポゥ』(*Beppo*) 脱稿。一一月、ラ・ミラからヴェネツィアに戻る。一二月、ニューステッド・アビー売却。価格は九四、五〇〇ポンド。

一八一八年（三〇歳）一—二月、カーニバルで放蕩。二月、『ベポゥ』出版。三月、マリアンア・セガッティとの関係が終る。四月、メルボーン卿夫人死す。『チャイルド・ハロルドの巡礼』第四巻出版。五月、大運河にあるモッチェニーゴ館を借りる。ヴェネツィアに来たアレグラと乳母もこの館に住む。七月、『ドン・ジュアン』(*Don Juan*) 起稿。八月、クレアとシェリー、ヴェネツィア到着。九月、シェリーとメアリーが訪問。『ドン・ジュアン』第一巻脱稿。一一月、アレグラに五、〇〇〇ポンドを遺す遺言補足書に署名する。一二月、『ドン・ジュアン』第二巻起稿。

一八一九年（三一歳）一—二月、カーニバルで放蕩。ホブハウスが『チャイルド・ハロルドの巡礼』第四巻の原稿を携えて帰国。テレーザ・グイチョーリ伯爵夫人に初めて会う。四月、テレーザに再会、二人の仲は急速に進展。六月、テレーザを追ってラヴェンナへ。『マゼッパ』(*Mazeppa*) と『ヴェネツィアに寄せるオード』(*Ode on Venice*) 出版。

七月、『ドン・ジュアン』第一、二巻匿名で出版。九月、テレーザはバイロンのいるラ・ミラへ。一〇月、トマス・ムアがバイロンを訪問。『回顧録』を渡される。一〇月、プルチの『巨人モルガンテ』(*Morgante Maggiore*)の訳を始める。一一月、テレーザは連れ戻しに来た夫とラヴェンナへ。『ドン・ジュアン』第三巻脱稿。一二月、テレーザのいるラヴェンナへ。

一八二〇年(三二歳) 一月、ジョージ三世死す。摂政がジョージ四世として即位。二月、グイチョーリの館に移る。『ドン・ジュアン』第三巻を二つに分けて、第三、四巻としてジョン・マリーに送る。ルイージ・プルチ作の滑稽叙事詩『巨人モルガンテ』第一巻の訳をマリーに送る。三月、『ダンテの予言』(*The Prophecy of Dante*)をマリーに送る。四月、イタリアの政治への興味が増す。七月、カルボナリ党などによるナポリの反乱に関心を持つ。ローマ法王の命令で、テレーザは夫と別居。劇詩『マリーノ・ファリエーロ』(*Marino Faliero*)を脱稿するが、注付けや修正の作業などが残る。八月、テレーザの実家、ガンバ家の影響でカルボナリ党の運動に関係する。一〇月、『ドン・ジュアン』第五巻を起稿。一一月末、『ドン・ジュアン』第五巻を脱稿。家のそばで司令官が射殺される。バイロンは遺体を家に運び込ませる。

一八二一年(三三歳) 一月、『ラヴェンナ日記』(一月四日—二月二七日)を書き始める。二月、カルボナリ党の蜂起計画が発覚。キーツ、ローマに死す。三月、教育のためアレグラを修道院に入れる。母親のクレアは反対。四月、『マリーノ・ファリエーロ』と『ダンテの予言』、一緒に出版。バイロンの反対を無視し、『マリーノ・ファリエーロ』ロンドンで上演。サウジーの『審判の夢』(*A Vision of Judgment*)出版。サウジーは序論でバイロンを攻撃した。五月、劇詩『サーダナパルス』(*Sardanapalus*)脱稿。ナポレオン死す。七月、テレーザは父と弟のいるフィレンツェへ向う。『カイン』(*Cain*)起稿。八月、シェリーがラヴェンナにバイロンを訪う。『青鞜』(*The Blues*)を書く。『ドン・ジュアン』第三、四、五巻出版。九月、サウジーの『審判の夢』に対抗して、彼の考える『審判の夢』(*The Vision of Judgment*)を書く。一〇月、劇詩『天と地』(*Heaven and Earth*)脱稿。一一月、テレーザとその家族に会うためにピサへ。バイロンとシェリーはアルノ川を隔てて対岸にある家に住む。二人を中心に「ピサ・サークル」ができる。一二月、『サーダナパルス』、『フォスカーリ父子』(*The Two Foscari*)そして『カイン』を一緒に出版。

一八二二年（三四歳）　一月、冒険家のトレローニーが「ピサ・サークル」に加わる。二月、アナベラの母の死（一月末）について知る。遺産の一部を相続。サウジーに決闘を申し込むが、友人のキネヤードが握りつぶす。一年以上の間をおいて『ドン・ジュアン』第六巻を書き始める。四月、『ドン・ジュアン』第六巻を書き終える。サミュエル・ロジャーズが訪問。シェリーとエドワード・ウィリアムズはピサからレリチの近くに移る。クレアの娘、アレグラ五歳で死す。遺体は五月にイギリスに送られる。六月、バイロンのヨット（名前はボリヴァー）がジェノアからレグホーンに着く。『ドン・ジュアン』第七巻脱稿。七月、ハント一家がバイロンの家に居を定める。七月八日、シェリーとウィリアムズはスペツィア湾で溺死。七月、『ドン・ジュアン』第八巻を書き終える。八月、バイロン、ハント、トレローニーらが見守る中で、シェリーらの遺体はヴィアレッジョ近くの砂浜で荼毘に付される。九月―一〇月、『ドン・ジュアン』第一〇巻、一一巻を脱稿。一〇月、『審判の夢』、雑誌『リベラル』(*The Liberal*) に掲載。一一月、劇詩『ヴェルナー』(*Werner*) 出版。一二月、『ドン・ジュアン』第一二巻脱稿。

一八二三年（三五歳）　一月、劇詩『天と地』(*Heaven and Earth*)、『リベラル』に掲載。『青銅の時代』(*The Age of Bronze*) 脱稿。二月、『島』(*The Island*) を書き始める。『ドン・ジュアン』第一三巻執筆。二月から五月にかけて『ドン・ジュアン』第一四巻、一五、一六巻を書く。四月、『青銅の時代』出版。『青踏』出版。五月、『ドン・ジュアン』第一七巻を書き始める。六月、『島』(*The Island*) 出版。七月、『モルガンテ』(*Morgante*) 第一巻の訳出版。ギリシアに向けて出発、テレーザの弟、ピエトロ・ガンバやトレローニーも同行。『ドン・ジュアン』第六巻、七巻、八巻出版。リー・ハントの兄のトム・ハントが出版者。八月にケファロニアに上陸。『ドン・ジュアン』第九巻、一〇巻、一一巻出版。一一月、ギリシア政府への四、〇〇〇ポンド借款に同意。一二月、『ドン・ジュアン』第一二、一三、一四巻出版。ミソロンギに向けて出航。

一八二四年（三六歳）　一月、メソロンギ着。スーリー（ギリシア北西部）の兵隊六〇〇人に給料を支給。二二日、誕生日に「この日我が三六年目を終える」(“On This Day I Complete My Thirty-sixth Year”) を書く。二月、激しい発作に襲われる。『不格好な変身者』(*The Deformed Transformed*) 出版。三月、『ドン・ジュアン』第一五、一六巻出版。四月、熱病で死す。遺体はイギリスに送られ、ノッティンガム州のハックノル・トーカードの教会に埋葬される。

参考文献

Barton, Anne, *Byron: Don Juan* (Cambridge: Cambridge UP, 1992).

Beaton, Roderick, *Byron's War: Romantic Rebellion, Greek Revolution* (Cambridge: Cambridge UP, 2013).

Beatty, Bernard, *Byron's 'Don Juan'* (London & Sydney: Croom Helm, 1985).

Beaty, Frederick L., *Byron the Satirist* (Dekalb: Northern Illinois UP, 1985).

Blessington, Margaret, Countess of, *Lady Blessington's Conversations of Lord Byron*, ed. Ernest J. Lovell, Jr. (Princeton: Princeton UP, 1969).

Boyd, Elizabeth French, *Byron's 'Don Juan': A Critical Study* (New York: The Humanities Press, 1945).

Byron, John, *The Narrative of the Honourable John Byron* (London, 1768).

Byron, George Gordon, sixth Lord, *The Works of Lord Byron: Poetry*, ed. E. H. Coleridge, 7 vols. (London: John Murray, 1898–1904).

——. *The Works of Lord Byron: Letters and Journals*, ed. R. E. Prothero, 6 vols. (London: John Murray, 1898–1901).

——. *Byron's Don Juan: A Variorum Edition*, eds. Truman Guy Steffan and W. W. Pratt, 4 vols. (Austin and London: University of Texas Press, 1957).

——. *Lord Byron: Don Juan*, eds. T. G. Steffan, E. Steffan and W. W. Pratt, with revised notes (Penguin Books, 1982).

——. *Byron's Letters and Journals*, ed. Leslie A. Marchand, 12 vols. (London: John Murray, 1973–82).

——. *Lord Byron: The Complete Poetical Works*, ed. Jerome J. McGann, 7 vols. (Oxford, Clarendon Press, 1980–93).

——. *Lord Byron: The Complete Miscellaneous Prose*, ed. Andrew Nicholson (Oxford, Clarendon Press, 1991).

Calder, Angus, ed., *Byron and Scotland: Radical or Dandy* (Edinburgh: Edinburgh UP, 1989).

Chew, Samuel C., *The Dramas of Lord Byron* (New York: Russell & Russell, 1964).

Cochran, Peter, *Byron and Orientalism* (Cambridge: Cambridge Scholars Publishing, 2006).

——, ed., *Byron and Latin Culture: Selected Readings of the 37the International Byron Society Conference* (Cambridge: Cambridge Scholars Publishing, 2013).

——, ed., *Byron and Italy* (Cambridge: Cambridge Scholars Publishing, 2012).

——, ed., *Aspects of Byron's 'Don Juan'* (Cambridge: Cambridge Scholars Publishing, 2013).

Cooke, Michael G., *The Blind Man Traces the Circle: On the Patterns and Philosophy of Byron's Poetry* (Princeton: Princeton UP, 1969).

England, A. B., *Byron's 'Don Juan' and Eighteenth-Century Literature* (Lewisburg: Bucknell UP, 1975).

Franklin, Caroline, *Byron's Heroines* (Oxford: Clarendon Press, 1992).

Frere, John Hookham, *Prospectus and Specimen of an Intended National Work*, intro. Donald H. Reiman (New York & London: Garland Publishing, Inc., 1978), Reprint of the 1817 edition, pub. by J. Murray.

Gleckner, Robert F., *Byron and the Ruins of Paradise* (Baltimore: Johns Hopkins UP, 1957).

——, and Bernard Beatty, eds., *The Plays of Lord Byron: Critical Essays* (Liverpool, Liverpool UP, 1997).

Graham, Peter W., *Don Juan and Regency England* (Charlotteville: UP of Virginia, 1990).

——, *Lord Byron* (New York: Twayne Publishers, 1998).

Haslett, Moyra, *Byron's 'Don Juan' and the Don Juan Legend* (Oxford: Clarendon Press, 1997).

Higashinaka, Itsuyo, *Byron and Italy: A Study of 'Childe Harold's Pilgrimage IV'* (Kyoto: Ryukoku University, 2002).

Joseph, M. K., *Byron the Poet* (London: Gollancs, 1964).

Jump, John D., ed., *Byron* (London and Boston: Routledge & Kegan Paul, 1972). Routledge Author Guides.

——, *Byron: A Symposium* (Macmillan, 1975).

Kelsall, Malcolm, *Byron's Politics* (Brighton, Sussex: The Harvester Press, 1987).

——, Peter Graham and Miruka Horová, eds., *Essays on Byron in Honour of Dr Peter Cochran: Breaking the Mould*

(Cambridge: Cambridge Scholars Publishing, 2018).

Lovel, Ernest J., *Byron: The Record of a Quest: Studies in a Poet's Concept and Treatment of Nature* (Hamden, Connecticut: Archon Books, 1966).

McGann, Jerome J., *Fiery Dust: Byron's Poetic Development* (Chicago, University of Chicago Press, 1968).

——, *'Don Juan' in Context* (Chicago: University of Chicago Press, 1976).

Mandel, Oscar, ed., *The Theatre of Don Juan: A Collection of Plays and Views, 1630–1963* (Lincoln: University of Nebraska Press, 1963).

Marchand, Leslie A., *Byron: A Biography* (New York: Knopf, 1957).

——, *Byron's Poetry: A Critical Introduction* (Boston: Houghton Mifflin Company, 1965).

Medwin, Thomas, *Conversations of Lord Byron*, ed. Ernest J. Lovell, Jr. (Princeton: Princeton UP, 1966).

Moore, Thomas, *Letters and Journals of Lord Byron with Notices of his Life* (London: John Murray, 1830).

Nicholson, Andrew, ed., *The Letters of John Murray to Lord Byron* (Liverpool: Liverpool UP, 2007).

Origo, Iris, *The Last Attachment* (London: John Murray, 1971).

Page, Norman, *A Byron Chronology* (Houndmills, Basingstoke, Hampshire and London: Macmillan Press, 1988).

Ridenour, George M., *The Style of Don Juan* (New Haven: Yale UP, 1960).

Robinson, E. Charles, *Shelley and Byron: The Snake and Eagle Wreathed in Fight* (Baltimore and London: The Johns Hopkins UP, 1976).

——, ed., *Lord Byron and His Contemporaries: Essays from the Sixth International Byron Seminar* (Newark: University of Delaware Press, 1982).

Rutherford, Andrew, ed., *Byron, A Critical Study* (Edinburgh: Oliver & Boyd, 1961).

——, ed., *Byron: The Critical Heritage* (London: Routledge & Kegan Paul, 1970).

——, *Byron: Augustan and Romantic* (Houndmills, Basingstoke: Macmillan Press, 1990).

Shakespeare, William, *The Riverside Shakespeare*, ed. G. Blakemore Evans (Boston and New York: Houghton Mifflin Company, 1997). Second edition.
Stabler, Jane, *Byron, Poetics and History* (Cambridge: Cambridge UP, 2002).
——, ed., *Palgrave Advances in Byron Studies* (New York: Palgrave Macmillan, 2007).
St. Clair, William, *The Reading Nation in the Romantic Period* (Cambridge: Cambridge UP, 2004).
Thorslev, Peter L., *The Byronic Hero* (Minneapolis: University of Minnesota Press, 1962).
Vassallo, Peter, *Byron, The Italian Influence* (London: Macmillan, 1984).
Vigouroux, Christiane, ed., *Lord Byron: Correspondence(s)* (Paris: François-Xavier de Guilbert, 2008).
West, Paul, *Byron and the Spoiler's Art* (London, Chatto & Windus, 1960).
Walker, Violet W., *The House of Byron*, Revised and Completed by Margaret J. Howell (London, Quiller Press,1988).

上杉文世著『バイロン』研究社、一九七八年。

小川和夫訳『バイロン　ドン・ジュアン』上下二巻、冨山房、一九九三年。

笠原順路編『対訳バイロン詩集』イギリス詩人選（八）、岩波文庫、二〇〇九年。

北村透谷著『透谷全集』全三巻　勝本清一編　岩波書店、一九五五年。

田吹長彦編『ロード・バイロン：「チャイルド・ハロルドの巡礼」第一編注解』九州大学出版会、一九九五年。

——編『ロード・バイロン：「チャイルド・ハロルドの巡礼」第二編注解』九州大学出版会、一九九八年。

土井晩翠訳『チャイルド・ハロウドの巡礼』二松堂書店、一九二四年。

東中稜代訳『バイロン：審判の夢他一篇』山口書店、一九八四年。

——訳『バイロン：初期の諷刺詩』山口書店、一九八九年。

——訳『チャイルド・ハロルドの巡礼』修学社、一九九四年。

——著『多彩なる詩人バイロン』（英名 *Byron the Protean Poet*）近代文芸社、二〇一〇年。

あとがき

筆者の書斎の本棚には『ドン・ジュアン』(*Don Juan*) の古びたペーパーバックがある。表紙はとれ、何度かセロテープで留めた跡がある。扉紙には4/8/68 Edmontonとある。エドモントンとはカナダのアルバータ州の州都である。一九六〇年代後半、わたしはこの都市にあるアルバータ大学の大学院生だった。その時セミナーで使ったのが、高名なバイロン学者、Leslie A. Marchand編になるこの『ドン・ジュアン』(Riverside editions) の版である。セミナーの教科書であったこの版で、初めて『ドン・ジュアン』を通読した。どのページにも細かい書き込みがあって、懐かしい思いがする。この頃からバイロンが筆者の研究の中心となり、今に至っている。実に半世紀を超えるバイロンとの付き合いである。バイロンはギリシアの寒村メソロンギに、三六歳で命を落とした。筆者は馬齢を重ね、傘寿を迎えて、『ドン・ジュアン』の翻訳を公にしようとしている。思えば不思議な縁である。

大学に文学部があり、英文学を学び教え研究することが、普通の人生の選択肢の一つであった時代が二〇世紀の後半の日本にはあった。この状況が昨今やや難しくなってきていると聞く。恩師の村上至孝先生（ワーズワスの専門家）が言われたことがある、坂田三吉が将棋の駒に人生をかけたなら、英文学に人生をかけるのは何と意味のあることか、と。そういう時代にも恵まれて、筆者は場所も京都の龍谷大学の教員となり、定年まで勤め上げ、それから十余年が経った。その間、ずっとバイロンについて論文を書き、講義をし、国の内外で研究発表をした。また、筆者の教師生活は国際バイロン学会を抜きにしては語れない。バイロンがヨーロッパを旅し、ギリシアやイタリアには長く滞在したこともあって、国際バイロン学会はバイロン縁の地はもとより、広く他の国でも開かれた。イングランド、スコットランド、アイルランド、イタリア、ドイツ、フランス、スイス、スペイン、ギリシア、アルバニア、アメリカ、カナダなどの国々である。筆者は二一世紀になってからは毎年学会に参加するようになり、その度に研究発表をした。都合二〇回近くは参加したであろう。一度は龍谷大学で学会を開いた。日本のバイロン協会がtakeだけでなくgiveすることができて、今も思い出すと嬉しさがこみあげてくる。ともあれバイロンを通じて多くを学び、多くの土地を訪れ、世界のバイロン学者やバイロン愛好家と知り合いになった。

二一世紀に入ってからは、大学院のゼミ生と、毎年『ドン・ジュアン』を読み続け、在職最後の一年で読み終えた。インターネットの進歩で資料へのアクセスも容易になり、学生諸君のレポートも年を追うごとに充実してきた。難解な箇所の解釈について、学生とのやりとりを楽しんだ。『ドン・ジュアン』のナレーションのところはよく流れ、簡単な説明で済んだが、バイロンはしばしば各巻の始めに森羅万象について様々な意見を開陳することがあり、英語的にも内容的にも難解で、ゼミの流れは淀み、その淀みが学生や教師のチャレンジとなり、また楽しみともなった。そんな年月を重ねて、ゼミでこの作品を読み終わった時には、荒訳ではあったが、コンピューターには『ドン・ジュアン』の訳が収まっていた。

そしていつしか『ドン・ジュアン』の訳を出したいと思うようになっていた。『ドン・ジュアン』では八行詩体(ottava rima)が使われているが、この同じ詩形を使った、百連ほどからなる『ベポゥ』(*Beppo*)と『審判の夢』(*The Vision of Judgment*)を訳した経験があった。それでもこの長篇を訳すのは勇気のいることだった。『ドン・ジュアン』ではバイロンと思われる語り手(ナレーター)が、主人公のドン・ジュアンと主役の座を争うと言ってもよい。読み進んでいくとつねにこの語り手の考えに引きずられて読者は作品にのめり込む。つまり強い個性を持つ語り手(バイロンその人と言ってもよい)の話を聞きつつ、読者はそれぞれのバイロン像を作り上げていく。そこで長年にわたってこの詩人を研究してきた筆者のバイロン像を、二一世紀の日本語で読者に提示したいという気持ちが出てきた。英語が日本語になり、脚韻や詩のリズムは日本語ではまさに、'lost in translation'(翻訳で失われる)

なのだが、それでも何とかバイロンという、コミックでシリアス、喜劇的で悲劇的、強い風刺を利かすかと思えば、真面目で、人類を愛し、専制を憎み、それでいて人間の弱みを十二分に持つ、興味ある人間像を、自分の訳で読者に提示したいと思った。そして何よりも、バイロンの世界や人間を見る目は、二一世紀においても同時代的な新しさをもっているゆえに、訳出することを願った。

これは大変な仕事で、自分の手に負えるのかどうか心配だった。そして訳が出来上がった今もその気持に変りはない。しかし幸運なことに筆者は有能な友人に恵まれた。まず、イギリス人のバイロン学者、ピーター・コクラン (Peter Cochran) である。彼とは国際バイロン学会を通じて知り合った。ピーターは博覧強記、しかも親切この上ない人物で、自分の知識を誰にでもふんだんに分け与えた。大学院のゼミで『ドン・ジュアン』を読んでいる頃、常に解釈上の問題点にぶつかった。筆者は頻繁にメールでピーターに質問した。彼は時間を惜しまず助けてくれる畏友であり親友であった。ある時は質問をクリックして、家の周りを散歩して戻ってくると、もうそこに彼の答えが待っていた。彼から届いた返事のメールをプリントアウトしたら、部厚い束になった。このように彼からは最大限の学恩を受けた。しかし筆者より数歳若いピーターが二〇一五年に七一歳で帰らぬ人となり、世界のバイロン学にとっては大きな痛手となった。ケンブリッジ大学のクレア・カレッジで行われた追悼式には、筆者は妻と共に出席し、彼に感謝の手向けの言葉を捧げた。ハムレットが亡き父王について語る言葉、“I shall not look upon his like again.”（あのような人にはもう会えないだろう）で弔辞を締めくくった。声が震えて泣きそうになった。

英文を解釈するのが大きな問題なら、もう一つ翻訳に伴う大問題は日本語である。ピーターに助けられ、色々な版の注釈のお陰で意味がとれても、それを正確な日本語に移して、しかも読むに耐える日本語にするのはまた別の話である。全巻併せて二万行になんなんとするこの長編詩の、一行一行の日本語訳すべてに亘って、神経を配ることは凡庸なる筆者には中々に難しいことではあった。そんな時に、畏友であり大学の先輩でもある植田和文氏（神戸大学名誉教授）が初校段階の拙稿を見ることを申し出て下さった。氏は筆者と同じ龍谷大学の特任教授も勤められたので、その力量と優しいお人柄はよく存じ上げていた。負担の大きさを考えて申し出をお受けするべきかどうか迷ったが、これほど有難いオファーはなかった。氏は詩集も物しておられる詩人でもあり、言葉に対する繊細な感覚はまことに秀でたものだった。拙稿に苦闘されることを想像してお気の毒に思いながらも、甘えさせて頂いて、原稿を読んで頂くことにした。これは植田氏にとっては大変な作業となったと思う。なぜなら一連ずつ懇切丁寧に読んで下さり、別の訳し方も書き添えられ、意味の分からないところははっきりとそう書いて下さった。ちょっとした「てにをは」を変えるだけで日本語が生きてくることも幾度も経験した。さらに誤読の訂正もして下さった。まことに得難くもまた有難い助けであった。

かくして、日英両方から畏友の助けを得て何とかここまで辿りつくことができた。学恩とはこういうことを言うのであろう。勿論浅学の身ゆえに、至らないところは多々あろうが、これはすべて筆者の責任である。なお、家では妻の容子も原稿に目を通して、誤植や日本語として分かりづらい所を指摘してくれ、これも有難かった。この訳は退職してから数年で出すつもりであったが、大病を二度患ったことや、本来の怠惰な性格もあって、予定より一〇年近くも遅れ、令和三年、二〇二一年になってやっと上梓の運びとなった。

長年の職場であった龍谷大学の研究に対する鷹揚な態度にも感謝したい。大学からはケンブリッジ大学とエディンバラ大学で、それぞれ一年研修する機会を頂いた。最後になったが、出版社、音羽書房鶴見書店の山口隆史社長には大きなお世話になった。出版を快く引き受けて下さり、長い時間を要した出版に至るまで丁寧に翻訳に目を通し、修正すべき箇所を指摘して下さり、的確な出版の予定を考え、能率的に進めて頂いた。このように多くの人々のご厚意に甘えて、何とか『ドン・ジュアン』の翻訳を上梓へとこぎつけた。バイロンが第一巻を出版してから二〇二年目である。ロッキー山麓のアルバータ大学で始まった『ドン・ジュアン』との付き合いが半世紀以上たって、やっと一つのまとめの段階にきたとの感慨がある。後は拙訳を通じて、バイロンを読む人が日本で少しでも増えたら、訳者として大きな喜びである。

二〇二一年初秋　京都岩倉にて

東中　稜代

訳者紹介

東中　稜代（ひがしなか いつよ　1940年生まれ）

大阪大学文学部卒　アルバータ大学MA　アルバータ大学Ph.D課程単位取得退学
龍谷大学教授を経て現龍谷大学名誉教授　博士（文学）龍谷大学
訪問研究員（ケンブリッジ大学　エディンバラ大学）
客員教授（カルガリー大学）　日本バイロン協会会長（2002–2009）

著書
『*Byron and Italy: A Study of Childe Harold's Pilgrimage IV*』（龍谷叢書X）
『多彩なる詩人バイロン（*Byron the Protean Poet*）』（近代文藝社）2012年度Elma Dangerfield賞受賞
『イギリス詩を学ぶ人のために』（世界思想社）小泉博一（共編）

訳書
バイロン『審判の夢その他』（山口書店）
バイロン『初期の風刺詩』（山口書店）
バイロン『チャイルド・ハロルドの巡礼』（修学社）

英詩教科書
One Hundred Poems, One Hundred Poets（英詩百人一首　英宝社）C. R. Wattersと共編
Thomas Hardy: Fifty Poems（ハーディ50選　あぽろん社）Norman Pageと共編
その他　内外の研究書や学会誌などにバイロンに関する論文掲載多数
国際バイロン学会における研究発表多数

George Gordon Byron
Don Juan

ドン・ジュアン
下巻

2021年12月1日　初版発行

著　者　ジョージ・ゴードン・バイロン
訳　者　東中稜代
発行者　山口隆史
印　刷　株式会社シナノ印刷

発行所　株式会社 音羽書房鶴見書店
〒113-0033 東京都文京区本郷 3-26-13
TEL 03-3814-0491
FAX 03-3814-9250
URL: http://www.otowatsurumi.com
e-mail: info@otowatsurumi.com

Printed in Japan
ISBN978-4-7553-0419-4 C1098
組版編集　ほんのしろ／装幀　吉成美佐（オセロ）
製本　株式会社シナノ印刷